尘埃边境

曼奴提斯星
(Gh41星系)

白色旋涡星
(烙白行星系)

盈熙星域

Void of Light

光渊

黑曜天空 HEIYAOTIANKONG

Obsidian sky

乔治·R.R.马丁
地球人奖
余卓轩 著

重庆出版集团
重庆出版社

图书在版编目(CIP)数据

黑曜天空 / 余卓轩著. —重庆:重庆出版社,2020.10
(光渊)
ISBN 978-7-229-15141-6

Ⅰ.①黑… Ⅱ.①余… Ⅲ.①长篇小说—中国—当代 Ⅳ.①I247.5

中国版本图书馆CIP数据核字(2020)第118974号

光渊:黑曜天空
GUANGYUAN:HEIYAO TIANKONG
余卓轩 著

责任编辑:邹 禾 唐弋淄 许 宁
装帧设计:谢颖设计工作室
责任校对:朱彦谚

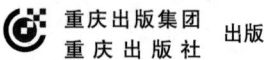
重庆出版集团
重庆出版社 出版

重庆市南岸区南滨路162号1幢 邮政编码:400061 http://www.cqph.com
重庆出版社艺术设计有限公司 制版
成都国图广告印务有限公司 印刷
重庆出版集团图书发行有限公司 发行
E-MAIL:fxchu@cqph.com 邮购电话:023-61520646
全国新华书店经销

开本:890mm×1230mm 1/32 印张:13.875 插页:24 字数:360千
2020年10月第1版 2020年10月第1次印刷
ISBN 978-7-229-15141-6
定价:82.00元

如有印装质量问题,请向本集团图书发行有限公司调换:023-61520678

版权所有 侵权必究

目录
Contents

PART 1　起源 …………………………………………1

PART 2　无光之域 …………………………………46

 第一章　丰存星域 / 翡绒星 ………………………47

 第二章　光域外 / 未知行星 ………………………58

 第三章　光域外 / 未知行星 ………………………65

 第四章　丰存星域 / 翡绒星 ………………………76

 第五章　光域外 / 未知行星 ………………………81

 第六章　光域外 / 未知行星 ………………………97

 第七章　古央星域 / 欧菲亚驻星舰队 / 雅莱号 ………106

PART 3　脱离谜境 ·················115

第八章　光域外 / 未知行星 ·················116

第九章　丰存星域 / 翡绒星 ·················129

第十章　光域外 / 未知行星 ·················144

第十一章　古央星域 / 欧菲亚驻星舰队 / 雅莱号 ·················156

第十二章　光域外 / 未知行星 ·················168

第十三章　空镜号 ·················177

第十四章　光域外 / 地蝗艇 ·················182

PART 4　漂流者 ·················190

第十五章　边境 / 空镜号 ·················191

第十六章　光域外 / LUTIC 76 轨道 / 地蝗艇 ·················197

第十七章　边境 / 空镜号 ·················211

第十八章　光域外 / LUTIC 76 / 地蝗艇 ·················221

第十九章　光域外 / LUTIC 76 ·················230

第二十章　光域外 / LUTIC 76 ·················241

第二十一章　边境 / 白色旋涡星 ·················254

第二十二章　光域外 / 比荷马斯 …………………… 261

第二十三章　光域外 / 祖堤拉姆特要塞 / 比荷马斯 … 280

第二十四章　古央星域 / 欧菲亚行星 / 天穹城 …………… 298

第二十五章　光域外 / 比荷马斯 …………………… 307

PART 5　风暴核心 ……………………………………… 316

第二十六章　边境 / 白色旋涡星 ………………… 317

第二十七章　光域外 / 废弃空间站 ……………… 324

第二十八章　光域外 / 废弃空间站 ……………… 330

第二十九章　边境 / 白色旋涡星 ………………… 340

第三十章　古央星域 / 欧菲亚行星 / 天穹城 …………… 346

第三十一章　光域外 / 废弃空间站 ……………… 356

第三十二章　边境 / 空间站 / 天穹城 …………… 372

第三十三章　边境 / 天穹城 / 空间站 …………… 386

第三十四章　光域外 / 比荷马斯 …………………… 402

第三十五章　光域外 / 比荷马斯 …………………… 406

第三十六章　光域外 / 彗星 ………………………… 415

第三十七章　空镜号 …………………………………424

尾声 ……………………………………………………428

人物介绍

冷焰　　毒焰　　布拉可　　甲哈鲁　　暴焰　　芮莉亚

籁　蒂菈儿　泰伦　首脑　鬼祟　美人　法里安尼　骆里西尼　欧萃恩

埃萨克人　石嚎族

欧萃恩——自杀部队士兵

埃萨克人　焰落族

芮莉亚——部落战略参谋，临时指挥官

暴焰——荣誉战士，沉寂之矛携带者

1

毒焰——荣誉战士，部落狙击兵
冷焰——荣誉战士，部落士兵
甲哈鲁——部落士兵
布拉可——部落士兵
派鲁可——部落士兵，芮莉亚的胞弟

瑟利人　优岚家族
紫崴——空镜号，总指挥官
温德——空镜号，副官
齐尔斯——空镜号上的军官
加亚——空镜号上的军官
泰伦——空镜号上的军官
首脑——泰伦好友，战略副官
鬼祟——天穹守护小队，侦察兵
美人——天穹守护小队，狙击兵
蜂糖——天穹守护小队，通讯官
付款人——天穹守护小队，重炮兵
毅雯——优岚家族凯扬星将
蓝采——优岚家族首席遗迹研究指挥

瑟利人　飞洛寒家族
玫帝波尔——飞洛寒家族军事防卫统帅
普罗米兹——天穹守护小组，特殊任务卫士
籁——天穹守护小组，特殊任务卫士
蒂菈儿——渲晶师，玫帝波尔的女儿
巴顿——联盟宇宙殖民开发拓展会，地质分析师

艾丁夫——飞洛寒家族上级军官，传奇人物

埃蕊人
法里安尼——独立情报贩子
骆里西尼——碧海武者，法里安尼的伙伴

联盟高层
忒弥西——欧菲亚议会会长，撒壬之战传说人物
陆辛法——联盟高等科技研究院，首席科学家
白严——联盟安全局，一级探员

其他
开罗——充满争议的老学者
纽湾——微晶宠物

PART 1　起源

　　人们为了生存，为了荣耀，为了千古传承的信念，在战场上挥舞着钢铁利器，彼此热切地杀伐。但是有谁明白以生命堆砌起来的信念之墙，注定毁灭？

　　又有谁明白，尘埃落下的轨迹，是亡者的思绪？

　　勇敢与荣光掩盖住的那些看不见的丝线，正在操控命运的螺旋。

——"沉眠者"阿里特律斯

焰落 FIRE-DROP

芮莉亚踏上了尸堆顶端。

在她脚下，敌人的尸体、战友的尸体，堆积成山丘一般高。破碎的肢体镶着片甲，浓稠的鲜血有如淋在甜品上的酱料。芮莉亚站定身子，手压胃部，试着不去理会盘绕下体的电流般的感受。

庞大的洞穴中，战事越演越烈。

连绵的炮火交织成橘色光网，成千上万的埃萨克战士有如对冲的浪潮。人们咆哮着、哀号着，彼此厮杀。浓烟蒙蔽了视线，堵塞了嗅觉。有时，闪光弹拉开燃烧的残影，照亮岩顶的古老纹理；有时，炮弹坠入对方阵营，炸开一团团火光。

他们身处地下数公里。诸多天然形成的隧道通往此洞穴，使其成为双方阵营都想争夺的据点。芮莉亚站在高耸的尸丘上观望这一切。流弹在耳边呼啸。子弹擦过她的肩甲和腿甲，但她的表情仿佛置身事外。

她的目光落在两军交界外，看着士兵们近距离扫射，像蝼蚁般倒下。再远一点，岩顶两侧是悬空的平台，战士们从狭洞攀爬下来，在那儿短兵相接。芮莉亚看见人们的躯体从那坠落，底下是不断增高的尸堆。

她的深色长发披散在肩甲上，汗水让几束发丝紧贴着脸颊，遮住了眼角伤疤。她是个漂亮的女人，战铠未掩盖的部分流露出柔美的身体曲线，但那仅是欺敌的假象，她的每一寸肌肉都为了战争而锻炼，蕴藏着致命杀机。浑圆的胸甲破了一侧，露出半边乳线，但芮莉亚毫不在意，专注地凝视战局。

一股微麻从胸脯流出，贯穿体内神经的每一处，沿着背脊滑落。

莫名地，她认为那是股怀旧之情。芮莉亚想起自己在前线战斗的过往，直接与死亡打交道的快意。好几次，在扣下扳机前的零点几秒，她看见敌人那僵化的表情，仿佛对方瞳孔之中的魂魄已消亡，脑子却尚未意识到。枪口吐出光焰，子弹接连埋入敌人胸膛，让他倾倒在自己横飞的血肉中。她想念那感觉，想念从死亡狭缝中掌握的生存意志。

亲手杀敌的快感是每一位埃萨克人所热衷的。死亡就像缥缈的烟尘笼罩下来，每个人靠着枪炮拼命将它推向对方，生命消逝的速度比摆晃的秒针还快。心脏极限跳动，鼻腔火药味浓，光影麻痹视线，绽声震耳欲聋。手握沾满汗水的枪柄，敌人的鲜血喷溅在舌尖，尝来却像锈铁，像某种细碎的排泄物。极度的恐惧，本能的反应，理智拼命告诉自己要瞄准敌人，两腿间却仿佛有电流通过，些微的疏忽就可能让抑制在边缘的节奏奔流，意识瘫痪。

她却怀念那一切，当时的自己真切地活着。

那才是一个埃萨克人该有的生存方式，真正的精神信念——以杀戮的烟尘为衣袍，敌人的尸首为路径。如此生命轨迹才是最崇高、最饱满、最纯净的。

地底的热风吹开芮莉亚的长发，露出美丽脸蛋上明显的瑕疵。那是一条旧伤疤，切开了右眼角，绕过面颊直达耳根。她视其为荣耀的徽章，证明自己不需要和多数的埃萨克女性一样，待在安全的地方一次怀上七八胎，只为了繁衍部落后代。那道伤疤证明自己能在埃萨克人的军队中立足，也证明自己曾亲手驱逐死亡。

不幸的是，近几年来一切出现了变化。自从她接任战事参谋，多数时间只能待在远处观望，如同现在。洞穴中充斥着一座座小丘般高的尸堆，却没有一座是她立下的功劳。芮莉亚只能攀爬到最高的一座，紧握着无用的军刀，静静地观视战场。

她的脚踢到某样东西。那是片破碎的铠甲，满是铜锈。不知为何，芮莉亚弯身拾起它，瞥见底下的面孔。

一个年轻的敌兵，看起来连十三岁都不到的男孩。这张被鲜血染红的脸埋藏在尸群当中，莫名的诡异。男孩那失焦的双眸盯着某处，表情僵化了。这便是战争，我们得不择手段消灭敌人。她心里想着。

同为埃萨克人，只因身在不同部落，便不得不拿起枪炮厮杀。

"芮莉亚！"有人从身后呼喊。

她回头，看见派鲁可扛着三管式的迫击枪，一步步爬上来。

第一次带他上战场时，弟弟还不及她胸高。现在派鲁可已高过芮莉亚许多，足足两百五十厘米。他展开笑容，露出虎牙，刚硬的铠甲也遮掩不了日益壮硕的肌肉。

"难得有颗星球拥有这么多的锑矿藏。战酋把最精锐的战士都派出来了。"派鲁可兴奋地说。

"别忘了，你是来见习的。"她抛开手中的破铠甲，任其从尸坡上滚落，"把战事怎么演变全记在脑海，找出我们犯了哪些错误。等击退石嚎族，战事会议得由你做报告。"

"呃……我们犯多少错，这并不重要，只要敌人犯的错更多便行了。"派鲁可指向前方道，"看这星球的表面尽是塌陷的洞穴和交错的通道，石嚎族人少，应善加利用。但他们却挑了这么大的地底洞穴和我们直接对阵，傻吗？他们死定了！"

芮莉亚斜视他。"没看见敌人正在撤退？"

起初，派鲁可似乎不大能理解姐姐的话。他凝望火光烟雾弥漫的战场许久，才睁大眼，吃惊地说："他们在引导我们的人往前方的窄道推进，是吗？"

"岩壁右上方的那排小洞穴，看见了吗？"芮莉亚指向顶端一个幽暗的地方。"敌军潜藏了很多埋伏。"

派鲁可看向她。"你怎么可能知道?"

"在上面一层的战场,石嚎族的士兵集中火力设下了防线,就是为护住那隧道。他们打算在这里让我军腹背受敌。"

"那些狡诈的家伙!"

"这是战术。看清楚。"岩壁上,焰落族的八爪机甲正朝着洞口集中而去。它们是由矿坑机械改良的兵器,内部有个激光仪来促成简单的融合动力,弯曲的关节上架着传统枪炮,背上的操控槽各乘坐一名战士。

"哈!所以你设下反埋伏。大姐,看来整个局势都操控在你手里了。"派鲁可扛起枪,调整好弹夹,"那么你不需要我在身旁。我军正在全力突袭,我要加入战场。"

"不行!"芮莉亚严肃地看向他。

"为什么?我的膝盖已经好了。你连续两次把我留在身边,其他人都说你一接位参谋长,我就变成了懦弱的人!"

芮莉亚凝望着弟弟的双眼。"尽本分,派鲁可。这次战役,你的职责是协助我记录双方的战术。"

"埃萨克人的本分是杀戮!胜利才是我们焰落族的荣耀!"

芮莉亚差点掴他巴掌。她没动手,因为她知道战场上每个人的血液都在奔腾,后果会相当严重。

事实便是,所有埃萨克人都流着好战的血液,男人的平均寿命不到三十。他们把死在战场视为最高荣耀。必然这也将是派鲁可的最终宿命。这一天总会来临。但不是今天。他还太年轻,太优秀,需要更多的时间成长。芮莉亚愤怒地咬紧牙想着,有一天,他会迈向更宽阔的战场,取得无人能及的荣耀。他会洗刷烙印在我俩身上的耻辱。

她单手捞过弟弟的头,以恶狠狠的目光锁住他;"别忘记我们的使命。这儿不是我们的最终战场。"因此至少现在,我得保护你。

派鲁可踟蹰了,但在姐姐炽热的凝视之下,他挪开双眼。

巨大的爆炸令岩洞摇晃,脚下的尸堆激烈摆动。他们一同回首,诧异地看见大军中间升起一团火球,直达岩顶。焰落族的军队被炸开一个大洞,鲜血四溅,染红了这片洞穴正中央。

——刚刚发生了什么事?

芮莉亚扫视前方,远方的敌军依然在规律撤退。这里的洞穴早已被焰落族的士兵覆盖,没有敌人从旁突袭的踪影。**那么爆炸从何而来?**

又一次爆炸,这次来自左方。在芮莉亚面前,族人的躯体化作血尘,随着红雨洒落。士兵们一阵慌乱。

"大姐,刚才……刚才我好像看见灰色光芒,"派鲁可挪动自己陷入尸堆的双脚,不可思议地说,"不会吧……石噿族竟然……竟然动用了自杀部队。"

芮莉亚感到不解。"这里几乎都被我们占领了,怎么没有发现自杀部队的人?"

二人连忙检视昏暗的战场。奇怪的是,岩顶两侧平台的厮杀仍在持续,不停有士兵跌落而下。方才爆炸之处,周围尽是殷红的肉块与焦黑的铠甲,一拨拨士兵践踏过去。

"啊——!是尸体!"派鲁可张开手掌,挥向洞穴里一座座像小山的尸堆,"他们的自杀部队就躲在里头,等待我们的人扫荡过去!"

一股寒气钻上芮莉亚的背脊。她看着弟弟,正想开口——

有东西触碰她的脚。

芮莉亚低下头,再次瞥见埋藏在尸堆中那连十三岁都不到的敌人面孔。男孩的双眼失焦,半张脸被鲜血染红。

但他的嘴角,正慢慢浮现出笑容。

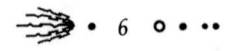

石嚎 STONE-CRY

　　生命终止的一刻，就是我被判决的准绳。 欧萃恩在心里不停默念石嚎族的格言，盯着颤抖的右掌心，那颗精巧的引爆钮。他的头盔护目镜里显示出几个正在挪动的红点，定位了敌方各大将领的位置。

　　欧萃恩窝身在尸堆中，试着回想过去一阵子所习得的信条。

　　自杀部队存在的意义，在于用最少的牺牲换取敌人最大的伤亡，尤其面对焰落族这种强敌。若能同时炸死敌阵的高级将领更是莫大的功劳，可能成为整场战役的转折点。

　　石嚎族的战术是在军队推进时，让自杀部队的成员分散躲藏起来，再以撤退作为诱导，连续引爆。每一位成员所选定的"时机"，将是他生命中最辉煌的时刻。

　　而策划整个自杀任务的，正是欧萃恩的长官坦杰斯姆；那位长官将负责引爆最关键的据点——通往下一座洞穴的隧道入口。

　　灰色炸药的威力之强，可让整个隧道坍塌。欧萃恩想起他帮长官绑好胸甲上的炸弹时，坦杰斯姆曾对他说："记住，你得等待他们至少半数通过隧道，然后再引爆自己，成为驱使那伙人进入隧道的最后一股推力。接下来，我会套住他们。"坦杰斯姆视这次任务为人生巅峰，露出极端狂热的笑容，"我们的主力军在隔壁洞穴已就绪。"

　　欧萃恩奋力点头，不让心中的恐惧流露。以埃萨克人的标准看来，他比战场上任何人都矮小，站直了身子也只和长官胸膛一般高。坦杰斯姆低下头，敲敲欧萃恩的护目镜片说道："盯好焰落族将领的位置，能带走几个算几个。"坦杰斯姆又看向自杀部队的其他成员，"这些消息来源非常可靠，足够帮助我们锁定住他们。不许失败！"

　　欧萃恩咬着唇，除了点头，不知该说什么。

7

"去吧,展现你们的勇气与荣耀。"坦杰斯姆呐喊,"战争的火炬庇佑我们。战友们,咱们天堂见!"

曾经,欧萃恩的梦想是当个飞行员。他和儿时玩伴丹姆从废墟找来破碎的零件,组装成小型鹰隼战机。当时,他们架着那战机到石嚎族的驻星战略部报到,希望成为军方的飞行员。

军队干部都是战场上的老将,断肢残臂上安装着钢片以及合成骨骼,穿插着电线及芯片。他们的眼神就像凶狠的野兽审视着那台战机,问道:"这是你们组装的?"

"是的,长官。"戴着酒红色帽子的丹姆站上前一步。

"从铁轮武星来的?"

"是的。"好友丹姆兴奋地回答。眼前这批干部的眉间却出现皱痕,窃窃私语一阵后转过头来,"很聪明。但你们太小看军方的判别能力。自己捡废材组装,能跨越十五光年之遥?把我们当呆子耍吗?"他们的语气充满怀疑,"滚吧,部落的军队不需要骗子。"

丹姆和欧萃恩试图辩解,对方将领又说:"给你们十秒滚开这儿。要是你们还站在我眼前,就等着吞子弹!"他抡起腰间的三管霰弹炮,对准矮小的欧萃恩。

丹姆立即挡在好友前方,用眼神示以反抗。

但欧萃恩吓傻了,赶紧拉住丹姆。二人挣扎了一会儿,见军方的人似乎不像开玩笑,只得放弃。他们正要走回鹰隼战机,却有个军官从队伍里走出来。"等等,你们两个。"说话的正是坦杰斯姆。

他指向欧萃恩:"矮个子,就是你。这架战机进入漫跃模式需要多少时间?"

欧萃恩犹豫片刻,望向自己的朋友,等丹姆点头才回道:"30……27秒……"

军队里有人发出嗤笑。坦杰斯姆却接着询问:"基础动力呢?"

"压缩……压缩热融合。"

"是锬取反物质？"

"不，只是氚。"欧萃恩的声音开始变得坚决。后方几位士兵这次爆出大笑，还有人夸张地摇头。有那么几秒，那位军官冷冷地凝视着他们俩。丹姆的视线也飘向欧萃恩。

坦杰斯姆指向鹰隼战机的尾部，一个直立的厚轮圈般的突出物。"那是你改装的融合聚变动力槽吧？看那样子是磁场压缩技术。进入漫跃不可能只需30秒的时间。"

"不……长官，磁场压缩融合只是为了提供基础动力。"欧萃恩说，"驱动漫跃是透过激光压缩融合。那个**环磁机**的里头，还有个**环空器**。"

坦杰斯姆露出诧异的神情，有几个军官也不笑了。"你做了两层兼容的聚变技术？在小型机体里？"

欧萃恩腼腆地点头。丹姆斜视着他，露出自豪的笑容。

透过磁场制造融合动力的环磁机和透过激光制造融合动力的环空器，均是把同一个高级含氢物质颗粒从多个角度等压压缩，引发聚变融合，释放能量。困难点在于，磁场的正负电荷会同时产生吸引力和排斥力，造成偶极问题，而激光则必须用上百道光束在同一刻完美均量地射击在颗粒的表面。若无法一瞬间把上百道微型激光的冲击偏差率控制在五十兆分之一秒以内，粒子会往某一方向偏，导致失败。欧萃恩为了造这台战机，失败不下数千次。这概率相当于要一个神枪手从八百公里外去击中靶心。

所幸，从一千年前的"黄金时代"起，激光校准技术及磁场抗偶极均压技术都在联盟各地达到了顶峰，成为包括漫跃等后续技术的根基。因此即便是技术相对落后的埃萨克人，也已发展出适用的校准技术来推动宇航动力需求。然而，要像欧萃恩那样把环磁机和环空器这两种技术合并，搭建成一个可交互切换的能量释放体系，难度非常大。

后面一位士兵终于忍不住开口："老大，别和这两个傻子多耗时间——"

"闭嘴！"坦杰斯姆驳回他人的质疑，打量了欧萃恩一阵，再次开口时语气已转变，"我的部队要出重要任务，可以用上你们这样的人。"

欧萃恩和丹姆看向彼此，差点惊叫出声。"是！"他们的神情难掩兴奋。

"这……这不好吧。"士兵们指着欧萃恩说，"从没见过这么矮小的埃萨克人，他能做些什么？"

"我想他对于拿捏关键时间点的能力十分敏锐，可以派上用场。"坦杰斯姆这才露出大大的笑容，"把他们交给我，一个月内，我会把他们都训练成汉子。"

接连的爆炸声将欧萃恩的思绪拉回战场。巨大的岩洞不停摇晃。

欧萃恩的心跳加速，转头时忽然看见远处尸堆之中戴着酒红色头盔的丹姆。

丹姆正回望着他，眼底闪烁的不知是狂热还是彷徨。敌人带着压倒性的炮火而来，经过二人隐藏的尸堆之间，急于涌向下一个洞口。代表敌方军官的闪亮红点也迈入护目镜的雷达之中。

丹姆朝欧萃恩露出了一丝笑容，脸上有种无法辨识的情绪。一阵闪光，他炸了开来，整座尸堆像是喷溅的火山。爆破瞬间吞噬了周围仍在游动的敌军。燃烧的钢铁、破碎的肢体，在岩壁四周喷散。烟雾弥漫在空气中，焦黑的碎片像雨点般落下。

*生命终止的一刻，就是我被判决的准绳……*欧萃恩压住自己的头盔，泪止不住地流。丹姆……

他等待余震过去，逼自己睁开眼。丹姆的判断力超乎常人，不仅让一大片敌军照计划被赶入隧道里，几个红点也从护目镜的雷达中消失了。接下来，是自己了。

判决的准绳……颤抖的唇齿间，欧萃恩试图默念族人的格言。绑在右掌心的按钮像颗染血的眼珠回望着他。

隧道中传来交战声。敌方主军已有一半经过自己身旁。

现在……就是现在！欧萃恩想举起右手，却发现手掌不听使唤。生命终止的一刻，就是我被判决的准绳。握起拳头！握起拳头！他在脑中不断呼喊，整只手臂却瘫软下来，无法动弹。

该死……我是埃萨克人，我是石嚎族的荣耀！握起拳头啊！他的右掌激烈颤抖，五指却像冰封。

于是，他伸出左手，用力击向自己的右掌心。

"逮到他了——！"远方有人大喊。

欧萃恩止住动作，看见洞口旁一群人围住了一个身影。他的长官坦杰斯姆，右臂血淋淋地被切下，一个敌兵高举着松软的断臂："这家伙躲在角落，想引爆身上的炸药！"

他们剥开他的战甲，朝他的腿开了好几枪。坦杰斯姆跪倒在地，依然热切地想要反抗，但他们不停扫射他的大腿，直到坦杰斯姆在血泊中翻滚号叫，像只弱小的虫子。然后敌人压住他，用刀子野蛮地剖开坦杰斯姆的胸膛。

他失败了……欧萃恩惊愕地望着眼前的景象。

这一刻，他意识到战场发生了严重变化——敌军已从爆破的惊慌中恢复，开始重新集结火力。他抬头，看见石嚎族在岩顶其他洞穴中的伏兵，也已遭消灭——敌人的八爪机甲一只只钻了进去，屠杀着战友。

欧萃恩的视线扫过四周。焰落族不仅拥有石嚎族两倍多的兵力，还有更强大的炮火和机甲兽——如果不按计划将他们冲散开来，分批击破，石嚎族毫无胜算。

我必须……我必须封住他们的退路。如果无法让隧道坍塌，将敌军一分为二，这场仗便彻底失败。*丹姆的牺牲也将变得毫无意义。*

欧萃恩抿着唇，从尸堆中爬起。穿透烟幕的光火，血腥味令他的嗅觉麻木，但他的意识在这一刻却无比清晰。他得找到办法抵达那洞口，方才坦杰斯姆所驻守的关键位置——

然后取代长官，在那儿引爆自己。

焰落 FIRE-DROP

"千钧一发！"派鲁可呐喊，"大姐你的反应真快！"

芮莉亚喘着气，狰狞地望着男孩的尸体。在对方尚未按下引爆钮之前，她旋即将军刀刺入男孩口中——刀锋击碎唇齿，深深埋入咽喉，切断脊髓，终结了敌人下一瞬间的所有动作。鲜血像遭压抑的水流，咯咯涌出，染红她的手腕。

千分之一秒的差距，她和胞弟差点成为亡魂。芮莉亚再次因如此接近死亡而颤抖，感觉腹部一股电流搅动，恐惧和兴奋让她说不出话。再也没有爆炸声响起，这个被标注为三十九号的庞大洞穴仍由焰落族所掌控。

"芮莉亚！"有个半边脸被刺青覆盖的传令兵，正站在尸堆底下仰望她，"敌人想引爆通往四十四号洞穴的隧道，把我们切分为二。但被我们阻止，没事了。"

芮莉亚皱了下眉头："你们有派人守住隧道周围吗？说不定还有更多带着炸药的士兵隐藏在哪儿。他们神出鬼没。"

"不需要，我们逮到的是自杀部队的指挥官。"面带刺青的传令兵舔了舔嘴唇，自信满满地说，"他必然镇守最关键的位置，想成为最后的引爆者。哈！我们把他的心脏给挖了出来！"

芮莉亚感到莫名的不安，但她回道："我懂了。"

对方此时告诉她："我是来传令两件事。现在，你是我们在曼奴堤斯星的指挥官了。"

"什么——？"

"你没听错。依鲁姆战酋在之前的爆破中，死了。"

"牙斯姆、阿肯姆他们呢？"在这战场上，她的阶级位于第三层级。

"全死了。接连的爆破，敌人不知怎么锁定他们的。"传令兵急着说，"芮莉亚，我们没有时间了，你得接手指挥。"

她的胞弟带着惊讶的眼光凝望过来。芮莉亚咽了口唾沫，紧握手中染血的军刀："你刚才说，还有另一件事要报告。"

"是的。敌人率先占领了四十四号洞穴，但不仅是为了埋伏我们。那儿有直接通往最底层洞穴的通道，他们已经开始行动了。芮莉亚，你得指挥战士们从其他的通道往下层移动，想办法在敌人抵达之前拦截对方。"

"你在说什么？任务明确指示我们要顶住这几层的攻防。为何要往下移动？"芮莉亚不懂这项突如其来的指令有何意义，"我们的目的不正是摧毁石嚎族在这星球的挖矿据点？我们得阻止他们垄断铼矿——"

"那些都不重要了！防止他们进入最底层的一百零一号洞穴是现在的最高指令，这是军阀总长亲自下的命令！"

军阀总长？芮莉亚愣住片刻。"那底下有什么？"

"我也……不太清楚。照做就是。"传令兵说完便转过身去。但在他离去的前一刻，芮莉亚从飘忽的眼神中已看穿对方并未说出所有

13

实情。

到底怎么回事？那底下有什么？

"大姐，接下来该怎么办？"

铱矿是星际间最珍贵的资源，所有远航船舰所需的动力。有什么会比它更重要？芮莉亚忖度了一会儿："派鲁可，你想上战场，对吧？"

"当然了！"

"那么，这一层的成败交给你了。传令给生还的部将，维持炮火，继续朝四十四号洞穴施压。我们还是得想办法瓦解石嚎族在那儿的部署。"再过不久我们的钢战机甲就会抵达，派鲁可应该是安全的。

"那有什么问题，我会让你见识到焰落的荣耀！"他兴奋地咆哮，忽又想起一件事，"那么大姐，你呢？现在你是指挥官了。"

如果这是军阀总长所希望的，那么就这样吧。战事发生以来，她第一次扬起笑容，漂亮的脸蛋仿佛扭曲，唇齿间散发贪婪："我将率领主军，往最底层去。"

石嚎 STONE-CRY

欧萃恩戴着焰落族的头盔和肩甲，奔驰在数不尽的敌军之中，逆着潮流而行。

矮小的个子使身边无人注意到他，在那零乱伪装的橙色盔甲之下，是鳞片状的分解式铠甲，夹层之间塞满了灰色炸药。

有人拉住欧萃恩的手臂。

"你没看见光引信号吗？除了重装部队，所有人往后方撤退，别管四十四号洞穴了！"某个刺青覆盖半边脸的传令兵喊道。

"为什……为什么？"欧萃恩盯着敌军的传令兵，一瞬间不知该怎

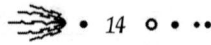

么回应。他下意识地遮住腹部露出的石嚎片甲。

"代理战酋下令了,我们要绕道往底层去。那里才是石嚎族真正的目标——"火光切过眼前,一排子弹埋入传令兵的背部。他痛苦地蹲下来。欧萃恩看见一段距离之外,石嚎的战士正朝着他们开枪。"快……找掩护!"传令兵推开欧萃恩,同时旋转身子。他刚举起武器便吞下又一轮子弹,颜面像被投入石子的池水,溅起整潭鲜红的血肉。

火光朝欧萃恩的方向扫来,他急忙往旁一跳,感觉子弹掠过身旁,擦过头盔和腹铠。欧萃恩躲进某个破碎的岩墩旁,紧紧闭住眼,手压头盔。石嚎族的枪炮在身后肆虐。

"制止他们!反击!反击!"他听见焰落族士兵的反扑。这些应当是敌人的士兵持着强大的炮火经过欧萃恩身旁,成为最坚固的壁垒。

欧萃恩立即起身,尾随他们向前推进。连接第四十四号洞穴的隧道口就在正前方几步。那将是他生命的终点站。

欧萃恩连滚带爬来到隧道口,盯着漆黑的通道,以及彼端逐渐远离的火光。就是这里了……焰落族的战士们不断经过欧萃恩面前,丝毫未留意到有个人肉炸弹就站在角落。这一次,欧萃恩不再容许自己失败。丹姆,我来找你了……

在他按按钮的前一刻,地面开始激烈震荡。欧萃恩回过头,注意力被某样东西拉了过去。第三十九号洞穴早已由焰落族完全占据,在它的中央有条通往上层洞穴的巨大通道;在那儿,某种冒着烟的机甲爬了下来。

它的体积大得吓人,足足有普通埃萨克人的五倍高。肩部、手臂全是枪炮,胸脯如钢盾般厚重,难以判定有什么隐藏在后。它的双腿承受着数百吨的重量,弯曲时的声响回荡整个洞穴,巨大的脚掌落地时,震荡直接传到欧萃恩跟前。烟雾越渐浓烈,隐藏住它的轮廓。

15

那是钢战机甲——他们竟然派了这样的兵器下来！欧萃恩难以相信敌人竟如此想赶尽杀绝。他们已握有这么大的胜算，为什么还要派钢战机甲到这儿？这代表基于某种反常的原因，焰落族不管动用多少资源都得赢得这场战争。

欧萃恩的第一个反应是立即按下自爆钮，让岩顶坍塌。但他了解那些机械，他知道爆炸造成的落岩无法阻止钢战机甲的火焰。他萌生出第二个想法，想穿越漆黑的隧道，前往友军驻扎的第四十四号洞穴。或许我得……我得去告诉他们，敌方已派来钢战机甲。他们必须马上知道这件事。或许我们早该撤退……

他的心中闪现一丝内疚，埃萨克人不该有这种懦弱的想法。然而更令他犹豫的是，自己半身套着焰落族的铠甲，根本不可能安然通过两军交锋的火线。他在开口前便会被来自双方的炮火击毙。

欧萃恩挣扎许久，迟迟做不出决定。浓烟之中，地面的震荡已逐渐逼近。

突然，欧萃恩想起某件事。

传令兵……为何说最底层才是我们族人真正的目标？一股困惑涌上心头。确实他和丹姆从未被告知这次任务的宗旨，只知要勇猛燃烧自己的生命来消灭宿敌。

好几群焰落族战士正在集结，朝战场的反方向去。如果这套半身铠甲持续带给我好运……或许我可以跟着他们……

浓雾之中出现闪光——

某种暗绿色的荧光迅速划开数道弧线。士兵的咆哮声像涟漪般扩散开来。惊慌的炮火声响起。欧萃恩死命凝望，但他的感官被鬼魅般的雾气、连绵不绝的交战声给蒙蔽，什么也辨识不清。一声巨大的撞击声响，整座洞窟仿佛从根部摇晃。有岩块崩落下来，砸在敌军中央。欧萃恩跪下，捂住耳朵。士兵喊着相互冲突的口号，枪炮扫射四方。

不断有人在身旁倒下,他无法判断究竟发生了什么事。

然而,当雾气逐渐散去,欧萃恩再次睁开眼……他看见了整场部落战争中最难以解释的景象。

优岚 ELUM

一支星际舰队停泊于曼奴堤斯星的大气层边缘。

它们拥有瑟利文明特有的流线式机身,闪烁着白银光芒。24艘这样的船舰围绕着它们的旗舰——优岚家族引以为傲的"空镜号"。

在空镜号的中央厅堂,多角战略仪投射出曼奴堤斯星的地底战况。好几道立体影像悬于空中,形成复杂的环形光影,光体数字在旁滚动。数十名优岚家族的军官围着映像,专注地凝望两个埃萨克部落的战事。一百多个洞穴、三百多条隧道,没有一处遗漏——密密麻麻的橙色光点和灰色光点穿梭在冷光网描绘的地形之间,相互扑杀。随着战事演进,充斥大量埃萨克人的战区则被自动放大出来,轮流占据厅堂顶端那最醒目的空间。

"焰落族会赢得这场战争,我们赌注了对的一方。"某个沉静的声音说道。从眼前景象判定,橙色光点早已占据了多数的洞穴支脉。

"话别说太早,石嚎族已经找到通往最底层的路径。"

"那又如何?他们无人能活着离开这星球。"

"飞洛寒家族的人……应该不会坐以待毙。"一个军事代号为"首脑"的男人说道。

众人不约而同望向厅堂侧边的独立影像。大气层彼端,停泊了另一支星际舰队。它们拥有和宁市一般漆黑的机身,表面隐约可看见流线式的金色线条。这支舰队摆出和优岚舰队一模一样的阵势,静静等待，却给人一种难以言喻的压迫感。

"放心，他们什么也做不了。我们双方都花了好几年，不知动用多少资源才得以让联盟高层在今天睁只眼闭只眼。这已是极限了。"说话者是名为紫崴的上星卫，也是空镜号的总指挥官。

"相信他们比我们还紧张。接下来几小时内，这场仗就会分出胜负。"在厅堂的最边缘，名为泰伦的年轻准星卫说道。他穿着挺拔的军服，褐色的头发上梳，在立体光影的反射下犹如顶着一团金色火焰。泰伦虎视眈眈地盯着那支黑色舰队。

在由四大种族、无数势力联合成立的"欧菲亚联盟"当中，优岚和飞洛寒同为瑟利人，是最具影响力的两大家族。然而在联盟的法规管制下，他们无法直接交锋。

任何一方对另一方展开有意或无意的武装攻击，都将视为家族间的正式开战。这可能导致欧菲亚联盟的分裂，瓦解所有人费尽心力维持了一世纪，得来不易的和平。

然而这次的情况不同。埋藏在曼奴堤斯星深处的远古遗迹，是所有人垂涎的宝藏。它会为掌控者带来无穷的政治影响力，也可能为军事发展的瓶颈带来契机。因此当消息流出，优岚、飞洛寒两方势力立即有了动作。他们各自找到方法，秘密推动拥有绝佳的地面采矿技术的埃萨克种族成为自己的眼与手——优岚暗中操控焰落族，飞洛寒则操控了石噚族——在过去几年不断朝星球的中心挖凿。

一旦确认所寻找的东西真的存在，这两方瑟利人的势力随即点燃埃萨克人的好战本性，引发这场代理战争，企图独占曼奴堤斯星。

数年的投资取决于今日。优岚、飞洛寒两家族都派出了舰队，隐身于大气层中，屏息凝神等待结果。

事实上，情况极度危险，因为埃萨克人的历史仇敌便是瑟利人。无论焰落族或石噚族，几乎无人知道这场战争背后的操控者是谁。一且任何瑟利舰队的踪迹被察觉,无人可预料将触发什么后果。

"石嚎族开始派送地蝗艇了,向下推进的速度相当快。"

"焰落族也不亚于他们。现在的领军者是谁?"

"这重要吗?他们就跟虫子一样,谁率领都差不多。一群嗜血的好战者。"

"以两军现在的行进速度,不出十分钟他们便会在最底层的洞穴交锋。"

有几位军官望向曾是主战场的第三十九号洞穴。"焰落族的钢战机甲抵达那儿了。石嚎族万万没料到他们藏了一只那么大的武装机械在矿场。"

"别失焦了。主战区会逐渐朝最底层转移。"泰伦瞥了他们一眼。仿佛为了印证他的话,战略仪主动放大行星深处的几个陡峭隧道,显示两种颜色的光点正在激烈交锋。

"问题是我们依然无法取得最底层的画面。这相当诡异……"与泰伦并肩而站的同伴首脑若有所思地说。他的眼前戴着悬浮镜片,油亮的黑发工整地向后梳。

这正是令所有人最费解的事。舰队释放出去无数的"微尘飞影",一种肉眼看不见的小型浮空探测器,由信息微晶所改良。它们早已捕捉到整颗行星错综复杂的地底投影,唯独最底层的画面却迟迟无法呈现,仿佛有某种屏障挡住了底下所有信号。他们曾怀疑是飞洛寒方面搞的鬼,但可能性不大。若对方动用任何微晶技术,舰队的仪表都会显示出来。

"指挥官——!"惊叫声从一旁传来。

总指挥官紫崴、副指挥官温德等人全望了过去。泰伦也隔着众人的身影,看见墙边的独立影像。此刻,在场所有人的面部都失去了血色。

——飞洛寒的舰队有了动静。

　　三道微弱的光芒脱离黑色舰队，朝着曼奴堤斯星的表面落去。

　　"他们疯了吗？"惊呼声四起，骚动在厅堂间扩散。

　　"飞洛寒家族……竟然违逆联盟的公约。"副指挥官温德不可置信地说。

　　人们的注意力已不在部落战争那持续变换的立体映像，而全数聚焦在墙边的单一投影上。影像放大开来，那三道流光划破大气层，持续朝着星球坠落。

　　"肯定是寄托在石嚎族的希望已破灭，他们打算亲自动手了。"首脑在泰伦的耳边轻声说。

　　"那些杂碎，他们会搅乱一切！"泰伦怒瞪着屏幕。

　　总指挥官紫崴的身子猛然一转，面向在场的众人。"我们得召开紧急会议。"他启动手臂内侧的微晶纹路，大厅内的光线改变了。数不尽的悬空仪表飞速变换位置，战场的全息投影也化为几抹光退去，让出一块白净的地。"副官。泰伦、齐尔斯、加亚——"总指挥官逐一喊出七个名字。

　　这几人脱离人群，陆续聚集到紫崴的身旁。泰伦是最后一人，从阶梯走下时，一道道弧形的玻璃墙从两旁飘浮过来，在他身后聚合，然后"喀嚓"一声与白色地板连接，将这一小群人隔离在里头。新的数据和影像出现在堪称"玻璃厅堂"的紧急战略指挥室的内侧，包括分析黑色舰队的机密数据屏幕。在他们身旁，多层交叠的透明玻璃营造出特殊的折射角度，外头的人听不见、看不见里头的任何信息影像，只能望见指挥官等人辩论的身影。

　　事实上，里头这群受封为高阶军官的人们早已知道一旦出现紧急情况，他们得肩负决策者的角色——因为他们背负着"优岚"的名字。

泰伦不经意地回过头，隔着透明玻璃和首脑相望片刻，然后才将注意力投入紧急会议。

眼前的屏幕分解那三道流光。影像剔除与空气摩擦所生的火光，暗淡下来，直接显示出吊钩状的乘载物那旋转的轮廓。

"那是单人空降舱。他们竟然派出了'天穹守护'！"泰伦握紧拳头。

"看看飞洛寒的舰队是否有变动阵势的迹象。"总指挥官的声音依然不乏沉着。

名为齐尔斯的中星卫展开五指，启动指间的微晶系统，交替操控着数道影像。

微晶（Śarīrae）是瑟利人的科技核心，是原子量级的微小机械，存在于该文明环境的各个角落，包括人体细胞内，并能透过生育而传承。瑟利文明将微晶主要分为三大类：信息微晶，能量微晶，功能微晶。而齐尔斯便是运用指间的信息微晶与空镜号的系统互动。

"似乎没有。他们并未对我们做出挑衅。" 齐尔斯放大那三个钩状物，看着它落入曼奴堤斯星破碎的表面。在众人的凝视之下，烟尘四处的星球实体慢慢转变为冷光线条交织而成的地理透视图。泰伦盯着那三道幽光以毫无误差的轨迹，迂回穿梭在地底洞穴之间。

"他们正朝着三十九号洞穴而去。打算袭击焰落族吗？"副官温德单手撑着下巴，似乎在忖量着什么。他是这里唯一没有优岚之姓的将领。但基于舰队规章，他得在场。

与泰伦同样身为准星卫的加亚说道："飞洛寒他们急得乱阵脚了。如果有什么因素能让两个埃萨克部落暂弃前嫌，那就是我们瑟利的出现。"种族间的世仇，必然凌驾于部落间的纷争。

"我们得做些什么。埃萨克人的炮火再强大，也无法与天穹守护匹敌。"泰伦说出众人最为惧怕的事。

天穹守护是瑟利文明里拥有强大战力的特殊阶级，起源于一千八百年前的黄金时代。发展于欧菲亚行星的瑟利文明，当时的战斗精英阶层是一群驻守在"天穹城"的护卫，故名为天穹守护。他们每人都有强大的作战统筹能力，身上的铠甲全由微晶组成。之后，各大瑟利家族开始发展各自的军事实力，仍沿用此名称，并以最原始的天穹守护为蓝本，培育自己的精英战士兵团。

包括这小房间里的八个人，以及方才外头的许多旗舰军官，都属于这个特殊阶级的成员；他们不仅各自拥有某程度的率军权力，在战场上也属于精英中的精英。因此他们都知道，单是一名飞洛寒的天穹守护，便足以对抗一整支埃萨克部队。

"指挥官，你的决定呢？"他们全看向上星卫紫崴。

紫崴沉默片刻后说："等待。"

不出一会儿，立体映像便显示那三道光芒急煞在庞大的钢战机甲旁。不出所料，战斗随之展开。数不清的橙色光点带着炮火聚拢而来。三个吊钩状的绿色荧光影像分解开来，有人形物从中出现。紧接着，橙光开始一波波消失。

"开战了。"加亚问道，"我们也出兵吗？"

有好一阵子，指挥官紫崴凝视着画面，一言不发。

"不妥。"紫崴最后开口，"如果我们也参战，冲突将直接升级。难以预料对方的舰队会不会为了阻止我们而有所行动。"他瞥了眼黑色舰队的影像，它们依然像沉眠般静止不动。"为了联盟的和平，我们绝不能和飞洛寒家族产生直接冲突。焰落族在这场战争仍握有绝对优势，我们只能期望他们阻止对方的天穹守护。"

"指挥官，我们都知道飞洛寒从不干没有把握的事。"泰伦急着回应，"看，在天穹守护面前，埃萨克人就像蝼蚁一样毫无招架之力。"

"他们袭击钢战机甲了！"齐尔斯放大了光点凝聚而成的景象。小房间里的军官们倒吸口气。仿佛为了印证泰伦的担忧，其中两道绿色荧光围着庞大的机甲旋绕，逐渐拆解它。奇怪的是第三名入侵者似乎没什么动作，一直躲在两名同伴的身后。

这时，似乎一直在打量着什么的副官温德告诉众人："或许……这是个我们可以利用的机会。"他停顿片刻后说，"飞洛寒方面一直借由心狠手辣的手段，这几年在联盟里的影响力与日俱增。只要记录下来他们主动攻击埃萨克人的画面，我们可以一次击溃他们的信誉。联盟里的所有分散势力都会凝聚在我们优岚的旗帜底下。"

泰伦皱起眉头。"副官，如果不在第一时间压制飞洛寒，往后他们只会更加变本加厉——"

"飞洛寒家族不一直就是这样吗？"温德说，"他们总把自己的野心视为正当。就像在联盟的议会里，他们老想找机会踩在我们头上。这可是千载难逢的良机，让他们意识到自己犯了多么大的错误。整个欧菲亚联盟，将看清飞洛寒的真面目。"

泰伦察觉自己理性消失的速度和橙色光点遭灭的速度一般快。"但我们这次任务的最高宗旨，便是获取地底遗迹的掌控权——"

"获取的方式有很多，包括动用联盟的影响力封锁这星球。"副官温德挥了下手，"你太急躁了，泰伦。这是一石二鸟之计。以焰落族当前的人数，不可能败阵。"接着他摊开手掌，示意从影像外围持续涌入的橙色光波。

泰伦深吸口气。"你们都忘了吗？在赛忒战役中，飞洛寒家族干过什么事。"他终于抑制不住怒意，低声说出口，字语间却散发着愤恨，"你们有人记得吗？"

现在，玻璃厅堂内的目光全集中在他身上。顷刻间，空气中一片肃杀的气息。

泰伦知道自己触动了这些高阶将领最敏感的神经。但他已不在意，他要推动他们的决策。

"泰伦，别把私人情绪带进来。"总指挥官以眼神止住他接下来的话——那表情明显在说，如果你继续如此妄为，会叫你立即离开玻璃厅堂。

话语凝结在口中，泰伦只能握紧拳头。

"好了。"副官温德缓缓做出总结，"等战斗陷入胶着，我们再向联盟总部递出警讯。现在，先让飞洛寒他们多杀一些埃萨克人吧。"

小房间里，人们纷纷附和点头。总指挥官紫崴也同意此一决定，而后便解开了玻璃挡墙。泰伦看着交叠的光屏分散开来，再度流回外头满怀期待的众军官面前。他的心中满是怒火，无法理解指挥官们的决定。他们总有各种考虑，早已欠缺天穹守护该有的战斗精神，以及面对敌人时毫不妥协的气魄。

泰伦咬紧牙，擅自离开了人群。他踏着坚硬的步伐走入空荡荡的纯白色回廊，无法平缓胸中的郁闷。

首脑立刻跟了上来。"按兵不动，对吧？"

"我真的不懂。"泰伦恶狠狠地摇头，"飞洛寒丝毫不把我们放在眼里，这根本是赤裸裸的挑衅！我们应该反击啊！"

"我得说……我并不反对总指挥官的决定。"首脑将手搭在好友的肩上，轻声说，"我们优岚在欧菲亚联盟依然算是首要势力，如果这次的事情没处理好，我们的损失远比飞洛寒大得多。对方必然也了解，才敢那么嚣张。他们知道我们在权衡之下不会有任何动作。"

"啧。"泰伦眉头深锁，不再回话。

"让我猜猜，紫崴他们的判断是，飞洛寒派出的兵力不足以对抗焰落族的千万大军，对吗？"首脑试探性地问道。

泰伦再度深吸口气，没有心情理睬同伴。他俩以相同的步伐行走在洁净的廊道内，四周空无一人。

首脑似乎已得到他所要的答案，接着开口时，语气转变了。"泰伦，我有个很不好的预感。"他停顿了一会儿后说，"飞洛寒很可能已经找到方法……能够直接掠夺地底的遗迹。"

这句话让泰伦停下脚步。"你在说什么？"

"焰落族的情报贩子曾经描述他们探测到的遗迹轮廓，它的体积相当大，对吧？飞洛寒单靠几个人，带也带不走。那么，难道他们打算杀光所有焰落族的士兵？"

泰伦呆愣着表情，几秒后，他才意识到首脑话中的含意。"不可能……灭绝一整个埃萨克部落的军队，这会让他们成为全联盟的公敌。"

"没错。那么他们到底派遣天穹守护下去做什么？"首脑给他几秒钟消化这句话，才严肃地说，"我猜有很大的可能性……他们已经握有某种技术，可以直接汲取遗迹当中蕴藏的机密。达到目的后他们就会离开，不会恋战。"

飞洛寒从不干没有把握的事。一股寒意攀上泰伦的后颈。他知道首脑的推测是对的。

泰伦盯着老友的面孔，感到相当不可思议。首脑并未参与玻璃厅堂内的会议，却能点出所有人忽略的事。那些人懂得分析数不尽的数据，做出机敏的权力盘算，却未察觉到明显存在的危机。泰伦想也想不透，为何家族不把首脑升职为高级战略官？

泰伦思索首脑的话，目光飘向远方。几乎下意识地，他露出一种隐含怒意的笑容。

看见他这反应，首脑的表情凝固了，悬浮镜片后方的瞳仁睁大。"等等……泰伦，你别告诉我——"

"我得召集我的小队。"泰伦与他四目相接，开始往回走，"我们得去曼奴堤斯星。"

"什么？你开什么玩笑？"首脑赶忙叫住泰伦，"你这是直接抗令！"

"是不是直接抗令，就交由家族上层去裁决吧。我们的最高宗旨是'不计一切代价，占领地底遗迹'。没有遵守命令的，可是紫葳他们。泰伦已做出决定，"不能让飞洛寒得逞。"

"你……你这么做，回到旗舰那一刻就可能得受军刑！到时候连我也无法帮你辩护！"

"你不需要帮我辩护。首脑，因为你得和我一道去。"

"你疯了吗？"首脑不可思议地回望他，"你先别急着行动。我告诉你这些，是要你再尝试说服指挥官他们！"

"没用的，副官温德已有了他自己的计策。"泰伦三步并两步，朝回廊的彼端奔去，"我没时间解释那么多了。我们需要你。一句话，来吗？"他目光坚定地回望着老友。

"该死的家伙……"首脑发出咒骂。

六道流光脱离优岚的银白舰队，划出行平的轨迹朝星球表面疾驰。

曼奴堤斯星难以在其地表上发展文明，因为它的表面严重龟裂，像被无形的巨刃划开上千万道疤痕，弥漫着阴红而幽暗的气息。埃萨克人的巨大轮轴和挖矿机械点缀峡谷的内侧，隐约可瞥见蜂巢般的洞穴入口，通往星球内部复杂而交错的网络。所幸，一道垂直的天然狭缝直通地底深处的四十四号洞穴，底下的人群仰头甚至可瞥见苍天。六抹幽蓝色光芒正以那道岩缝为目标，俯冲而下。

在统称为"鬼宿"的椭圆形单人座舱里，泰伦转动一个旋钮，外头与空气摩擦而生的火焰迅速遭到压制。六个空降舱立即化为黑夜中的鬼影。

泰伦已启动天穹守护的铠甲。紧贴肌肤的战铠带来熟悉的感觉，唤醒了脑中的战斗意识。他闭起眼，让铠甲与体内的微晶联结，调节自己的心跳以及理应奔腾的肾上腺素。过往战斗的画面透过晶体放映在脑中，唤醒每一寸肌肉在交战时的生理记忆。

这套青铜色的微晶铠甲是泰伦祖父的遗物。百年前的赛忒战役中，优岚·洛葛便是穿着这套铠甲面对那场改变世界的战争，对抗名为赛忒的变异生物。它们是所有瑟利人惧怕的天敌，体内的变种微晶比瑟利更加先进，却拥有极度骇人的外貌——黑晶色的利爪与身躯，黑钻般的利齿上布满神经。最终，欧菲亚联盟成功击败了赛忒的领袖——"终级撒壬"，而洛葛正是其中一位关键人物。他率领成群的天穹守护杀进敌阵，经过惨烈的战斗成功履行任务，却也因此身负重伤。原本洛葛有机会被拯救，然而，当时飞洛寒家族的战士就在他身旁，却选择抛下他离去……

战争结束的一刻，整个欧菲亚行星被欢欣的气氛包围，所有城市放着永不间歇的烟火。但每天清晨，年幼的泰伦却独自爬到云端平台上，摆晃着两条小腿，等待与他相依为命的祖父归来。

"老大，旗舰一直传来紧急信号。接收吗？"耳边传来其他空降舱里的声音，将泰伦的思绪拉了回来。说话的是代号为"付款人"的队友。

"不须理会。"泰伦依然紧闭着眼，斩钉截铁地回道。

"也对。现在给那些老家伙一次说话机会，八成就得听他们列出一长串惩罚条款。"付款人说。

"我真不敢相信自己会跟着你们做出这种事！"首脑的声音相当无奈，"军方下了那么多功夫，就是为了避免和飞洛寒发生冲突！"

"做好战斗准备。我们将直接落在石嚎族的主军中央。"泰伦睁开眼，"美人、付款人，你们先打通到最底层的隧道。蜂怛、鬼祟，你们做掩护。首脑你跟在我身旁。可以大开杀戒，但避免不必要的战斗。尤其遇上飞洛寒的人，非必要的话别击杀他们。"

"我很开心你说出这样的话，老大。"鬼祟以忧郁的口吻说，"我相信空镜号上的所有人听到你刚才这番话，都会相当感动呢。"

"其他人了解吗？"泰伦再次确认。

"蜂糖收到。"一个女孩发出甜蜜的笑声。

"付款人收到。"

"美人呢？"

"收到了。"一个男子的声音。

"老大，我正在重温以前和赛忒作战的情绪呢。这么一来，就会感觉今天的任务只是小菜一碟。"鬼祟再次闷闷不乐地说。

付款人喷了下鼻息。"听他瞎扯。那家伙从没有踏出过欧菲亚联盟一步。"一百年前的赛忒战役结束之后，那些魔物依然充斥欧菲亚联盟边界之外的宇宙空间，对联盟的边境守护军是最大的梦魇。

"别胡扯了。我们得查出飞洛寒到底在做什么打算，并竭尽全力阻止他们。"

"泰伦，有件事你们得做好心理准备。"首脑提醒众人，"所有信号在最底层都终断了，舰队的指挥中枢获取不到任何信息。没有影像，无法通信。届时有可能我们彼此之间的联系也会受干扰。"

"别担心，到时交给我试试。"身为通信官的蜂糖轻笑。

"那么启动武器。十五秒后撞击。"透过墙镜透视，星球的地表已覆盖整片视野。

层层烟雾与沙尘之下，目标的岩缝越变越宽，仿佛某种巨兽正缓缓张开大嘴。空降舱落入岩缝之间，瞬间袭来的黑暗仅持续片刻。微晶散发出的蓝光在瞳孔中旋转，切换为夜视。岩壁的纹理化为残影，从眼角飞快逝去。六人小组正急速坠落。

一抹微光在底下晃动，逐渐分解开来，成为密密麻麻的光点——

那是第四十四号洞穴，石嚎族的阵营。

底下的人们丝毫未预料，这群天穹之使即将从夜空降临。

石嚎 STONE-CRY

第四十四号洞穴的一角是口庞大的井，石嚎族耗上数年心血打通的蜿蜒隧道，直通最底层。上千名士兵集中在井口边缘，其中，也包括比所有人矮了个头的欧萃恩。

交织的炮火声依旧响亮。在他看不见的彼端，战士们依然竭力抵抗焰落族的攻势。欧萃恩知道敌方尚未突破石嚎族设下的防线，原因正是另一边洞穴突然出现的访客——三名身穿暗黑色铠甲的战士——分散了焦点与火力。他们一定是瑟利人。欧萃恩心里想着，一股不祥的感觉油然而生。但瑟利的战士怎会出现在这儿？

直觉告诉他，情况比想象中要复杂许多。我到底……我到底卷入了什么样的战争？

欧萃恩已趁乱脱掉伪装的焰落铠甲，逃回石嚎阵营，想跟随军队前往最底层的洞穴。现在除了继续下行，他已别无去路。一艘艘地蝗艇在井口等待。那是前端设置辗磨转轮的中型浮空艇，曾运用于拓宽矿场的路径，现在成了战场上的运输工具。他看见当中好几艘都装了长程宇航所需的"漫跃发动器"，也就是让飞艇得以在宇宙空间以上百倍光速飞行的技术，乃星域间的旅途所必需。他判断应是石嚎族军方为了支持这次行动从其他星球调派而来。一架地蝗艇的内部可乘载几十名埃萨克士兵，但现在每艘表面都攀附着两倍以上的人数，摇晃着陆续钻入井口。

人群之间，欧萃恩被么推白撞，恨木挤不到前方。他想象应该已有许多石嚎战士抵达了最底层。

"小鬼，滚远点！"有个石嚎士兵想往前挪，拉住欧萃恩的鳞铠，正准备将他往后甩，却不经意瞥见片甲之间的灰色炸药。"等等……你是自杀部队的？"

欧萃恩的心跳停了一拍，本能地看向自己的腹部。

"你怎么会在这儿？我们获报自杀部队在前线的任务失败了。"那士兵的目光慢慢变得凶狠起来。

"我……"欧萃恩抬起头，声音不住颤抖。

"你临阵脱逃吗？"他用力揪紧欧萃恩，"你知道我们都怎么处理缺乏勇气的懦夫——"忽然他止住话语，因为他瞧见欧萃恩剧变的神情。

那士兵迟疑片刻，随着欧萃恩的视线回过头。不仅他们，许多石嚎族的战士也接连仰首。

洞穴的岩顶高达半里，隐没在黑暗之中。但现在，最高处的一抹裂缝出现忽暗忽明的微光。六道幽蓝色的光芒缓缓落下，给人一种时间变慢的错觉。

当它们越渐接近，欧萃恩赫然发现那几道光的速度之快——

撞击引起冲击波，席卷整座岩洞。炸裂声覆盖听觉，一波嗡鸣摇晃石壁。身旁的士兵倒成一团，压在欧萃恩身上。

待他睁开眼，他的神情与在场所有人一样错愕。六颗椭圆形的物体矗立于地面，周围一圈焦尸。外围有更多埃萨克士兵在地面打滚哀号，或半身着火，或手断脚残。

蓝光线纹跑遍椭圆状物的表面，从一侧分解开来，走出身穿青铜色铠甲的人形。那些甲胄看来轻盈，像凝固的流体包覆全身，不见一寸肌肤，却有种刚硬的迫力。瑟利人普遍比埃萨克人瘦小，但当他们的脸部全掩盖在面铠之后，竟犹如索魂而来的鬼魅。欧萃恩不自觉地向后退，手脚僵硬。瑟利人也来到这儿了！果然我们两族都遭埋伏了！

"开火——攻击他们！"反应快的石噿士兵已举起枪。火光像条延烧的长鞭，围着中央的入侵者不断放射。

椭圆状物被击得粉碎，然而那六人的铠甲仿佛有某种护罩，连绵不断的子弹打在上面，仅化为一波波暗淡的光点，连声音都给吸收了。

对方展开反击。欧萃恩根本没看清他们的动作，只见四散的激光贯穿石噿士兵。埃萨克战士发出号叫，持着枪炮与刀刃蜂拥而上。那六人当中，一位较为壮硕的瑟利人架起双臂，臂铠便出现变化，分散出流线式的片甲悬浮于空。好几道枪型的仪器在他身旁绽放开来，尖端酝酿起蓝光，齐射。

欧萃恩简直不敢相信自己的眼睛。原先凶猛的战士如被风吹散的落叶般倒下。死光连续发射，丝毫不间歇，最后一排的士兵仿佛被钉在岩壁上，熔化变形的肉身不断遭刺穿，像屠宰场里被槌子一次次敲平的肉。

一名穿着女性铠甲的瑟利人走向前方，她的步伐从容，甚至可谓优雅。当她展开双臂，数不清的蓝光点从腹部和背部飘入空中，在她身旁旋绕，像有意识的光流。那是某种微小的器械，在空中停留一瞬，便扑向环绕四方的埃萨克人，精准地贯穿每个人的面部。

越来越多的石噿战士举枪应战，喊着历史仇恨的口号，欲带着荣耀赴死。这样不对……欧萃恩却惊吓地朝反方向奔跑，趁此机会跃上一艘正准备潜入隧道的地蝗艇。他和几十名埃萨克人吊在它的钢板上，随着不稳定的频率开始加速。不出几秒，他已远离上方的杀戮战场，朝着地心而去。

*最底层……最底层的洞穴到底有什么？为什么连瑟利人都出现了？*欧萃恩曾经研读过祖先们浴血对抗瑟利统治者的"创世战役"的

相关资料。

始于一千零七十年前的全面战争,是当时的瑟利文明经历两个世纪的阶级斗争后的高潮。他们分裂为两大阵营,把阶级斗争全面升级为大规模内战。埃萨克人便是在当时被创造出来,被当成反抗微晶体系的兵器使用。也因此,这个瑟利史学家称其为"欧菲亚内战"的事件,却被埃萨克人称为"创世战役"。

若他的猜测没错,眼前这些入侵者便是天穹守护,是瑟利战力中最顶尖的精英战士。为什么他们会派这样的人来到曼奴堤斯星?欧萃恩的心中尽是面临死亡的恐惧。狭窄的隧道中,地蝗艇一艘接着一艘发出刺耳的声响,排成纵队前行。

爆破声从后方响起,吹来一片沙尘。欧萃恩抓紧机身回头,看见井口处已化为一片火海。一艘起火的地蝗艇撞上岩壁,抖落无数士兵后遽然炸裂。

青铜色身影突破四散的钢铁与火光,随着隧道的坡度翱翔。欧萃恩睁大眼,无法呼吸。

流线式的闪亮铠甲反射焰芒,带着死神的气息,朝他直扑而来。

焰落 FIRE-DROP

最底层——第一百零一号洞穴。

洞穴中远古又冰冷的气息,已逐渐被埃萨克兵器的热气给取代。焰落族的大军一波波涌入,芮莉亚站在他们中央,无法理解自己看见了什么。

战斗在此地重新展开,数艘地蝗艇载着石嚎族士兵在空中盘旋,岩壁上则爬满焰落族的八爪机甲,双方不停朝着彼此射击。不时有机甲起火爆开,或有地蝗艇带着士兵坠落。地面部队也一片混乱。然而芮莉亚却不为所动，仰头环视，表情已无法以震惊来形容。

她不确定那是器械，还是某种建筑。它们充斥着洞穴的角落，是晶透、平滑的广大平面，却有种一体成形的感觉，从洞穴左右两侧集中而来。最惊人的是，它们明显是半隐没在岩壁之中，仿佛这星球尚未成型前就已存在于此，像某种远古庙宇，却又像是来自未来的结构体。

芮莉亚无视发生在身旁的激战，痴迷地凝望着。它近乎无瑕的表面覆盖着极为精密的刻痕，与相融的天然岩壁出现极大的反差——结构上的每一道纹路，似乎都封印着某种正在沉睡的灵魂。*它就像不该存在于这时代的东西*。芮莉亚心想。

洞穴顶端是片倾斜的岩壁，在那儿，一座有着同样结构与材质的环状物，渐层式地挺了出来，像只突出的巨大眼珠子，在战乱中宁静地回望她。而正下方，与之相隔一段距离的地面，还耸立着一个奇特的台座。两个族的士兵无视那犹如祭坛的台座，在它周围急于彼此杀伐。

芮莉亚感觉这里就像某种神秘仪式的殿堂，却又像被封印在岩壁里的独眼巨人。

军阀总长知道这东西存在。他要我们保护它，是吗？ 她还沉浸在自己的思绪中，眼角闪现的暗绿荧光便扯动了警觉。

"芮莉亚！那些瑟利人追来了！"有士兵指向一旁。

两名身着黑色铠甲的瑟利人突入焰落族的军团里。其中一名双手拎着激光枪，明显拥有较强的攻击力，朝包围而来的士兵射出致命的绿色死光，掩护身后看似是名女性的瑟利人。

*他们正朝着中央的祭坛去。那才是他们的目标！*芮莉亚看出他们的方向。*但应该有二个人才对。还有一个呢？*

她左右张望，手指扣上长筒电磁炮的扳机。四处没有那人的踪迹。

最后她的目光上挪,倒吸了口气。

第三名黑铠战士栖身于岩顶的环形结构中,手持长戟般的武器。他从空中落下,释放出旋动的绿光,击杀底下数名士兵,清开一条道路与他的同伴会合。

芮莉亚愤怒地看着战场。我得摧毁他们所有人!石嚎族的士兵,以及瑟利的入侵者!

优岚 ELUM

隧道中,泰伦落在某艘急速前行的地蝗艇上。上头的石嚎战士神情剧变。

两片古铜色的长刃悬浮在泰伦的身后,与肘铠上的引力接口相锁,看上去仿佛折叠起来的羽翼。石嚎战士朝他开枪,火花在青铜色的铠甲上迸发。

虽有护罩的保护,近距离吞下这样的攻势确实不好受,泰伦知道护罩也有承受的极限。他压低身子向前冲,甩动手臂,反转长刃,透过磁力与双腕相扣,成为古铜色的双刀。他旋腰扫击,刀面如扇子般展开,表面流动着微晶纹路。敌人的盔甲仿佛纸片被撕裂。

在高大的埃萨克战士之间,他像道青铜色的微风,飘过之处鲜血四溢。残肢断臂混着火光洒向后方。

泰伦站定脚步,双拳紧握,扇刃螺旋交绕,聚合起来形成炮口。他对准脚下的驾驶舱,一圈圈蓝色晶纹闪现于炮身,半秒的沉静,一道死光贯穿了地蝗艇。

地蝗艇燃烧时他已往旁跃开,肩部的飞行推进器再次启动,让泰伦重新回到翱翔模式。同伴们避开炸裂的地蝗艇,六人维持阵势高速飞行，知道第101号洞穴就在前方。

首脑的声音像道杂讯，传进泰伦的头盔："不出所料……就快到……信号遭干扰……"

"蜂糖，听得见吗？"泰伦对女天穹守护比了下手势，"建立区域网路。"

蜂糖点头。在她青铜色铠甲的胸线下方出现小形沟槽，六个闪烁着红色微光的东西飞了出来。它们与一个指节差不多大，拥有黄蜂的形体，分别停在每位战士的颈铠上。钩状的细脚扣住颈铠，翅膀展开成圆形的声呐传输器。

"可以了。"首脑试探地说。当战友之间的微晶通信渠道遭到干扰，蜂糖释放出来的红光蜜蜂可留存宿主的话，并透过一种老旧但更加稳定的声呐技术传输给其他蜂体，维持战斗部队的通信。

佩戴红光蜜蜂的人必须待在一个有限范围内，才能让语音传递过程同步。这些声呐通信机子有内建电力，可在不依赖能量微晶保持一定时效，但最终仍须回到蜂糖的体内重新蓄电。

"准备好！前方就是最底层的洞穴了。"付款人喊道。他们看见幽暗的隧道尽头是交织的火网，前方有艘地蝗艇刚飞出去，便被无尽的炮火轰得粉碎。

六名优岚的天穹守护以紧密的阵势冲出，没有理会埃萨克人迟疑的攻击，降落在一个高耸的壁架上。

底下的光景，只能用一片混沌来形容。

大量的焰落战士正在扑杀石嚎士兵。地蝗艇和八爪机甲相继坠落。岩壁中的远古遗迹则像个审判官，静静凝望在它怀抱中发生的一切。那就是我们在找的遗迹吗……泰伦诧异地想。竟然如此巨大……

鬼祟清了清喉咙，歪着头指向挂在岩顶的环状结构。"你们不觉得那东西就像催眠师的眼珠子，召唤大伙儿来这里彼此厮杀？看看下面那帮人舞动得多么开心！"

"得了吧。"身材高壮的付款人抬起双臂，分散出悬空的枪形片甲。身后几只焰落族的八爪机甲正想攻击他们，付款人便展开团队里最强的火力，瞬间使其化为废铁。

突然间，遗迹出现了变化——在洞穴各处，原本看似光滑的结构表面浮现出靛蓝色的光纹，像在蔚蓝海面下的幽深紫痕。那些纹路蔓延开来，光轨愈渐明亮，形状是几何图形，却又像某种不为人知的符文语言。战场上的埃萨克人也开始意识到情况有异。

"现在发生了什么事？"付款人说。

"那儿！中央的台座！"泰伦指向洞穴中心部位。那座像祭坛的台座微微分开，同样透出了靛蓝色的幽光，里头隐约可见一名身穿黑色装束的女性身影。其他两名黑铠战士则伫立在台座两旁，抵挡汹涌而来的埃萨克人。

"我们猜对了。飞洛寒的人竟然真有办法启动这遗迹！"首脑不可思议地说，"必须把这事汇报给上层！"

"我们得拦劫他们。"泰伦的目光穿透毫不停歇的弹幕和燃烧的机甲，锁定目标："付款人、蜂糖，你们驻守在这儿，帮我们开出一条路。其他人，跟我走。"

付款人和蜂糖站开来，做好攻击的准备。泰伦带着其他三名天穹守护齐步跃下壁架，身上的推进器喷发蓝光。

焰落 FIRE-DROP

"库达鲁！你在哪儿？"芮莉亚大声呼喊。遗迹的光芒忽暗忽明，加剧了战场人群的焦躁，但芮莉亚的心神只专注在最明显的威胁上。"瑟利的入侵者，你们竟敢大刺刺地闯入我们焰落族的地盘！"——暴焰！库达鲁！"

一个魁梧的埃萨克人从战场彼端奔来，持枪的双手染血，铠甲背后镶着一捆筒状物。

"准备好'沉寂之矛'！"芮莉亚下令。

瑟利人的体内拥有微晶，这是与埃萨克人最大的区别。那些原子量级的晶体和瑟利人的细胞融合，传承于世代之间，赋予他们难以计量的能量与各种骇人的能力。然而，这也意味着一旦体内的微晶失效，瑟利人便只能任由他们宰割。

"等待已久。没想到今天这能派上用场。"拥有荣耀之名"暴焰"的库达鲁是个凶狠的独眼战士，他卸下背后的筒状物，取出六支机械长棍，逐一启动它们。每根长棍的两侧弹出锥刺，并在握柄处出现光体数字。待所有数字归零，即完成同步。

芮莉亚找来一批焰落族的战士，将他们分为数个小组。"看清楚，中央的祭坛就是瑟利人的目标，他们不会远离它。"她分别递给每组一支长棍，并举起自己手中的电磁炮。"我会牵制他们的注意力。你们各自穿越战场，用沉寂之矛联结起来的力场包围他们，按下中间的按钮后瑟利人的微晶就会丧失功效……"

部下逐一点头。芮莉亚单手顺了顺满是汗水的长发，露出眼角的伤疤。"在这儿，有上千名焰落勇士。只要敌人没了微晶，他们根本毫无胜算。"她的嘴角挂起野蛮的笑容。"逮住他们后，先切下所有人手指，割开牙床和脸颊。我要带回去好好拷问。"

飞洛寒 VALORHAN

蒂菰儿站在操控塔里头，被片状结构物包覆在中央。

遗迹已开始活化，信息犹如畅流的河水不断导入她双臂内侧的微晶纹路。眼前平滑的结构表面尽是几何符文，散放出愈渐强烈的光，蒂菈儿甚至感受不到外头的战况。

她有着飞洛寒家族典型的金发，心形的脸蛋，修长的睫毛周围时而浮现微晶光点，灰色眸子中央光纹急旋。蒂菈儿以规律的节奏挪动双手，让手臂内侧的晶纹推动结构体的几何符文变换位置，不断纳入关于这远古遗迹的一切。

身为家族军事防卫统帅的独生女，她其实没有必要冒高度危险，亲自出使这趟任务。然而这是她的领域，她花了一辈子的心血结晶。没人比蒂菈儿更有资格来到这儿，也没人能更有效率地操控关键资讯的窃取技术。父亲是飞洛寒家族中极具威望的人物，在许多大佬相继劝阻之下，他却排除众议，允诺女儿的危险要求——因为父亲完全明白掠夺遗迹中的数据是多么关键。"我们比其他家族都投注了更多时间和资金在这上面，这一步绝不容许出错。现在看来，焰落会战胜石曩，而我们的敌手优岚家族便会透过政治手腕去霸占遗迹。但他们并不知道我们早已握有萃取'神经核信息'的技术。诸位，只有我们飞洛寒家族有资格掌握它，只有飞洛寒家族才足以扛起这个历史责任。大伙儿是否同意？"父亲此话一出，大佬们不再反对。但为了确保蒂菈儿的安全，他们派出两名最可靠的精英战士保护她。

完成了。蒂菈儿看着暗黑臂甲的内侧，琥珀色的微晶纹路闪闪发光。她做了几个动作，晶纹被转移到一条细长的透明薄膜上。在柔顺金色的长发底下，蒂菈儿露出欣慰的笑容。这是他们第一次使用这个信息劫掠技术。

她握住那薄膜，迅速钻出操控塔。这时，蒂菈儿才重新领悟到战况的惨烈。两台地蝗艇掠过她的头顶，坠落在人群当中。

她一边从台座的边缘向下攀爬，一边将薄膜贴近自己的脸庞，铠甲的颈部立即将它吸入并且锁死。蒂菈儿看见籁和普罗米兹的身影，朝他们比出任务完成的手势——

突来的撞击令她眼前一白。蒂菈儿落入战场中央，脑部一阵剧痛。几轮子弹冲击她的身子——背后的石嚎族士兵正朝着她开枪。她让护罩隔挡那些无用的攻击，目光仅落在方才撞击她的身影上。

一名穿着青铜铠甲的瑟利战士。

优岚家族。竟然也派出了天穹守护。她和舰队高层很笃定优岚方面怎么样也不可能出兵介入曼奴堤斯星的战争。*看来我们完全错估了对手的决心。*

不远处，普罗米兹和籁正陷入其他优岚战士的缠斗。然而蒂菈儿并不打算坐以待毙。*我得离开这里，把遗迹的资料带回去。这是属于我们飞洛寒家族的东西！*蒂菈儿计算着逃脱路径，感受微晶的能量在体内浮动。*绝不能让你们夺走。这是数千年以来，人类最关键的资料。*

——关于传说中"地球"的资料。

石嚎 STONE-CRY

坠毁的地蝗艇离那座像祭坛的台座只有一小段距离。欧萃恩爬了出来，亲眼看见有个黑衣瑟利人从"祭坛"里头钻了出来。

子弹在耳边呼啸，欧萃恩顶着疼痛的身子，下巴一道深红的伤口让他面部麻木。他不停喘气，心跳快得像要冲出胸口。*我不想死在这里……我不想死在这里啊……*他不住啜泣起来，已不在乎自己是否缺乏埃萨克人的勇气，只想快点逃离这个死亡弥漫的地狱。

他开始在众多尸体之间攀爬，接近那座耸立的异物。此时，他才第一次发现笼罩整座洞穴的靛蓝光芒来自奇特结构表面的几何纹路。那些纹路以一种近乎悠闲的速度变幻着，在激烈杀伐的战场之间，感觉更是诡异——欧萃恩直盯光纹，产生了错觉，仿佛自己正站在暴风眼的中央听着某种悦耳的小调。

一具士兵的尸体倒在他身旁，破开的身躯依然冒着热烟。恐惧再次涌入欧萃恩的心头。或许是求生的本能，直觉驱使他爬进祭坛里，想躲藏起来。当他进入结构的内部，战场的声音立刻从听觉边缘淡去。

欧萃恩刚想跪坐下来喘口气，祭坛中的光景却使呼吸卡在胸口。

环绕着他的平滑结构仿佛存在好几层立体世界；无数闪烁的星芒，交织旋动的流光；雾霭状的彩影飘过黑暗，牵引正在扩散的幽光；白焰烧尽眼角一处，只为下一瞬间遭黑暗吞噬……

欧萃恩想将手伸进去，指尖的感觉像落入了某种液体，激起一波波明亮的涟漪。他不自觉挪动手指，发现里头的无尽世界遭到推动。欧萃恩吓了一跳，本能地抽回手。手掌仍是干的。

他缓缓站起身，忽然发现一个方才并未注意到的东西。

与他的头部等高之处，无数几何符文组成一圈细长的环，围绕祭坛内部激烈变化。它们就像是不停切换的字体，变动的速度越来越急促。同时，一抹红光却以规律的速度绕着那圈文字跑动，所到之处，符文被放大，亮得炽热。

欧萃恩吞了下口水，目光紧跟着它。然后他再次伸出手，看着符文依序被红光放大，绕过自己身旁，来到正前方。

他以手掌压向它————

优岚 ELUM

泰伦扣住企图正在飞离的女子腰部，二人摔落在埃萨克士兵当中。

不断有子弹朝他射来，有几波贯穿了护罩，裂了他的腿甲。泰伦恼怒地旋转身子，让长刃切开一圈埃萨克人的躯干，然后射出数道光束，杀死仍在开火的士兵。他已不管他们属于哪个部落，只要别挡他的路。

泰伦朝飞洛寒女子一步步走去，这才看清楚她的模样与其他两名黑甲战士不同，显然不是天穹守护。她穿着一体成型的精密轻铠，贴身的黑色表皮游动着金色线纹。她刚才一直躲在他们的掩护中。她是飞洛寒家族的渲晶师。

"泰伦——！"首脑的声音透过蜂震传来。在另一侧，其他同伴也正陷入苦战。"我看见那个渲晶师把某种微晶链放置到颈铠里。她的铠甲拥有锁密机能，必定已和她本身的微晶结合形成乱码，你无法再取出那串微晶链！"

"我该怎么做？"

"我不确定，但取下她的颈铠或许有效。否则……我们得带走她整个人。"

"她的颈铠甲不能分离。我得砍下她的头。"

"不行，万一她是飞洛寒的要人呢？"

"可能吗？他们家族不会派重要成员来这么危险的战场。八成只是个信息运载官。"

首脑沉默半秒。"也罢，我们无法活捉她回空镜号，这会引发两方舰队的战争。"首脑的下一段话传送给整个小队，"外头看不见这儿发生的事，我们只需要确保飞洛寒的人离不开这洞穴。破坏他们的飞行推进器，如果能折断一只手臂或腿更好。剩下的就交给埃萨克人。我们不能背负杀害飞洛寒家族成员的罪名。明白吗？"

首脑，你不亚于副官温德啊。"明白了。"泰伦露出浅浅一笑，往前走去。

焰落 FIRE-DROP

芮莉亚看着库达鲁等人绕过战场,手持沉寂之矛包围正在彼此交锋的瑟利人。

洞穴中一片混乱,四方势力交互厮杀。然而芮莉亚已派出的持矛小队带着热切的意图,逐一将沉寂之矛插入地面。同时,她吩咐好几名重装战士分散开来,隐藏在人群当中,枪炮全数瞄准那些瑟利人。好戏要上场了。她的心里雀跃。

芮莉亚架起长筒电磁炮,锁定住双臂镶有扇状长刃的青铜战士。

她看见最后一支矛进入位置。就是现在。通通去死吧,瑟利人!她的左手高高举起军刀,准备发出攻击信号——

优岚 ELUM

一群埃萨克士兵扑倒鬼祟,骑在他身上,近距离朝着他的面甲开枪。美人和首脑想赶过去,却被手持长戟的黑铠天穹守护赫然阻挡——

泰伦将注意力拉回自己的目标,没有时间顾虑其他同伴。他看见飞洛寒的女子刚升空几尺,肩部的推进器便遭无数的微小光点攻击,双双炸裂。她整个人坠落下来。那必然是蜂糖的杰作。

泰伦趁势启动自己的推进器向前飞跃,却被一阵突来的光束击中腰部,在疼痛中跌落。他立即转头,看见开枪的是另一名高大的黑甲战士——对方不断射来强大的死光,并朝自己逼近。

一连串蓝光穿越洞穴的天空,仿佛刚硬的暴雨将黑甲战士击倒在地。那是来自远方壁架上的付款人。泰伦逮住这机会冲进对手的死角，燃烧扇刃上的晶纹，让刀刃切入护罩。他感受到手腕上的阻力，然后更加用力，激起撕裂的彩光——利落地切下敌人的手臂。

鲜血像漆黑的墨水喷溅在泰伦的青铜甲胄上。扇刃的微晶刻意侵蚀了对手铠甲中阻挠痛感的机能，那人跪倒在泰伦脚边，隐约可听见头盔中的哀号。泰伦毫不迟疑地抛下他，追向已无飞行能力的女子——

飞洛寒 VALORHAN

蒂菈儿错愕地看着断了手臂的普罗米兹，拼命想发动肩上的飞行推进器，却毫无用处。

青铜铠甲的敌人带着杀意直奔而来。蒂菈儿睁大双眼，慌乱地从腰间拔出短枪，来不及瞄准便扣下扳机。敌人闪动身子躲开热线，撞倒她，并压住她的手臂。

在她惊惶的目光前，对方亮出羽扇状的长刀，瞄准自己的颈部——

光芒绽放————瞬间，无人睁得开眼。

一种难以辨识的空洞声响越发明亮，席卷所有人的听觉。

地底遗迹

付款人和蜂糖站在远离战场的壁架上，本能地捂住面孔。那道光持续了数秒，伴随着震耳欲聋的嗡鸣。他们感觉体内的微晶出现异样反应，被迫蹲了下来。那嗡鸣声不断增压，到达人类听觉所能承受的极限，然后倏地消散开来。

一波波余霁仿佛在摇晃整颗星球。待一切平息，人们才缓缓睁开双眸，却因眼前的景象，好一阵子说不出话。

战后的底层洞穴,尽是散布的尸体和破碎的机甲,以及刚刚恢复意识的千万名战士。然而在大军的中央出现一个圆形空缺,仿佛方才激斗的整群人,已不复存在。

"泰伦?首脑?"付款人愣着神情呼叫,却得不到回音。

"他们……他们全消失了……"蜂糖颤抖地说。

在那圈平地里,一点儿战斗的残骸也不剩,祭坛般的结构物却依然矗立其间。它表面的几何光纹正逐渐减弱。剩余的埃萨克士兵也深陷惊吓之中,几乎全停下了手中的武器,盯着洞穴中央那圈毫无人迹的岩地。

"是遗迹吗……我们得下去看看——"付款人的话未止,爆炸声旋即响起。

祭坛爆烈开来,成为一团遽升的火焰。岩顶的环状结构也开始炸烈,分解为块状,逐一崩落。在曼奴堤斯星地底相互争战的各方势力,失措地看着洞穴中的远古遗迹正在迅速毁灭。

突然,祭坛所在之处的地面出现了一个洞,炽热的热能与光波散放出来。人群在震荡的地面四处奔逃。然后,最诡异的光景出现了——破碎的遗迹残骸就像毫无重量一般,被逐渐扩大的地洞吸了进去。

它犹如遭到地心的传唤,随着骤然暗淡的光芒消失得无影无踪,仿佛从未在这星球存在过。

未知行星

冰冷的空气瞬间掠夺感官,突如其来的寂静像在耳里蒙了阻碍物,而四周的黑暗,漆黑得令人恍神。位于远方的陌生太阳正逐渐消失,在地平线上压出一层深紫色的暮光。

泰伦停下动作，刀刃仅离蒂菈儿的颈部一寸之遥。映在意识镜面里的数据发生错乱，失控地变换着。慢慢地，泰伦扭头看向一旁。

蒂菈儿感受到臀部底下地质的改变。她缓缓睁开双眸，看见地壳就像乳色的钻石，里头隐约可见神经般的殷红色纹理。随着最后一丝日光的消逝，绵延到视野尽头的地表也沦为昏暗，只有那些红色纹理最终闪动了几下，像某种带着血色的矿脉，然后也暗沉下来。她的视线停留在泰伦的胸甲上数秒，便缓缓转过头，神情呆滞。

芮莉亚高举着僵硬的手腕。裸露于铠甲之间的肌肤满是汗珠，却在顷刻间变得冰凉。她站在整群埃萨克人的中央，同伴还没有机会启动沉寂之矛，便因周围的景象而愣得动也不敢动。恐惧冻结在所有人的眼底。

他们身处某个未知的行星。

无尽的大地一片荒芜，天幕迅速变得阴黑，而在周围的天空中……是上万只赛忒兽。

结晶般的黑色躯体，表面覆盖着鼓动的神经。它们的模样就像是熔化的钢铁，插出各种扭曲的骨骼。这些微晶突变的异兽成群汇集于空中，像是静止不动的黑色涡流，只有眼睛闪动紫光。芮莉亚是第一个有动作的人；她本能地调整电磁炮的枪口，对准那些赛忒兽。

几秒钟过去，伴随着不祥的寂静。然后，上万颗泛着紫光的空洞眼球，全望向地表上的这群人。

PART 2　无光之域

第一章
丰存星域 / 翡绒星

欧菲亚联盟——人类在广大宇宙中刻画出的文明版图。这片半径横跨一百光年的星空被三万三千颗恒星点亮，有瑟利、埃萨克、埃蕊、飒因四大人类种族殖民的行星则超过七千多颗。人们将欧菲亚联盟的地盘切分为"十二大星域"。

丰存星域是近百年内才被文明覆盖的新星域，由于资源甚丰，众多瑟利家族和埃萨克部落都在此积极开拓；同时，诸多违逆联盟法律的宇宙海盗集团也频繁聚集在此，不断有大大小小的资源掠夺冲突。

翡绒星便是个典型受人觊觎的例子。它的天然资源充沛，翠绿森林绵延星球表面。

同时它有个特殊优势，所处的行星系紧邻政局稳定的远见星域，受到五大瑟利家族之一的玛提尔家族保护。在瑟利文明中，经济与军事实力最强大的五个家族便属水火不容的优岚和飞洛寒家族，议长忒弥西所属的诺弗朗斯家族，掌握诸多星际矿脉的突勒司家族，以及从海盗起家的玛提尔家族。

也因此，即使翡绒星位于海盗猖獗之地，却鲜少遭遇不良势力威胁。

以一颗只有瑟利人殖民的行星而言，它相对单纯，只有一座天空之都，悬浮于大气层底端。那是人称"赛伦贝尔"的空中要塞。

这城市的样貌是典型的瑟利风格：无数圆盘样的建筑物相互连接，围绕着中央的巨形脊塔。数天前，当开罗坐在星舰客舱首次抵达这儿，他盯着悬浮在绿色地表之上的天空之都，感觉赛伦贝尔城就像颗扁平的陀螺，在大气层中摇摇欲坠。然而现在，开罗已明白这座城市或许是他活到这把年纪见过最和谐、最井然有序的城市。

他刚离开一个私人学术研讨会，正在返回居处的途中。那是当今少数还愿意让开罗参与的学术会议。

他发出不满的咕哝，感受私人飞行装置在他背部微震。开罗留着密实的灰色胡子，像一大块铅，令下巴无法承受其重量，还顶着一头蓬乱不整的白发。任何人只需瞧他一眼，便可猜出开罗属于那种埋首在自己世界里的人，不在意礼节也不在意他人眼光。

以欧菲亚标准年算来他已122岁，迈入一个相当尴尬的年龄。每过几秒便有淡褐色的光体字在他的脸颊周围盘转，像扰人的飞蚊，令他不得不以老态龙钟的双手将之驱散。

有完没完？这星球到底砸了多少钱在"公民福利"上？开罗恼怒地想，这城市里有多少原本没病的人都是这么被吓出病来的？空气中看不见的微晶粒子正在严重影响他的心情。它们主动"入侵"开罗体内的信息微晶，美其名曰提供实时健康审核，并依群体热能来调节城市的交通。然而开罗相信这些微晶粒子还有成千上万的不为人知的作用。

不公平的是，对于普通人，类似的警告信息会直接进入大脑，投射在旁人看不见的视线里。但开罗因为身体有缺陷，无法从大脑直接接受公众信息。他告诉自己算幸运，如此一来"主意识"不必时刻刻遭入侵，代价则是公然羞辱。

又一次，过时的T形脖环射出耀眼的光体字在眼角闪烁，提醒在他这年龄不维持个体飞航的良好姿态会伤脊椎，还给推进器产生不必要压迫，增加百分之七的事故率——"哔"的一声，他气愤地用拳头捏掉这信息。时时刻刻提醒我快进棺材了？我的脑子可比时下的年轻人都要清楚多了！

天空粒子尊重他的市民公众权，眼角边再没有光体字。

几抹烟丝般的云飘过身旁，感觉一凉。开罗把头后仰，看见一片片巨大的圆盘从上方晃过。它们有点像去赌场开怀时看到的筹码芯片，层层交叠，却又互不相贴。

他所在的路径位于环状城市的最下方。眼前是中央脊塔黑白相间的下半部，像根锥刺被零散的云丝给罩住。而底下八千公尺便是无尽的野生丛林。有不少白色风帆来往于赛伦贝尔城和底下的森林之间。他妈的，还真想乘那样的东西下去看看。困在这空廊里让我浑身不舒服。

某些时刻，受支配的星球大气会生成厚实的云层，以调控星球降雨量。开罗刚抵达翡绒星时见过一次那景象，叹为观止。短短数小时内，星球地平线被剧增的云层覆盖，仿佛绿色地毯的表面铺上了一层白色羽绒；天空城的下半部则埋在云层中，像是静静漂浮在白浪上的浮标。

孕育大自然，是每座瑟利天空之都的使命。

事实上，早在殖民阶段，来到这儿的瑟利人便已释放足够的"天空粒子"掌控星球的一切——气候调节，水质检验，甚至是土壤转化。

开罗研究过瑟利人的星际殖民过程。它分为四个步骤：首先派出百万颗原子级别的"微晶艇"前往目标星系，搜集居住性高的行星资料。第二，前沿部队带着"殖民机器"来到目标行星，喷洒天空粒子这种微晶复合器，改变星球的大气与环境。第三步是让一波试验性移民抵达。在这期间，天空粒子的功能转为采集殖民者适应度的数据，同时加大塑星运动。等一切就绪，才有第四步的大规模移民。

突来一阵拉力打断了他的思绪。开罗发现自己已改变空浮的方向，正在上升，周围人也变多了。他正被引入一条主干道，背上的老旧装置发出吃力的震动。

普遍来说，除了少数贵族或富人拥有私人动力，民生级别的飞行装置均使用公共动力，也就是市府散放在空气中携带能量源的天空粒子。这些简单的微型智能机械主动追踪动力不足的市民，无缝提供燃料。啊，顺便监督是否有未经许可的人擅自跑去底下的树海。违规者的燃料会被自动截断，对吧？开罗嗤之以鼻地想。他们在看不见的空气中，也画下了权利疆界。

市民的飞行权是一个瑟利人的基本权利，但这也阻止不了市政府划出各种禁翔区。

市政府可透过天空粒子的信号种类有效执行法律——在"市民翔区"赞助全额的公共动力；"特殊可翔区"提供部分动力补助；禁翔区非但缺乏动力，还可能出现电击。

想着想着，开罗禁不住大笑。听话就免费喂你饲料，不听话就斩断你的翅膀。

开罗已不止一次看见有人跃入禁翔区，安然无事地飞离。恐怕又是哪儿的权贵。

像开罗这种被众人讨厌的研究员，顶多只能和普通市民一样依赖"空廊"，也就是用来疏导交通的流动光轨信号。赛伦贝尔的空气中飘浮着一束束只有瑟利人可见的光轨，纵横交错。那是天空的路径，时时刻刻都在变化。

人们早已习惯不假考虑，让光轨牵引自己的飞行装置。

他叹口气，盯着直径跨越十数公里的盘状物。瑟利天空之都均由相互串连的圆盘形成，每个圆盘都是独立辖区，承载盘根错节的宏伟高楼。支撑这些建筑物的"超导圆盘基座"的表面是陶瓷般的质地，弧形的边界泛了层蓝光。

开罗想起瑟利文明的飞行文化，民生级别与军用级别有决定性差异。

在民生级别的"综合飞行解决方案"中，城市结构是关键——超导圆盘提供给市民浮空的基调，再配合电磁系统、喷射引擎，奠定了市民拥有天然飞行权利的社会生态。

军用级别的飞行系统往往会把超导元素剥离出来，以浮空板的形式内建在战舰里头，而士兵的飞行解决方案更强调个体构成元素。尤其传闻中的天穹守护，更具备引力操控方面的前沿优势……

贯穿城市的中央脊塔像一根庞大笔直的凌空之柱，掌管赛伦贝尔城的反重力系统。螺旋状的黝黑镜面绕过它的表面，仿佛一条黑蛇攀附树枝。它会定时接收天空粒子传送而来的城市信息。

关在里头的那些"人"——如果能称他们为人——便运用巨大的信息池，决定这城市万千市民的命运。真他妈美妙。开罗恨不得这一刻就解开裤裆朝着空气小便。多尿个几次，说不定就能改变这城市的命运。

开罗最感兴趣的研究领域是星际能源，也是学术界对他避而远之的原因。

他在浮空状态中打量着中央脊塔。它也是赛伦贝尔城的能源管理中枢，串连城市各角落的复杂回路，回收城市废料、垃圾及过剩的热能，随时计算出城市的纯熵平衡值，形成一个真正自给自足的生态循环体系。学界称此为"小循环"。正如所有瑟利的天空之都受到威胁时，赛伦贝尔城能立即转化为自成一格的防卫要塞，不依靠外力也可锁城生存好几年。

同时，这城市身为行星的守护者，尽力把对大自然的影响减到最小——星际贸易无法逃避的过剩热能及废料，就会透过中央脊塔顶端的抛射装置投放到宇宙空间去。只有特殊情况，比方极端的凛冬来临，市府才选择将过剩的热能排放到星球大气中，调节底下的森林生态。

这种城市与星球的能量循环体系，学界则称之为"大循环"。

开罗总觉得那些科研学者太过细腻。如果有一劳永逸的储能方案，就不需要那么麻烦。

忽然间，身边的空气闪烁起微微的金光。周围的建筑物像被镀上一层薄金。

他环视周围景象。在赛伦贝尔城，每隔一小时就有五秒左右整座城市会笼罩在一片金色灿影之中——市民称此为"无痕的钟声"。它提醒人们一天当中的时间。事实上，那仅是天空粒子起了作用，吸取阳光并增幅投射到中央脊塔的表面，存取能量。

还不够。那么没效率的方法，竟然长年用来维持天空之都的社会生态。

踏进家门的一刹那，高达二十几种亮红色的高光字体从头到脚冒了出来。开罗不可思议地张开十指，看着微小的红字在指尖顶端绕行，像摇旗呐喊的士兵。

"关节压力过大，牙周组织溃疡，肺腔组织水肿，精神焦虑症前兆——"

"操你渲晶的精神焦虑！"开罗大步走进客厅，闪烁的字体跟着他整个身子跳动。他把大衣连同飞行装置脱下，索性扯下T形脖环。警示信息消失。

室内的光线与家具出现变化,无声迎接他归来。海风的声音响起,眼前有水波扫过无垠的白色沙滩,只有几条半透明细线形成夹角,提示看不见的墙壁的范围。浪潮慵懒地拍打着视野边缘,任何人看了都该心旷神怡。

"够了够了!我不需要这东西。"开罗呐喊几声,周围的海景淡去,恢复为室内的原样:白净的客厅,纹光的墙,家具透过柔和的线条相连,沙发桌子衣柜一脉相承。他仿佛身处于雪白色丘岭之间,一屁股坐在流线沙发上。

天花板上一潭海蓝色的微晶斑纹忽然向下膨胀,像个海蓝色的泡泡正在成形。

它冒出了眼睛,浮出一抹开怀的笑容,被天花板挤压出来,开口道:"跟你说过啦,你的T环过时了!去市府的渲晶师做晶体升级吧。"空气中的泡泡接着长出摇摆的短尾巴,两侧出现小巧的鳍——它是名为纽湾的微晶宠物,样貌是只半透明的鲸鱼。

"门儿都没有,我决不干那种事。"开罗说,"军方把侵入大脑意识的信息屏幕取名'黑镜'。你难道不晓得它什么意思?"

"我当然知道什么是黑镜。但那只是给军人的版本呀。"鲸鱼平滑的下巴出现一条条细长的彩光,像流动的霓虹。在它透明体内,介于双眼之间的部分有三颗闪烁的光点——它们是微晶宠物的意识中枢。掌控理性与逻辑思考的"大脑皮层";掌控情绪与社交,包含杏仁体在内的"边缘系统";还有具爬虫类生存本能的"脑干"。

这三层模拟人类大脑结构的光点,也代表了传说中人类这物种的演化过程——从爬虫类脑进化到哺乳类脑,再到灵长类脑。不同的是,微晶宠物的三颗小光粒会彼此牵引,在体内永远呈现不规则的运动状态,代表它在不同情境下会有不同的生物倾向。

纽湾同抱枕一般大,有着小男孩的声音。"如果你继续这样,不做检查，市府可会派人来抓走你！"

"不需要更新体内微晶，他们已有足够的理由唾弃我。"开罗讽刺地笑。

"因为你那个偏激的学术理论吗？"纽湾甩了甩半透明的尾巴，"有我主人的消息吗？"

"没有。我已经有一阵子没接到信息。"

"好奇怪。主人应该要回来了才对。"纽湾飘着飘着，来到被抛在门边的飞行装置上方。它眨了眨眼说："啊，你的浮空推进器也早该淘汰了！那么老旧的型号！"

"待在城市，有何差异？"开罗伸了个懒腰，全身骨头酸痛。"我只是这星球的访客，没权利去底下的树海旅游，用什么浮空器都一样。"

"如果你早两个月来，就有权去树海看看了。"纽湾扭动圆圆的身子，笑着说，"划分出'旅客禁翔区'是最近的事情，以前只要申请就可以了。"

开罗凝望它。"两个月前？为什么？"

"联盟的局势不稳定吧。很多行星都设立了更细腻的疆界权限。"

看着微晶宠物半透明脸上的一抹痴笑，开罗无来由地恼火。"莫名其妙。现在连这儿的市民要去树海都得跟着白色风帆，有什么意思？"

"是啊。据说在十光年的距离内，已经有三颗优岚家族、两颗飞洛寒家族的行星颁布了类似的调整方案。"纽湾说，"就连诺弗朗斯家族、玛提尔家族都采取了类似的举动，划分出好几种翔空带。五大家族里唯一没这么做的就剩突勒司，但那大概是因为他们和地面的埃萨克人挺要好，受了影响，不太拘泥那些事儿。"

开罗冷笑一声。"突勒司那帮人的脑子有更严重的问题……搞不懂他们祖先怎么想的，竟然与埃萨克人交好。"

"没办法，不是这边画线，就是那边画线。设立疆界——这可是你们人类最原始的本能。"

"别废话了。你主人不回来，我可不打算帮忙无限期看家。"开罗白了纽湾一眼。

夜晚在无声之中降临。

开罗独自坐在窗边，盯着城市的光轨网络，想着纽湾的话。

他心不在焉地拨弄台桌上的微晶面板，看看近期的新闻。纽湾在客厅另一端晃动，似乎在寻找什么。

在一位瑟利人的眼里，夜色的到来应当让赛伦贝尔城变得更加绚丽。各类电磁波段经由加工实现的色彩，让他们能恣意切换眼中所见到的光谱。开罗没有进行主意识的功能改良，因此眼中的世界自然平淡。但单靠肉眼，他也能看见这城市的灵魂。

十二道主空廊交错形成了立体井字形，拥堵的人群被淡黄色流光上上下下牵引着。当星球的天空转暗，城市主干道成了稳定的光源，是个格外耀眼的立体魔方。

这魔方周边无数的细小光丝，时而分岔、时而聚合，导往城市各个地方。放眼望去，市中心的脊塔和环绕着它的诸多圆盘就像静止的海底礁岩，漆黑宁静；穿梭其间的千丝万缕的光则像海底生物，柔和摆荡着。

圆形的微晶面板不停冒出微形的立体映像，像直挺挺的小兵，排列有序地随着面板的弧形边缘绕行。随着开罗的注意力被触及，情绪有了浮动，面板自动帮他选择新闻映像，推入内圈继续绕行。有个三流频道被放大，是两个媒体人的对谈。

"……边境地带有许多星球同时失联，这千真万确。"

开罗好奇地盯着对谈者背后拙劣的拼接影像，像是便宜卫星偷拍到的。

"看这些金属片,很可能是宇航舰的碎片。我在联安局的朋友说……不,当然不能透露我朋友的姓名。失联的星球有十几个,派去的探员全没了消息。当然联安局都否认。"

"大家怎么看这件事?从来没有这么多殖民星球同时断讯。一百年来,没有一次。"

"我们有充分的理由怀疑——"

忽然,开罗眼角瞥到另一个新闻,注意力被吸引。那道消息立刻放大数倍——"曼奴堤斯星爆发了矿脉争夺战。"

他皱了下浓密的白眉。内层信息主动展开。

"曼奴堤斯,一颗古老的行星,位于念仰星域的 Gh41 双联巨星系,出现小规模战斗。近年来争相殖民于该行星的两支埃萨克部落为了争夺铼矿藏,撕毁曾由联盟公证的休战协议,展开战斗事件。"

单看这条消息似乎只是数不清的埃萨克部落战争之一。若非略知内幕,开罗大概也不在意。但现在他本能地采取两道手续。

开罗屏蔽了所有公众新闻,屏蔽了舆论精英扩散的消息,也屏蔽聚集多数群众残影的信息流。接下来,他在微晶面板上摸索,反向找出过去几年经常关切曼奴堤斯星的信息流端,不出所料,源头全指向优岚、飞洛寒两大家族在邻近星球的殖民基地。开罗透过私密途径切入这些信息来源,像条偷偷跟着海流汇入鱼群里的一条小鱼,随流向前往过去几个小时的冷门信息。

"——联盟中立军已介入,强制双方停战,封锁了曼奴堤斯星。目前联盟军的特遣舰队已抵达,在星球外围设下动力抵消界限,禁止任何船舰进出——"

开罗摸着胡须,迅速消化这些信息,却禁不住地憋住气。

"纽湾……你来看看这个。"他转过头。

在客厅彼端,微晶宠物硕大的眼珠子望了过来。它光滑的身子发出微光,信号对接的瞬间,各种新闻映像出现在它半透明的躯体里,快速滚动。"这……"小男孩般的声音发出惊叹,"这不是主人去的地方吗?主人她……发生了什么事?"

第二章
光域外 / 未知行星

泰伦明显感觉体内的血液奔流，胸口压缩，肺腔随着每次呼吸向内凹陷。他独自隐藏在一道垂直的岩缝中，背部紧贴未知质地的峭壁。仰头，峭壁的顶端没入黑色天际。

他连续启动体内具有生理调节功能的微晶，拼命想驱逐恐惧，想驱逐无法克制的焦虑、彷徨、困惑及极端畏惧等情绪，却一点儿也没用。胸口随着剧烈喘息而起伏，头盔里回响着呼吸声。泰伦直盯眼前的黑暗，缓缓伸出左手，透过夜视力看见自己的手掌在颤抖。碎裂的臂铠已自行恢复完好，抹灭了先前的爪痕。

静下来。平静下来。他无声告诉自己。

然而体内的化学反应早已失控，身体的微晶也极端不安宁，抗拒铠甲为他做出的交互调节。当一切都不管用，泰伦知道只剩一个方法……

他交叠手腕，闭上双眼。微晶纹路从手臂的内侧蔓延开来，爬满臂铠，发出清澈的蓝色荧光。光芒虽不强烈，亦可能招来附近赛忒兽的注意，但泰伦已管不了那么多。军人的第一守则是掌控好身体和情绪。

他扭转双手，启动隐藏在铠甲里的一道"微晶记忆"——有股浪潮冲击他的意识，下一秒泰伦回到了故居的云端平台。云海铺开于眼前，柔柔绵绵，像被朝阳染了色的绒毛。八岁的泰伦踢着小脚，看向坐在身边的男人。优岚·洛葛朝他微笑，宽厚的手掌摸摸泰伦的小脑袋。幼小的心灵萌生一股暖意。祖孙二人转头，面向正在升起的太阳。视线边缘，悬浮在云海彼端的是两颗巨星的弧形轮廓，正因渐强的阳光而模糊起来。

泰伦再次转动手腕。

现在只有他一人坐在云端平台。成年后的他才刚成为天穹守护，获取资格使用爷爷遗留下来的铠甲。他盯着云海，感觉多年郁积心中的无奈稍微平息。终于，他不再是个什么都做不了的孩子——终于在今天，他正式升职为天穹守护，能开始为优岚家族做些什么，能开始承接爷爷所留下的使命。雀跃的感觉在胸口扩散，他开始期待未来。他的心中出现了希望，暂时驱逐一直死锁在脑中的愤恨和郁闷，他感到平静……

泰伦将手腕分开。微晶纹路从臂铠的表面暗去，直到缩成几个蓝光点，然后消失。

他发现呼吸、心率均已回复正常，铠甲的微晶顺利传来连接信号，进一步调节自己的生理状态。然而身体平静下来，心中却油生出罪恶。泰伦已经好几年没有唤醒这一段微晶记忆，因为这种透过事件体验来影响情绪的方法，太频繁使用只会使效果递减。但更重要的理由是，他利用了那一刻的心境转变——利用了多年失去爷爷的痛苦获得缓解时的感受——来镇定自己，这令泰伦感觉百般罪恶。

泰伦深吸口气。黑镜屏幕在意识中打开，他看见许多光体数据已逐渐恢复正常。他定下心来，开始环顾四周。这是他第一次专注地观察当前的所在地。

显然他已不在曼奴堤斯星上。这里是从未见过的地质——坚硬、结实，连一点儿沙尘也没有，但以手指施力却能在地表压出浅浅的洞。就连黑镜也找不到任何记录。泰伦有股非常不祥的预感。

这里到底是哪颗行星？我们怎么来到这儿的？千百个问题在脑中盘绕，他试着回想当初发生了什么。然而意识就像拼接不起的碎片。那阵强烈的地底闪光不仅麻痹了他的脑子，也干扰他体内的所有微晶。在闪光出现之前……我正冲向飞洛寒的渲晶师。难道是她做了什么吗？

不对。我差点杀了她。她和我一样惊讶。泰伦想起他举刀砍向女渲晶师的脖子，转瞬之间，他们却落在这冰冷的星球，被上万只赛忒兽给包围。他不禁起了一股寒战。接下来发生的事，就像模糊的梦魇。

那些空洞的眼眸，透出阴暗的紫色光芒。原本停滞在半空的赛忒兽群，以整齐划一的动作扭转它们的头，紫色的目光集中在所有埃萨克人、瑟利人的身上。它们有了动作，成群的黑晶色兽身开始飘下，犹如正在收缩的黑色旋涡。赛忒兽速度惊人，露出锋利的牙齿和机械爪。有人开枪了。电浆粒子切开暗夜，像一道由地面升起的炽热彩影直击赛忒涡流。那是个女埃萨克人。下一刻，赛忒遽然散开，幽紫光点瞬间遮掩了整片天空，朝他们覆盖下来。

泰伦本能地挥动扇刃，首脑的声音却制止他的动作。"别应战！大家跟着我走！"泰伦立刻住手，追了上去；在危急关头信任首脑几乎已成了这些年的本能。身旁的埃萨克人不停朝空中开火，耳边尽是杀戮声响。美人、鬼祟也出现在视线内，跟随着他。——蜂糖呢？付款人？为什么没看见他们？泰伦迟疑了。耳边尽是埃萨克人的惨叫。人群挤成一团，有埃萨克人在恐惧中朝着同伙的背部开枪，践踏彼此想往外跑。

有东西钳住泰伦的背。战斗的本能接管意识，泰伦回身扫动扇刃，切开某种疯狂扭动的东西，像是刚硬的机械又像软皮囊似的。他听见尖锐的嘶吼，有东西喷溅过来。更多黝黑的异兽扑到他身上，他全身上下都遭攻击，背部和膝部传来剧烈的痛楚。

泰伦旋转身子，想脱离包围网。他不确定才刚跑了多少距离，却忽然踏了个空，整个人朝谷底跌落。硬实的地壳朝他的面铠扑来，仿佛有人对着他挥拳。微晶信号一团混乱。脑部接连受到撞击让泰伦差点昏死过去，他撑着朦胧的意识在地上攀爬。最后他埋身一道狭长的壁缝中，并在失去意识之前，按下颈铠上的某个钮。

好不容易运用微晶记忆再次掌控了生理机能，泰伦站起身，勉强从壁缝中走了出来。

他试图回想一下情况。当初确实隔着头盔也可听见战斗的声响。而且从周围埃萨克人的反应看来，这星球似乎拥有含氧度不低的大气层。这算巧合吗？泰伦看着黑镜映出新捕捉到的数值，然后用手指拨弄颈铠上的微晶纹路，试探性地松开了头盔。稀薄、冰冷的空气灌注进来，脸部的肌肤瞬间僵硬。他觉得呼吸异常困难，却仍草率地解开面铠，整个头盔从面部开始朝后方收缩，露出一头凌乱的褐发。

眼前一片昏暗，高挂天际如巨轮般的行星，像一抹映在黑色幕帘上的白色微笑。

十二颗细小的蓝光点从泰伦的瞳孔冒出，迅速旋转，为他的眼眸铺上一层光晕。星球的地貌立刻在他眼前变得清晰——贫瘠，荒芜，一点儿生命迹象也没有。然而泰伦意识到一件事：用贫瘠来形容这星球似乎并不太对。

与曼奴堤斯星龟裂的地表不同，这星球的表面给人一体成型的印象，像一颗巨大而无边的钻石。地平线确实有起起伏伏的高原和谷

· · · ○ 61 ·

地，也明显有陨石撞击的残迹，但由于地质过度坚硬，难有生命滋长，不适合殖民。

"老大——！"上方传来充满期待又刻意压低的声音。泰伦回首，看见对方以矫捷的动作从斜壁表面半跃下来，迅速来到他的身边。

"鬼祟。看见其他人了吗？"

安德树·蒙谷，军事代号为"鬼祟"——看见泰伦没戴头盔，愣了一下，然后也小心翼翼地触碰颈铠。头盔朝两旁收缩，露出一对碧绿色的眸子，以及垂在额前的红发。若非他总挂着一副歇斯底里的神情，要说五官英俊也不为过。鬼祟眯着眼，皱起鼻子，然后"喔！"的一声，解开铠甲各部位之间的衔接线。"简直要窒息了！不骗你，我可以感觉这套铠甲的微晶拼命想钻入我的皮肤，不停磨蹭。回去得叫他们给我换套安分点的。"鬼祟扭扭头说，"没有，老大，其他人不知躲去哪儿了。我自己也躲了快一小时，刚刚才探查到你的微晶信号。"

泰伦点点头，知道最后这句是实话。遭遇赛忒袭击后，泰伦在昏迷前原本打算发出求救信号，但他知道短时间内遇上援军的概率过于渺茫。于是他采取完全相反的动作：按下颈铠上的信息封印钮。

这会让铠甲封存这段时间吸收到的所有信息，让以后找到他的人至少可窥视究竟发生了什么事。然而代价便是铠甲里的微晶治愈机能也将归零。他当时已做好牺牲性命的准备。*鬼祟应该是在我使用微晶记忆，重新启动机能后才捕捉到我的位置。*

"从和飞洛寒交手后，就再也没看到付款人和蜂糖。"泰伦对他说，"但是首脑和美人，我确定他们也到了这地方。接收不到他们的信号，这不太对。"*或许他们也负伤了，和我做出了一样的决定。*

"唉，说不定他们早就已经回到空镜号，正在喝茶呢！不过老大，我刚才经过赛忒出现的那地方……简直，呃……尸横遍野，惨不

· 62 · · ·

忍睹。"

泰伦的心一惊,望向他:"有看见首脑他们吗?"

鬼祟耸耸肩。"如果有,我死也会把他们的遗体拖过来,对吧?即使剩下残肢片体,也得让你看看吧。"

"那么飞洛寒的人呢?有看见他们的踪影吗?"

"如果有活的,我自然神不知鬼不觉先干掉他们。但或许不会切下残肢带来给你看。"

"别兜圈子说话。到底有没有?"

鬼祟扭了下嘴。"有一个。死得很难看,断了只手臂,脸都被撕烂了。"

泰伦思索一会儿:"你没有遇见赛忒?"

"如果有,我还站在这儿吗?"鬼祟郁闷地说,"那里都是死去的埃萨克士兵,像软塌塌、血淋淋的大杂烩。唉!说不定我们全在做梦,这儿根本没有赛忒,我们看见的只是空气中的鬼火。"

泰伦瞥了鬼祟一眼,咀嚼这些话。鬼祟在儿时似乎受过某种严重的刺激,没人知道细节。但这导致他总不简明扼要地回答他人的问题,拐弯抹角,有时甚至真假难辨。这个令人费解的习惯让鬼祟每每调换到新的小队就遭人唾弃,一次又一次被踢出去,没有队伍敢要他——直到遇见了泰伦。

因为在某次机缘中,泰伦发现鬼祟所拥有的能力在战场上无人能出其右。

"我们得找到其他同伴。"头盔重新覆盖泰伦的面容。他和鬼祟二人调整黑镜系统,切换了几种侦察模式,从多角光谱,各种电磁波谱,辐射尘埃,到热能残痕的捕捉。

"老大,左前方的地表有较多热能残痕,如果有埃萨克人活下来,八成从那方向逃了。看来埃萨克人真是赛忒的天敌呀!哪像我们瑟利，遇到强点的赛忒就只有被吃的份！"

"天敌说不上，他们只不过没有微晶罢了。"然而泰伦也发现了眼前的轨迹。他开始往前走，并吩咐鬼祟："关掉飞行推进器，我们得步行。还有，压低身上的微晶机能，以免被赛忒察觉。"

眼前的地表起伏不定，但泰伦感觉他们正逐渐朝着下坡走去。左右两边都可看见漆黑的山脉，像锯齿般遮掩住星尘。星球表面冷冽而荒寂，没有任何生命。

不出一阵子，他们的脚步便与残留于地表的热能轨迹相接壤。泰伦紧跟着这些断断续续的印记，加快行进。鬼祟跟在身后，嘴里不知在嘟囔着什么。

突然间，泰伦停下了脚步。

他简直不敢相信自己的眼睛。在一个盆状的低谷中央，首脑正跪在一名埃萨克战士的面前。那名埃萨克人单手压着首脑的头盔，另一只手持着巨大的钢刀，抵住首脑的心脏部位。

泰伦立刻想往前跑，鬼祟却猛然抓住他的手臂。

即便隔着微晶铠甲，泰伦依然可以感受到鬼祟正在颤抖。"不对呀，老大……"鬼祟的声音哽在喉间，得施点力才能说出口，"那根本不是首脑。那是……那是他的鬼魂啊……"

第三章
光域外 / 未知行星

泰伦立刻明白鬼祟的意思。他们从未探测到首脑身上的微晶信号,然而现在首脑穿着铠甲的身影竟以异样的姿态跪在眼前。泰伦感受不到瑟利人该有的微晶频率,仿佛那只是具空壳。

非常不对劲。

"没时间思考了!掩护我!"泰伦立即前奔。无论发生何事,他都不打算眼睁睁看着同伴被处决。

微晶铠甲发生变化,调节自身重量与星球重力的平衡,让泰伦的肉体进入最佳运动状态。随着轻快的步伐,他甩动双臂,悬浮于肘处的古铜色长刃向前扭转,脚步在地面切出声响。那名埃萨克人发现了,狰狞的面孔望了过来。

一个箭步,泰伦向前奔跃并展开右臂上的扇刃——

"泰伦!别过来——!"首脑嘶声喊。

泰伦的身子尚在半空,怪事便发生。

意识中的黑境系统闪动片刻,消失了。他的身体也出了状况。那感觉就像在陆地奔跑却突然发现自己闯进了混沌的深海——视线、听觉、触觉,感观全变模糊。泰伦尽力维持姿势,敏捷地落在地面,却听见两片扇刃发出"哐啷"的声响掉落在地。他用力眨眼,脑袋异常昏眩,无法适应突来的状况。

粗重的脚步声朝他走来。

未来得及思考,炸裂般的剧痛便在右脑爆开。泰伦跪了下来,那人又踹向他的腹部。他在地面滚了几圈,口中浓浓的血味。他急喘着气,用手指扫动颈铠想解开头盔,却发现没用。

*我身上的微晶……全失效了……*泰伦花了几秒脱下臂铠,裸露的手指在下颌处摸索,好不容易才找到铠甲的连接处。扯下头盔的一刹那,他看见又一拳朝自己挥来。

他的脸部再次受重击,这次没有面甲的保护。一阵昏眩,泰伦跪地吐出一口血。他挣扎着观察周围,终于开始了解情况。

"瑟利人,你们不是挺嚣张吗?"攻击他的那名埃萨克人来到面前。对方瞎了一只眼睛,神情极度凶狠,破碎的橙色铠甲之间露出鼓起的深色皮肤。盆地周围的陡坡上,好几支奇特的电子长矛垂立于地表,方才被地形遮蔽了视野。

几名手持电磁枪的身影包围过来。泰伦算了算,在场共有五位埃萨克人。*这是他们设下的埋伏……*

鬼祟也落入陷阱之中,被另一名埃萨克人接连揍了几拳,尖叫声断然被咳嗽所取代。首脑更是伤痕累累,全身铠甲多处龟裂。他虚弱地对泰伦说:"在那些长矛的范围内,微晶会被一股力场给压制——呃!"

"闭嘴!"独眼埃萨克战士一脚踢向首脑的头部,泰伦清楚听见头盔裂开的声响。

这一幕彻底令泰伦暴怒了,他起身拦住埃萨克人的腰。但下一刻,埃萨克人以手肘下击。泰伦从未有过这种感觉,背部溢出撕裂般

66

的剧痛，仿佛脊椎因重击而弯曲。

独眼埃萨克人单手勒住泰伦的脖子，另一名埃萨克人一拳打在他的胸口上。"看看你们的窘况，瑟利人！"独眼埃萨克人笑了几声，"在我'暴焰'库达鲁的眼里，没了微晶的帮忙，你就和婴儿没两样！"又有一人踹向他，让他跌往一旁，攻击接踵而来。

泰伦从不知一旦微晶失效，瑟利人和埃萨克人的战力会如此悬殊。对方的每一击都带着拆毁城墙的力道。泰伦单膝跪地，下巴满是鲜血，但眼底的火焰依然不减。他是天穹守护，就算毫无胜算，也会战斗至最后一刻——

首脑挪身挡在泰伦前方。

"埃萨克人……别忘了我们仍在赛忒的地盘。你会需要我们。"首脑很勉强地撑着身子，声音不乏以往的沉稳。

暴焰哼了一声，亮出钢刀。"我同意，所以会留你一个活口。"他甩来一巴掌，将首脑击向一旁，然后恶狠狠地朝泰伦走来。泰伦怒吼，朝暴焰挥拳却被轻易挡下。一个不留心，暴焰已用手臂缠住泰伦，锋利的刀刃抵住他颈子。"你这家伙太危险了。等我慢慢割开你的喉咙，让你体会鲜血和肺中的空气一同流失的感觉。这是为我们焰落族的弟兄报仇——"

一道蓝光从旁射来，击落了钢刀。暴焰的手掌被烧出个鲜红的坑洞。

包围他们的埃萨克人立刻四散开来，惊讶地望向光束的来源。暴焰忍住疼痛，瞪视自己掌心的窟窿。断裂的手指被血色的肉丝悬吊着。他慢慢转过头。

开枪的天穹守护矗立远方，远离电子长矛的范围，枪口的微晶纹路再次亮起。他的面甲投射出男子冰冷的声音："放开他。"

美人……泰伦的脑袋依旧剧痛无比，但沾满血的嘴角露出了

67

微笑。

"瑟利人,有胆就过来救你的同伴!"暴焰将拾起的钢刀对准泰伦的颈动脉,这时泰伦才惊讶地看见埃萨克人的手掌正在迅速愈合;窟窿已被堵死,五指回归原处,表面生长出红肿的组织,逐渐硬化为粗糙的皮肤。泰伦屏住气,他知道埃萨克这种族正是为了征战和星际殖民而生,体内经过好几世代的基因改良,都有某程度的天然自愈能力。然而如此强大的恢复力,并不常见。

"美人快过来!帮自己的微晶洗个澡啊!"鬼祟歇斯底里地尖叫。他已被一名埃萨克士兵给制服。

美人向前走了几步,埃萨克人的枪炮全对着他。暴焰露出疯狂的笑容。

忽然,美人肩部的飞行推进器发出一阵短促的闪动,带着他跃向旁边的陡坡。他果断开枪了——光束击中其中一柄电子长矛,从中央打断它。

突然鬼祟身上的铠甲闪现蓝光,微晶纹路再次窜流起来。他以不可思议的流畅动作反制住埃萨克士兵,将其压倒在地,细长的枪口抵住对方的眼窝。

"住手——!"一名女埃萨克人将长筒电磁炮转向,对准微晶能力已失效的首脑,"再敢有任何动作,就准备帮你们的同伴收尸!"

其他埃萨克士兵纷纷把枪口瞄准不同瑟利人。双方紧扣扳机,形成混乱的对峙。

"芮莉亚,早告诉过你,我们应该见一个瑟利人就杀一个!"暴焰口吻转变,泰伦甚至可以嗅到他口中的愤怒,"现在他们发现沉寂之矛的作用了!"

芮莉亚露出犀利的目光。"我们先问出内幕。这些瑟利人闯入曼奴堤斯星的战场,必然知道些什么。"

"狗屁不通！他们和我们一样搞不清楚这啥鬼地方！"暴焰的视线从未离开站在远方举枪的天穹守护。他闷哼一声，松开刀刃，把泰伦踹向首脑身旁。然后他取出背上的长管炮，快速拉动弹匣扳手。"他妈的，说清楚你们当时究竟干了什么？曼奴堤斯星的其他人去了哪儿？"

首脑立刻高举双手，直视他。"我说过了，我们和你们一样困惑。"他回过头，对芮莉亚说道，"有可能是曼奴堤斯星的地底遗迹所造成的。有人比我们更明白这件事。"

"谁？"暴焰怒问。

"那些黑铠的瑟利人。他们也在这儿，对吧？叫他们过来吧。"首脑说。

什么？飞洛寒的人也在这儿？泰伦看了下空旷的四周，视线回到首脑身上，不解地皱起眉。

随着首脑的视线，泰伦看见除了芮莉亚，埃萨克人当中还有第二名高大的女性战士。她留着杂乱的橘色卷发，持枪站在远处，脚边却摆放一柄形状独特的黑色长戟。泰伦眨了眨眼，意识到那正是其中一名飞洛寒天穹守护的兵器。

芮莉亚思索片刻后，望向身后的矮丘。

"开什么玩笑？瑟利人非常狡诈，说不定根本是一伙的。"暴焰企图阻止她，"要是他们联手对付我们——"

"那么在沉寂之矛的力场内，他们也会不堪一击。"芮莉亚朝其他埃萨克人点头，"有什么动作，我们就处决人质。"她凝视着首脑说道。"欧菲亚联盟里的瑟利人当中，优岚家族和飞洛寒家族一直是死对头。"

泰伦瞥了埃萨克的众首领一眼，回头朝暴焰露出微笑。"看来她比你聪明多了。这是刚出生的婴儿都知道的常识。"

69

"我叫你闭上嘴——"

"库达鲁!"芮莉亚喝止已准备扣扳机的暴焰。

"美人!不要开枪!"首脑也立刻制止,直盯着美人枪口已开始旋动的蓝光。

暴焰的喉间不断发出野兽般的声响。他将长管炮抵住泰伦——那炮口大得几乎可以吞下他半个脑袋——将他整个身子往前压。泰伦咬紧牙,在心底咒骂。暴焰的表情相当狰狞,未失明的单眼充满血丝,转而怒瞪女埃萨克首领。他的胸脯随着呼吸夸张地起伏,以恶煞般的口吻说道:"在这里,你已经不是指挥官了。"

芮莉亚的炮口依然对准瑟利的人质,与暴焰对峙的眼神却浮现冷冷的杀意。她身上的铠甲处处破损,露出大腿、腹部、胸膛和肩部已复原的平滑肌肤,连一点儿弹痕也没有。最后,芮莉亚率先挪开了视线,固执地朝身后喊:"毒焰,把他们带过来!"

语音落下,紧接而来的宁静持续了数十秒。所有持枪者紧握手中兵器,气氛异常紧绷。不久后,泰伦才看见矮丘后方走来三个人影。

他吃惊地睁大眼。

两名飞洛寒家族的人,其中包括曾与他交手的女渲晶师——她身穿黑色的精密轻铠,脸部被包覆在半透明的面罩里,隐约可见她的眼底充满激动的怒意,直盯着泰伦。另一位是天穹守护,流线形的黑色战铠有浮动的金色线纹。然而真正令泰伦惊讶的不是这二人,而是在他们身后号称为毒焰的埃萨克人:他并没有暴焰那么魁梧,但和瑟利人相比仍显高挑。他围着红色领巾,手持一柄奇特的长管枪,很明显单靠一己之力挟持了飞洛寒的二人。

这不太对。他怎么凭一己之力胁迫他们俩不轻举妄动?

泰伦的目光落在那埃萨克人的武器上。普遍而言,埃萨克的枪炮重视威力和弹药量,不是数个枪口,就是夸张的巨型弹膛。然而毒焰的武器看来异常细致,枪身极度精密,前端是条长长的管口,显然一次仅能释放一枚子弹。这令泰伦感到纳闷。

他们选择不反抗,是因为武器被夺？不可能吧。泰伦再次打量眼前的景象,然后立刻知道了原因。毒焰只瞄准女渲晶师,她的飞行器被我损坏了……所以那名天穹守护不敢冒任何风险。牵制住女渲晶师,便可牵制住他。

如此一来,还有件事情可以确定：无论毒焰手中是怎样的武器,它都有直接穿透微晶护罩的能力。泰伦和首脑心照不宣地交换了眼神。

在枪口的逼迫之下,两名飞洛寒的瑟利人步入沉寂之矛的力场内。他们铠甲上的金色线纹立刻闪灭。女渲晶师捂住面孔,脚步有些许不稳。

飞洛寒的出现,却让众人之间的对峙出现微妙的变化。

"别低估那个叫芮莉亚的埃萨克首领,"首脑低头,轻声对泰伦说,"她很聪明。现在我们无论想做什么,都得顾忌所有人。"

"接下来怎么办？"泰伦回问。

"看我的。"

在这冰冷而荒瘠的星球表面,连风都静止,只有远方传来某种低沉的呼号声,像徘徊在意识边缘的兽鸣。持枪者瞄准中央的人质,紧张的气息犹如随时会引爆的火药桶。

当飞洛寒的二人迟迟未作声,首脑再度开口,提高音量让所有人都听见："大家都心知肚明,我们是为了争夺遗迹才齐聚在曼奴堤斯星。"

飞洛寒的二人望了过来,埃萨克人不安地晃动手中的枪。

"飞洛寒选择支持石曝族,而焰熔族背后的支持者,正是我们优岚家族。"首脑压着受伤的手臂,直视芮莉亚,"你们所掌握的星球数据、地底坐标，甚至开垦所需的能源，都是我们提供的。但是，我们却被你们焰落族摆了一道。"他停顿片刻后说。"焰落的军阀总长把优岚家族完全阻拦在外，企图霸占遗迹为己有，让我们多年来的投资功亏一篑。"

这完全是谎言，但泰伦已意识到首脑正在做什么。

"不幸的是，飞洛寒单方面打破协议，以武力介入。我们只能采取相同的策略。我们杀开石嚎族的包围网，却依旧慢了一步。"首脑选在此时望向飞洛寒的女渲晶师，"只有你一个人进入那座祭坛似的东西。然后事情便发生了。"

泰伦不得不佩服首脑，短短几句话便把氛围扭转了方向。传言埃萨克人最重视自尊，不容侮蔑。首脑让他们感觉在整件事上，焰落族和优岚处于对等的位置，再巧妙地点出优岚家族和他们是一伙的，借此施压飞洛寒的人。

"你想说什么？"芮莉亚凶狠地凝望首脑。

"我们所在之处是赛忒的地盘，它们随时可能回来。现在明智的方法是先放下歧见，我们得一起找到离开这儿的方法。"首脑挺直受伤的身子，对所有人说："现在起，我们每杀死彼此中的一人，就让赛忒有更大的机会灭绝剩余的所有人。"

在场的埃萨克人面面相觑，逐一看向芮莉亚。飞洛寒的天穹守护依然冷默地不发声。

"哼，我早料到军阀总长和瑟利人私下有勾当……"芮莉亚不屑地吐了口唾沫，无声地盯着首脑片刻。然后她甩动手臂，率先收起了手中的电磁炮。"照你说的，我们暂时没必要把炮口对准彼此。但是，别妄想离开沉寂之矛的范围。"

首脑以眼神朝泰伦示意。泰伦深吸口气，对美人和鬼祟点头。

美人放下手中的闪光枪。紧接着，其他埃萨克人也逐一垂下武器。暴焰发出不悦的声响，朝芮莉亚投以尖锐的眼神，但也收起了长管炮。紧接着，鬼祟松开埃萨克人质，往后跃了长长一大步，确保自己远离消灭微晶的力场。

"瑟利的女人，你说你叫蒂菈儿……是吗？"芮莉亚怒视着飞洛寒的渲晶师，"告诉我们那遗迹到底是什么。"

对方却低着头，什么也不愿回答。

"飞洛寒的蒂菈儿，你可以以军事代号叫我首脑。遗迹……应该是某种传送器，对吧？是它让我们出现在这儿。"首脑说，"如果只有你一人曾接触过遗迹，那么很可能也只有你，才能让所有人逃离这地狱。"

蒂菈儿犹豫地回望一眼，再次低下头。当她终于开口，泰伦不自觉地皱了下眉头。因为蒂菈儿的声音柔弱得像是半透明的丝绸，拨弄着稀薄的空气，扬起空旷的回音。

"它……确实具有空间传送的功能。"蒂菈儿的声音在颤抖，"它是我们人类的祖先在星海中留下的遗物。"

"然后呢？"芮莉亚逼问。

"我们……飞洛寒家族……发现它的技术远远超过联盟当前的技术层级。"她抿了抿唇，"透过'空间撕裂'，它可以打破既有的距离界限和法则。所以如果掌控它，便可以突破目前漫跃技术所做不到的事……"

这些都是联盟高层已知道的事，泰伦心想，几个瑟利的大家族都在积极钻研空间撕裂，都曾进行秘密实验。

"我不管你们瑟利人在做什么鬼研究。你们操控石噭族和我们对抗，就是为了争夺那东西，"芮莉亚厉声说道，"但为什么我们会被传送到这儿？是你干的吗？"她朝前走了一步。

"不是，不是我！"蒂菈儿的灰色眼眸闪动着紧张的神色，"我……我的任务是以最高的效率索取遗迹的内部数据,我们把那称为'神经核信息',然后带回去给家族的研究室解读。"

首脑露出迷惘的神色。"把我们传送到这里的,不是你?"

蒂菈儿连忙摇头。"遗迹的启动和关闭都需要一段时间。当时我们根本毫无时间等待,取得神经核信息后便急着离去。也就是在那时遭遇了你们的拦截。"她朝泰伦望过来,眼底出现一丝稍纵即逝的情绪。"说不定有人在之后操控了遗迹,我不知道……不明白为何我们会被传送到这儿……我的系统里完全没有这颗行星的数据。"

"这下可好了。我们连在哪个星域都不知道!"暴焰忍不住呼号,紧紧握住枪柄。

"不,如果有赛忒出没,"芮莉亚推测说,"很可能是盈熙星域或静晏星域的外缘地带。也有可能是没什么殖民足迹的天尘星域。问题出在,如果瑟利女人没有骗人,我们落在星域纪录中不存在的行星上……"

蒂菈儿看了她几眼,迟迟不语,似乎在犹豫该不该开口。"其实,还有个最糟的可能性……"蒂菈儿的声音像在崩溃边缘,"你们没有留意到光域的情况吗?我们身处黑暗之中。"

暴焰愣了一下:"什么……什么意思?"

"你在胡扯些什么?"泰伦也睁大了眼。

"她说的没错。"首脑的声音变得异常凝重,"从步入曼奴堤斯星的底层洞穴,一直到传送发生,我们的微晶信号都受到干扰。所以泰伦,可能连你也忽略了一件事……'欧菲亚之光',已经熄灭了。"

有那么片刻,泰伦盯着首脑,吃惊到无法回话。

其他埃萨克人也一个个显露出震惊,恐惧冻结在脸上。

"——鬼祟,美人!你们能勘察到欧菲亚之光吗?"泰伦朝站在沉寂之矛外的同伴喊道。这次独眼的暴焰并没有阻止他。就连女首领芮莉亚也仿佛松了下巴,一句话也说不出来。

不须等到鬼祟和美人摇头,这一刻,泰伦的心底已知道答案。

第四章
丰存星域 / 翡绒星

买菜回来后,开罗满怀期待地准备起晚餐,在餐桌上摆好仪式般的新鲜食材。高级生肉,蛋素开味品,翡绒星特产的野菜,还有做面包的综合粉袋。

在他面前是由两个环状物组成的仪器。这是近几年在许多瑟利行星流行起来的烹饪器,由一个平放于桌面的引力环,以及竖立在它中央的磁力环所组成。通常情况下,开罗对那些花哨的先进科技压根儿没好感——唯独吃,因为他是个老饕。

人生有两种冒险永远得干。其中之一就是吃!

手肘边的冷冻盘上摆着这星球原生的上好牛肉,鲜红表面结着冰霜,切成完美的球形。开罗的食指和中指纷纷发出蓝光,这是他对现代科技唯一的妥协。几个月前,他在指尖注入了一种传动功能微晶。为了吃,他学会这种矫揉造作的时尚玩法。

开罗摆出做作的姿态,像音乐指挥家舞动食指,想把生肉球抛到引力环里。嗯,这肉球相当不听话……肉球沉沉地飘浮起来,像一群迷你小行星,开罗别扭地晃动手肘引导它的方向,以指尖与引力环的间距来调节力场的强弱。**这年轻人的玩意儿，才难不倒我……看我得心应手……**

当生肉球通过磁力环中央，他所期待的事发生了。

才零点几秒，肉球由生红转成熟透的颜色，油脂从表面溢了出来，嗞嗞声不绝于耳。一圈冷光刚滑过磁力环，肉球被切成好几等份。上等肉质的香味刺激嗅觉。**喔，伟大的欧菲亚之光啊……**他闭起眼睛，**鼻孔微微撑大，让肉香扑满面孔**。

"你这个模样很恶心。"纽湾在他耳边说。

"滚开！你这没有味觉的东西。"他差点忘记微晶宠物的存在，挥手赶他走，一不小心差点把手伸进磁力环。半透明的鲸鱼扭扭尾巴离去。

开罗在环形仪器上点了点，选择埃萨克文明最爱的炭火烧肉法。竖立的磁力环绕着中央的肉翻转一圈，肉块表面的颜色均匀地加深，出现一层焦色。淡淡的热气伴随炙烤的味儿，却没有传统火烤的浓烟。

开罗用手指头牵来一块肉到口中，开心地咀嚼起来。**妈的，就是这个！老子就是要这个！**

他品尝第二块，相当满意，然后又一块。热乎乎的肉质在嘴里化开，仿佛每块肉里头都含着一份炭心。

仪器里的信息微晶已有他的饮食记录，包括对肉质和温度的偏好，甚至还有最佳预测曲线：那是仪器观察人们在食用过程中胃口和饱足感的生理变化，来对每一口食物采取微调。它优化了饮食体验和节奏，提供用餐过程的最佳情绪感受。然而开罗把那功能给关了。

计算过的满足感，毫无惊喜。开罗讽刺地想。**这还只是生活中的一个细节，类似的情绪调整机制早已渗透到文明的方方面面。**

开罗厌恶规划好的东西，他喜欢惊喜，不管结果是好是坏。当

77

然，他更喜欢突然吃到一块异常美味的烧肉的快意。

飘浮在房间一角的纽湾，正投来窘困的表情。

开罗无法解读一只鲸鱼脸上的神情，但注定没好事。看什么？开罗发出暗笑，在心里下定决心：**下次我要买块进口的鲸鱼肉，在你面前尝尝。**

纽湾又消失了，这一次它没入桌面，把自己压缩成一潭水银状的微晶斑纹。

开罗调暗了客厅的光线。墙面和沙发之间流出一道平顺的白色结构，化为具有弹性的床垫。他屁股底下的椅子则活了过来，像道流动的水波把他送上床。

他原本确信纽湾的主人会回到家，但晚餐都用完了，却一点儿消息也没有。先前得知曼奴堤斯星的情况，确实令人担心。**不过算了，她的职责不就是这样神出鬼没？说不定睡个觉起来她就到家了。**

开罗瞥了眼窗外，城市也渐渐入眠，残余的光轨仿佛有机体漂晃，引导穿缩在夜里的人们。中央脊塔是一抹庄严的黑影，遮蔽远方星芒。它的内部蕴藏瑟利文明的引力操控技术的结晶，让整座城市足以对抗星球的拉扯，维持在大气层的既定高度。

但即便是全联盟科技水平最高的瑟利文明，对于引力的应用仍有局限。他们把力气都花在了烹饪器这种东西上面。

事实上，早在许久以前，开罗曾提倡将引力技术朝另一个方向做应用实验。

自从锬矿被人类发现，文明进化所需的能量源跃升了一个级别。在已成熟上千年的聚变融合技术的基础上，锬矿生成的反物质造就了瑟利文明的一切可能。因此最初的核聚变，也就是人类自古从恒星生态洞察到的能源生成方式，退居到次位。

开罗一直认为学界在这条路的探索远远未达终点。他提出了另一种可能性。

你或许无法加速一颗恒星的聚变状态,但你可以透过引力波动去干扰它。恒星之所以存在,便是因为自身引力与聚变能量之间的抗衡。理论上,引力加剧的程度若超乎聚变的天然频率,恒星为了自行调节,会有一瞬间产生聚变增幅。理想的结果,就是聚变状态的短暂加速。开罗认为,即使恒星终究会回归原样,但那一瞬间所产生的能量脉冲必然对人类文明有重大的含义——万一能成功捕捉呢?是不是可提供一整个星系文明上万年的动力?

抨击他的学者认为这想法极端荒谬。他们列举出各种弊端,从缺乏可控的引力施压增幅技术,到缺乏能吸收这种能量的方法,遑论转化、贮存、运用各环节。更重要的,是没有舰队敢前往恒星去执行这样的任务。他们判定开罗是个极端的激进分子,把他当作"科研人员道德规范"的反面教材。这样的说法在学术界广传。

短短几周内,开罗提出的所有方案全遭驳回,原本兴致勃勃的合作方接连离开他。他的科研生涯直接中断了,无论学界或产业界都对他关起了大门。到了现在,他能去的地方仅剩一些三流研讨会。

开罗打了个大大的呵欠,眼角冒出不知哪儿投射来的微小的光体字,警告他有血管迷走神经反射症,得去检查心脏。他心不在焉地挥掉那串字,倒在白床上打算睡了。

此时,昏暗的客厅里,他看见一个闪烁的红光点。

那是啥……? 他揉了揉眼,以为又是针对他健康状况的警讯。然而那个红光来自房间的信息台上。开罗皱起浓密的白眉,爬下床走了过去。

信息台摆放着各种杂乱的器械,全是屋子主人的东西。打从暂住在这儿,开罗除了接收新闻的微晶面板外,没碰过其他东西。但现在,红光点来自一个形体怪异的器材:模样像个倒过来的海螺。某种紧急通信接收器。

他伸出手,按下发着光的按钮。

接收器的边缘出现一行字:"信号发射星域——不详。"

开罗思考了一下。这是某种紧迫信息,或许他得试着回拨给传送者。他逐一按下侧边的几颗钮,机器没有任何反应。无法回拨吗?

他拉过椅子,坐了下来,开始摸索这个仪器。这是一种实时通话系统。先前有人拨过来,但我没注意到。他突然想起:可能是我和纽湾出门买菜时的事。

他展开这道莫名其妙的红色信号,仔细端详数据里的蛛丝马迹。通常跨星域通信系统会记录来往信息的方向与概略的距离,以定位它的来处——最糟糕的情况下,至少也能测出是源于欧菲亚十二大星域中的哪一个。除非经过无限量子封存的手续去隐蔽,否则所有数据都会留下痕迹。然而当他解开密密麻麻的数据,他确定这是一种传统的未加密的定点仪器通信。

当他开始解读信号来源的数据,开罗的神情转变了。

怎么可能?这道信息……白眉紧紧锁着他的额头,他简直不敢相信自己的眼睛。是来自欧菲亚联盟的"外头"。

第五章
光域外/未知行星

蒂菈儿明显感觉周围的空气变得沉重了。所有人陷入突来的沉默当中。

情况已然明朗，基于某些无人知晓的原因，他们被传送到极远处的赛忒地盘。她并没有刻意去欺瞒——究竟为何会来到这陌生的星球，她确实一点儿头绪也没有。

然而，她也并未说出所有实情。遗迹确实是一种传送仪器，但它的复杂度远远超乎多数人的理解。

"你接触了遗迹。我们被传送到欧菲亚联盟的境外。整群赛忒的正中央。"褐发的优岚男子以不怀好意的语气质问，"若非你的飞行推进器遭破坏，恐怕早已逃离现场。我很难相信你和这件事一点儿关系也没有。"

蒂菈儿盯着对方，一言不发。他的同伴叫他泰伦。*我不会忘记。就是你斩断普罗米兹的手臂*。也因此被赛忒包围时，普罗米兹早已无力反击。他却仍以身体掩护蒂菈儿让她逃走。普罗米兹的胸口被赛忒的爪子扯开，鲜血洒满夜空，脸部被利齿啃蚀，头骨都变了形。蒂菈儿忍住胸中的情绪，瞪视泰伦，暗暗在心底起誓：是你杀死了普罗米兹。我一定会为他复仇！

"如果真的是传送器……"首脑若有所思地说，"代表这星球应该还有另一座遗迹作为接收的端口。只要能找到它，便有机会回到曼奴堤斯星，是吗？"

"等等，遗迹不止一座？"芮莉亚大吃一惊，仿佛听见了一丝希望。

"我们得动身去寻找它。"泰伦语毕，不安地环视身旁的沉寂之矛。

"你们都错了。"此时，站在蒂菈儿身旁的天穹守护开口了——籁穿着一身墨黑色的铠甲，原本的金色光纹因微晶失效而不再。

在他们斜后方，那名戴着红色领巾的埃萨克人毒焰虽已放下手中的狙击枪，蒂菈儿却明白在他俩轻举妄动，对方必会有举动。是她拖累了籁。否则的话……以籁的身手，应该可以轻易夺回兵器，突破他们的包围……她担忧地凝望着队友。籁，对不起……

"你说的什么意思？"首脑问道。

"如果真有接收端的遗迹存在，我们刚落在这星球的表面时就会看到它。"籁简明地回道。在一旁，优岚方的战士投来怀疑的眼神。

蒂菈儿知道籁说出了实情。纵使籁属于家族的军方体系而非科学家，但他加入远古遗迹探研中心也好几年了，有不亚于任何专业研究员的知识量。

"我不明白，那它怎么有办法把众人投射到这儿？"芮莉亚再问。

这次，蒂菈儿自己给出答案。"从很久前，我们发现埋藏在星海中的遗迹不止一座。它们有非常复杂的体系，传输功能也大相径庭。我们通过理论归纳，把它们细分为许多类别……现在唯一能确定的是曼奴堤斯星的遗迹有'非定点传送'的能力。"

或许遗迹启动了随机传送，也或许目标莫名经过设定，蒂菈儿无法确定。她在脑中思考不同的可能性，却不打算告知眼前的敌人。她必须隐瞒。

"很好。现在回归到问题的原点了。我们怎么离开这个要命的星球？"暴焰开始失去耐性。

从遭遇埃萨克人挟持的那一刻起，蒂菈儿不断在心底盘算下一步该如何应对。纵使在场的人们不再举枪僵持，紧绷的气氛却未缓解；他们仍是敌人，情况随时会出现变化。蒂菈儿明白自己得悄悄地找到可靠的方法返回欧菲亚，同时还得摆脱眼前这帮人的威胁——因此至少现在，她得想办法获取所有人的信任。**只要能持续握住关键信息，籁和我就能生存下来。**

"各位，请你们听我说，"蒂菈儿做出决定，"我或许……有一个办法。"

过去好几年，"远古遗迹探研中心"已成了蒂菈儿的家。她和探研中心的所有同伴怀抱着使命感和探寻人类历史的热忱，想透过解读遗迹蕴藏的秘密来掀开创世纪星球——"地球"的真正面貌。

自古以来关于创世纪星球的传说充斥各大人类文明。有人说它是颗仿如蓝色宝石的星球；有人说它是个红色沙土的星球，也有人说它纯属捏造，并不存在。他们相信人类种族的祖先均来自那儿，并称他们为"元人"——体质未经基因改良、未具微晶传承能力的远古人类。

瑟利人说那是一颗人类被大自然支配的地狱行星；埃萨克人说那是战亡者的灵魂前往的殿堂；埃蕊人说那是所有融海变种微晶的发源之地。千年之间，脆弱的真相或淡化为失落的记忆，或膨胀为信仰和传说。但无论事实为何，有一件事可以确定，创世纪星球远在银河系的另一端，位于学者们称之为"原始太阳系"的地方。

· 83 ·

探研中心经过各种计算，得出一个令人沮丧的结果。即使瑟利文明动员目前最先进的漫跃技术船舰，也需要上百年才可抵达那片仅存于假设和传说中的星系。先不提能源延续的问题，也不提在广大宇宙如何精准定位的困难度，最骇人的，依然是潜伏在银河各处的赛忒威胁。一旦离开联盟十二星域的范围，"欧菲亚之光"便再也保护不了他们。

百年前，当所有人类种族协力击退了终极撒壬，瓦解整个赛忒军团，人类开始进入"逐光开拓"时期，也就是跟随欧菲亚之光的散放轨迹，殖民被覆盖的星系。迄今，已覆盖的十二大星域包含七千多颗有人迹的行星。位于最中央的无非"古央星域"，而在它的中心点，则是全人类文明的中枢——欧菲亚行星。

传说中，欧菲亚行星便是"元人"的第一颗移民之星，瑟利文明的起源地。

时至今日，该行星的表面充斥许多瑟利文明的天空之都，而最重要的"天穹城"一眼便可辨识出来：它凌驾于流动的云层之上，像朵绽开的巨型莲花。

城市的壮丽外观象征它的实质地位，是所有文明政治经济的交汇中心。它同时拥有柔美的倩影，映照在总是缓缓变幻的苍穹光影上，告诉众人这里是多方文化汇集的港口，推动诸多家族、部落、组织交流的千羽之帆。

而天穹城众所周知的奇迹现象，便是由城市中央持续放射的神秘辐射——欧菲亚之光。

那道光蕴涵多种电磁辐射和引力波，包括可见光在内的已知电磁波谱，因此就连欠缺微晶的埃萨克人也能以肉眼瞧见。瑟利人则可透过微晶来调整视觉，见到更多欧菲亚之光里的其他电磁波段。而埃蕊人除了能见瑟利和埃萨克所见，还能透过水融微晶与大片水域的连接,来感知引力波的作用力。而传闻中,飒因人是四大种族里能看见最多波种的,包括一些当今联盟的微晶技术无法捕捉的部分。自古以来欧菲亚之光是各大文明热衷研究的领域;光的组成依然有人们无法理解的成分,但近百年来,瑟利人把它当成载体,注入了越发先进的波段技术,随着它的扩散影响着光域内的微晶文明。

一世纪后的现在,欧菲亚之光已覆盖半径一百光年的范围。这光波能严重削弱赛忒体内的变种微晶。也因此在跨半径一百光年的十二星域内,赛忒无法造成实质的威胁——这为人类文明的拓展打下了坚实的基础,也正式确立了联盟"光域"的疆界。

飞洛寒家族第一次发现遗迹的存在,是在光域境外的某颗行星。然而很快考古舰队便发现挖掘线索的代价实在太高,因为赛忒无处不在。蒂菈儿正是在这段时期加入"远古遗迹探研中心",并发现一个诡谲的事实。

十二星域的境内也存在遗迹。而且,还不在少数。

于是在她殷切的说服下,父亲将遗迹探研拔高为首要军事要义之一。身为家族军事防卫统帅,飞洛寒·玟帝波尔为了防止对手优岚家族和联盟的干预,将遗迹探研列为最高层级机密,派驻最杰出的精英来协助女儿。

蒂菈儿便是在这过程中与籁、普罗米兹等天穹守护结识。

然而,蒂菈儿虽然贵为家族军事防卫统帅的独生女,却对军事方面的事一点儿也提不起兴趣。军方的过度介入使她心力交瘁。蒂菈儿压根儿不想去思考联盟里的政治关系,只想好好专注在遗迹的研究上。

但巴顿博士不同,他代表着军方的利益。

就在不久前,蒂菈儿才与他在摩根尼尔星的遗迹挖掘现场有了一次讨论,那讨论终将改变蒂菈儿今天的命运。

摩根尼尔位于风雷星域，是被飞洛寒家族以武力侵占的行星，因此直至今日，它仍是颗充满争议的星球。星球上一座宏伟的山谷间，土壤里的树根盘根错节，大片被挖开的坡道露出了陈旧的遗迹表面。

从山坡俯瞰，挖掘现场仿佛一座敞开的墓地，暴露出的遗迹部分就像个巨人的瞳孔。在它周围的空中悬浮着无数个激光开凿器，一旁则有好几座临时搭建的建筑物。蒂菈儿及巴顿博士就在其中一个隐蔽的建筑物中，商讨下一步该怎么做。

"蒂菈儿，目前有三座新的遗迹已进入待命挖掘的阶段，分别是在念仰星域的曼奴堤斯星，深泉星域的莱蝎星，还有古央星域的蛇吻星。"当时，巴顿博士戴着墨绿色的微晶镜片，展开十二星域的全息影像让她做选择。

不知何时开始，巴顿博士已成为远古遗迹探研中心的领航人。他劝告蒂菈儿："在你选择之前，听听我的建议。曼奴堤斯星最好别去碰，因为我们可能得和优岚方面透过武力来争夺。其他两座遗迹，优岚家族还不知晓。"

蒂菈儿穿着研究员的白色袍子，柔顺的金发在全息影像一旁反射着淡淡的光。她不假思索便做出决定："那么让我负责蛇吻星吧。"

巴顿笑了笑。"我也猜到你会选择它。"

"因为它代表一个很奇怪的可能性。古央星域是我们文明的起源地，两千年前就已经是瑟利的地盘。"蒂菈儿也露出笑容，挥手放大蛇吻星的映像。"竟然没人预料到在它的境内，我们的祖先埋了一座这样的遗迹。巴顿博士，你觉得我们的假说成立吗？"

巴顿点了下眼前的悬浮镜片，让它缩回两边耳环内。"如果证据确凿，能确立遗迹的创建时间和星球寿命之间的关系，或许可以说服所有人瑟利文明的发源地……并非欧菲亚行星。"他的声音透露出不适，并习惯性地折动手指关节，"但我认为这可能性不大。我们也还无法断言欧菲亚行星本身是否也有更古老的遗迹。"

"我们已经秘密搜索过欧菲亚行星了,不是吗?95%以上的地幔带都已确认,连一点结构成分都找不到。"

"那数据不一定准确。探寻单位处处受到优岚方面的监视。还有各个市议厅、创世教派的阻扰……"巴顿叹了口气道,"当然了,我个人也认为欧菲亚行星是'干净'的。蛇吻星很可能是离文明起源地最近的一颗行星——"

"如果假说成立,蛇吻星'就是'文明起源地了。"蒂菈儿坚定地说。

"我了解。只是,蒂菈儿,这样的论说人们会难以接受。你将推翻欧菲亚行星是文明起源之地的常识。相信会挑动许多人的神经。"

"嗯?"蒂菈儿不解地眨了眨眼。

"这么说吧。在古央星域以内握有权势的那些人,都是受惠于历史所赋予欧菲亚行星的独特定位。如果人们开始质疑它并非文明初始之地,你可以想象这将怎么冲击那伙人的权力根基?"

"冲击?"蒂菈儿不解地问,"欧菲亚是不是文明发源地,那可是几千年前的事。和当今各个市议厅或是星域总司那些人有什么关系?"

"你大概难以想象有多少人手中握有的权力正当性,正是建立在群众不可动摇的观念上。以自认熟知的历史为根基,世世代代传承的观念。"巴顿博士苦笑道,"你跟我都是考古学家,习惯只把触得到、摸得到的东西当作事实。但俗世间的事,真的都是如此吗?"

蒂菈儿沉默了。

"你了解了?必然会有人想尽办法打击你的论说。尤其是我们的死对头优岚家族。优岚能在联盟握有如此强大的话语权,正因为他们是各种复杂势力的维系者。那帮人最不想看到的,就是他们苦苦维系的平衡被一个莫名其妙的学说给打破。局势重新洗牌。"

"我真不懂……这不过是提出另一种历史的可能性罢了。"蒂菈儿皱眉。

巴顿露出了一种只有长辈对晚辈才有的,很隐晦的怜惜神情。"可能性?一个稳固的权力局势遭颠覆,不都是从'可能性'开始吗?"巴顿静静地说,"我必须告诉你,联盟里有许多势力正虎视眈眈,期待一个听来正当的理由颠覆一切——无论那理由听来多么荒谬不堪。如此一来,他们可以搅动各种对立关系,从中得利。届时飞洛寒家族在某些层面,也会受到波及。"

蒂菈儿觉得头疼,不想去消化博士所言。她只想搞明白哪座遗迹最古老,推论出元人抵达欧菲亚一带的方法,并且反向锁定创世纪星球究竟在哪儿。或至少……判定它是否真实存在。蒂菈儿抿着嘴,心想,*我想要寻找的,只有真实。*

巴顿递给她一条透明薄膜,里头装载着蛇吻星的所有资料。"所以,你要想接下蛇吻星的任务,必须格外小心。"

"我明白了。"她撒了谎,"那么我先去做些准备,巴顿博士。明天出发,两周内就能抵达,叫他们等我。"

向巴顿道别后,蒂菈儿绕过悬浮四处的仪器。广大的十二星域的全息影像依然在她的左侧微微闪烁;位于中心的是古央星域,环绕着它的是千年前成立的四大早期星域,然后再外围才是百年前"逐光开拓"时期覆盖的七个新星域。

巴顿博士站在另一端,在星域图中挥舞手掌,切出一个独立的全息空间,分别拉出那三个正待命挖掘的星球缩图。他放大它们进行各种数据的自行比对。就在这一刻,蒂菈儿瞧见了某样东西。

"等等……"她转身凝望着立体影像,"为什么只有曼奴堤斯星的光环显现出红色?"

巴顿已戴回悬浮镜片,迟疑地望了她一眼。"这个?"他拨弄曼奴

· 88 ·

堤斯星的影像，让它在面前缓缓旋转，"这没什么，只是暂时做个记录罢了。我们获知情报，曼奴堤斯星的遗迹有可能是ZXL-0型。"

蒂菈儿诧异地睁大眼。

有那么几秒，她的脑子像空了一样，呆滞地盯着闪动的红色光环。然后她开口："博士，我改变主意了。请让我负责曼奴堤斯星的采掘工作。"

这次换巴顿惊讶地睁大眼，"这不妥当吧？我刚才说过了，那儿是我们和优岚家族冲突最激烈的地方。双方都准备推动各自操控的埃萨克部落进行武力交锋。这星球将被战火吞噬。"

蒂菈儿走回巴顿博士的身旁，眼睛却从未离开曼奴堤斯星。"没关系，到时候我会待在船舰上。"

"你父亲已经说了，这次要动员的已不止防御型船舰。最糟情况，有可能和优岚家族全面开战。听着，蒂菈儿——"

"我会说服我父亲。"她凝视着那星球。属性"0"是范围型的传送。索菲儿专攻的领域。

巴顿仍尝试阻止她："等会儿……我刚才说这是ZXL-0型的遗迹，其实不一定准确。你也知道遗迹种类非常多，说不定还有未发掘到的类型。也可能是误判。"他迅速挥了挥手掌，抹掉星球表面的红晕，"这情报是由两名埃蕊人提供的。他们的真实身份连我都不清楚，不晓得谁雇用的。说不定他们的描述根本是错的。"

"没关系，只要有些微的可能性便行了。"只要有一丝可能，就不该放手。蒂菈儿坚定地回答，"巴顿博士，我已经决定了。"

巴顿愣了片刻，才叹口气。"是因为索菲儿吗？"

蒂菈儿低下头，想说些什么却开不了口。再次与巴顿对视时，她勉强露出了笑容。"请您放心，我会安全把'神经核信息'带回来的。"

89

身为天穹守护的籁，正静静站在蒂菈儿的身旁。他已收起头盔，露出工整的短发，发色乌黑的程度和他身上缺乏微晶光纹的铠甲一样。

他维持沉静的姿态，冷眼打量优岚方的几位天穹守护。泰伦应该是小队的队长。但首脑才是决策中枢。籁瞥了对方一眼。啧，一群多事的杂种。

籁的神情丝毫没有透露心中的怒意。若非优岚选择介入，他当初定顺利带着蒂菈儿离开曼奴堤斯星的战场，返回飞洛寒的舰队。现在，他们得和埃萨克人耗在这儿，用言语交涉。

籁的视线挪向第二位女埃萨克士兵的脚边——他的长戟"斯努基之狼"。

这武器的握柄两侧有圈放射孔，可朝长戟的两端发出高能激光，汇集于尖端的晶体半球镜，成为电光利刃，可切开任何物质。籁能以指头操控半球镜反转，精确折射出扫荡四周的激光。以铠甲的动力来驱动一千焦耳的高能激光，瞬间便能杀死在场的埃萨克士兵。

只要能夺回我的武器，这群低等杂种根本不是威胁。

即使力场内的微晶遭到压制，籁对自己的信心丝毫不减。他想象过穿越火网，徒手摧毁沉寂之矛，夺回兵器，并全方位扑杀埃萨克人。这难不倒他。问题是少了埃萨克人的存在，籁和蒂菈儿会直接站在优岚的对立面。而优岚方有四名天穹守护，籁只有孤身一人。

另一个严重的问题是戴着红色领巾的埃萨克人毒焰。

这群低等人种里，他算挺聪明的。籁发现毒焰独自站得很远，离沉寂之矛的力场有段距离，不在籁有自信掌控的范围内。而毒焰手中的长枪，事实上是种对抗微晶的狙击兵器。他只需锁定目标一段时间，便能针对个人的微晶体质做出精确定位，让子弹内核迅速转化为最具有瓦解功效的频率。相较于沉寂之矛仅让微晶信号暂时失效，毒焰的狙击枪可使微晶永久瘫痪。

毒焰挟持他们时，就已锁定蒂菈儿体内的微晶。套句对方说过的话，枪管内的子弹犹如为她量身定做的致命病毒，可穿透蒂菈儿的微晶护罩，直接将之击毙。

如此精密的技术在普通的埃萨克部落极其罕见，籁也是第一次亲眼看到。我的使命是保护蒂菈儿，以及她所找到的遗迹信息。不能冒任何风险。

"我取得了曼奴堤斯遗迹的核心信息，"此时，蒂菈儿告诉众人她的想法，"如果花点时间，或许……可以鉴定出事件发生前的传送设定。"

那些埃萨克人并未松懈防备，但他们正专注地聆听着。

"同时，我的体内还存有另一个东西。"蒂菈儿以犹豫的口吻，接着说："军方把它称之为'寰宇图'。它标注了飞洛寒家族目前已探知的遗迹位置。至少是我有做过研究的遗迹位置。把这两样东西做交叉比对，如果……如果运气好，有微小的概率可识别出附近星球有没有其他的传送遗迹。"

籁微微睁大眼。蒂菈儿，你为何告诉他们这些事？

女孩咽了下口水，向眼前的人们恳求道："我需要离开这力场。我需要使用我的渲晶能力。"

"这或许是值得一试的方向。"首脑看向发号施令的芮莉亚。女埃萨克首领眉间紧皱，满脸狐疑。

但真正感到诧异的，是籁。他不敢相信蒂菈儿打算就这么公开家族的最高机密。眼前可是不断与飞洛寒争权夺利的优岚家族。然而她的下一句话，却使籁更为吃惊。

蒂菈儿清了下喉咙："还有……我也需要籁的帮助。他也得和我离开力场才行。"

"什么？你当我们没有脑袋吗？"独眼的暴焰立刻反对，"放你一人出去可以。但这家伙杀死我们多少同伴！休想他安然离开沉寂之矛！"暴焰作势举枪，将粗大的长管炮转向籁。

"寰宇图融存于我体内的微晶，但我一人无法启动它，钥匙在籁的身上。"蒂菈儿小心翼翼地说，"这是为了避免我落入敌阵的防卫机制。"

籁仍沉稳地看着她，没让惊讶浮现脸上。蒂菈儿，我身上并没有那样的东西。

经过漫长的数秒钟，埃萨克的女首领芮莉亚答应了。"可以。但不许你们启动微晶铠甲的护罩。"她呐喊，"毒焰！如果他们敢耍什么花招，就直接开枪毙了她！"所有人都听见芮莉亚拉开电磁炮的保险杆。毒焰点头，往后退了几步，架起手中的狙击枪。

方才刚缓解的气氛瞬间变得紧绷。籁知道女孩正在铤而走险，却不明白她打着什么主意。他被迫思考着自己下一步该怎么做。

暴焰发出嘶吼斥驳："让这两个家伙走出去，非常不明智！"

"你有更好的方法吗？"芮莉亚怒叱。

暴焰咬着牙，对蒂菈儿说："如果你在耍我们，我会帮你把脑袋开个洞，满头金发染成血红。"

除了毒焰以外，在场所有埃萨克人的枪炮都对准了最具威胁的籁。优岚方的人则像看戏一般无动于衷。籁看见蒂菈儿试探性地挪动身子，只能跟上，步出沉寂之矛的力场。蒂菈儿，你究竟想干什么？

铠甲和身体表面的微晶再度苏醒，金色光纹在黑色盔甲的边沿蔓延开来。籁动了动指关节。他看着能量微晶、信息微晶，以及各式功能微晶的数据逐一从意识中冒出来，并迅速侵占视线周围。籁以意念推开它们，目光聚焦在转身面对他的女孩。

蒂菈儿压着额头，花了一会儿时间才适应微晶的复苏。她架平双手臂，唤出光晕——无数道银色的光丝浮动在蒂菈儿的双臂内侧，形成复杂却有特殊规律的光网。那双纤细的手臂仿佛正捧着银光编织的摇篮。"籁！"蒂菈儿直视他的双眼，挪转右手。轻铠的右手腕出现了变化，打开一条缝，里头金沙般的微晶正在流动。这一刻，籁终于理解了。

他也调动右手腕。天穹守护的铠甲裂出一道细缝，金光流出来。籁就站在蒂菈儿侧面，二人贴近的手腕被空气中缓缓飘动的金色丝线连接。

由于所有数据都已融入蒂菈儿体内的微晶，这是她平时与籁交换机密数据的方法。这根本不是什么钥匙……籁的神情温和下来，看着女孩轻柔的目光。她在把资料复制给我，她害怕自己如果……

蒂菈儿露出了旁人无法察觉到的浅浅的笑容。然后她闭起了眼，双手中摇篮般的银光开始膨胀。

此时籁才意识到，蒂菈儿撒谎的另一个目的。原来……你在想办法保护我，对吗？你在告诉他们，你必须靠我来启动寰宇图……因此无论发生什么事，若想找到生存的方法，就必须让我也活下去。

蒂菈儿回望他，作势让银色光谱变得更加复杂。

我的使命一直是保护蒂菈儿，以及她所找到的遗迹信息。籁在心里重复想着。但他从未预料到会有这么一刻，竟是由蒂菈儿守护自己。

女孩的双手一甩，光谱俨然成为密密麻麻的银色星点散放到空气中，形成盆状的星像图。光点在众人面前缓缓流转。它的范围相当大，连站在远处的毒焰都被淹没其中，发出了惊叹。寰宇图的一角没入沉寂之矛力场内，光点瞬间消失，像被啃了一口的星空。蒂菈儿这才解除与籁手腕相连的、用以伪装的金丝光束。

紧接着，她的臂铠生长出一片片微晶设备，包覆住手臂前端。

93

它们不同于瑟利文明的流线风格，反而更像鳞片状的器械。淡蓝色光纹组成的几何图形出现在那器械的内侧，以同步的速度闪动，开始了渲晶的过程。

渲晶师在瑟利文明中扮演着特殊的角色，能够从分子及原子层级去改变微晶的本质，大幅提升某些功效，甚至创造前所未见的功能。而蒂菈儿专属的渲晶能力，便是与元人所留下的遗迹技术得以产生某种程度的互动，进而达成操控它的目的。这是一项被所有瑟利家族视为高度稀缺的渲晶技能，由飞洛寒高层秘密研发。

蒂菈儿的眼神变得朦胧，直盯着寰宇图却像是什么也没看见。籁知道她已完全进入第二意识，正在设法过滤难以计量的遗迹信息。

瑟利人都有"主意识"和"第二意识"。主意识用以接收外来信息，以及观察微晶系统的协助数据。第二意识则是外力无法入侵的领域。天穹守护和军方人员都必须接受严格的第二意识保护训练。

突然间，蒂菈儿手臂轻摆，只见一个接一个几何光纹被投向广大的星域图，点燃了被覆盖的星星。

扩散在空气中的星域在众人面前扭曲，部分迅速扩大，部分急速缩小。她以飞快的速度过滤一个个星系，各种几何图形像是立体的框架串连起繁星，激烈闪动一瞬，便遭蒂菈儿推开。眼前的景象叹为观止，连优岚的天穹守护也看得哑口无言。

籁也有些吃惊，因为他从未搞明白飞洛寒家族究竟已在宇宙中找到多少座遗迹，这是只有蒂菈儿和巴顿博士才被授权得知的最高层级机密。

"不行……我需要更多时间。"蒂菈儿缓下操控星域影像的速度，似乎筋疲力尽。

"说清楚，你到底在搞什么？"芮莉亚问，"现在是怎么回事？"

"我尝试过滤曼奴堤斯遗迹的初始设定，把可能定位过的传送目标投射在寰宇图上，但目前还找不到任何重叠的迹象。我不确定……"蒂菈儿喘口气，急着说，"我才刚获取这遗迹的神经核信息，需要更多时间来分析——"

"哈，果然没错。"暴焰肆无忌惮地发出笑声。没等蒂菈儿说完，他的神情已变狰狞，紧握长管炮的力道已然泄露出心中的想法。优岚的天穹守护见势也开始调整姿态。在场人们的眼神交错，气氛瞬间沸腾。

籁意识到情况改变，莫名慌张起来。如果他们打算动手，蒂菈儿得和我同时扬起护罩，否则……他想透过微晶通信告知蒂菈儿，但女孩仍陷在渲晶的状态里，阻隔了所有外来信息。完了。

籁动也不动，在意识内开启了热能锁定系统，定位周围的每一个人。

蒂菈儿完全错估了局势。这些低等人种对我们的恐惧并不亚于看到赛忐。对埃萨克人而言，我们活着的威胁远胜于益处。籁犹豫了，因为他知道一旦启动护罩，所有人都会看见一股能量波扫过铠甲的表面。在那一刻，他们会本能地扣下扳机。就算他抢先一步挡在毒焰和蒂菈儿之间，挡下已锁定女孩的微晶狙击弹，但她能承受得了其他埃萨克人的炮火吗？

籁的心跳加速，他得立刻做出抉择。

"走回沉寂之矛的力场内。"芮莉亚以低沉的声音下令。

"等等，请再给我一点时间……"蒂菈儿尝试恳求。

"走回去。"芮莉亚轻声说完，抬高了电磁炮的角度。

"要在寰宇图里找出我们的精确位置，需要更多的条件。这是颗完全陌生的星球，我们缺少——"

"停下你手上的动作！"暴焰直接朝蒂菈儿走去，"给我滚回来！"此举触发了所有人的动作。

95

没有办法了。启动护罩——籁向女孩扑去。

"芮莉亚！看那儿！"某个埃萨克人呼喊。人们的注意力遭打断，接连望向另一方。此时，一个极为恐怖的景象出现了。

泛着紫光的钢甲遮蔽了漆黑的地平线。那是一只赛忒兽的身影，无比巨大。棱角分明的轮廓像只巨型昆虫，六片钢铁黑翼切开空气，发出深沉的嗡鸣。

"我们……我们被发现了！"某位埃萨克士兵惊惶地后退几步。人们的脸上都失去了血色。

"不对，先别慌！"首脑张开手，示意众人冷静，"它并不是朝我们来的！"

籁也发现确实没错，那巨兽的飞行轨迹指向他们附近的丘岭。忽然在他的意识内，热能锁定系统扬起了奇怪的信号，在地平线上圈出几个挪动的光点。

赛忒兽的前方是……人？籁睁大眼。它在追逐几个人影。其他人尚未反应过来，籁已无声无息地锁定了热能来源。但最令他不解的是，系统并没有探测到埃萨克人的改良基因，也没有探测到瑟利人身上的微晶。

他迅速切换模式，放大分析那几个人影。

籁露出不祥的神情。

第六章
光域外/未知行星

　　泰伦看着硕大的赛忒身影。身为天穹守护,油然而生的恐惧情绪理当扯动一连串的自动防卫机能。然而待在沉寂之矛的力场内,系统已完全失灵。泰伦觉得自己就像个瞎子。

　　后方,飞洛寒的女渲晶师仿佛大梦初醒,手臂的器械迅速分解,缩回臂铠中,眼神也恢复原样。寰宇图倏地消散。"我们得离开这儿!"她喊道。

　　"不行!你们都退回沉寂之矛的力场内!"首脑挥舞青铜铠甲的手臂,"趁它还未发现我们,快!这是唯一彻底消除微晶信号的方法!"当飞洛寒的二人僵在原地,他再次催促。"没时间犹豫了!"

　　泰伦知道首脑是对的。只要一个人被赛忒探察到,所有人都会遭殃。他转向同伴呼喊:"美人、鬼祟!进来力场里头!"

　　鬼祟吃惊地回道:"如果我这么做,你们就从此改口叫我傻子了,对吧?你们的城府好深啊!"他异常认真地说完,利落地一跃,踏入沉寂之矛范围里。当铠甲上的微晶纹路暗去,鬼祟抽出一柄反手刀,栖身在力场的边缘,战战兢兢看向急速逼近的赛忒兽。

现在,就连埃萨克士兵也满怀恐惧地待在沉寂之矛的范围内,因为除了微晶信号,它还足以掩盖所有的生命信号。

但在一段距离外,美人却动也不动。

"美人——!"泰伦知道在整个小队中,美人是最称职的战士——他遵循天穹守护使的教条,绝不会自愿落入敌人手中。他宁可和赛忒展开疯狂杀戮,也不愿成为埃萨克人的俘虏。

"赛忒兽的前方有人影。"美人以难以听见的声音说。

"什么……"泰伦朝前方凝望。天幕下一片昏暗,难以辨识。

"他说得没错,那只赛忒的前面有三个人在奔跑!"芮莉亚吃惊地喊道,向前走去,单手拨开黏在面颊上的长发。埃萨克人经基因改良的视觉在这一刻比泰伦更具优势。

"石嚎族。"狙击手毒焰的声音从后方传来。

赛忒兽的身影渐渐变大,眼窝散发出强烈的紫光,现在已可看见黑晶色躯体上的钢铁骨骼正随着飞行而夸张地震动。数秒后泰伦才清楚看见,在赛忒前方确实有三个渺小的身影,当中落后的是一名矮个子的埃萨克人。

"那矮子穿着石嚎族的铠甲。但另外两个……这不太对劲……"芮莉亚眯起眼,不可思议地说,"看那铠甲的轮廓,他们不是我们埃萨克人,也不太像——"

"他们是埃蕊人。"飞洛寒的籁解开了人们的疑惑。

"怎么会有埃蕊人出现在这儿?曼奴堤斯的战场上并没有看见他们。"

众人屏气凝神,陆续准备好手中的武器。巨兽的出现唤醒了梦魇般的记忆,他们不确定在它后方是否将出现更多的魔物大军。

"如果……那两个埃蕊人不是和我们一起传送过来的,"首脑低声对泰伦说,"他们早就在这星球上。"

泰伦凝视首脑片刻，然后目光挪回远方。"那么，我们得迎战。"

"你疯了吗？"首脑回望他，"这里是赛忒的巢穴。"

"离开行星的关键就在他们身上。"泰伦猛然回头，朝着芮莉亚大喊，"我们必须营救那些人，他们可能知道怎么离开这星球。放我们走，让我们离开沉寂之矛的力场。"

听到这句话，暴焰仿佛才回过神来。"开什么玩笑？瑟利人！"他举起手中的长筒枪，却不知该指向谁，"你们这些体内有微晶的家伙，若想活命，就给我乖乖待在力场内！"

"如果救不了那些人，就永远无法离开这行星！"泰伦边说边挪动脚步，再次看向芮莉亚，"如此一来，我们都会死！"

赛忒兽正以极快的速度缩短它和猎物之间的距离。它的体内发出尖锐的嘶鸣，犹如刀刃刮在铁板上的恶心声响。众人的目光都聚焦在埃萨克的女首领身上，等待她下令。芮莉亚迟疑了。

"芮莉亚，命令所有瑟利人都滚进力场内，否则我们马上会被发现！"暴焰睁大了单眼，目光扫过身穿黑铠的瑟利人并落在手持微晶狙击枪的埃萨克同伴身上，"毒焰！逼迫他们两个！"

芮莉亚盯着赛忒兽的眸子眨也没眨。"它是落单的。"她打量局势后，与泰伦四目相锁，"没错，我们不能让那些人被杀。瑟利人，别忘记我们在赛忒的地盘有绝对优势。杀了我们，你们也活不了多久。"

泰伦点头。

"芮莉亚，别这么做，你会后悔的！"暴焰怒瞪着她。

然而芮莉亚已做出决定。她朝同伴喊道："让他们走，把沉寂之矛——"

"你给我闭嘴！"暴焰放声大吼，"你完全中他们的计了！"

芮莉亚长发底下的额头冒出青筋，怒目回瞪。她依然喊出口："解除沉寂之矛！"下令的同时，暴焰的枪口已然转向，朝着她的脑袋扣下扳机。

泰伦抢先一步将暴焰的手臂向上推，长管炮喷发出火光，子弹偏离芮莉亚的脸颊仅一寸。然后泰伦没有再回首，和首脑一同向前跑。身上的微晶再次启动。地上的两片扇刃倏地弹起，飞往泰伦的肘部。

"瑟利人——！"暴焰狂怒地放声吼叫，朝他们开了数枪。子弹扫过首脑的后背，在护盾尚未完全开启的状况下击裂了大腿的铠甲。

"那个丧心病狂的家伙……"首脑低声咒骂。晶纹在裂缝附近混乱地盘绕，似乎修复系统出现异样。他传信给泰伦："系统没探测到援军。那只的确是落单的，我们得速战速决。"

泰伦看见首脑腿部冒出血痕，却很快止住，子弹的碎片化为粉尘被排了出来。于是泰伦做了决定："先干掉那只赛忒，然后清除所有埃萨克人，夺走沉寂之矛。最后以我们四人应该能轻易制服那个叫籁的天穹守护，再擒拿住渲晶师，逼她协助我们找到离开这儿的方法。"

"不行，得确保所有人活下来。"首脑异常认真地说，"芮莉亚没说错，我们需要每一个人的力量，即使是埃萨克人。"赛忒兽的庞大身躯晃过他俩面前，硕大的翅膀扫来一股冷风。

泰伦皱了下眉，压住发笑的欲望。"我会当做你没说过这句话，首脑。"他跃了起来，肩部的推进器将他射向赛忒。泰伦反转古铜色的刀刃，向着它的背膛扬开一道光劈。

他割出一条切缝，旋即往旁跳开。三位优岚同伴即刻从身后跟上，热能光束接连击中赛忒兽。它放过原本追逐的身影，注意力完全被泰伦吸引过来。一节节铁锥从它的腹部涌出，形成几条甩动的长鞭，开始袭击周围的人们。

蓝色光芒集中在美人的枪头，一道撕裂声响，炽热的光束贯穿赛忒的黑色羽翼。鬼祟和首脑盘旋在它两旁持续开枪，然而赛忒的钢甲却迅速自行修复。四名青铜身影飞跃在半空，交互袭击它。

首脑传信给所有人："我们得快点解决它！否则——"一阵引力震荡从赛忒兽的体内释放，打乱所有人的飞行轨迹。紧接着，其中一条钢铁长鞭缠住首脑的身子，从腿部向上盘卷至颈部。泰伦正打算开启重力锚来抵消赛忒的引力干扰波，却发现右脚也被长鞭捆住，突来的力道将他往旁抛去，撞在鬼祟身上。巨兽发出恶心的嘶吼，旋动庞大的身子挡开所有攻势。

当优岚的战士们被扫开，一道仿如暗夜的身影划过赛忒上方。

籁——他双手紧握电子长戟，释放出幽深的绿光，像道下坠的流星狠狠刺入巨兽的背部。他朝前翻身，兵器在赛忒的身上拉开一道又深又长的沟槽。赛忒兽发出激烈的声响，整个身体都在震动，并露出钢牙想咬飞洛寒的天穹守护。它大幅度扭转头部的同时暴露出脆弱的颈部。猛然，电磁波在它的颈部爆开。

那是芮莉亚的炮火。她再次调整瞄准的角度，炮管上的加速装置一圈圈亮了起来。她的下一发打中赛忒背部已绽开的伤口。那巨兽的身体爆了开来，断裂的翅膀像刀刃往外弹。其他几名埃萨克战士来到芮莉亚身旁，朝赛忒兽扬开细密的弹幕。

它挣扎着从空中坠落，泰伦切断钢鞭正要逃开，却看见首脑从头到脚被好几条鞭子缠绕，像个被密密捆住的蛹，跟着往地面坠去。不妙……泰伦全力放射推进器，急速掠过赛忒的腹部，朝首脑飞去。鬼祟不知何时已栖身在它的侧边，连开了几枪，从根部截断那些鞭子。泰伦趁势接住首脑，以扇刃斩断仍在同伴身上蠕动的钢鞭。

美人此时已着地，定住了脚步。奄奄一息的赛忒兽正朝着他的方向而去……突然间它一反虚弱的模样，撑开锐利的钢牙，发出骇人嘶吼。紫色光芒从赛忒的口中透出，有某种东西正在酝酿。美人非但没有退开，竟果断打直持枪的右臂。

他的左手掌出现变化，流出水银般的材质，扣上枪柄后端。蓝色光纹缭绕,枪身的表面在分解的同时又迅速生长,微晶一层层覆盖上去,逐渐转为全新的兵器。同时,美人小腿的铠甲分裂成片状扩散开来,让他像迅速生长的树木扎根于地面。微晶铠甲发出耳朵难以察觉的音波——那音量逐渐升高,成为一种恒定却恐怖的声响。

赛忒口中的光芒已变得刺眼,它正笔直朝着美人飞去。现在,美人捧着新生的微晶枪管,那体积不亚于埃萨克人的长筒炮,并拥有流线形体和波浪纹路。他整个身子向后倾,仿佛支撑着巨炮的基座。高音终止。

美人毫不犹豫地开火。

十字光芒点亮黑夜。这波攻势一点儿声响也没有,像是毫无情绪的悲歌。宁静却致命的热线从赛忒兽的脑子埋入,由它的尾端挤压出来,将其分为四片着火的尸块。

火光在泰伦的左侧炸裂,他扶着首脑,二人缓缓降落。

"呃……你要不要再朝天空多来个几发呢,美人?"鬼祟也落地,以忧郁的口吻说,"唱首歌,告诉之前那一大票赛忒啊,我们来占领你们的星球啦,看我朝你们放烟火,来啊,来啊!"他以夸张的姿势又朝空中开了数枪,歇斯底里地喊道。"我们想和埃萨克人一起跳舞,大家来狂欢一把!"

美人并未理会他。在泰伦的小队当中,只有美人在微晶能力全开时可以有凌驾于付款人的火力。

赛忒的焦尸落在冷硬的地壳上,此时那三个新出现的人影朝他们走来。泰伦迎上前去,看见当中二人的铠甲确实属于埃蕊文明,有着更为柔和贴身的外貌,底下泛着一层暗如海水般的波纹:"你们是这星球的原始居民?"泰伦问道。

"不,我们和你们一样,来自曼奴堤斯星。"其中一名埃蕊人喘着气回道。

"什么?"泰伦愣了一下,"当初在战场上,并没有看见你们——"

突然,埃蕊人慌张地举起细长的手指,指向后方。

泰伦不解地回过头。首脑正以歪斜的姿势站立着,他的头盔已打开,露出了脸孔……

首脑的表情极端扭曲,黑色晶体不断从脸部冒出,仿佛从皮下组织产生了异变。青铜色铠甲各处出现不规律的膨胀,代表他的体内正在激烈变化。

"首脑——!"泰伦让头盔退去,隔着稀薄的空气朝他喊,"开启防堵信号!抵抗它!"其他人也聚集过来,撞见这一幕都愣住了。黑色晶体开始从首脑大腿上的伤口扩散开来。

"噢……首脑。"鬼祟垮着双肩歪着头,发出泄了气的声音。

两名埃萨克战士在惊恐之下朝正在异化的首脑开了枪,但天穹守护铠甲的防御机制依然有效,隐形的护盾将子弹化为一波波无用的光晕。

"——住手!"泰伦反转扇刃进入攻击姿态,作势威胁埃萨克人。然后泰伦往首脑走近一步,说道:"你听得见吗?把注意力聚焦在我的声音上。抵抗赛忒的微晶!我们受过训练,你可以的!"

飞洛寒的籁来到他身边,转动手中的长戟。"没用了。他已经彻底变异了。"

"闭上你的嘴!"泰伦转头,看见蒂菈儿神情慌张地站在一旁。他忽然想起什么似的急问:"渲晶师!你能切入他的微晶信号吗?帮助他阻止赛忒微晶的增生!"

蒂菈儿的眼神飘游在首脑和泰伦之间,眼底浮现出某种情绪。"你害死了普罗米兹,我为何要帮助你的同伴?"

"如果你救得了他,我随你处置。"泰伦毫不犹豫地说。

蒂菈儿咬着下唇,直盯着首脑,似乎在做盘算。籁这时伸手阻止

103

她:"不行。在这种情况下运用渲晶能力,你也可能被反噬。"

首脑的胸铠开始出现一条条暗黑色的晶纹,身躯左右摇晃,四肢以极不协调的姿态摆动着。芮莉亚站在一旁,电磁枪已经定位。美人也来到泰伦身边,举起手中的枪。

"拜托你——帮助他!"泰伦从未想过有一天他会恳求飞洛寒家族的协助。他急切地看着女渲晶师。

蒂菈儿伸出双臂。"我可以尝试看看,透过强化铠甲里的信号阻隔机制,反向驱动他体内良性微晶的比例。"她以眼神阻止籁开口,"天穹守护如果完全转化成赛忒,我们将难以对抗。"

流水般的金色线纹出现在蒂菈儿的双臂,她做了几个手势,将摊开的手掌对准首脑的方向。众人凝望着对峙的二人。

不出一阵子,首脑的身体便不再摇晃,慢慢静了下来。泰伦吃惊地看见覆盖首脑胸铠的黑色晶纹正一点一滴退去。他一刻也不敢眨眼,直盯着同伴缓缓垂下的双臂。女孩臂铠上的金光变得耀眼,微晶信号如此强烈,连站在一旁的泰伦也能明显感受到。

以极度缓慢的动作,首脑沉下头,跪了下来。

蒂菈儿调整双手的姿势,在空中画了个半圆,再次对准她的目标说:"不愧是优岚家族的铠甲……自主性很强。那么,我现在得封存信号回路,让他在体内自行调节——"蒂菈儿顿了一下,"等等,那是什么?"

泰伦迟疑地问道:"发生了什么事?"

"不对。这是……这是怎么回事——"她话音未落,渲晶的光波赫然消散。蒂菈儿惊叫出声,身子往后垮了下来。

"蒂菈儿!"籁立刻接住她。

蒂菈儿双手压着脸颊,露出痛苦的表情。她在籁的怀里颤抖:"这星球……不是只有我们这群人……"

首脑猛然抬头,双眼像两潭黑湖,口部露出锯齿状物。下一刻,他以骇人的速度扑来。埃萨克战士本能地开枪,子弹却被天穹守护铠的护罩挡下。美人射出一道死光,首脑矫捷地扭腰,以近乎无瑕的动作闪避;飞行推进器并未启动,但首脑的动作比以往快上数倍,散发凌厉的气势冲撞泰伦。

　　二人在地表滑行一大段距离,首脑单手掐住泰伦的脖子,脸上的锯齿状物向外掀开,撑开嘴角,撕裂鼻头。仿佛一柄落下的战锤,他咬向泰伦——

　　一道火光击中首脑的额头,让他定格半秒。

　　鲜血从弹孔中缓缓溢出,他全身的微晶瘫痪了。首脑无力地往一侧倾倒。泰伦回头,瞥见脸孔掩藏在红围巾底下的毒焰,他手中的狙击枪管冒着白烟。

　　泰伦的脑海一片空白。他睁着眼,望向仍压在自己身上的……首脑的尸体。

第七章
古央星域／欧菲亚驻星舰队／雅莱号

思昂·可晴赤裸着身子，跨坐在男人身上。

她的黑色波浪长发贴在雪白柔嫩的背上，汗珠沿着臀肌的弧线落下。一对粉红色的手铐锁住她的手腕，透过一条发光的链子系住了颈环。可晴喘息，身体微颤，黄白色皮肤的表面结着汗珠，频频滴落在男人的胸膛。她缓缓睁开眼，仿佛刚从七彩的梦境中醒来。

男人轻抚她的脸庞。"喜欢吗？"

可晴还有点不太清楚自己在哪儿，只能让过度刺激的大脑歇一会儿。渐渐地，她的意识恢复过来，像是拨开了浓雾走回现实。"相当……出乎我的意料。"她看见他们所在的大床，褐色丝绒，以及二人紧贴的肌肤。

"不是每个人都承受得了这东西。"

可晴感觉到臀部底下对方结实的肌肉。房间灯光是昏暗的黄。"我以为'交感记忆锁链'并不合法。"

"你听到的是 GP-OSM 型，具有'提炼'作用。"佑德笑了笑说，"那玩意儿把别人的体验强加在戴锁链者的意识里，一个弄不好就会出现精神伤害。'情绪产权'更是个大问题。"

当今联盟法律最大的挑战之一，便是特殊微晶能把人类的记忆像有形物一样切割、移植、复制。法律上，人们对亲身经历的事件拥有"主观诠释权"，得以透过联盟法律及相关技术来保护相应的"情绪体验"的权利与其衍生利益。

然而情绪产权的落实却大有困难；事件与诱发情绪的关系存在一定的复杂度，有时无法界定疆界，难以定论因果。有违法者透过微晶记忆重塑，欲仿造类似的事件来改变他人的决定。也有违法者干脆研发出直接抽取一个体验的生理后果，把淬取出的"情绪位元"——与触媒事件完全脱钩的生理化学反应——注入第三者体内。这应用五花八门，比方注入百倍悲痛使人心灵崩溃来达到复仇目的，或注入百倍愉悦来拯救绝症患者。

违法操控情绪，在瑟利文明渐渐变得难以根除。偏远行星上的赌场、娱乐场所、织梦体验厅，甚至是医疗场所，都有灰色地带。"GP-OSM提炼型交感锁链"便是一例。

佑德的手指挪住可晴脖上闪闪发光的环状物。"不过，我给你的是I-OSM型，作用是'唤醒'。这完全合法。"

可晴呼了口气，以柔和的姿态弯身，感觉自己快要虚脱。被铐住的双手抵着佑德的胸口，嘴唇贴上他的颈子，轻声问道："什么是'唤醒'？"

"就是你刚才……出神的体验。记忆锁链会挖出你有史以来最强烈的五次快感，连续加压在你的肌肉系统与神经激素中。"他闭起眼，闻着女子的发香，另一只手轻轻落在可晴依然颤抖的腿上。"身体的记忆，远比你的大脑清楚得多。"

她感到些许不安。

"没关系的。你刚才的模样很迷人。"佑德亲吻她。

可晴的心跳慢慢平缓下来。这正是她喜欢佑德的地方；只要能让她开心，他什么事都愿意做。尤其这段时间，这正是自己所需要的。

她相信像他这样如此机灵的人，在帮她套上交感记忆锁链时定已做好心理准备，知道可晴曾经最强烈的五次体验并非他所给予。事实上，它们也非同一个男人给予的。但佑德了解她喜好冒险的性情，不惜一切讨她欢心。而结果的确令她满意：五次高频交互穿插，泉涌而出，像被激化的脉搏，像被糅合的记忆，以混乱而迷情的方式为她带来了狂喜。

"那么现在，换我好好犒赏你吧。"她伸出红润的舌头，温婉地舔着他的脖子。

"如果刚才有面镜子让你看见自己的样子，你应该会吓一大跳。"佑德逗她。

"是吗？"可晴弓起了腰，往下挪。

"放心吧，这些都是属于你自己过去的体验，不会有太大的危险。"

"没有危险？"可晴的呼吸变得沉重。她挺起身，紧系的双手捧着佑德的脸颊，微笑看着他。"你刺激了我的深层意识，还敢说出如此天真的话？"

佑德凝视着女子。他咬紧牙，眼中闪现一丝贪婪。忽然他扭转身子，把可晴压在床上，二人的眼神相锁。他拨弄她乌黑的秀发，动作却有一丝犹豫，仿佛压抑着什么。"可晴，你考虑过我说的吗？和我一起搬去流樱城吧。"

她发出轻笑，决定不再拒绝。"那得看你接下来的表现了。"

佑德也露出笑容。他帮可晴解开锁链，没入她的怀抱，抚摸着她。他总会等到可晴差不多了，才会释放自己——这是可晴喜欢佑德的第二个地方。佑德并不晓得现在这一刻是那"意外事件"发生以

108

来，她第一次感到开心。

"啊，刚才那回你作弊，现在你得靠自己了。"可晴以挑逗的口吻命令他，"下次再使用那条锁链，今晚的记忆必须第一个浮现在我的意识里。"

佑德没空回应，发出自信的笑声接受挑战。他亲吻她身体的每一处。可晴白皙的皮肤透出微晶光纹，随着呼吸渐强渐弱。

佑德将她翻转过来，看见方才不曾存在的光纹。他吃惊地睁大眼，手指划过她背上的微晶线纹，让可晴发出细嫩的娇喘。"天呐，不会吧？"佑德的声音变得异常兴奋，"你开发过第三交感带？告诉我在哪儿。"

"你得自己找。"可晴的身体轻轻蠕动，回眸时，眼神已变得朦胧。

"看来那锁链暴露出你的许多秘密。很值。"佑德触碰自己的腰部，也唤出相当特殊的晶纹。可晴转过身来凝望。

墙上的通信仪发出响声。

二人停下动作，彼此对视片刻。*谁在这时候……*可晴顺了下自己的长发，然后起身。

佑德本要拉住她，但可晴吻了下他额头，便赤裸着身子走向房间的角落。当她清楚看见信号的来源，却犹豫了。

"怎么了？是谁？"佑德问道。

可晴叹了口气，开启接收信号。她伫立在墙边几秒钟后，对方清喉咙的声音才出现在她的脑中。

"蜂糖。"

"付款人，你还真会挑时间打扰。"

"你忘记屏蔽房间的映像。我能看见你身后的男人……还有你。"

"我以为这么一来，你只会识相地挂断。"

109

"家族军事防卫部要我们过去一趟。"

"回去天纹风伦星？"

"不，驻星舰队。我在旗舰的第一停泊层等你。"

可晴感到不解。"现在？"

"也该是时候了。你真以为他们会一直不闻不问？"

"我们知道的一切，之前在空镜号都告诉长官了。"

"军防部上级想再听我们亲自陈述一次。你之前那种状况，理所当然令他们质疑情报的可信度。而且他们对于那事件，似乎有新的发现要告诉我们。"

"我懂了。"可晴答应后，关闭通信。

她盯着自己的双脚。自从遗迹崩解事件发生，她的小队半数失踪，可晴的精神状态变得极不稳定。身为通信官，她无法摆脱罪恶感，认为势必是自己未尽职责而导致任务失败，以及队友凶多吉少的下场。她甚至无法顺利做完战后报告，当时泪流不止，陷入崩溃的情绪中，连体内的微晶调节也起不了效用。最终，长官只得将她免职一段时间。

可晴转过身来。佑德直盯着她柔美的身体，伸出手。"什么事不能等到白天呢？过来吧。"复杂精细的微晶光纹已从他的腹部蔓延至双腿，酝酿好所有能量。

她套上腰带，扫动上头的纹路，让光模覆盖自己的腿。"抱歉，佑德，得下次再犒赏你了。你先回去吧。"

位于联盟文明的最核心，欧菲亚行星有许多与众不同之处。外观上看来，最特别的地方莫非保护整颗星球的"钢铁经线"防卫系统。

它属于黄金时代的遗物，以古老的赤道天空锁链为基础，衍生出无数道覆盖天际的庞大金属圈，包覆整颗星球。这些"经线"的动态看似随机，时而合并、时而分开，难以估算每一秒到底有多少正在挪动。站在星球地表上仰望，人们随时可看见巨人的阴影扫过云层后方。

没有人知道钢铁经线的古老创造者是谁，似乎在欧菲亚文明诞生时它就已经存在。之后每个世代的人们持续维修并改良它。

欧菲亚的居民都知道钢铁经线的总数超过数百条，组成坚不可摧的防御系统，就像星球的外骨骼。它们产生了独特的能量罩保护星球的外缘地带。所有进出欧菲亚行星的船舰都得接受各方塔台的指挥，才能通过能量罩并且避开被巨型钢环扫到的危险。

蜂糖便是坐着军方的特派飞梭从星球的表面出发，穿过一层层钢铁经线，再通过能量罩表面的闸门，来到停泊于大气层外部的优岚驻星舰队。

对她来说，重返军舰——任何军舰，都是一种精神折磨。仿佛再次把脑中的噩梦灌注了重量。

她是天穹守护。任务失败成为一道精神烙印，在意识深处重复焚烧。被免职的这段时间，她拼命依赖各种从未尝试的方式来逃避；正当她认为自己已缓和许多时，看着逼近的舰队，心中又出现激荡。

当今，欧菲亚行星已成为禁武区，除了联盟中立军以外，所有家族的军队都无法通过钢铁经线防卫网。也因此各大家族所谓的"驻星舰队"，实际上只能待在星球外的宇宙空间，介于行星同步轨道与近地轨道之间。

优岚的驻星舰队共计七十五艘，由三支分队所组成，最高指挥权落在旗舰"雅莱号"上。而现在，蜂糖与付款人穿着挺拔的军服正步入旗舰内的某个白色厅堂。

隔着环形桌与他们面对面的是家族军事防卫部星将米克恩泽，以及一名陌生男子。他的口中叼着发出微微绿光的细枝，示意他们坐下。

蜂糖留意四周。白色厅堂的墙面是好几层不规则的流线，仿佛透明的波浪。蜂糖有种预感，或许有一排人的鼻子正紧贴着玻璃在观察他们，只是在多重玻璃的折射下，她看不见那些人。这更加剧了她的不安。

"这是联安局情资分社的白严探员。"米克恩泽简短地介绍过后，对蜂糖与付款人说，"你们的队长优岚·泰伦，直接违抗空镜号最高指挥官的命令，擅自带着你们行动。"

……队长很可能已经殉职了……你们还想怎么样呢？一股情绪上涌，但从蜂糖口中转为文字时，却化成军人坚毅的口吻："队长属于家族的核心阶级，背负优岚之姓。他收到的家族最高指令是彻底占领地底遗迹。因此不计代价遵守了。"

米克恩泽星将沉默了片刻，没浪费任何时间，便直接切入另一个话题。"据说微尘飞影无法捕捉当天在最底层战场的情况。你们两位，是唯一见证那事件的瑟利人。"

"也是战场上唯一生还的瑟利人。"白严叼在嘴里的细枝随着他的话语摆动。他那模样确实像个充满疑虑的情报探员。

"是的，长官。"付款人附和，但蜂糖没有作声。

米克恩泽点头。"叙述一下你们所遇到的事。从头到尾。别漏掉任何细节。"

事实上，看见米克恩泽的那一刻，蜂糖便察觉事有蹊跷。一位军阶远远高于驻星舰队最高指挥官的星将专程来到这儿，只为了听他们亲口阐述？

但蜂糖和付款人不得不服从命令，一五一十道出：从两支埃萨克部落的全面战争，到飞洛寒家族违抗联盟公约介入冲突，到泰伦不顾总指挥官的命令，带着小队入侵地底洞穴与飞洛寒的天穹守护进行混战。最后，众人看见那座远古遗迹发射出强光，一大群人无故消失。

不知为何,米克恩泽对他们与飞洛寒作战的细节更感兴趣,并要求他们重复描述遗迹的样貌。

当他们说完,米克恩泽又问:"你们确定遗迹爆炸时,那些人全部消失了?还出现一个莫名的地洞,吞噬了所有遗迹的残骸?"

"是的。那些庞大的物体突然跟没了重量一样,被吸入地底。"蜂糖试着诚挚地回道,"我们亲眼看见的。"

付款人补充说:"两位长官,或许那遗迹有某种自毁系统,当初遭到启动。"

一直僵着姿势聆听的白严此时开口:"联盟特派军已全面封锁了曼奴堤斯。我们联盟事务安全局也开始做彻底调查。"他说话时,似乎连米克恩泽星将都恭敬地聆听,"但是,据我们所获的情报,最底层并不存在新出现的裂洞。"

蜂糖和付款人四目相接,不确定地说:"当时地底的情况非常不稳定,我们巡视一圈找不到其他队友的踪影,却看着地底裂缝越开越大。感觉像是地心的热气全都扑了上来。我们只能被迫离开,后续怎么样就不清楚了。"

"半座洞穴坍塌了。整个地方现在都是碎石。"白严若有所思地说,"如果能影响地壳的变化,那么不排除这遗迹具有某种平衡调节机制,避免星球过度受影响。"

房间内的四人陷入一阵沉默,两位上级消化了下刚才的故事。不久后,米克恩泽瞄了白严一眼,后者点点头,米克恩泽才开口道:"我们还有访客来到雅莱号。你们刚才说的,对方都听见了。"

果然……蜂糖不自觉地瞥向身旁的透明墙。那群人应该从头到尾都站在那几片玻璃的夹层中央,聆听着这段对话。

她想象白灯几十人挤在后方聆听她的每字每词,他们在心中研判正是她这个通信官的严重失职,导致团队无法及时逃离灾难。

113

米克恩泽星将以手指在环形的桌面扫过一条微晶纹路。外缘的玻璃墙转为厚实的灰色，夹层中的人影隐约现形。蜂糖眨了眨眼。只有一个人？我以为他们会派更多人来监视。

"请进来吧。"米克恩泽说完，那人踩着迟缓的步伐，绕过波浪般的廊道，现身在房间的入口。

在那一刻，蜂糖身为军人的本能压制住震惊的神情，却无法克制地睁大了眼。付款人更是直接发出吃惊的声音。金色长发，水蓝色眼眸，以及纯黑色的军服。若这些特征尚不能为此人的身份定调，那么胸前的猎鹰徽章则完全说明他的背景——飞洛寒家族的军官。

二人双眼圆睁，不可思议地凝望他。

*飞洛寒的上级军官，踏进我们驻星舰队的旗舰？*蜂糖突然完全无法理解现在的情况。她看向米克恩泽星将，充满疑惑。

"我们面对一个异常特殊的状况，因此启动了紧急事态条例。由于我们尚不能冒着通信信号被拦截的风险，艾丁夫阁下亲自从他们的驻星旗舰乘坐民生运输舰，绕过欧菲亚星球的表面，秘密地前来与我们会面。"米克恩泽邀请对方坐下，然后再次提醒："这是最高机密。"

蜂糖与付款人交换了狐疑的眼神，仍觉得无法置信。*什么事情会使我们优岚军方主动邀请对手踏入旗舰的内部？*她咽了口唾沫，看向那名拥有冰蓝眼眸的男子。

PART 3　脱离迷境

第八章
光域外 / 未知行星

"就是前面那艘,我们刚才……就躲在那里头。"名为欧萃恩的矮个子埃萨克人说。

芮莉亚与其他人窝身在丘陵的凹陷处,直盯着之前的战场。即使埃萨克人有悠远的基因改良史,芮莉亚亦有比同族人更出众的夜视力。此刻,她因眼前的景象打了个寒战。

支离破碎的埃萨克尸体散布在平原上,惨不忍睹。这不是勇于抗敌壮烈牺牲的情境,而是一场弥漫着恐慌的野蛮屠杀。被赛忒袭击过的地方,一具具躯体残破得难以观望,像被撕碎的红色丝绸遍布各方。亡者毫无尊严可言,有些人头颅爆裂,有些人的身躯和下身隔了很长的距离。凌乱的平原还可看见许多八爪机甲的残骸,以及两艘地蝗艇;其中一艘的机腹绽开,内部构造散落一地,像被压成两段的腐烂果实。

那东西连人带机都传送过来了。所以只要某个圆周范围内便逃不过。芮莉亚以目测估量传送的面积,推测当初来到此地的应超过百人,全死了。都要归功于石嚎族那该死的矮子……她恼怒地瞥视欧萃恩。

在来这儿的途中，欧萃恩坦诚说出了自己的境遇：当初在遗迹启动后，他爬了进去，或许无意间弄乱了无法理解的系统，并按下了传送键。

所有人听了后都难以置信，几名焰落族的士兵差点就地处决他。

所以整件事竟如此愚蠢。就只是那家伙搞出的意外？ 若非还有留欧萃恩活口的价值，芮莉亚有股冲动想当下就以军刀刺入他的口腔。欧萃恩的一个动作，让他们全落入赛忒的包围。*现在，只有我们这些人活了下来……*

焰落族人共有六名生还者，包括芮莉亚，暴焰和毒焰。

最讽刺的是被传送过来的石噱族人里，似乎只有欧萃恩这名罪魁祸首活了下来。

而瑟利人有五位。名为首脑的家伙死后，优岚剩下三名战士。飞洛寒则是穿黑铠的一男一女。

最后是两名埃蕊人，从外观看来同样是一男一女。他们自称受派任务潜入曼奴堤斯星的地底，潜藏在地蝗艇中。赛忒攻击时，欧萃恩爬进机舱找掩护，撞见了他们。芮莉亚对此一说不免感到怀疑。

十四个人被困在一个充满赛忒兽群的无名行星。无论哪方阵营赢得曼奴堤斯星的战争，他们十四人都将死在这儿。

芮莉亚深吸口气，扫视平原一阵后说："这一带没有赛忒的踪影。它们全走了。"她望向瑟利人。如果她的肉眼遗漏了什么，瑟利那些邪门的科技也会捕捉到。

飞洛寒的天穹守护籁微微点头。在他身旁，女渲晶师依然面色苍白，似乎不能从之前的事件恢复过来。同样受到打击的是泰伦，首脑的死似乎令他丧失了先前的气焰，当他的同伴们遍他抛下首脑的尸体，走回平原的途中，泰伦没再说过一句话。

"矮子，你真有可能修好它？"独眼的暴焰恶狠狠地说。

"我只说可以试试看。"欧萃恩以微弱的声音回道，"我之前就在尝试，但爬到外头找零件时被突然出现的飞兽给盯上……"

暴焰扯住欧萃恩的头发，令他发出细微哀号，并在他耳边呼气说："这是你们石嚎的机器，你最好祈祷你办得到。这一切都是你造成的，如果我们没法离开这星球，在被赛忒杀死前，我也会用刀子慢慢把你的皮肤，一片，一片，割下来。"

芮莉亚不自觉地嗤笑。虽然她对暴焰很反感，但至少他的这句话与她想法一致。

欧萃恩抿着嘴不敢作声。

"但修好了又怎么样呢？我们连自己离欧菲亚联盟多远都不知道。"荣耀之名为"冷焰"的琪拉玛说道。她是这群生还者当中，除了芮莉亚以外唯一的女埃萨克人。琪拉玛有着蓝色刺青的丰厚下唇，她正斜视瑟利的渲晶师蒂菈儿，似乎责怪那女人无法找到他们在群星里的位置。

"我们还有什么选择？至少先摆脱这个赛忒星球。"

"啊哈。欧菲亚之光的外头几乎都是赛忒吧，到了隔壁星球肯定还是这样子！"接连发声的是布拉可和甲哈鲁，同为高大的焰落族士兵。

"别说了，动身吧。"芮莉亚下命后，拎起两根的沉寂之矛往下坡走。暴焰、冷焰，布拉可和甲哈鲁，同样每人手中各握一柄长矛。毒焰用枪推了一下欧萃恩，众人开始小心翼翼地踏上满地猩红的平原。

在击杀了首脑后，毒焰的长管枪不晓得趁乱锁定了哪位瑟利人的微晶。事实上，就连芮莉亚也不确定他的子弹锁定了谁，但这样正好，这在某种程度上牵制了所有的瑟利人。

"瑟利人，我们会在地蝗艇的周围，用沉寂之矛设下一圈结界，以防赛忒冒出来破坏唯一可能载我们逃离的工具。"芮莉亚说完，忽然想起一个问题。沉寂之矛是为了对抗瑟利才被打造出来的，却没人知道它对赛忒体内的变种微晶是否有效。她回头朝两个家族的瑟利战士说："总之，劝你们也躲进沉寂之矛的力场里。赛忒的嗅觉可相当敏锐。"

她试图让自己听来不像在挑衅，却无法掩盖声音中的愤怒。

星尘满布的夜空下，尸堆和器械散布的平原上，六柄沉寂之矛矗立于地，结成以地蝗艇为中心的力场。来自焰落族的六名战士掩护着石嚎族的欧萃恩，等待他检视地蝗艇，并从残骸里搜出一些可用的东西，包括弹药和能量槽。

目前瑟利人也栖身于力场内，接受了他们体内的微晶得暂时被压制的事实。

"太好了，分解化合器和水缸都没坏，否则要跑长途就麻烦了。"欧萃恩从机舱探出头来说，"分轨引擎坏了几个，我可以从另一台地蝗艇上拆来用。最大的问题是漫跃发动器也坏了。我能把磁力环修复到可以进入多段压缩融合，但那还不足以驱动临界值引爆。你们谁有雷射校准仪吗？"他扫视几个瑟利人。

"基本配备。"名为籁的黑铠战士走向他，胸甲打开一片口子，里头有个正在成形的陀螺仪似的金属工具。

"你打算怎么做？埃萨克的飞艇通常不配带激光融合器。"籁把那指节大的东西递给欧萃恩。

"有了这个工具就行了，我可以自己做一个融合器。"矮个子的埃萨克人接过后以欣赏的眼光打量它，"激光应用果然在你们瑟利文明纯熟到了极致。难怪你们从多元素核聚变到锞取反物质都很先进。"

"在任何想运用融合技术来达成能量释放的过程中，"雷射校准仪"可确保上百道微型激光束同时击中目标粒子，将误差率维持在五十兆分之一秒内,避免粒子被推向某一方,以均压来启动高能爆炸以实现核聚变的能量释放。这道校准的程序最为关键,出了分毫的差错就有可能导致粒子的密度和温度偏差,造成整个过程的瓦解。

欧萃恩的身子转了一百八十度,半身仍在机舱里,以趴着的姿势朝其他埃萨克士兵喊:"能不能帮我从八爪机甲的残骸里找出热光仪?应该是个一边红色、一边透明的半金属管,大概十一点二厘米,很好认的。每台八爪机甲里都有一个,帮我找一下,越多越好——"

"石嚎族的杂碎,敢对我们发号施令!"甲哈鲁和布拉可几乎异口同声地说。

"我没有……"欧萃恩再次缩进机舱内,剩下脑袋在外面。

"快照他说的去做!"芮莉亚指使她的同伴,几个埃萨克人才没好气地离开。那石嚎族的矮子竟能改良漫跃推进器。她感到些许不可思议。

黑铠天穹守护籁走回坐在一旁的女渲晶师身边,蹲下来安抚她。金发女孩抱着自己的双腿,一动不动。那女人不晓得遭遇到了什么。芮莉亚谨慎地注视那两人。她之前说这星球还有别人,又是什么意思?

渲晶师依然一副意识恍惚的样子。人们想逼迫她开口也无用,现在只能等待她恢复过来。暴焰似乎察觉到芮莉亚的想法,来到她身边低声说:"那些瑟利人不可信任。最好在地蝗艇修好的那一刻,就把他们宰了!否则一离开这星球,难保他们不会先动手。"

芮莉亚怒视回望。"那两个飞洛寒,握着能带我们回去的寰宇图。"

"那就先对优岚的人动手。解决几个算几个。"

芮莉亚沉默片刻后回道:"再说吧。"

她知道暴焰的想法同样奔流在每个埃萨克人的脑中。在场所有人均来自于常年对峙的阵营,奔流在血液里的仇恨悠久而浓烈。自尊与恐惧,无人分得清。当下,或许只有她明白必须维持彼此的合作关系,共同对抗赛忒,尤其每当暴焰情绪失控,更使芮莉亚意识到自己必须站稳脚步。否则,没有人回得去。

但事实上我连自己的族人都控制不了。他们不会听令于我。几年来,她的职务一直是参谋长,对于埃萨克人而言那是最无用的角色,是远离战场的旁观者。埃萨克人只信服力量和功绩。这次若非石嚎族自杀部队干掉几个上层将领,她不会莫名其妙被指派为战场指挥官。看在眼里的人都明白。

只要脱离赛忒危机,解决瑟利人,暴焰他们的下一个目标便会是我。芮莉亚想起暴焰以长管炮口对准自己的脸,子弹呼啸过她的脑袋仅一寸之遥。如果不是那个瑟利人推开暴焰的手……

她望向蹲在不远处的泰伦。男子的面孔隐藏在面具之下,一语不发。芮莉亚感到非常讽刺,竟有这么一天她会被瑟利人所救。

淡淡的轰隆声响起。芮莉亚回过头,以为地蝗艇修好了。

然而地蝗艇的推进器依然沉睡。她只看见欧萃恩从机腹拉出一个导管,接在埃蕊女人的怀里。

"你们在做什么?"芮莉亚警觉地朝他们走去。

那女人有着埃蕊族细长的身材和黝黑的肤色。她已收起头盔,身上的铠甲则比瑟利人的更为贴身,几乎像某种固化在皮肤上的流体一般,双肩则套着两个朝背后弯曲的海螺状物,应该是飞行器之类的。当她回过头望了过来,芮莉亚看见那眸子就像是两潭黑沼。

"法里安尼可能有办法联系到联盟的人,"欧萃恩战战兢兢地说,"但她需要动用一些解压过后的锬能。"

"什么?"芮莉亚惊讶地看着他们。

"别高兴得太早。这东西的失败率挺高。"埃蕊人法里安尼笑了笑，露出怀中的东西——那是个掌心大的仪器，像个透明的海螺，里头包了个更小的金色海螺，"遇见你们之前我已经尝试过几次，并未成功联系到联盟里的朋友。"

芮莉亚跟着法里安尼来到长矛力场之外。

据说埃蕊族的身体和装备均富含微晶，本质却与瑟利不尽相同——埃蕊的水融微晶没有瑟利微晶的先进与多元，却更能与周边环境，尤其水分子，产生交融与互动。同时他们比瑟利更能压制自身微晶的信号；据说这不仅是水融微晶的功效，也与埃蕊人对于灵修方面的悟性有关。

芮莉亚自小便读过许多关于她的敌人们的事迹。一千年前埃蕊族诞生时，他们体内的变种微晶已能有效操控氢元素及其同位素，促成各式各样的微量的融合反应。

但当然，无论什么样的微晶，均会受到沉寂之矛的牵制。法里安尼一踏出结界的范围，便启动通信器。有几位瑟利人和埃萨克人也跟了上来，目不转睛看着仪器中央正在加速旋转的金色海螺。旋转频率激发出白光，法里安尼以修长的五指护住一侧。

"姑娘，你有这好东西怎么不早说？要我们憋着绝望啊。我都要尿裤子了。你知道顶着铠甲憋尿的感觉吗？"鬼祟语无伦次地说道。

法里安尼发出咯咯的笑声。"因为我不确定就算场地变了，你们这群人会对彼此干些什么事。另外，我不是'姑娘'，你现在顶着铠甲憋尿的感觉我也挺熟悉的。"

第三性。芮莉亚打量着法里安尼。水鳗一般细长苗条的身材，比其他种族更长的脖子和向下倾的锁骨，埃蕊族的第三性和埃蕊女性的外貌看上去差不了多少，就连声音也分辨不出差异。与她相比，埃萨克的女人丰满得像是营养过剩。

此时站在所有人后方的籁开口了："声波的撕裂传送技术。没有欧菲亚之光的加持，你还能够完成？"

"等着看啰。"法里安尼回道。

"这应该是从瑟利技术改良的吧？只有你们首都埃蕊艾尔那最高级别的官员才能使用这东西。你到底是谁？"籁追问。

这次法里安尼没有回应，只抛给他一个柔媚的笑容。

多了埃蕊族在现场似乎对众人剑拔弩张的情绪起到了缓和作用。在欧菲亚联盟，埃蕊族与世无争、崇尚和平，虽然他们的科技层级并不优于瑟利，但透过在灵修与宗教层面的地位，这个人口不多的种族已俨然成为联盟的道德象征。若说所有分歧势力之间有什么不成文的规定，那便是在埃蕊族面前，冲突方会更加节制。

现在，法里安尼掌中的白光开始弱化，露出了旋速渐缓的轮廓。芮莉亚这才意识到不知何时开始，这仪器正发出声响，一丝高频在她的听觉里转化成浑厚的声韵。她突然望向星空与漆黑地面的交汇处，担忧赛忒被吸引而来。

金色海螺停止运转，闪烁着淡淡的光。

一阵杂音。

"主人？主人是你吗？"一个男孩的声音从海螺中传来。

"纽湾，是我。"法里安尼把脸凑近仪器。所有人都露出震惊的神情，代号"美人"的瑟利战士站了起来，就连沮丧的泰伦也抬起了头。这是众人面前首次出现的希望，重新点燃所有人的目光。

"主人你没事吧？我们看到行星报道了。"

"我没事。"

"太好了！好险我不眠不休守着接收器。开罗，起床！主人打来了！主人你现在人在哪儿？"

法里安尼瞥了一眼围着她的人，然后说，"很不幸地，我和一群人一同遭到不明技术的传送，离开了曼奴堤斯。我们在欧菲亚联盟的

123

光域外，不清楚自己的位置。"

"法里安尼！要命啊，你发生了什么事？纽湾你的尾巴——"对面转为一位老人激动的声音，"你刚才说传送？是什么样的技术？我看过许多类似的失败案例，怎么你们就成了？对了，我们找遍所有的流动资讯，只知道行星被联盟封锁——"

"听着，开罗，纽湾，我们的时间不多。需要你们帮忙。"

"咳，好，该怎么做？怎么样才能找到你？"

"我不确定。这是个不存在于联盟星系资料库的行星，从地质或星盘系统都找不到能当指标的信息。这个偏僻的星球上全是赛忒。"

"全……天啊……那真是最坏的状况！我们该怎么办？"

"在曼奴堤斯星的地底有个机密的远古传送技术。如果联盟封锁了星球，必然把它给占据了。你们得找到联盟里对应的人，让他们试着操控那器械找到最后的定位坐标。"法里安尼回答时，芮莉亚和其他人更加殷切地盯着她。

老人发出一阵短促的喉音，仿佛想压下口中的千万个问题。不出两秒后他只说："了解，那么定位到坐标，就能带你回来？"

"可能不会那么简单。但定位我们的所在地是首要的一步。"

"好，主人，让我来。"纽湾说。通信器再次浮现一阵细微的杂讯后，小男孩的声音说："开罗，我对接到念仰星域的联盟紧急战事中心。他们来了。"

芮莉亚、法里安尼等人听见更多人的声音。开罗急着说："我想找负责念仰星域曼奴堤斯星的干部。"

"抱歉，这方面事宜，我们暂时不再做任何咨询。"从对方空洞的音色听来，明显是纽湾开启了某处的全息仪。

"啊，我的意思是，我们这儿有相关的情报想汇报给你们——"

"我们暂不接收任何关于该行星的资讯。"

124

"你们……小伙子,听好,我的朋友困在那星球,现在她向联盟求救。"

奇怪的是,似乎有人发出压抑的嗤笑。"联盟无法在这一刻回应你们,抱歉。"

"你疯了吗?她现在就在欧菲亚联盟外头!被赛忒包围啊!"

又一个空洞的声音低声说:"呵,看吧,果真他们无所不用其极。"而原来的联盟官员则说:"先生,很抱歉,这方面无可奉告。"然后便是一阵安静。

随着开罗的大声咒骂,法里安尼手中的海螺发出阵阵闪光。

紧接着,开罗与纽湾又尝试了几个不同的方法。但无论哪个星域或星球的管辖渠道,都给出相同的回答。

"糟了。"法里安尼看着手中的白光开始变得微弱而不稳定,伸手调整通信器侧边的旋钮。

开罗的声音传来:"法里安尼,你这次真的被扯进敏感的局势里。有别的方法吗?"

法里安尼仰头看向众人。芮莉亚注意到两大瑟利家族的战士们一直紧绷着脸,似乎想介入却保持缄默。尤其是籁,脸色异常阴沉。芮莉亚立刻转向美人与鬼祟两位天穹守护,说:"你们。全联盟最有影响力的就属你们优岚家族了。一定有办法吧?任何办法?让你们家族的高层知道我们遭到传送的事。"

法里安尼也补充道:"直接与你们军方联系?联盟的官僚靠不住。"

"啊!你们那儿也有优岚家族的人吗?"听见这些话的纽湾从通信器问道。

"有,而且还是天穹守护。"芮莉亚喊道。

"这级别够高,我试试看——我找到他们在赛伦贝尔城的入口了，等等——好了，通过联线了，现在优岚家族在整个星域的公开军用窗口应该都能接收到我们的信息！"纽湾说，"但他们好像需要军事代码，你们有吗？"

美人回头望了一眼他们的队长泰伦。泰伦勉强挺起身子点头，美人才开口："空镜·轮轴·670671。"

"啊，可以了。有回音了——"纽湾雀跃的声音刚上扬，就像滑坡一样溜了下来："系统回应'查无此军事代码'……"

"这怎么可能？"美人吃惊地说。

"我再试一次……空镜·轮轴·670671……"纽湾说，"还是不行啊。"

鬼祟露出非常诡异的笑容说："没用的呀，我们擅自脱离空镜号，把他们传来的信号当放屁，那现在我们就是屁！"

听着纽湾数次尝试都失败，这是芮莉亚第一次由衷希望这些瑟利死对头达成他们该做的事。

"通信器快要失效了。"法里安尼急切说道。

一直在一旁若有所思的籁此时开口："你的通信器有多安全？"

法里安尼笑道："说真的，除了你们家族对光域外的事儿感兴趣，还有谁闲着没事会动用大笔资源窃听？"

籁点点头，便朝着通信器对面的人说："你们直接找飞洛寒的防卫单位。告诉他们家族军事防卫统帅的女儿蒂菈儿正与你在一起。但别泄露其他事，先找到对的人。"

开罗发出惊叹，但他知道没有时间过问，立刻让纽湾做对接。一阵子的反复沟通，情况却不如预期。

"我鬼扯？你们给我听着，这是紧急状况，我有机密消息得联系你们的家族军防统帅。"

"已告诉过你，我们不接受这方面的调查。"陌生的声音也透过海螺通信器传来。

"什么调查?军防统帅的女儿失踪了,我有她的下落,得让你们高层知道!"

这句话让对方愣了一下。"请稍等。"

芮莉亚看见法里安尼掌中的海螺变得越来越昏暗。众人在沉默中等待。

过了一会儿,声音再次出现:"方才已与军防总部确认过了。我们已联系到军防统帅的女儿,确定了她的位置。"

"什……你们知道她在哪儿?"

"这一刻,她正在铁林星的实验中心与科研团队进行重要的研究。所以无论你是从哪儿获得她失踪的消息,纯属虚假。再会。"

不仅芮莉亚感到吃惊,籁的神情也变得更加严肃。

"这到底怎么回事?"另一端的开罗问道。

"说来话长……但她确实在我的身旁。"法里安尼的脸沉了下来,回头望向意识不清的蒂菈儿,"呵呵,飞洛寒家族,优岚家族,全都否认他们参与了那场战役。"

籁咬着牙说:"大概有人走漏了风声,全光域的人都在想方设法探听消息,家族被迫严防。拿不出证据的话,没人会帮我们,因为这件事太敏感了。一个错误举动,便可能被对手拱上去成为箭靶。"他瞥了眼优岚的战士。

"是啊,谢谢你啊,飞洛寒。就是你们憋不住性子,当个幕后操盘手还不甘愿,"鬼祟歪着脖子,挥手扫向眼前整排埃萨克人,"就让他们自相残杀不好吗?偏偏爱下去搅和!"在场的所有埃萨克人听见了,差点举起兵器扣下扳机。芮莉亚得克制想把枪管塞进鬼祟嘴里的冲动。

法里安尼急切地询问埃萨克人:"你们有什么可以联系的人吗?"

"你在开玩笑吗?我们失联的下一秒,族人就当我们是亡魂了。"芮莉亚露出尖锐的神色,"死亡对埃萨克人而言可是家常便饭。"

法里安尼深吸口气,对着海螺仪说:"开罗,我必须结束通话了。听着,现在我们没有欧菲亚之光的庇佑,通信器每灌注一次能源所使用的时间都不稳定,后续冷却所需的时间也无法确定。我只能再想办法联系你们。"

"好,我也从学界这边看看能不能找到切入点。看来联盟方面真的设下铜墙铁壁啊!法里安尼,你们保重。"

"主人我好想你!快点回来呀!"

"会的,纽湾,你好好协助开罗。"法里安尼微笑。白光消失,留下掌中的透明外壳及金色内核的双海螺仪器。

随着通信器的沉寂,在场的众人都静了下来。因为此刻,他们明白了一件之前从未预料到的事,却无人开口把它说出来。

回到这片残破的战场,他们十四个人比刚来到这星球时绝望百倍。芮莉亚咬着牙,知道他们共同的想法:**在这儿的所有人,都被自己的族人遗弃了。**

第九章
丰存星域 / 翡绒星

"联盟议会对于所有星域的所有子民都该予以厚望。我们有责任不放任历史的仇恨去无尽滋长。但在宜居行星资源有限的情况下，人们易陷于不良的循环。我们有决心推动星域扩张，我们将透过新的军事技术去扩大延伸欧菲亚之光的效应，探勘未知的星系……"

全息影像映出整个议会殿堂，广大的圆形垂壁站了一圈天穹守护镇守现场，保护来自各大行星、各大家族的议员。而在中央平台说话的，便是联盟的最高议长——忒弥西。

纽湾看得目不转睛。女议长的银色发饰披覆双肩，与白色宽领上衣几乎无缝结合。最外层的衣雕悬浮在她的身子几寸之处，仿佛七彩的迷雾从她的肘部搂了过来。

影像里，女议长脸颊红润，眼神却哀愁，甚至有股慈悲。看得出来战后这一百多年，光阴丝毫未在她的肌肤留下痕迹。唯一不同的是在那亲切的声调底下，多了一份永恒的沉重。

"议长，我们感觉你正在变相推动各大瑟利家族、埃萨克部落把军事单位朝边境调动，却要求边境的居民全面撤离。这到底怎么回事？边境发生什么事？联盟中立军又在做什么？"某家族的代表放声问。

纽湾在自己的半透明身体里滚动着资讯，发现找不到太多关于联盟中立军的精确情况，仿佛相关资讯都被蒙上一层纱。

忒弥西议长的公众形象一直是和善、稳健、神秘莫测。她的传奇色彩来自于撒壬之战，她与那时代的英雄博得了欧菲亚文明的胜利。然而近几年，议会对于光域政局的把控似乎越来越力不从心。

"中立军就在他们该在的地方，"忒弥西说，"维护关键地带的和平，确保我们共有的信念不被遗忘。"

"是吗？就像前阵子你们对飒因族的镇压？"

"纽湾！你这家伙，之前还说想念主人，现在呢!?"开罗的真身从全息影像中央冒出来，活像闯入议会影像的巨人，吓了微晶宠物一大跳，"别看了！那些政要尽说些废话。赶紧做你该做的！"

"哎哎，可是我们已经试了好几个小时，什么方法都试过了，没人愿意相信我们。"纽湾看着开罗关掉联盟议会报道，摇晃尾巴说，"现在想挖内幕的人太多了，靠关系的、捏造的、骗人的，从各星域涌来，我们被当成一个连渣都不是的小角色。"然后它小声地补上一句。"而且开罗你总是立刻跟人陷入骂战，这样一点儿帮助也没有呀……"

半透明的鲸鱼躯体内部有画面在闪动，牵动了房间周围的全息影像改变为全光域的界面。各大家族的星球被不同颜色的荧光笼罩。随着底部时间盘的运转，所有行星上方的迷你资讯屏正跳动着不同的影像。整体看上去像极了正在经历季节流动的色彩繁密的花园。

"想到就令人火大。那两个瑟利家族都否认暗中参与战役。所有渠道都被封锁了，这叫我们怎么办？"开罗双手抱胸恼火地说。

纽湾悠悠地游行在星域之间，半透明的尾巴翻动着周边影像。旋绕在行星四周的数据图标被它推开,朝着不同方向缓缓飘动。"你找过你工作方面的人吗?"纽湾扭过身子问。

"学界那边没人帮得上忙。"

"大概是因为你已经一百二十岁了却像个胡闹的小孩!"

开罗沉思着。法里安尼的通信器应该是旧技术,有一个固定的发送器和一个固定的接收器,还没有影像数据。那么,这就相当奇怪了。他抓抓蓬松的胡子,看着光域的全息缩影。欧菲亚联盟的版图是由最中央的欧菲亚行星所释放的百年光辐所覆盖,形成由十二个星域组成半径跨越一百光年的圆形场域。要在如此广大的宇宙空间做到即时通信,欧菲亚之光的存在是关键。

联盟找到方法把每一刻从天穹城散发出来的欧菲亚之光贴上识别代码,就像在树木的年轮上做了标记。再加上银河定向技术,现代的双向通信仪器便可立刻做出交互定位,无论双方在光域中的哪儿。同样的,正是在欧菲亚之光的增幅协助下,"极微型空间撕裂",也就是极微虫洞技术,才成为可能,让沟通双方进行即时的信息收发。

这是联盟目前对虫洞的应用能做到的最佳程度,还仅限光域内部使用。比法里安尼他们所经历的人体实际传送的神秘技术落后了无数个层级。

开罗不解地看着手中海螺状的接收器,心想:但如果法里安尼在光域的范围外,她那仪器是怎么与光域里的接收器做连接的?而且还能实时对话……就算目前最先进的瑟利舰队,只要驶离光域的范围,也很难做出实时联系。

欧菲亚之光这个奇异的存在,除了抵御赛忒以外,对于人类文明的技术升级也至关重要。在它的覆盖范围内,许多过往难以突破的科技瓶颈都迎刃而解——空间定位、跨星域通信、能量增幅与导流,甚至是行星体质调整工作,让人类文明(尤其瑟利文明)在过

131

去一百年激增了各种技术突破。在跨星域通信方面，打开极微型空间撕裂之后，瑟利人发明了各式信息传递技术，包括运用电磁波谱和引力波谱。某些瑟利和埃蕊单位在量子瞬连技术上有了良好的实验结果：在极微型空间撕裂发生的一瞬间，双边已准备好的"量子罐"便产生了纠缠效应。往后，跨星域两端就算不开启极微虫洞，也能进行跨星域的瞬时沟通。然而当一方离开光域的范围，其量子罐便会丧失纠缠效应而永久失效。

人类文明当今的所有技术，都脱离不了欧菲亚之光。那么在光域外头的法里安尼，她手上的通信技术又是什么？

"纽湾，你主人完全没说过她这次的雇主是谁？"

"要我告诉你几次？她的工作很多很杂，而且都是机密，她不会透露这些给我的呀！否则我早就朝那方向去找人求救。"

开罗把海螺在手上抛玩，感受它的重量。"这个通信接收器，一直都是你主人的东西吗？"

这句话让纽湾皱了皱眉，整个身子扭转过来。它身旁的影像一个个停止流转。"让我想想。"纽湾皱起眉头，"不是耶，之前没有看到过。"

"那么，它是从什么时候出现在你主人的房间里的？"

纽湾似乎开始明白开罗想说什么。它体内的记忆影像闪动，翻找。"看到了。是两个星期前，她半夜回来时把它放在桌上的。"小鲸鱼眨着眼，在体内持续寻找画面，"她当天的穿着不是液铠，也不是夜衣，所以应该没有执行任务。她穿着白色的晚礼服，很女性的那种。"房间的全息影像从中央切出一个立体图层，放映出法里安尼当天到家时的模样。那姿色像个身材曼妙的女子，除了胸部被两片细长的衣饰挡住，几乎露出了整个前身和后背。她背部的晶纹是道向下浮动的碧蓝光波，仿佛有道浅浅的瀑布在抚弄她褐色的肌肤。

"那种调性的打扮她只穿过三次。其实主人并不太喜欢，每次回来都会抱怨一下。"

"前两次是什么场合？"

更多影像被等比放大，并列流转。"都是与大家族的高层晚宴。一次是飞洛寒，一次是诺弗朗斯。啊，我找到光谱邀请函了，好久以前了。"

五大家族中的两个。法里安尼这家伙，一直都在跟什么样的人打交道？开罗问道："这一次呢？"

"刚才看了一下……不太确定。主人没有留下任何信息。"

"妈的，这么重要的事情。下次她与我们联系时，得询问清楚。"

"感觉主人旁边有很多人在聆听，优岚、飞洛寒的人都在，不好吧？"

"你想要她死守着机密，还是要她活命？"

纽湾露出些许哀伤的神情说："我想主人回来……"

"那就对了。"开罗用手拨动全息影像的边缘，"纽湾，你再接入一次飞洛寒家族主星的军事总部。"

"还要啊？会出问题的。"

"法里安尼的处境你很清楚，如果她下次打来前，我们没找到对的人待命支援，她的生存概率会大幅下降。"开罗说，"而且左想右想，'对的人'就只有那个叫蒂菈儿的父亲。"

纽湾叹了口气，往侧边游去。它所经过的地方，空气中的全息光域影像被切开一条空白，逐渐朝两旁消失，取而代之的是一抹正在生成的影像。三个穿着光滑黑色服饰的年轻人，隔着一张桌子出现，仿佛活生生坐在开罗的面前。

坐在中央的男子露出不可思议的神情。"糟老头，又是你？我们已经屏蔽了你的信息光轨，你是怎么切进来的？"

他的同伴则用食指敲敲自己的太阳穴，露出暗淡的笑容说："老头，我这边显示你在过去五个小时内与我们家族各单位联系了七次，更企图从联盟探听我们的系统信息二十四次，拼命瞎扯军防统帅的女儿什么的。像你这样的人我们每天遇到不计其数。但其他人都打退堂鼓了，你是年纪大了没亲人陪，所以闲着无聊吗？"

"就是个没什么成就的学者。看看这些纪录，他这几年被好多科研机构列为拒绝往来户。"中央的男子发出嗤笑，故意用手指把光屏资料拉进全息影像，放大给所有人瞧，"这老头竟然还被标注为'激进分子'，不但只会提出无法实现的荒谬想法，还有一次竟然在天穹城的重要会议上对联盟能源研究院的主席破口大骂，当场被天穹守护给驱逐！"

第三个年轻人打了个呵欠。"欠缺存在感吧。"

其他两人接连发出大笑。

开罗一语不发，等待他们笑完。他们的嘲讽令他想起自己多年遭到的封杀。这些年来，身边的人一个个离开，还称得上朋友的少数几人，都是光域文明的边缘人士，包括法里安尼。

"老头子，"坐在中央的那位身子前倾，变了个声调威吓，"你要是再敢跨越我们的屏蔽轨道，我会立刻通知赛伦贝尔城的玛提尔家族执法人员，以有意挑起'家族争端'的罪名拘捕你。明白了吗？"

"你们见过这东西吗？"开罗举起手中的仪器。

三位年轻人的目光聚在他手中片刻，又散了开来。"那是什么，海螺吗？没见过。"

"嗯，和我想的一样。但你们的长官肯定知道这是什么。"**法里安尼曾经去过飞洛寒的高层晚宴。**开罗完全没有把握自己这么做对不对，只想凭着直觉赌赌看，他往前走一步，以深沉的嗓子说："这玩意儿，能够实时接收来自光域境外的信息。"

"你在鬼扯什么？没有这样的东西吧。"

"没有吗？飞洛寒不是正在进行许多境外的秘密探研？你们的高层必然在使用。"开罗在学界曾听过一些谣传。但现在，从这些人的表情看来，他知道那些谣言并非空穴来风。

三位年轻人的脸色变了，目光从海螺通信器移到开罗老迈的脸庞。左右两旁的年轻人不确定地望向坐在中间的同伴。

"没有跟你们开玩笑。"开罗知道这应该是第一次，自己真正赢得飞洛寒家族成员的注意，"我一位老友，与你们军防统帅的女儿蒂菈儿在一块儿。而且，"他强调似的放慢音速。"她们，现在，正在欧菲亚之光照耀不到的地方。"

坐在中央的年轻人身子往后微仰，严肃地盯着开罗。

"要是最后事情出了差错，我会说我尝试联系不知多少次，却被你们几个给挡了下来。"开罗露齿微笑，但在浓胡遮掩下，看来像是意图明显的威胁。

但那年轻人摇头。"我们老早就与上级确认过了，他们很确定军防统帅的女儿安好地在铁林城。"

"你们只需要做一件事，就是想办法找到她父亲，然后说有个叫开罗的疯子，告诉了你们什么样的谎言。情况会有转变的。"开罗说完，让对方消化自己所言。

他下了赌注。自己至少瓦解了这些年轻人先前笃信的态度。三人开始有些不知所措。

开罗再尝试推动他们："我们还有点时间，在下一次我朋友越境通信之前，最好能找到蒂菈儿的老爸。我打赌，他应该不会想失去跟女儿通话的机会。而且有可能……还是最后一次通话。"

飞洛寒的年轻人坐在原地，动也不动。他们凝望着开罗，似乎想看透那片灰色胡须覆盖的面孔是否隐藏着阴谋。最后他们面面相觑一阵，中间的男子犹豫地张开口，正想说些什么。

"开罗——！"纽湾突然大叫。

"滚一边去，你别吵。"开罗震怒回道。

"开罗，通信器！"

"你发什么神经？现在不是时候！"开罗愤怒地挥手要纽湾闭嘴。下一刻，他却看见三位年轻人以僵硬的表情直盯着他怀中的东西。开罗这才低头发现海螺侧边的按钮急闪着红光。

他的脑子空白了半秒，然后仿佛大梦初醒般，按下了按钮。

海螺发出一阵刺耳的嗡鸣声。开罗把它颠倒过来，宽厚的底座有个开口，里头正透出随着音波闪烁的金光。纽湾从墙边游过来，急切地在开罗身边打转。飞洛寒的人员全愣住了。

几秒后，声波渐缓，仪器的光芒以稳定的频率微微闪动。"是开罗吗？"一个女孩子的声音。

"是的，是我。法里安尼？听得见吗？"

"——我是蒂菈儿。"

"蒂……"开罗愣了一下，有点反应不过来。飞洛寒的三人早已哑然失声，完全无法理解发生了什么事。

"我们时间不多了，法里安尼在我身旁。她说你是联盟宇宙殖民开发拓展会的一员？"

其中一位飞洛寒的年轻人满脸错愕地对同伴说："声……声波辨识显示……这确实是飞洛寒·蒂菈儿的声音。"他们的脸色惨白。

"我是开发拓展会的成员没错。"开罗回道。

"很好，太好了。现在，我需要你立刻帮我做个联系。"女孩的声音听来相当虚弱。

开罗看向飞洛寒的人，激动地点头。"有的！我已经和你家族的人士搭上线了，他们正在帮忙联系你的父亲……我是指，飞洛寒家族的军事防卫统帅。"他摆出狰狞的脸,夸张地挥动手臂示意。这次,眼前的三个人慌忙地动了起来。

"不,我父亲现在帮不了我。"蒂菈儿喝止,"透过他去找方法,恐怕为时已晚。你直接联络开发拓展会,找到他们在摩根尼尔星的分支。"

"什么……摩根尼尔?然后呢?"

"你找一位巴顿博士。"

"拓展会的巴顿吗?他只是在帮联盟做行星地质分析,找他能做什么?"

"那是他的身份掩护。他的真实身份是我们家族的远古遗迹探研中心的首席研究指挥,"蒂菈儿说,"你只需要告诉他一个代码——'ZXL-0'。赶紧,我们就在这等着。"

天呐,巴顿那家伙? 开罗脑中冒出成千上万的问题,但他只说:"我懂了,纽湾!"在他的吩咐下,微晶宠物甩着尾巴飘了过来,定住身子面对全息影像所映出的三人。

"等……等一下!"飞洛寒的年轻人倏地站起身,伸手喊道,"等等!这到底是怎么回事——"他的手掌裂为两半,然后影像分割开来,瞬间消散。取而代之的是个模糊轮廓。一位女性接待员,她转过身大吃了一惊。

"抱歉,未经许可就接上你们的系统,吓着你了。"开罗说,"但我有非常紧急的事找巴顿。我是开罗,开发拓展会员编号是1038。请帮我转告他'ZXL-0'。"

女子眼神中带有不确定,但她依然照办了。不出一阵子,眼前的影像再次如卷动的风沙,打散了女子的轮廓,重塑出另一人。这次,缓缓冒出的人影是一位戴着墨汀镜片的中年男子,忽然全息影像的某处发出了某种信号声,开罗和纽湾所在的房间出现视觉杂讯。

这次是纽湾吃惊地扫视四周，摆动着尾巴似乎在尝试什么。"开罗，我们的全息平台被封锁了！"

那人举起手说："别慌。这仅是防范措施。我得确保没人可以渗透进来。"他用手指调整一下镜片说，"你是开罗……是谁告诉你那个代码的？"

开罗咽了口唾沫。原来，这家伙从头到尾都在帮飞洛寒家族工作吗？他不打算废话，以双手捧起发光的海螺通信器，置于自己和巴顿之间，然后提高音量喊道："蒂菈儿！巴顿就在我的面前！"

开罗看见巴顿倒抽了口气，投来狐疑的眼神。但此刻，通信器传来女孩微弱的声音："巴顿博士，我是蒂菈儿。"

"蒂菈儿，你……"巴顿极端惊地往前走，同样伸出双手，呵护似的罩住开罗手中的仪器，"真的是你。我们收到非常多混乱的信息，以为他们……"他清了清喉咙。"你现在在哪儿？我们非常担心你。"

"我们遭到遗迹的传送，似乎到了欧菲亚联盟的外头。这次发生的事件是个意外，但那不重要了……巴顿博士，曼奴堤斯的遗迹确实是ZXL-0型，它的能力远超过我们当初的估量。"女孩说，"你有没有办法从遗迹找到最后的传送坐标？"

"蒂菈儿，我有个不好的消息。遗迹在你们离开后，便自行毁灭了。"

通信器传来细碎的惊叹，此起彼落的交谈声令海螺不规则地闪动。开罗意识到蒂菈儿的身旁可能不仅几个人。"——自行毁灭？难道它有DS的属性？"

巴顿回道："很有可能。但'使用一次便永久失效'的DS属性只是透过探研资料做出的理论推导，没人亲眼见证过。目前看来，曼奴堤斯星的遗迹很可能是我们第一次看到这属性成真。"彼端的骚动声持续不断，令巴顿直勾勾地盯住闪烁的通信器，担忧地说："蒂菈儿，有谁在你身边？你安全吗？"

"我和籁在一起。但是普罗米兹他……"女孩深吸口气，接着说，"我们所在的星球被赛忒包围，他为了保护我而牺牲了。这里还有三名优岚家族的天穹守护，两位埃蕊族人——以及一些埃萨克的战士——"她的声音被突来的杂讯打断。

巴顿和开罗互望一眼，就连纽湾都放大了圆滚滚的眼睛。"优岚家族的人也在？"巴顿迟疑了一下。

"嗯，放心——我没事。现在最大的威胁是赛忒。我们双方都有人死于它们的攻击。巴顿博士，我们正在尝试修复被一同传送过来的埃萨克地蝗艇。如果遗迹彻底消失，地蝗艇就成了我们保命的唯一机会。但我已试过所有方法，也找不到我们在星系中的位置。"

"我了解了。你有成功取得遗迹的神经核信息吗？"

"有的，全都封存在我体内。"

"太好了。从神经核信息里提炼出来的'纯净符号'，有可能让我定位你的所在地。你用渲晶能力把它萃取出来。如果不会耗太多时间，连同当前的多角剖分值一起给我。"语毕，巴顿朝后退了几步，开始采取行动。虽然开罗看不见巴顿身旁的仪表界面，但很明显巴顿正飞快地操作着，频频转头对从属人员下达指令。

海螺通信器仅仅沉寂一会儿，蒂菈儿的声音便再度传来："完成了。这是我的纯净符号——"她开始念出某种奇特的语言。女孩以细腻的嗓音说出一连串的远古音节，巴顿旋即挥动十指做信息输入。

"你晓得他们在干什么吗？"开罗侧过头，对纽湾低声说。

"完全不明白。"微晶宠物摇晃尾巴，同样诧异。

这家族究竟隐瞒了多少秘密？开罗咽了口唾沫，全神贯注地盯着巴顿博士。他操控的某种仪器，不属于联盟里任何种族。开罗感到相当吃惊，巴顿那模样根本不是他认知中的他。开罗的心底不可避免地浮现一股羡慕之情。他忽略捧着通信器而酸疼的双手，眼睛眨也不眨，渴望全息影像会不经意捕捉到那神秘仪器的某部分。然而除了巴顿的身影，什么也看不见。

最后巴顿的动作缓了下来，他迟疑地触碰悬浮镜片让它收缩至耳环两侧。那神情说明情况相当不妙。

"蒂菈儿，我们定位到你的位置了。你们离联盟非常遥远。"巴顿严肃地说，"有两万三千光年的距离。就算派遣最先进的漫跃飞船，也要二十几年才到得了。"

"我们已有心理准备。在我们附近，是否存在其他的遗迹？"

"与你们相邻的恒星系统里有一座，在编号 LUTIC 76 的行星上。它距离你们大约3.7光年，绕着一对脉冲联星自转。"巴顿似乎想让自己听来更乐观些，出来的声音却相当勉强，"如果运气好，能启动那座遗迹，我们就有机会带你回来。我会动员一切力量帮你找到返回联盟的路径。但你们先出发要紧，远离赛忒的聚集处。"

听到这些事，开罗不知道哪件事令他更加吃惊——是飞洛寒居然握有在银河系做精确定位的技术，还是联盟境内竟然暗藏了那么多具有传送能力的远古遗迹。他有太多事情无法理解。

"我懂了。"蒂菈儿回道，"另外，目前我体内的寰宇图仍是碎片化的，存取了很少光域以外的星系。如果要用地蝗艇做星际航行，会需要探研中心的指引。"

"是的，我现在把最新的寰宇图传输给你。它包含当前家族已完成扫描的全部数据，完整度高达四分之一的银河系了。如果我们通信失联，它会协助你进行星际导航。"巴顿朝一旁下达指令，忽然他沉思了片刻，开口说，"但是，蒂菈儿，这是运用古老的遗迹技术渲晶出来的结果，没人亲自去过那些地方，因此我无法告诉你，就算抵达

· 140 ○ · ▸ ·

坐标位置，你们会见到什么。它是颗什么样的行星，附近有什么危险，没有人知道。"

"我理解，"蒂菈儿轻柔地说，"谢谢你，巴顿博士。"

"愿欧菲亚之光庇护……不，"巴顿抬起头，"希望你安全归来。"接着，似乎有人递给他什么。巴顿把一个小巧的东西拉进全息影像里。那是一个悬浮于掌心的光体，若仔细看，就像是个点点星尘所组成的罗盘。

"微晶压缩信息？"开罗忍不住打岔，"你打算怎么传输给她？我手中这是声波接收器，无法传递微晶粒子。更何况它是……"

"这是埃蕊文明的产物。"巴顿指着海螺状仪器，以洪亮的声音问道，"蒂菈儿，你问一下身旁的埃蕊人，是否穿戴了音频转化装备？"

回答的并不是蒂菈儿。"——好久不见，巴顿博士。"那似乎是另一位女性的声音，有着蒂菈儿所没有的悠扬，"尽管播放吧。我的液铠肩部有音频转化功能。"

"我早该猜到是你。"巴顿冷冷地说完，便朝着一旁走去。全息投影把巴顿的身影锁定在房间的正中央，他似乎正在摸索什么，然后巴顿挥舞袖摆，以手指描绘出某种轮廓。随着他指尖的轨迹，一台庞大仪器就像迅速凝固的尘土般映入开罗的眼帘。它看起来像个古董，中间的圆形玻璃槽已注满水，外壳则明显受过瑟利的微晶科技加工。

"等等，你要把银河地图透过音频技术转过去？"开罗不可思议地说，"这完全不切实际。那不是埃蕊的旧科技吗？就算只传输银河地图的一角，也得花上好几年！"

巴顿斜视他，冷笑。当他把掌中的光体塞入仪器里，光芒折射开来，没入中央的玻璃水槽。接下来，不可思议的事发生了。尘尘散发为带状，似乎自己找到了规律，像在水中漂动的极光。

音乐……开罗不自觉地以单手拍拍自己的耳朵，相当确信亮红色

141

字体会冒出来警告他出现了幻听。但他立刻意识到声音来自于巴顿身旁的器械。

那声音仿佛来自深海底下唱颂的幽魂，迷惑的音色中有一种凄凉的美。仔细听，才发现它是由数不清的层次编织在一起，深沉的低鸣到短促的声波，糅合成彩带般的音色，就像玻璃槽中的景象一样。

这首令人沉醉的曲子持续了大约三分钟。结束时，开罗犹如大梦初醒般睁大眼。

"收到了。我会立即转化给蒂菈儿。"

"这是多少钱都买不到的昂贵资讯。法里安尼，你可能得一辈子为飞洛寒家族效命了。"巴顿嘲讽地告诉在银河彼端的埃蕊人。

"那有什么问题，我不是一直这么做吗？"通信器传来笑声与杂讯。

疯了。那么庞大的数据竟然透过一首曲子……开罗忽觉一阵错愕，今晚发生的一切由他扮演中间人，但这些技术他却连听都没听过。他为自己身为学者感到羞耻。我真是老了。军方和年轻人的玩法已离我相当远。他连在城市里移动，用的都是过时的浮空推进器。

"那么你们赶紧动身离开那星球吧，"巴顿说道，"希望下次听到你们的声音时，我们已把传送路径分析出来。"

"好的，也请转告联盟我们的处境。"法里安尼以从容的口吻说道。接着，她向巴顿报告了所有被困在远方星球的人的名字，概括阐述自始至终所发生的事，包括遗迹意外被名为欧萃恩的小伙子启动。然后，他们便切断了通信。

开罗的双肩一松，看着海螺回到之前的沉寂。

他无力地喘了口长气，把通信器放在墙边架子上，转身时，正好与巴顿四目相对。

我一直以为你只是个地质分析师。"呃……该说声谢谢你。还好你果断接收我的信息,不然他们……就白白打来了。"开罗先避开了视线,以沙哑的嗓子说,"那么,就这样吧。等他们下次联系过来,我会立刻打开这个通信渠道。"他佯装打了个呵欠。"我先去休息了,这几天还真没睡好啊。"

"恐怕您暂时无法享受那样的奢侈了。船舰已在外头等你。"巴顿告诉他。

"什么意思?"开罗不解地问。

"请带上通信接收器和您的微晶宠物。"巴顿点头道,"开罗博士,我们希望能邀请您成为家族的宾客,协助远古遗迹探研中心接下来要面对的艰巨任务。我们必须确保军防统帅的女儿,以及你的朋友,都平安回到欧菲亚联盟。"

开罗左右张望一番。"我们要去哪儿?"

"洛德萨斯星。"巴顿说,"那是探研中心的总部,我会把一切关于远古遗迹的事都告诉你。"

当开罗走到楼顶的公用停机坪,最令他不解的事发生了。

远方的城市光流刺眼而迷幻,但在他面前却有两架机体的暗影。其中一台黑色流线机体上有猎鹰的图像,明显是飞洛寒家族的特派机。但停泊在它对面的是台线条相对方正的运输机,机腹上的字体写着——欧菲亚联盟中立军。

第十章
光域外 / 未知行星

泰伦感到异常的无力。就像那些在沉寂之矛力场内毫无生息的微晶一样。

首脑临终前的模样在他脑中回荡，怎么也磨灭不了。

打从成为天穹守护开始，他们一起出过不知多少次任务。首脑总能找到清晰的战略思路，泰伦则能无惧地彻底执行。两人虽然性格迥异，但彼此都知道他们的搭配是天衣无缝的。

泰伦责怪自己，应该一有机会就宰杀所有残存的埃萨克人。是暴焰击碎了首脑的腿铠，给了赛忐侵入他的微晶的机会。还有为首脑执行了死刑的毒焰……

泰伦窝身在力场的角落，让沉寂之矛压制自己的身体。他的体内有一股肃杀的冲动，潜藏在阴郁情绪底下涌动。他看见美人背靠着一架毁坏的八爪机甲的残骸，距离力场的边界只有几米。只需要给美人一个眼神，我们可以轻松宰杀这里所有的埃萨克人。

泰伦望向远方的芮莉亚。女埃萨克首领和法里安尼、蒂菈儿站在一起，她的盔甲处处破损，腰部、肩部的皮肤泛着光泽。那些应该是汗珠，被法里安尼肩部发出的微微绿光反射；而埃蕊人正在把资讯传输给飞洛寒的渲晶师。

泰伦死盯着身材姣好的芮莉亚。*我不该救她的*。当初让他们自相残杀，暴焰就不会有闲暇对首脑开火。泰伦能感觉到体内整团的复杂感受——悔恨、愤怒及哀伤，像浪潮一样随着每一次呼吸冲击脑门。微晶遭到压制，也抑制他举起兵器展开屠杀。然而没了微晶的作用，他却也无法调节情绪的奔窜。

他无法判断哪种失控更为严重。

美人就站在泰伦的斜前方，似乎一直无声地期待着泰伦下达那道命令。*只需要一个眼神……*泰伦的目光移向正在为地蝗艇做最后检测的欧萃恩。

矮个子的埃萨克人从残骸就地取材做了四片平滑的弧形板，并在其他高大的埃萨克人的协助下将这些宛如鱼鳍的金属片组装在地蝗艇上。然后欧萃恩尝试手动点燃飞艇侧腹的某个微型汽缸。

"你加上这些金属片做什么？"某个埃萨克士兵没好气地问道。

"以备不时之需……"欧萃恩说着，突然看见泰伦投来的异样眼神，便又怯懦地别过头去。

泰伦握着拳头，目光下沉。他的脑中浮现出首脑的声音："得确保所有人活下来。我们需要每一个人的力量，即使是埃萨克人。"

那是他临终前所说的话。

以往泰伦总是调侃首脑，说他凡事想得太远，顾虑太多。但每当他冲过头了，首脑总有办法把他拉回来。他们之间有种出自于直觉的信任，逻辑难以解释。最后首脑往往都是对的。

但是，首脑，如果你知道事情会变这样……你还会说一样的话吗？

远处，法里安尼完成传输之后，蒂菈儿再次释放寰宇图。银色光芒点亮她的周围，盘旋在空气中。从泰伦所在的位置看去，有种地平线冒出一丝曙光的错觉。

这一次，寰宇图的形状似乎有所改变，整体的感觉更加丰厚与繁杂，这令泰伦再一次感到诧异。同时，当蒂菈儿舞动双臂，银白的寰宇图中接连闪现出靛蓝色的光点。她挪动十指，同时翻转数十个区块，将它们拉近并摊平开来。靛蓝色光晕此时变得更加明确了，成为覆盖在众多行星之上的几何符纹。

*那些是飞洛寒家族已经确认存在的遗迹数量？这已……远远超越了我们。*泰伦惊愕地睁大眼。飞洛寒的保密工作如此严谨，在此之前方无人知晓。这么看来，飞洛寒在远古遗迹探研方面的成绩早已非任何家族可及。若非亲眼所见，泰伦怎么样也不会相信。

最后，蒂菈儿分解出一部分的图像，使其独立于掌心之上。当寰宇图逐渐消散，泰伦看见女孩手中悬浮着零散的星尘，一道光轨穿插其间。那是通往某颗行星的路径。

蒂菈儿和法里安尼一同朝着地蝗艇走来。其他的埃萨克人都集中在沉寂之矛的范围内，他们低声交谈，虎视眈眈地看着蒂菈儿等人。

"我们得前往行星LUTIC 76。有正确的路径了。"蒂菈儿踏入沉寂之矛力场时告知众人，她手中的图像连同铠甲表面的金色纹路一同消失。正如泰伦一样，蒂菈儿似乎也已习惯进出力场了。

她把一条细小的透明薄膜交给欧萃恩。"这是路径的物理数据，应该能与地蝗艇的系统兼容。"

欧萃恩点头，拍拍地蝗艇上的钢板，欣慰地说："我这边也完成了。这么一来，要进入漫跃应该没有问题，只要不超过150倍的光速。"

"我们可以出发了吗？"鬼祟从后方踏步上来，声音几乎在啜泣，"欧菲亚之光啊，谢谢你庇佑，虽然你根本没屁用！"

芮莉亚游走在力场的外围，拔起了几根沉寂之矛。

"那么赶紧走吧，在这鬼星球多待一刻，情况随时可能改变。"籁把长戟紧贴背部，声音一贯地阴冷，"埃萨克人，收好你们的沉寂之矛。若再遇到赛式时还会派上用场。"

莫名地，以暴焰为首的埃萨克人一个个望向黑铠天穹守护，他们的神情不大对劲。

"什么时候你认为自己有资格对我们发号施令，瑟利人？"暴焰朝着地蝗艇机舱甩甩头，"你们先进去。"他那口气就像在命令俘虏，然后又朝芮莉亚喊道："别碰剩下的矛！"

尚有半数长矛正在持续作用，力场从六边形缩为一个三角阵。"你们不打算收起沉寂之矛？"籁的口吻也变了。

"别说笑了。你以为我不知道你们在想什么？"暴焰说，"如果你还想搭乘这艘飞船离开，就照我说的做！"

暴焰以眼神下了指示，其他几名埃萨克士兵分别朝三角力场的尖端走去。他们拔起了沉寂之矛，却没有关闭它们。

此时，站在远处的美人回过头来，凝视泰伦。或许动手的时机到了。

飞洛寒的籁和蒂菈儿也明显在交换眼神。全场没人说话，情况却变得异常。

籁说道："埃萨克人，你不可能一直压制我们体内的微晶能力。"

"就算在地蝗艇上，你们也得待在沉寂之矛的力场内。"暴焰斩钉截铁道，"这艘地蝗艇是我们埃萨克人的东西，规则由我们来定。"

"地蝗艇是石嚎族的……"站在一旁的欧萃恩小声地开口。

"这里没你说话的余地，败战之兵！"暴焰怒吼。

蒂菈儿皱起眉头，"我们不是说好先摒弃前嫌，协力回到欧菲亚联盟？"

"是啊,那么你们为何不愿意踏进地蝗艇?"暴焰发出粗鲁的笑声,"我的要求很简单,你们先进去机舱。沉寂之矛不会关闭。"

芮莉亚从蒂菈儿的身后走来,三柄长矛紧扣在她怀里,并朝暴焰喊:"库达鲁,现在我们没有时间——"

"闭上你的嘴,芮莉亚!我参加过多少战役,杀过的人比你蹲着拉屎的次数还多。"暴焰怒视芮莉亚,似乎再也不愿把领导权交还她手里,"在你这年纪,我就亲手扭断一个十四岁孩子的颈子。你可曾徒手杀死过你的敌人?"

芮莉亚站定脚步,怒瞪他。

"别以为我们已经脱离战场。这些人依然是我们的敌人。"

此时,持着狙击枪的毒焰也凑身过来。"正因如此,暴焰,注意你在和谁说话。芮莉亚依然是我们的指挥官。"

"狗屁,我不承认!她只不过是个临时被晋升的幸运儿罢了,没有任何资格命令我们。除非她打得赢我。从现在起,你们通通听我的!"暴焰甩动手中的长管炮,独眼斜视狙击手,"还是毒焰,你也想试试跟我干一场?用你那柄专门对抗瑟利人的枪来对抗我的炮火,看谁先死无全尸?"他将巨大的炮口从芮莉亚的脑袋挪往毒焰,再指回飞洛寒的天穹守护。

"你们都太天真了。"暴焰接着说,"现在我们仍在赛式的巢穴,这些狡诈的瑟利人还不敢对我们动手。等离开这星球,你们看着!他们就会在机舱里大开杀戒宰了我们全部!我们之间根本没有共存的理由!"最后,他以低沉的声音说。"晚一步动手的就得死,这就是他们脑子里想的!"

三名埃萨克士兵——布拉可、甲哈鲁和冷焰——在力场的边缘手持长矛,包围着以暴焰和地蝗艇为中心的微晶封印阵。从表情研判,很明显他们已经与暴焰站在同一边。毒焰在思考片刻后,竟也表示同意，握着长枪面向瑟利人。就连芮莉亚似乎也妥协了；她把长矛直立于地，抵着胸铠，神情凝重。

"千万别忘记瑟利人最擅长的事！"新的埃萨克领导暴焰，站在这群重新连接的战士前方，警告所有瑟利人，"你们总爱躲在幕后算计，让别人代替你们去死，然后再铲除没用的人。你们整个种族就是懦夫的代表！"

泰伦知道美人的视线一直在自己身上，等待指令，一刻没有挪开。然而泰伦还下不了决心，首脑死前的话不停地在脑中翻转。

气氛凝重，一触即发。籁挡在蒂菈儿面前，而鬼祟、美人已做好杀戮的准备。

宿敌们可以在临急时尽释前嫌，然而一旦阶段性合作告终，到了这关口又针锋相对，乃为常态。

忽然，泰伦明白了。独眼的暴焰将不断挑起争端，以此凝聚埃萨克一伙。族群的对立面就像一面镜子，而能主导这面镜子的人，就能操控所有族人的身影。暴焰看似莽撞，但他才是真正懂得使唤焰落族的人，这是芮莉亚怎么努力都办不到的。因此，若不解决这个人，将为众人回归联盟带来非常多的不稳定因素。

泰伦望着漆黑的地平线，做出一个决定。

*首脑，我还是无法理解你的想法。*他站起身的一刻，人们全望了过来。

泰伦把扇刃锁死在手臂的铠甲表面，不再依赖微晶的吸附功能。他朝暴焰走去。

当他经过蒂菈儿等人的身边时，法里安尼试着拉住他。"瑟利人，你别冲动——"但泰伦并未理会，愤怒的火焰在胸口燃烧。

泰伦来到暴焰面前，仰望着对方。独眼的埃萨克人比泰伦高了整整两个头，他喷着鼻息，狰狞地贴近泰伦的脸。"你又想怎么样，瑟利人？"

"真正的弱者是你。你的每一字，每一句，都流露着你对我们的恐惧。"

暴焰举起左掌，作势覆盖泰伦的脸。"我可以不费吹灰之力，单手就扭断你的脖子。"

"你们埃萨克人的传统：若被恐惧击倒，就要臣服于对方，对吧？"泰伦问他。在暴焰粗犷的手指之间，泰伦左眼的目光像刀刃一样锐利。

"我们只听信强者。真正的强者！"暴焰提高音量，"不是你们这些只会耍微晶把戏的懦夫！"

"很好。就用你们的规则，看看谁是懦夫。"

泰伦转身朝芮莉亚走去。无论是埃萨克的士兵还是飞洛寒的天穹守护，没人知道他想干什么。所有人都在沉寂之矛的范围内，毫无动静，只听着泰伦的铠甲在行动时发出金属声响。

泰伦与芮莉亚面对面。这是他们第一次如此靠近，也可能是最后一次。

无论从哪个种族的角度看来，芮莉亚都是个漂亮的女人。野蛮的战争文化让她的神情多了一份粗犷，眼神底下永远是疲惫和狂暴的混浊体。但即使如此，站在她的正对面，泰伦诧异地发现这些都无法掩盖芮莉亚明亮的神韵。

泰伦的视线飘向她身后的蒂菈儿和籁，然后再看回芮莉亚。他微微点了下头。"如果情况出了差错，你们赶紧带着所有人离开。"

他从芮莉亚的怀中取走三柄沉寂之矛。基于某种无法解释的原因，女埃萨克人并未抗拒，只是睁大眼，不解地盯着泰伦。

泰伦转向暴焰喊道："我能够击败你。在沉寂之矛的力场里。"他开始朝着一侧走去。环绕平原四周的丘陵之间，有一道明显的沟壑，那儿通往更下方的深谷。"过来。"

"你想耍什么诡计？"暴焰再次举枪对准泰伦。

"没有诡计，没有微晶。在力场内搏斗，输了，一切听从对方。"泰伦停顿片刻后，补上一句："还是连这样子，你也感到害怕？"

"哼！"暴焰差点犹豫了，但所有埃萨克人都看着他。他露出讽刺的笑容道："你上次打不赢，这次也不会有改变。到时候我会捏着你的脖子，把你绑在地蝗艇的机舱内！"他扫视其他同伴，"你们都做好离开的准备。盯好那些瑟利人。我要让他们见识见识谁才有资格当指挥！"暴焰把长管炮架在肩上，跃跃欲试地朝着深谷的方向走去。

矮丘之间的天然裂口连接下沉的坡道，通往底下一个盆地。绵延数里的陡坡尽是坚硬的地表，泰伦灵巧地跳跃在岩坡之间，一层层向下迈进。暴焰以惊人的速度紧追在后方，神情诉说他正迫不及待想再次教训泰伦。

最终他们来到底下的空旷之地。这里静得令人难以置信。

泰伦回首，看见身后的丘陵像是某种庄严的屏障，而地蝗艇就在丘陵彼端的高地上。等会儿无论发生什么事，这样的距离应该能确保上方的安全。

已有些渺小的身影聚集在丘陵开口，俯瞰泰伦与暴焰的所在之地。埃萨克的三名士兵依然不信任瑟利人，一手持矛、一手持枪，站在丘陵的高处以三角阵将其他人包围在中间，压过所有微晶信号。

嗯。这样就好了。泰伦明白接下来会发生什么事。

他深吸口气，开始了他的豪赌。泰伦拎起其中一柄沉寂之矛植于地面，长矛底端的脚架自动展开，垂直矗立，然后他绕步把另外两根矛也设置好。

"我必是第一次看到像你这样的瑟利人，该说你蠢吗？"暴焰抵达时，狂妄地说："还是你当真认为自己没了微晶的力量还能打败我？"

151

他走向一根长矛，操作上头的信号钮，三角阵旋即生效。"我得让你成为其他瑟利人的榜样。"暴焰来到中央，朝他挥动食指。

然而，泰伦并未踏入力场之中。

他直视着暴焰，缓缓向一旁挪动。泰伦策动体内的微晶，扇刃像羽翼般伸展开来，然后迅速交互折叠，螺旋交绕成深沉的炮口。枪身旋即被一圈圈蓝色的光纹覆盖。

"——你这狡诈的家伙，我早猜到会如此！"暴焰举起长管炮，眯起独眼，"尽管开枪！你动手的那一刻，我的伙伴会杀光高原上的所有人！"

泰伦什么也没说，只冷冷地看着暴焰。数秒后，枪管上的蓝色晶纹汇聚完毕，泰伦转过身，背对暴焰。

他朝着远方的天际开炮。

一道强大的白光划破了黑色苍穹，仿佛切开天空中所有星尘。

"你……"暴焰瞪大了眼，下巴松弛，"你疯了吗！你想让我们被赛忒发现吗？"

"那得取决于你们的沉寂之矛多有效了。"扇刃分解开来，回归到泰伦的手肘部位。他缓缓步入力场之中，感觉体内所有微晶销声匿迹了。然后他睁开眼，触碰肘部的扣柄，卸下左手的扇刃，抛在地上。金属的回声尚未止息，他又卸下右手的扇刃，抛向一旁。泰伦完全收起了头盔，用手顺了顺褐发。

"你这疯子……你会害死我们所有人……"暴焰狰狞地盯着地平线。

果不其然，一层层的黑色丘陵彼端，开始冒出细微的紫色光点。

泰伦敞开双臂。"你打算用长管炮对付赤手空拳的我，是吗？英勇的埃萨克人。"

然而暴焰依然紧握长管炮，呆愣地看着越来越多的紫光。它们像蜂群般涌现,滑行于丘陵上空,以飞快的速度笔直前来。不出一阵子,密密麻麻的黑色身影已覆盖泰伦身后的半边天。

在另一边的远方丘陵,众人似乎已陷入绝望,连持矛的埃萨克士兵也躲回了丘陵后方。

暴焰咬着牙,无法做出反应,持枪的手禁不住地颤抖。"瑟利人,你真的疯了……你以为赛忒只会追踪微晶,你以为它们看不见我们吗?"

泰伦耸耸肩。"我们很快就会知道答案了。"

赛忒兽群刮着飓风到来,在泰伦和暴焰正上方的空中盘旋。它们空洞的眼中发散着幽魂似的微光,数量起码有上百头!它们汇聚成数道紫光流,在半空中交汇、分开。兽群似乎正在寻找光炮射出的起源地。

泰伦却感到异常平静。他想起首脑最后的模样。

就在沉寂之矛三角阵的上方,赛忒像是黑暗的风暴,刮起紫光龙卷包围着两人。强大的风压令泰伦和暴焰必须使尽全力才能站直身子。然而,赛忒并未察觉他们的存在。

显然,沉寂之矛成功掩盖了两人的生命信号。

暴焰渐渐弯低身子,目光却无法从夜空中的旋风剥离,似乎生怕一部分的赛忒会突然朝他们扑来。任何一人只要踏错一步,出了三角阵,就等着被赛忒发现并撕裂。

"那么,我们还有正事要办。"泰伦握起双拳,猛然吼道,"胆怯了吗,埃萨克人?"

他冲向暴焰,单手架开暴焰的长管枪,另一手朝他的胸口重击。

埃萨克人的胸膛像是紧实的土壤。暴焰退后几步,站定脚步。这击令他的注意力回归了。当泰伦扫踢向他,暴焰迅捷地闪开,抛下长管枪,朝泰伦脸部回勾一拳。

153

暴焰的拳头之重，令泰伦吐了满口血。然而他没有退让，踹向暴焰的膝盖，使其哀号出声。泰伦强迫自己将注意力集中在暴焰一人身上。独眼的埃萨克人挥着鲁莽的拳头，视线却无法克制地乱飘，不断留意赛忒的动向。

　　泰伦避开了暴焰的攻击，他已不像初次陷入熄灭微晶的陷阱里那般毫无防备；现在，他让人类最原始的本能主导身体的每个动作。更重要的是，他知道对手已遭恐惧吞蚀，害怕的神情完全暴露在脸上。埃萨克人的额头冒汗，惊慌地东张西望，似乎在想下一步该怎么办。

　　"你已经害死了我们所有人！"暴焰的声音在颤抖。他又挥来一拳，泰伦闪避后单拳砸向暴焰的脸颊。暴焰甩甩头，喉间发出嘶声。

　　没有微晶的加持，泰伦知道自己的拳头难以对埃萨克人产生任何致命效力。然而，从小独立生存的他知道一件事。当体格、力量、技能都不敌对方时，击败对方的关键，只有一个字——狠。

　　没有微晶对情绪的压制，对生理的调节，泰伦让心中的怒意在这一刻释放。首脑的死亡，自己的一切过错，在这一刻凝聚于他的双拳。

　　他不给暴焰任何喘息的机会，一拳接着一拳击中暴焰的腰部。

　　突然间，暴焰抓住了泰伦的手，怒吼一声，把泰伦整个身子捞了起来，高抬在头上。他正要往前抛时却猛然停住，盯着密布夜空的兽群——如果把泰伦丢出去，微晶复原引来赛忒，暴焰自己也活不成。就在对手犹豫的片刻，泰伦双肘下击，重重扣入暴焰的脑门。

　　暴焰吼了一声，单膝跪下。泰伦落地时瞬间反转腰部，一脚踢中暴焰的下巴。

　　埃萨克人的身子往后倾斜。泰伦扑了上来，膝盖再次重击那厚实的胸膛，以整个身体的重量向前压，令暴焰猛然倒下。然后他跨坐在独眼的埃萨克人身上。

"你害死了首脑！"泰伦揪住暴焰破碎的颈铠，拉近他的脸，"就像我们杀死了你的许多族人！这些账，我们迟早会算清楚。但是首先，我们得先回到欧菲亚联盟。"

暴焰喘着气，没有回话，眼神空洞地望着泰伦后方的整群赛忒。那些宛如黑色旋风的魔兽正逐渐分散开来，犹如稀薄的紫色气流，一缕缕朝着某方流去。

"听见了吗？我们并不需要彼此压制！"泰伦对着暴焰说，"因为我们需要所有人的力量！我们得确保每一个人都活下来——每一个人！"

第十一章
古央星域／欧菲亚驻星舰队／雅莱号

雅莱号是一艘上个世代的战舰，不像新型舰艇拥有那么高比例的内舱可变性。即使已从战场上退役数年，它曾在诸多经典战役中扮演灵魂角色的事迹依然不灭，在优岚家族成员的心目中是一座不朽的精神堡垒。因此家族高层将其派驻于文明的中心点，成为欧菲亚行星驻星舰队的旗舰。

在和平地区，历经战火的图腾总是更加耀眼。

对于蜂糖和付款人而言，或许待在这样一艘旧型战舰的唯一好处，便是它的寝室出乎意料的宽广。双层床铺是房间里唯一的固定物，其他功能的设备已分解收入墙壁和天花板内，房间里有相当大的空间可供士兵做锻炼。

蜂糖双手枕着后脑躺在上铺，下身只穿着一件深色内裤，翘着腿沉思。

付款人则在地板上以双手撑身，满头大汗地前后翻转，在光轨的提示下闪避从地板刺出的尖锐物。

他们并没有把实情告诉我们。蜂糖不安地想。

脱离迷境

芮莉亚

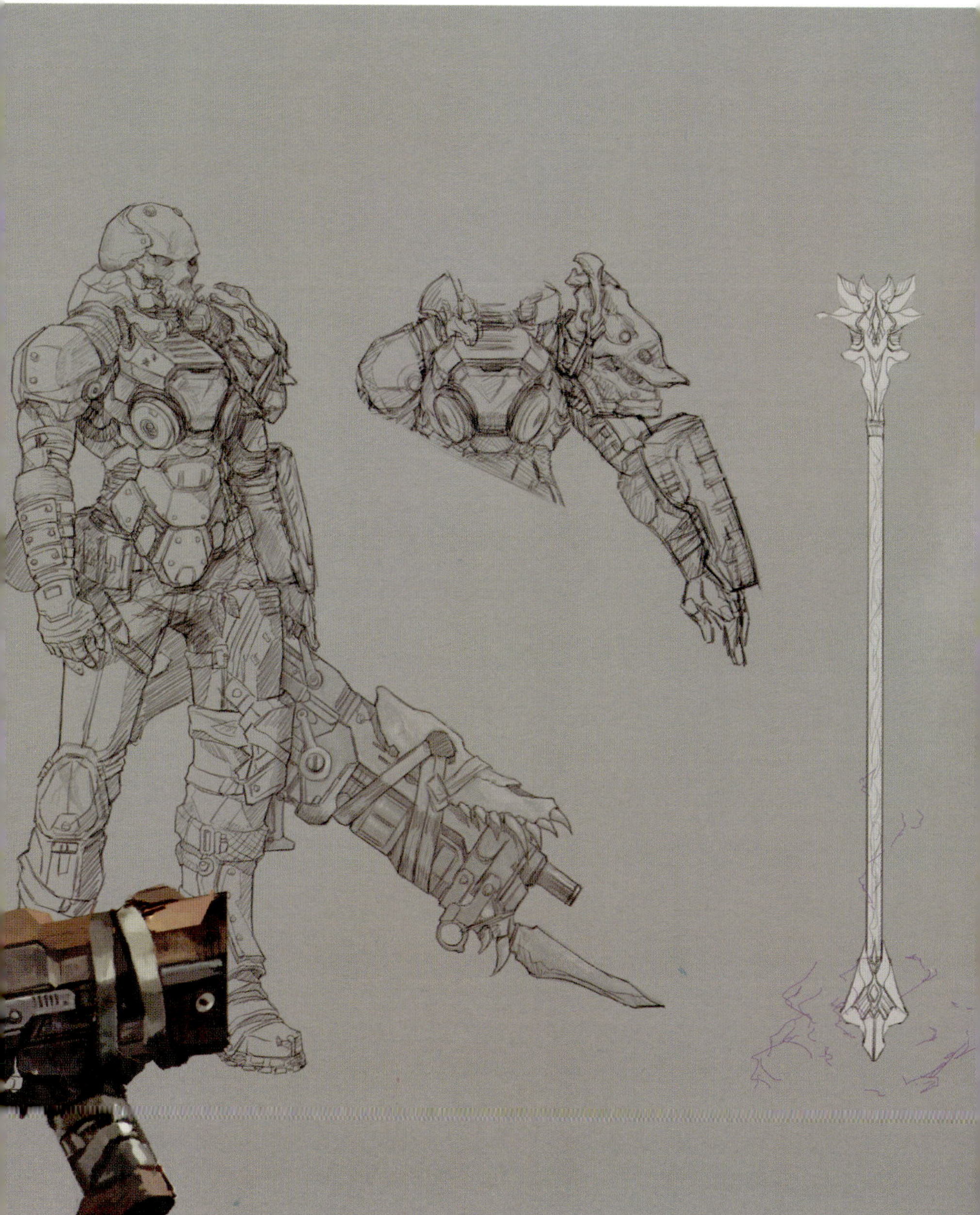

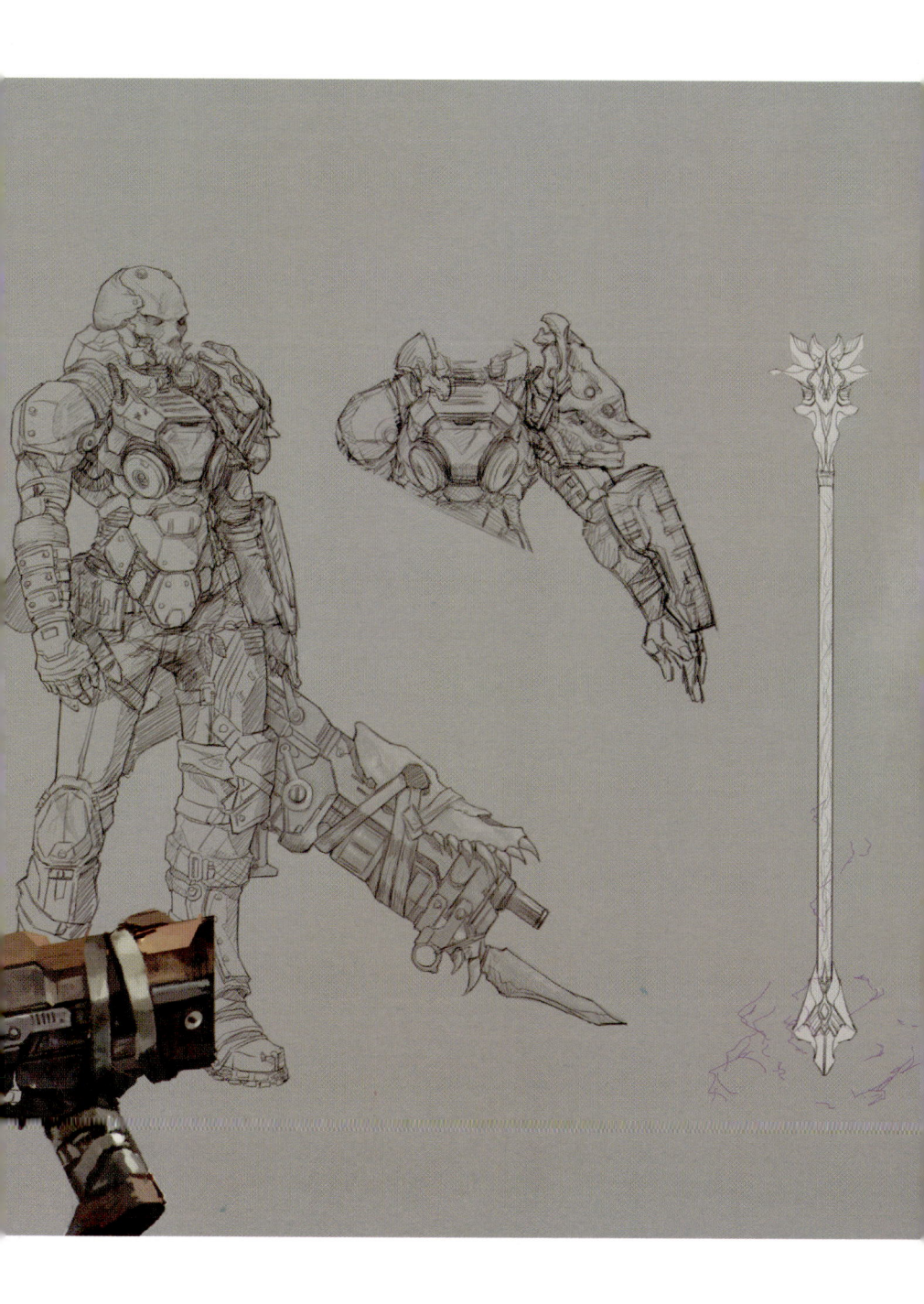

欧萃恩

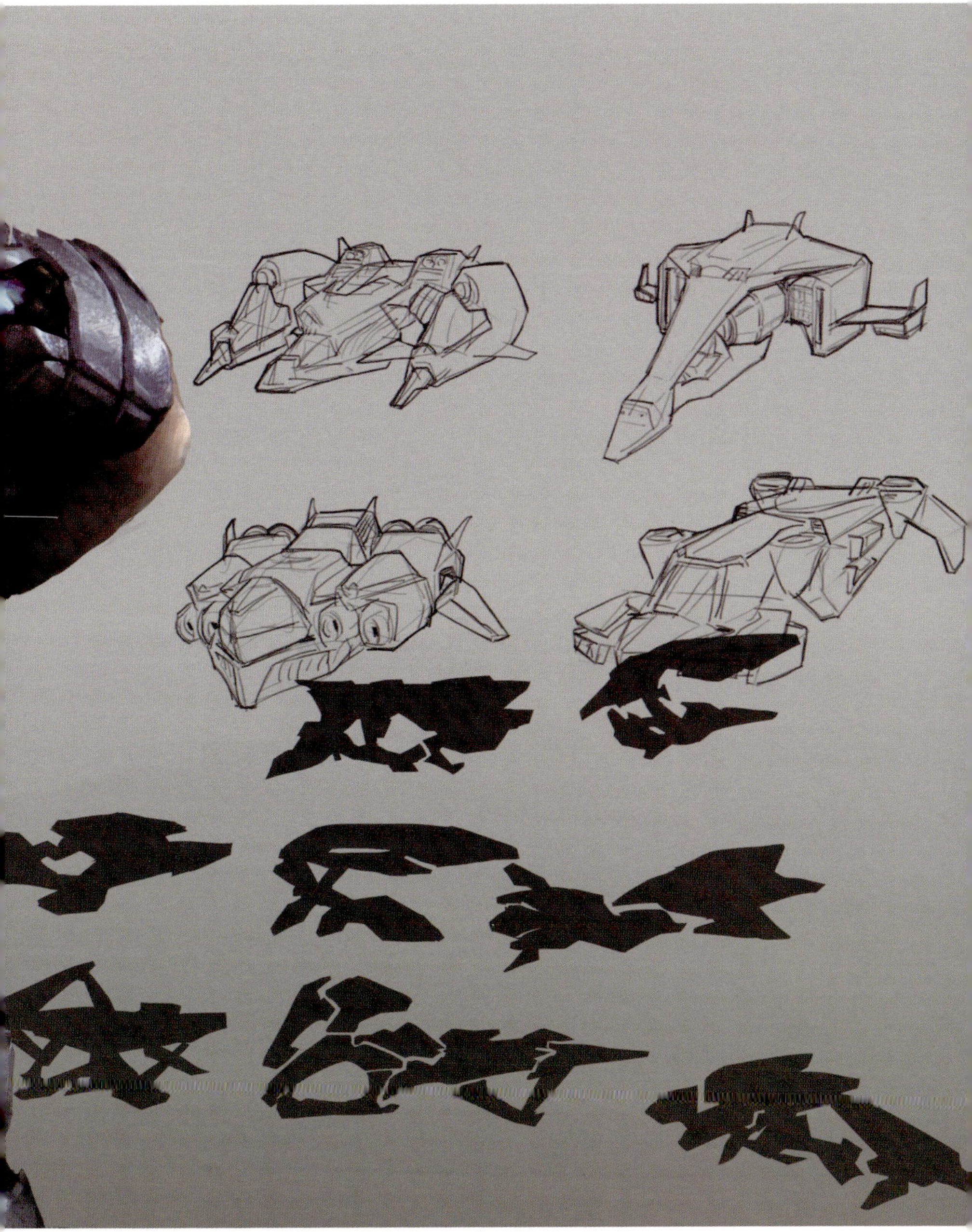

蜂糖

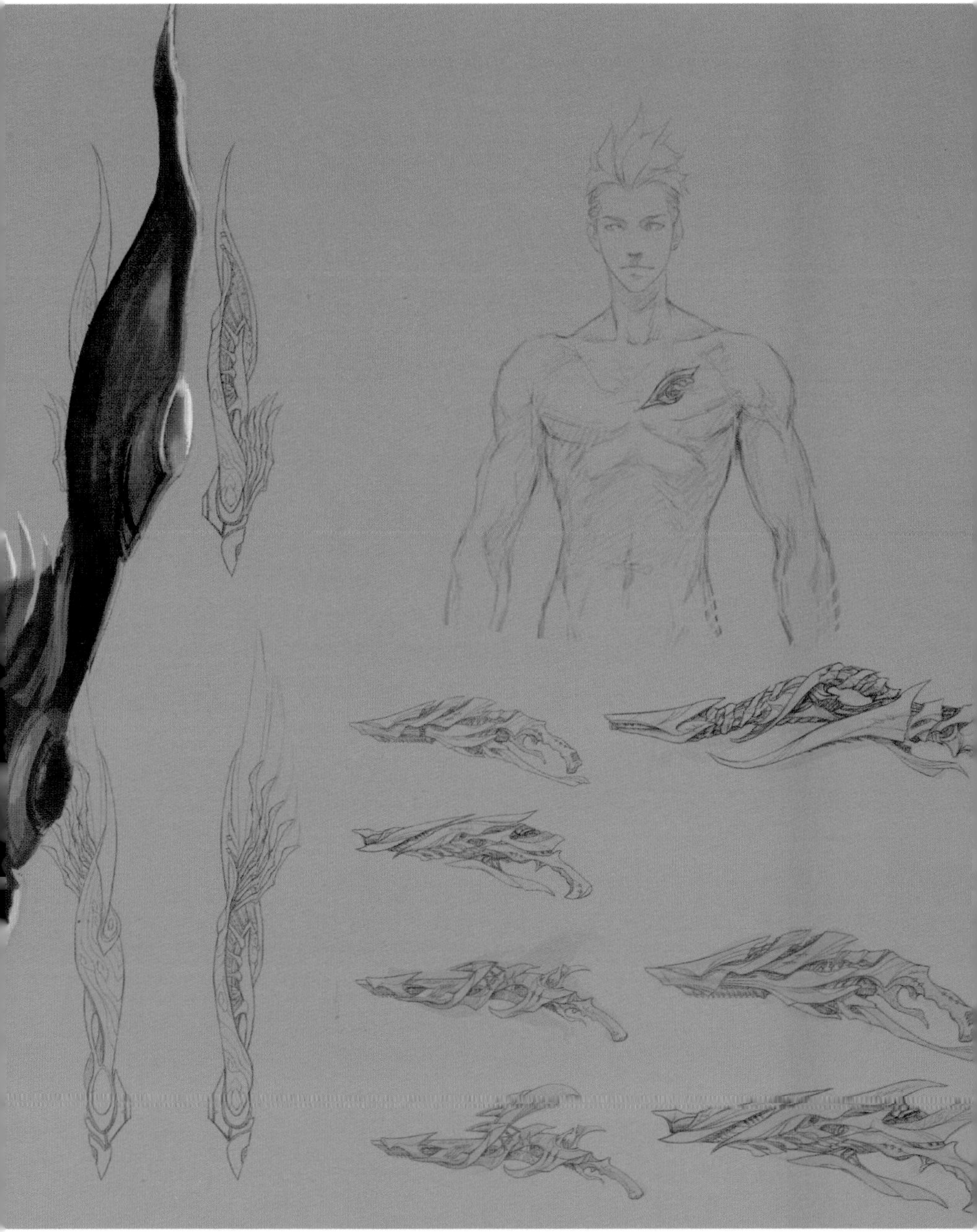

泰伦

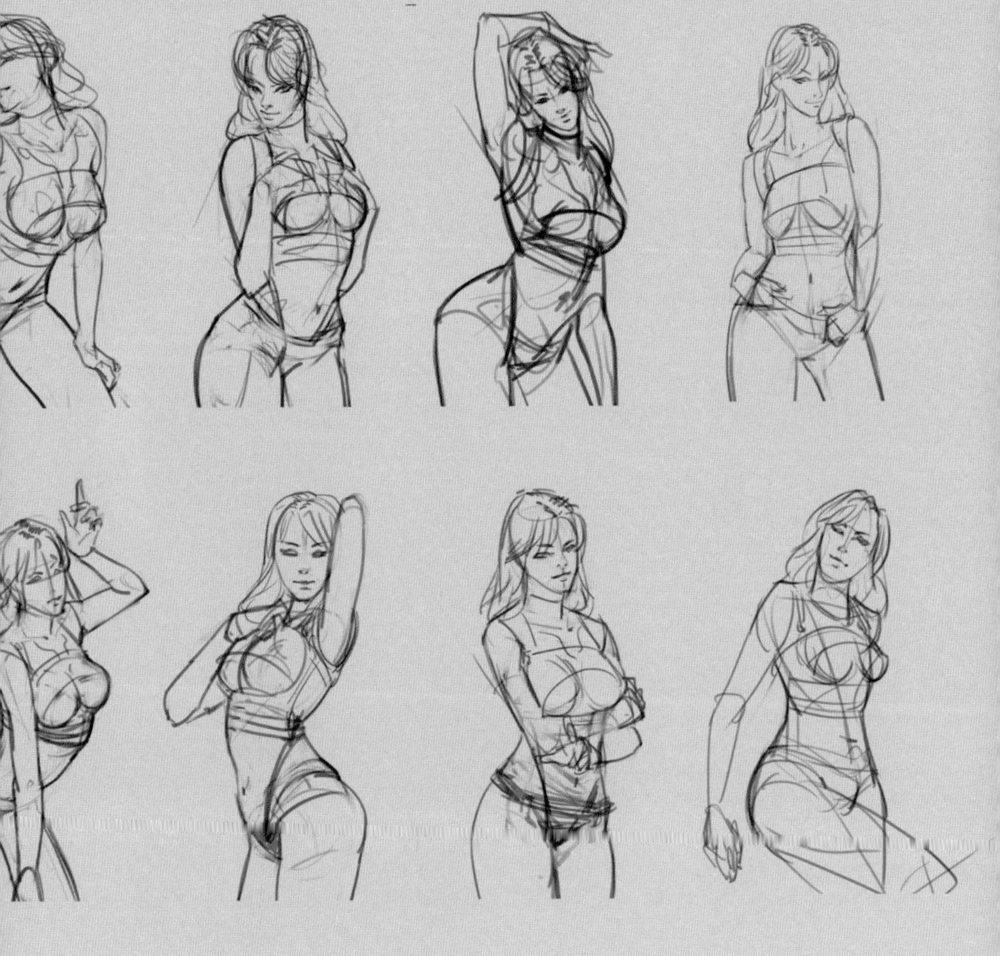

蒂菈儿

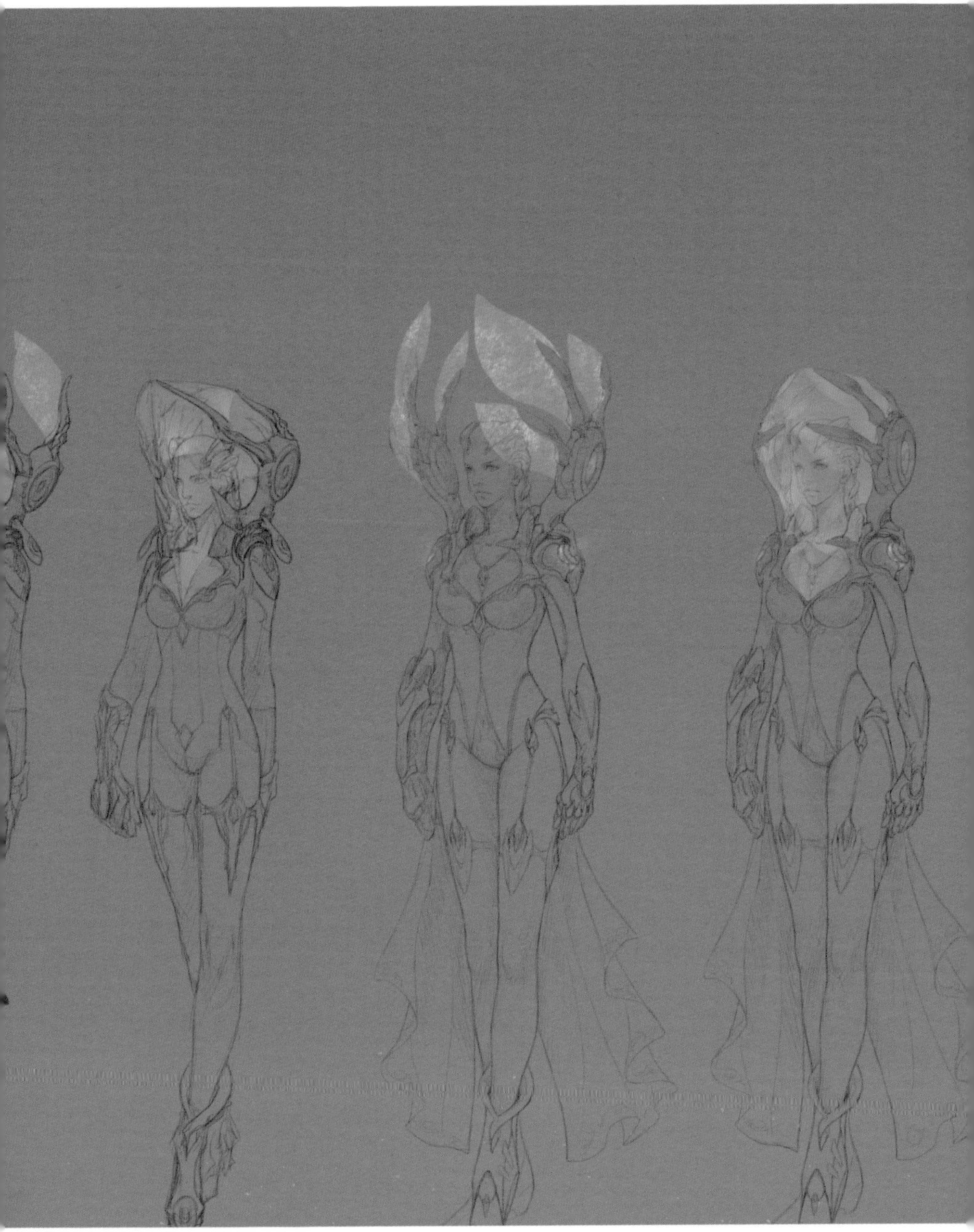

籁

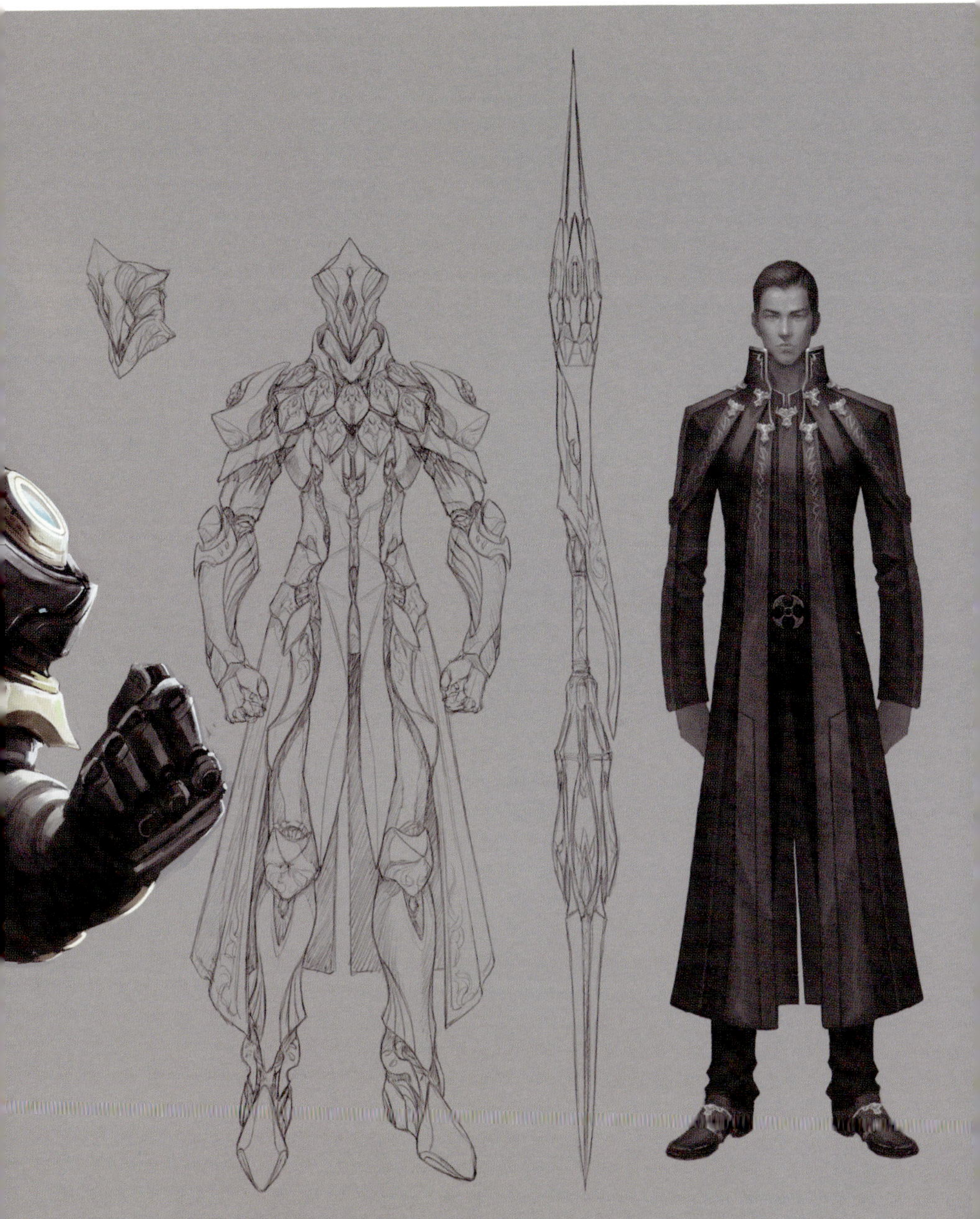

法里安尼

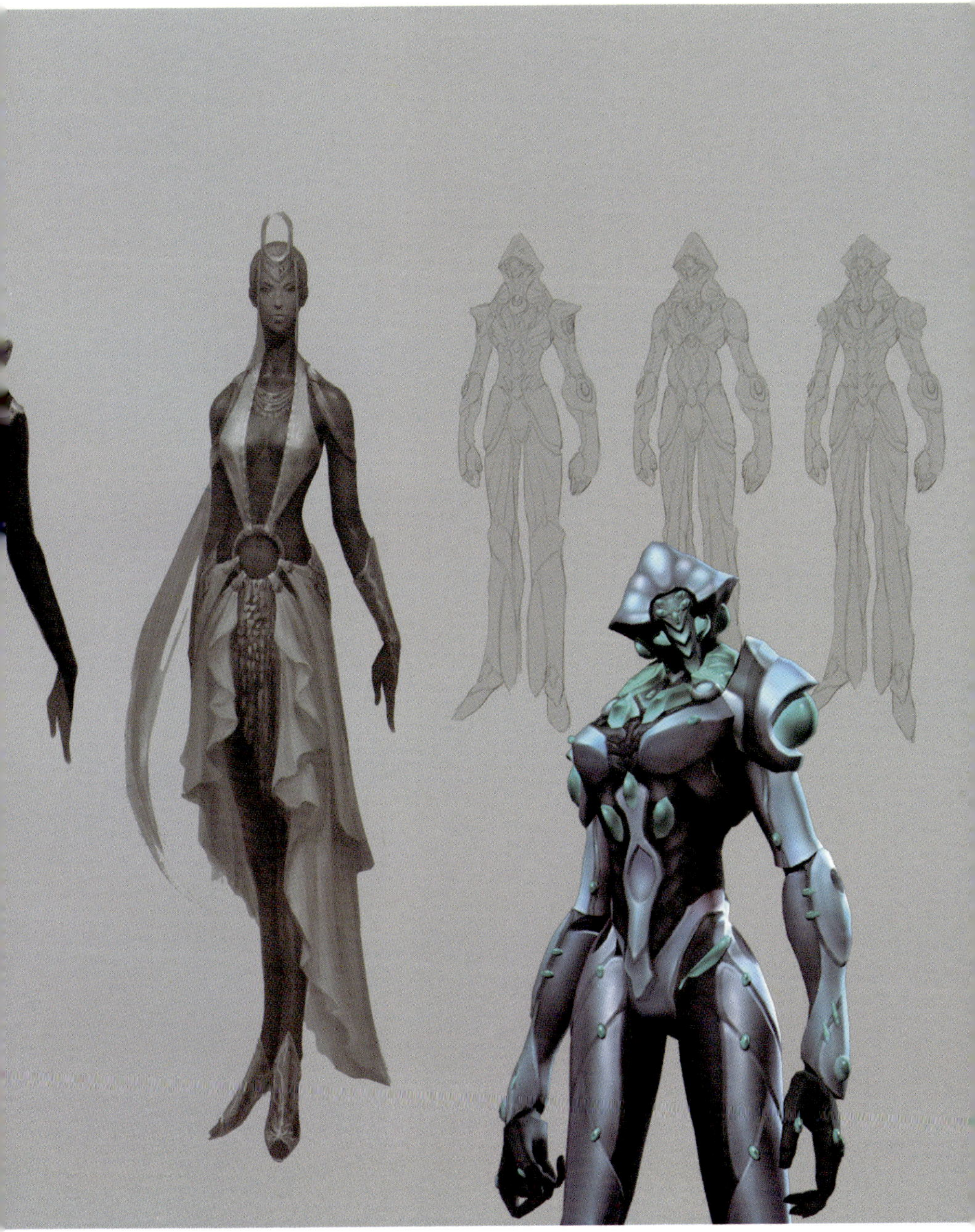

克拉黎亚

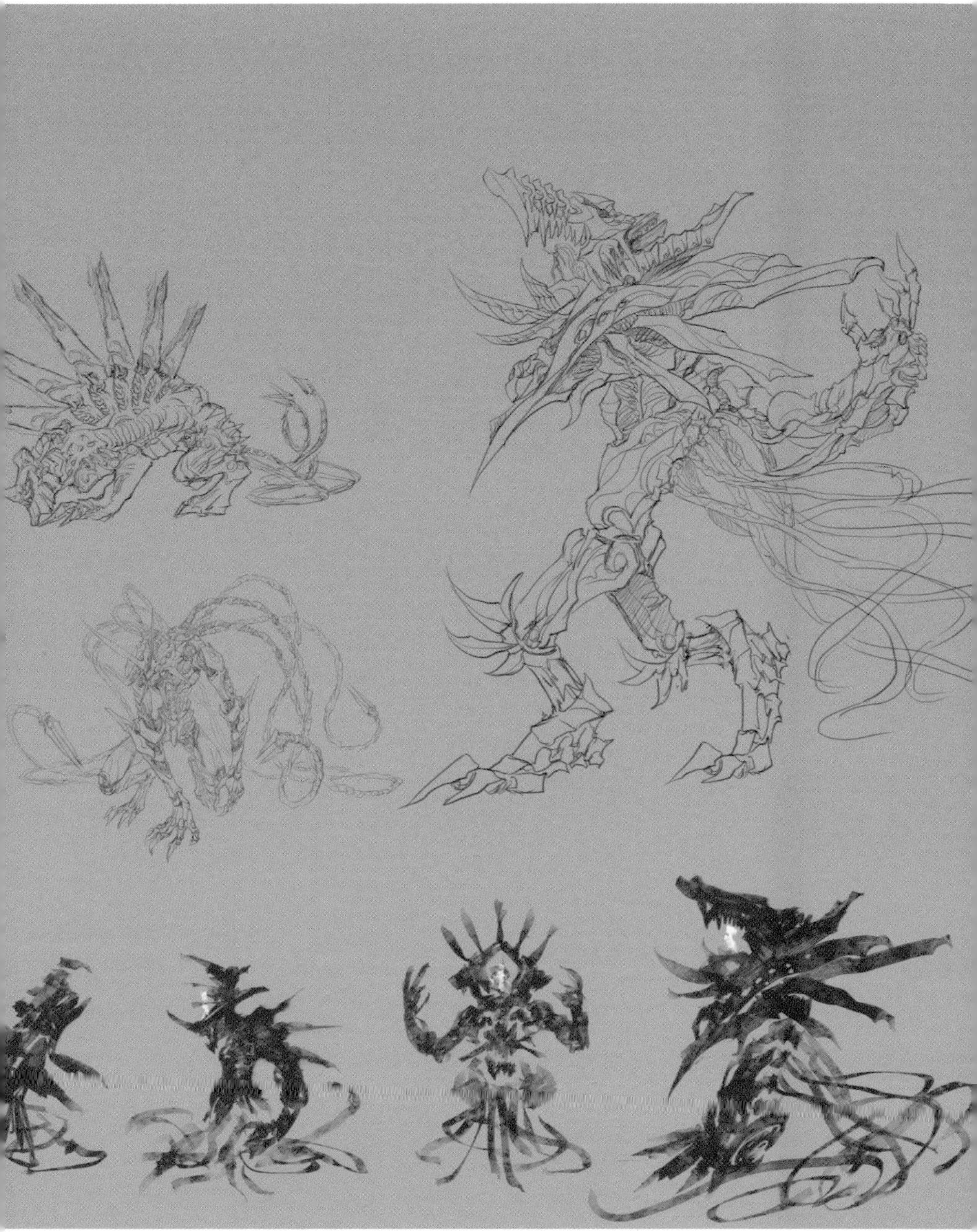

欧菲亚联盟
光域　　　　　光域边境

白色旋涡星

假星

RLo－7

漂流者旅程

未知行星

LUTIC 76

赫尔墨士

S-ZL-1

曼奴堤斯星　埃萨克人

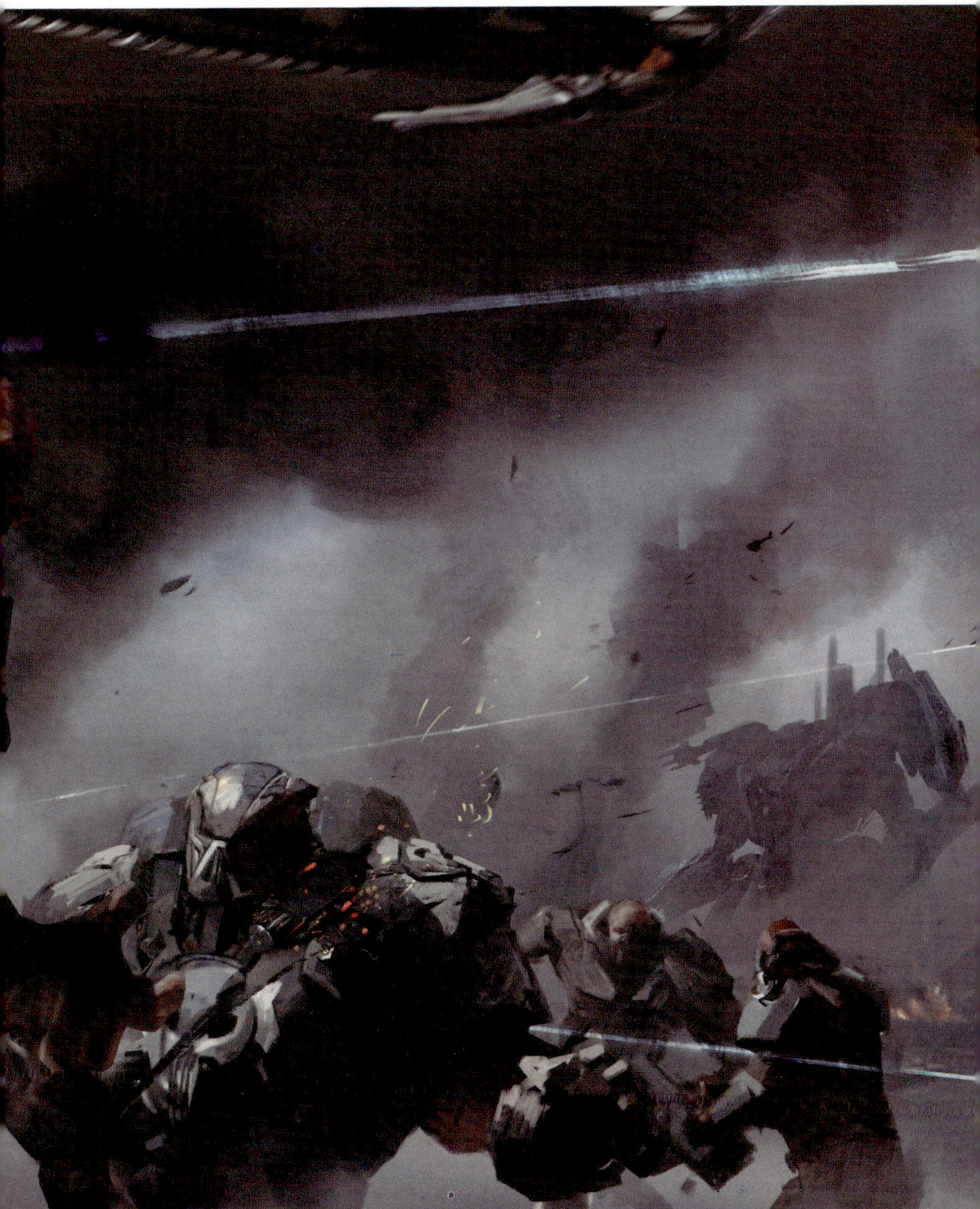

曼奴堤斯星　瑟利人

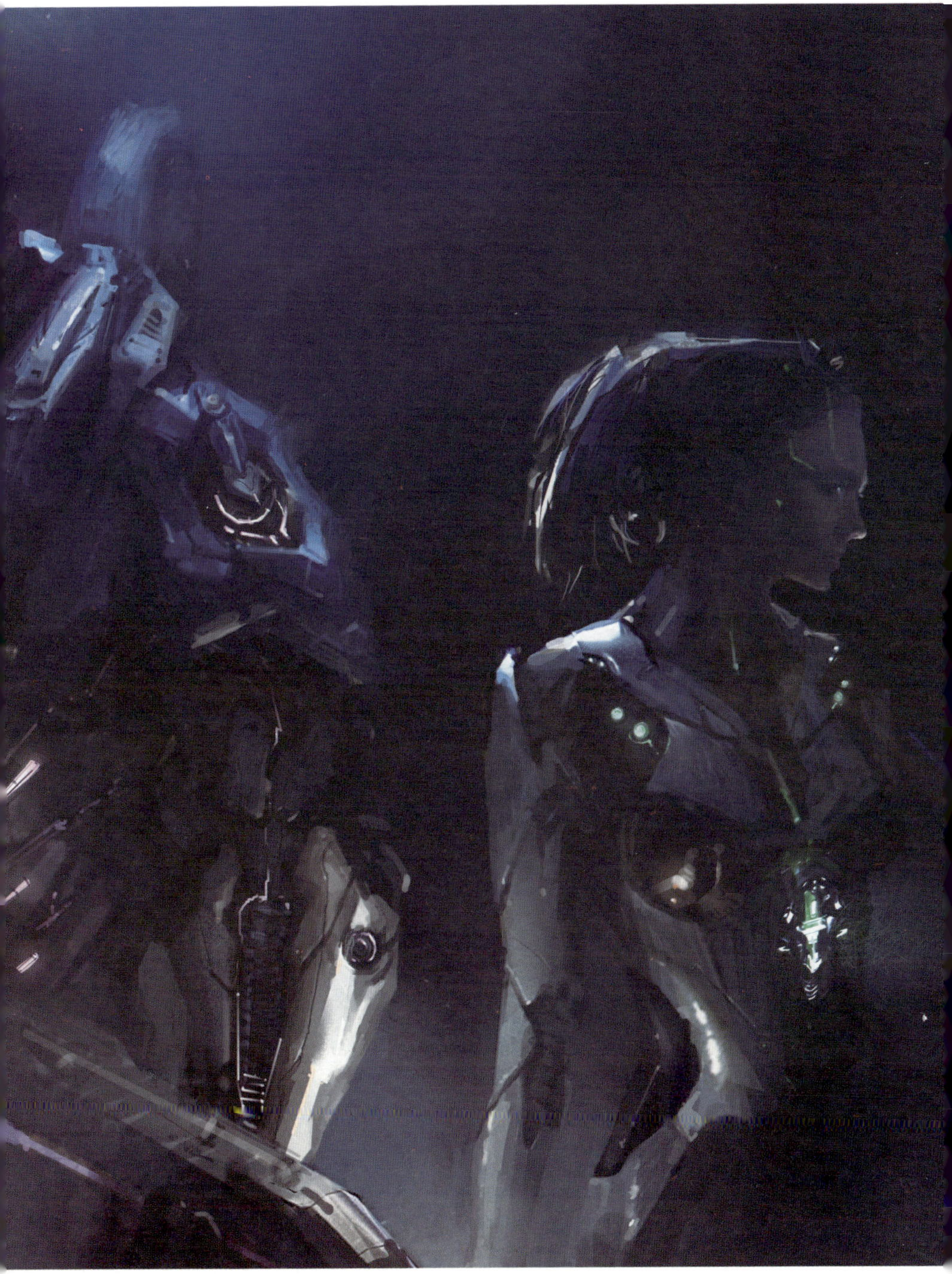

泰伦装甲

泰伦战斗

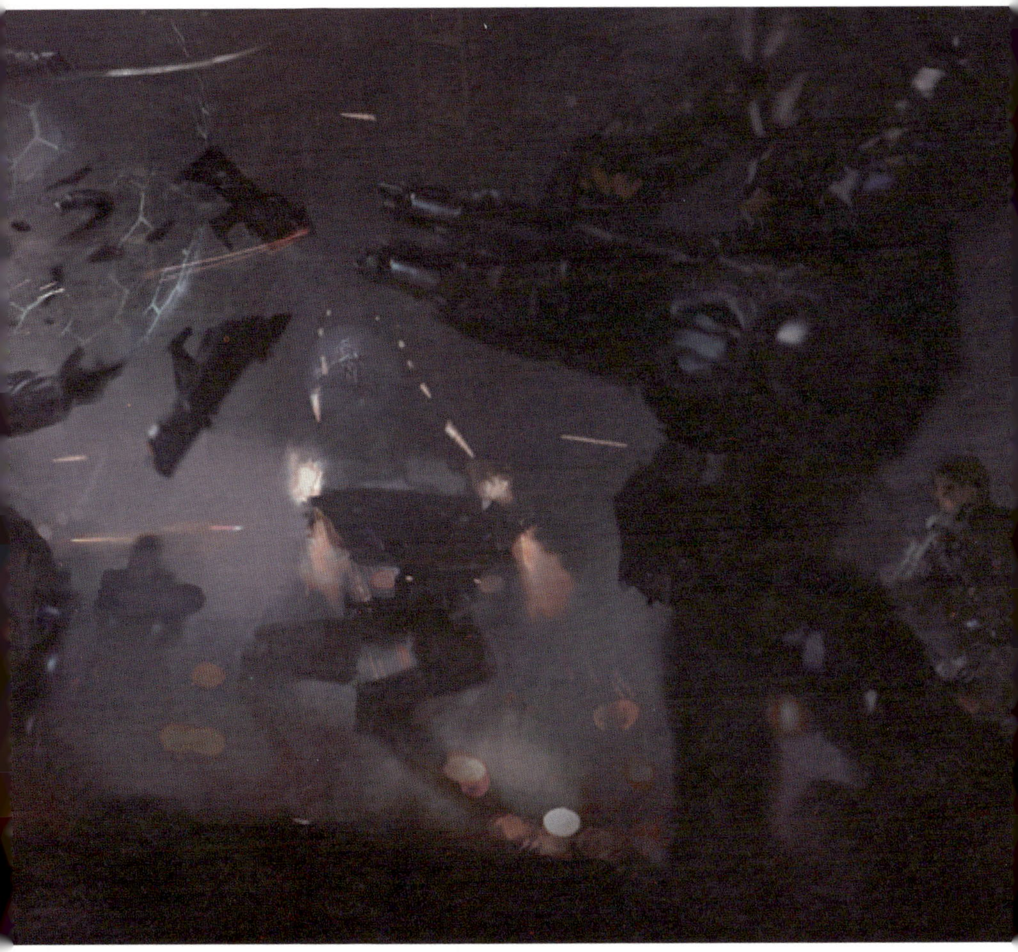

翡绒星

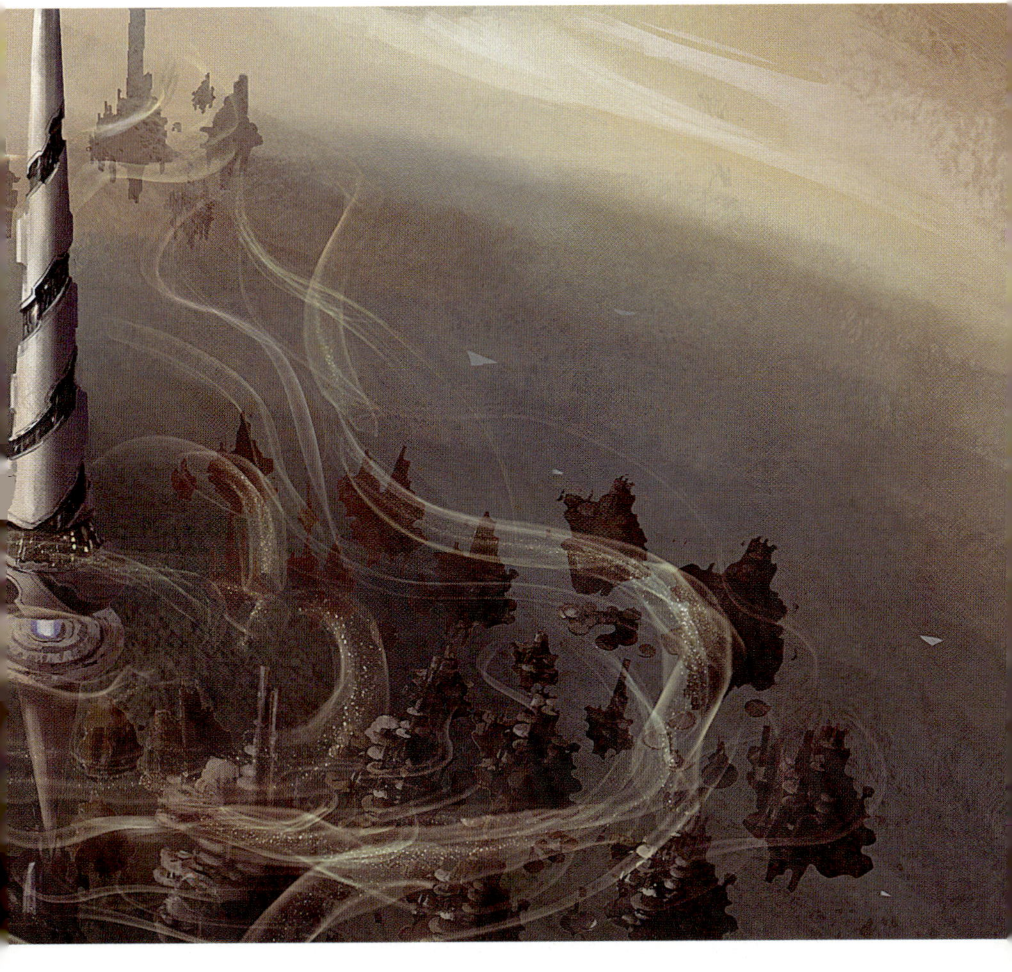

赛伦贝尔城

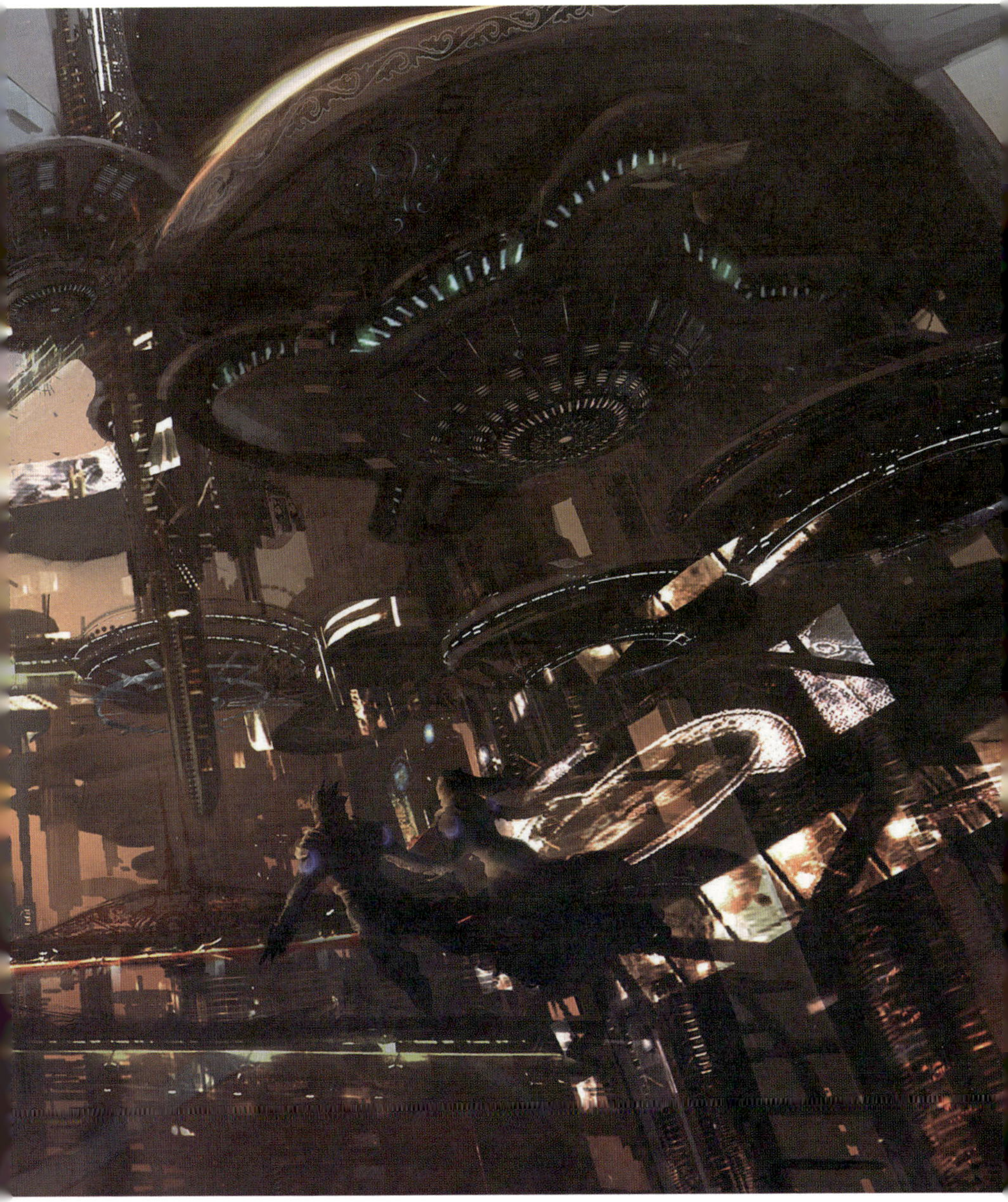

漂流者讨论

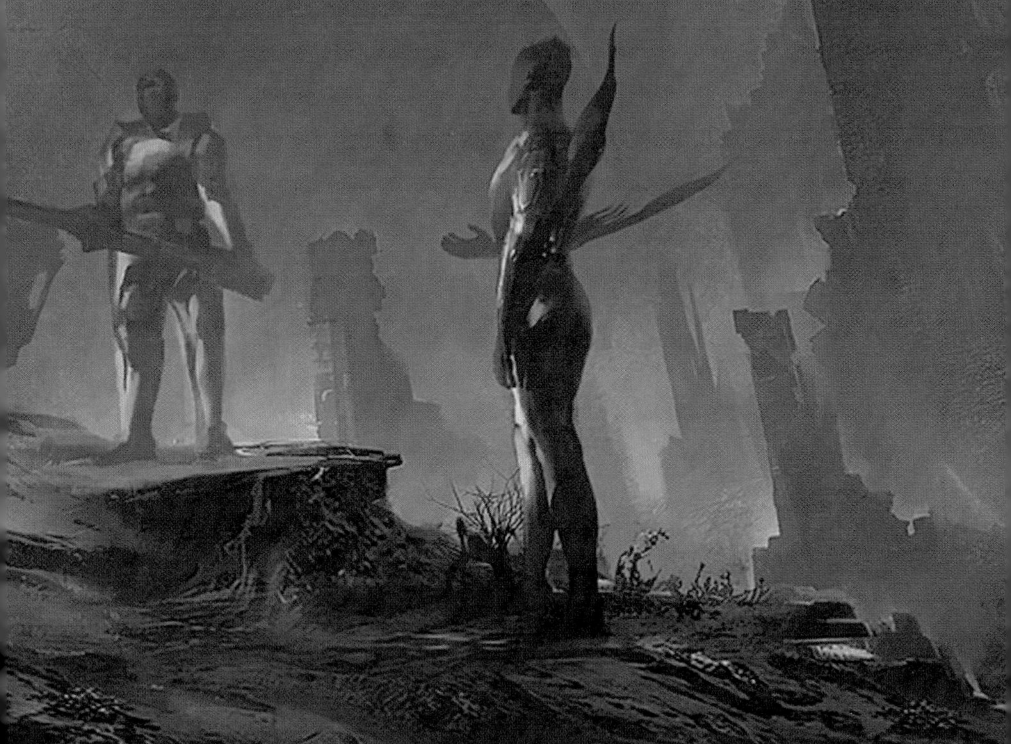

空镜号内部

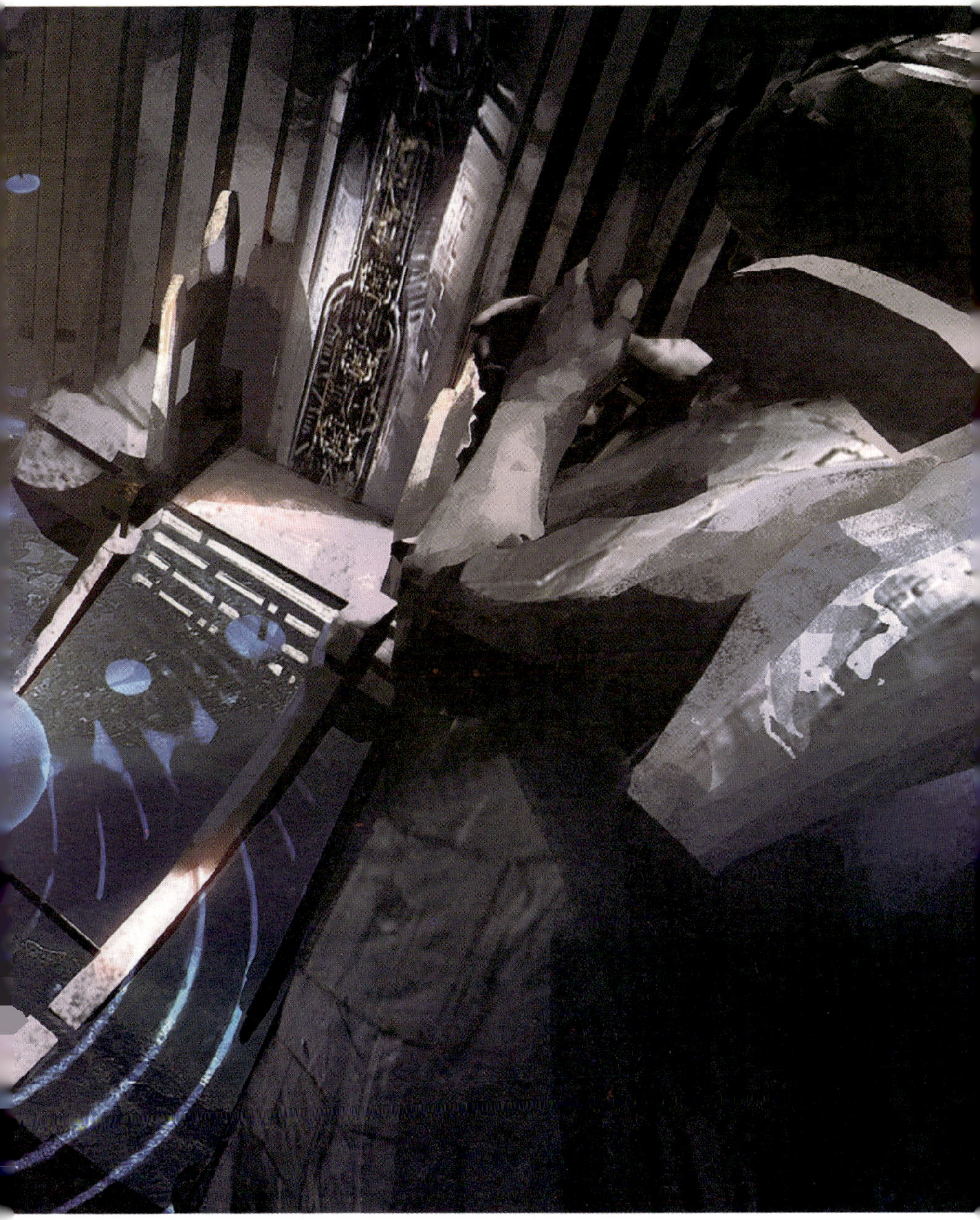

法里安尼施法

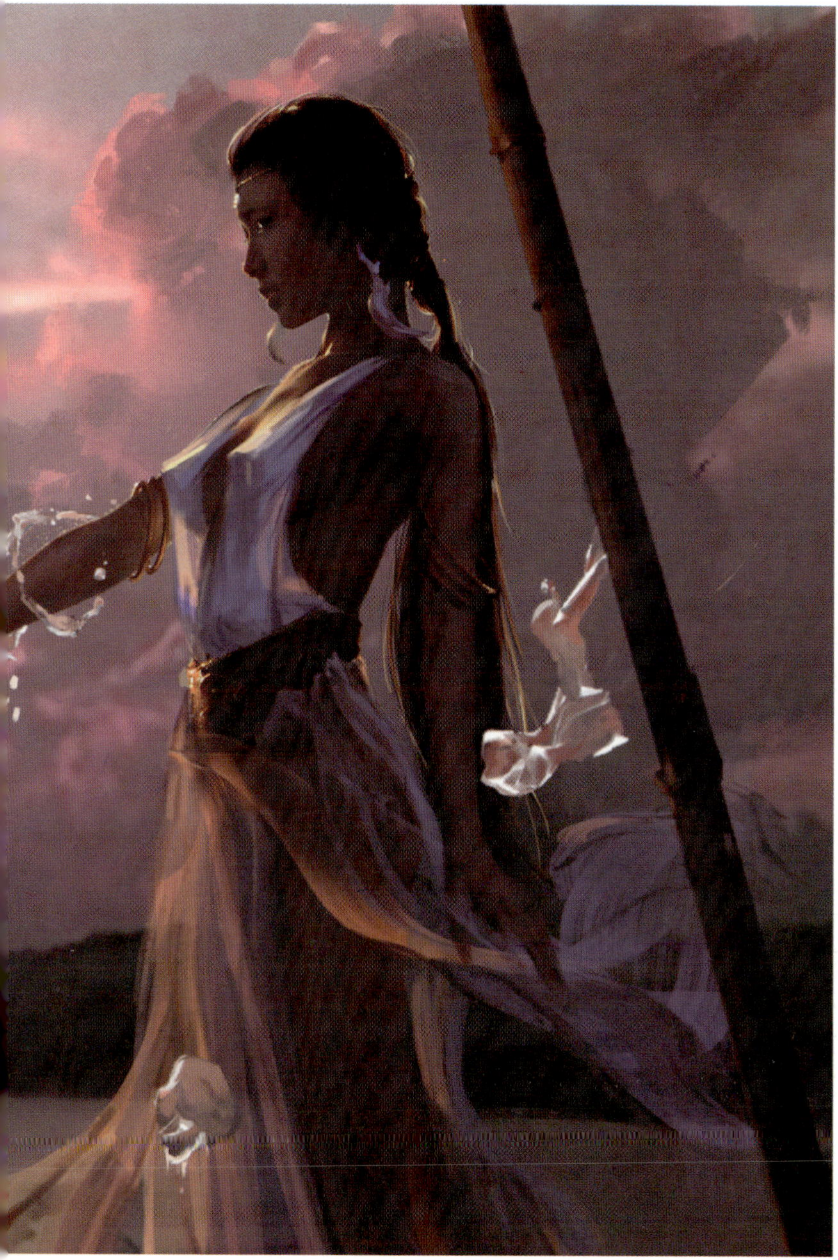

克拉黎亚与籁的战斗

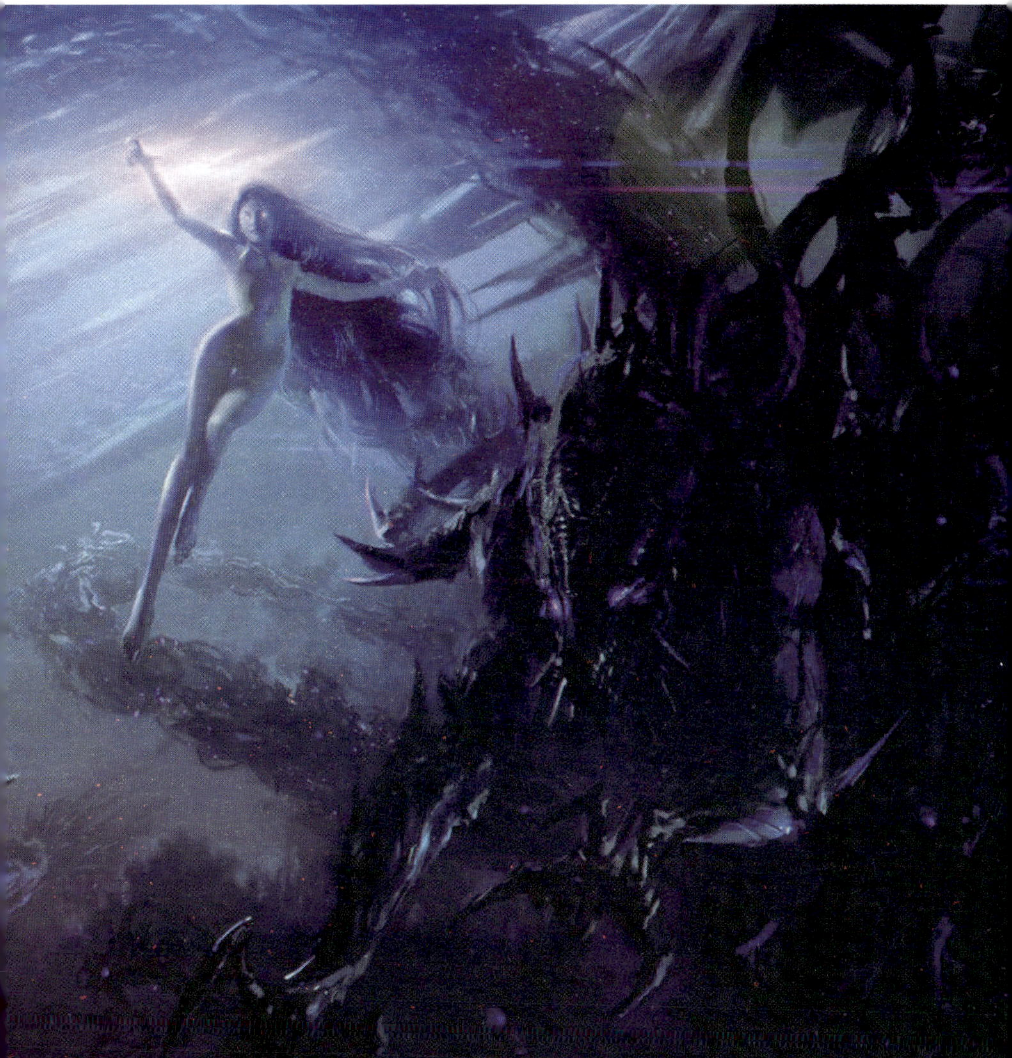

假星

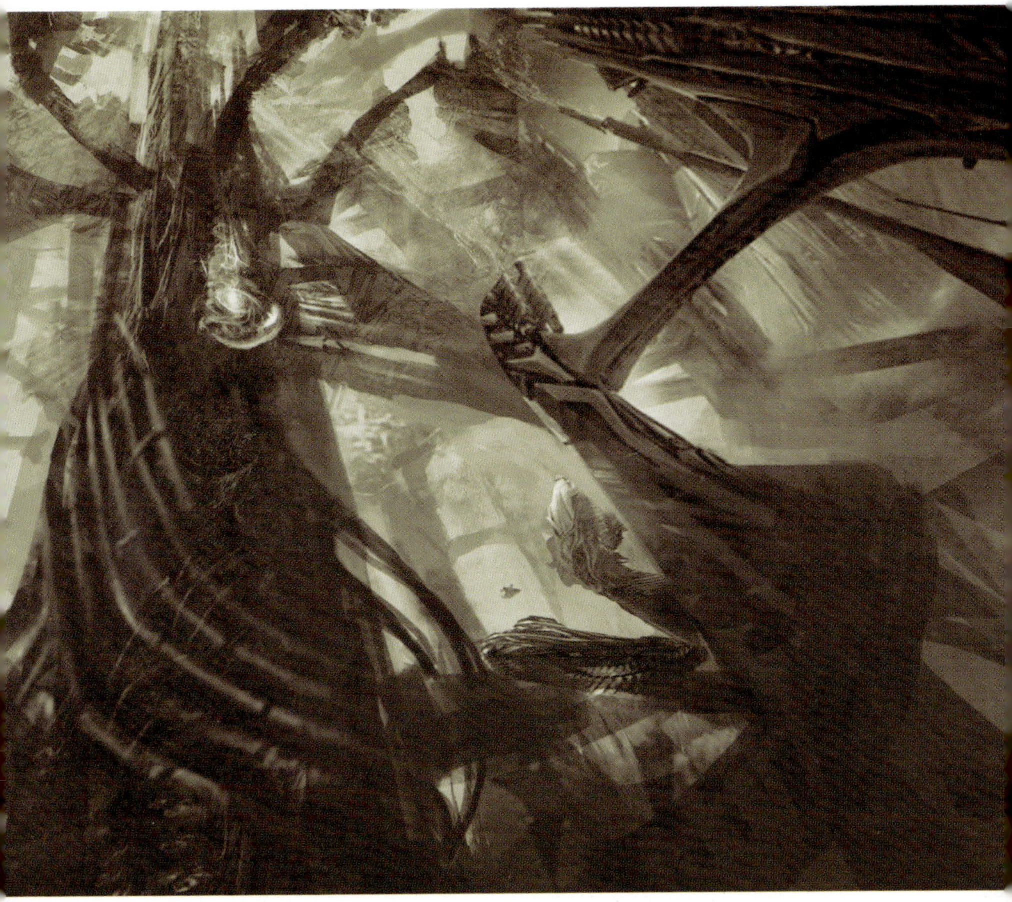

祖提拉姆特

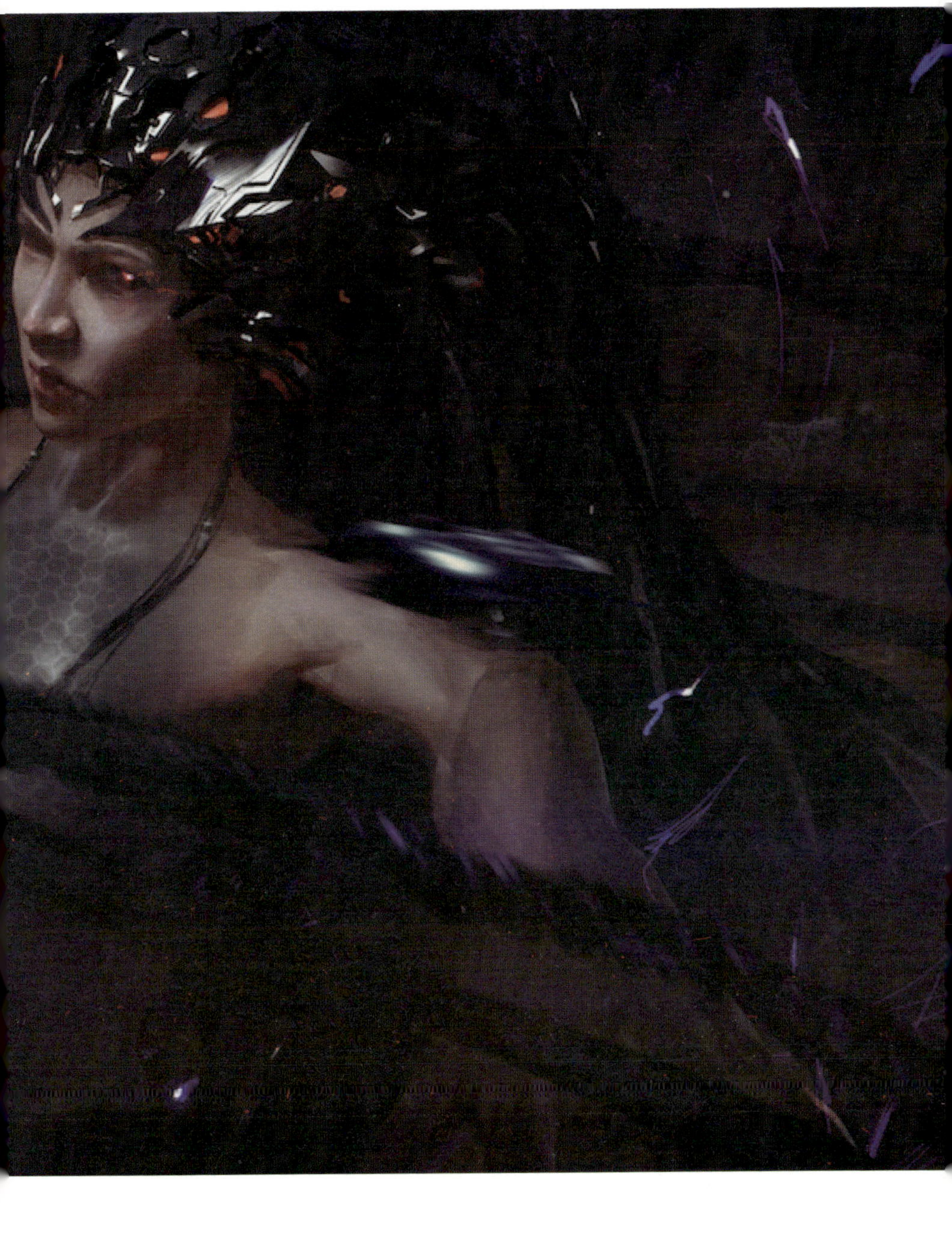

蚀星者

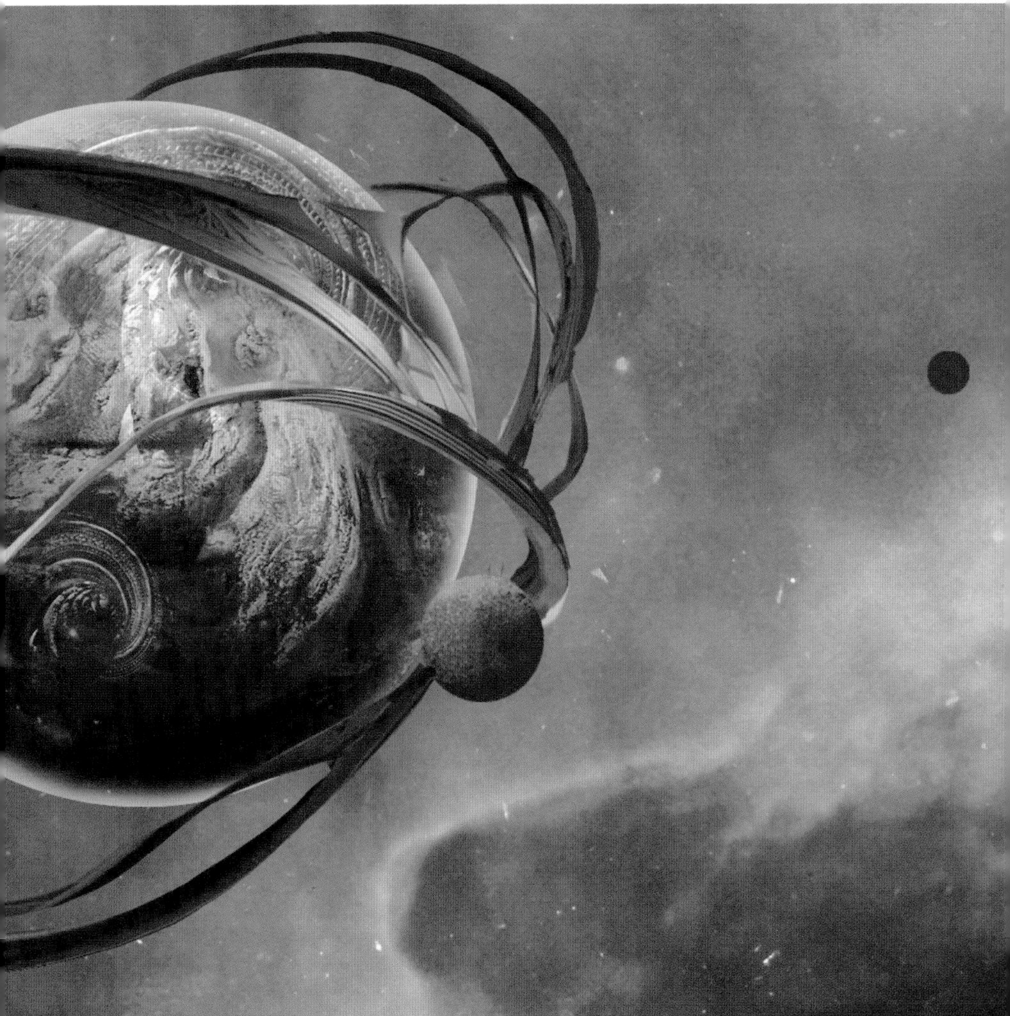

天穹城

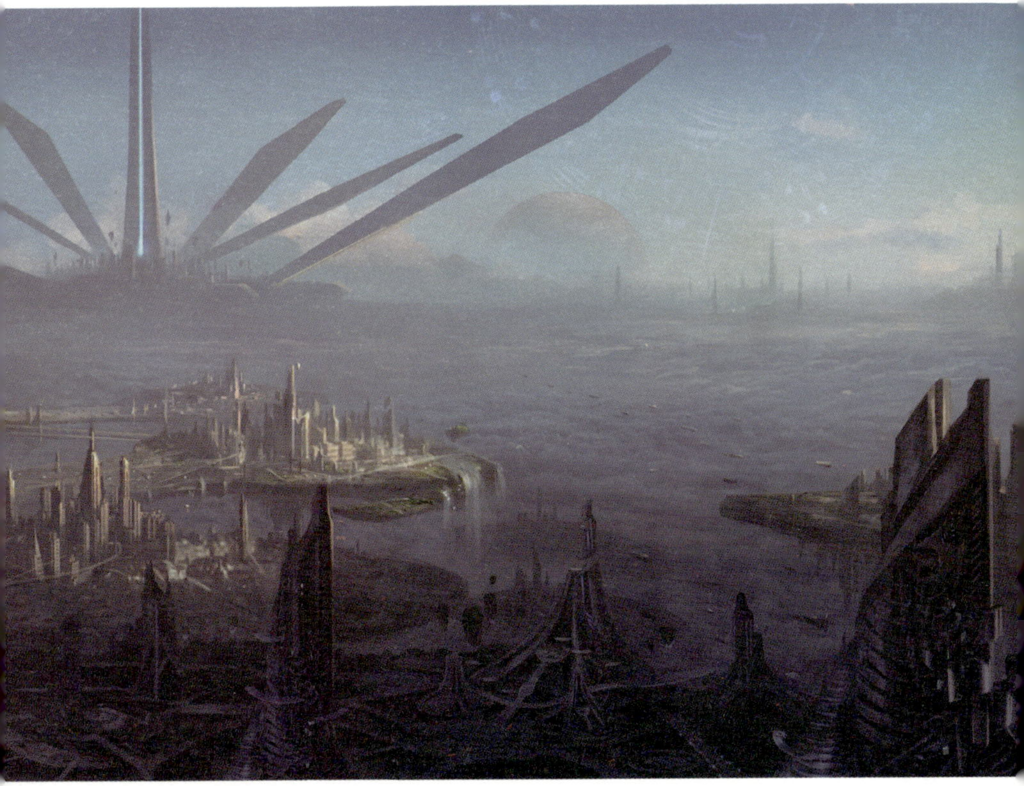

芙桑诺思空间站

先前，在雅莱号主控中心的白色厅堂里，她与付款人已重复阐述在曼奴堤斯星的当天所发生的事。聆听者有星将米克恩泽，来自联安局的神秘男子白严，以及——最不可思议的，飞洛寒的军官艾丁夫。

他的军衔是仅比星将低一阶的准星将。但凡属瑟利各家族的战士都知道这位对手的事迹：他曾率领千艘战舰打过胜仗，功绩直逼任何一位凯扬星将，在飞洛寒家族是个传奇人物，也因此，是优岚家族最必须小心提防的人物。

基于礼数，星将米克恩泽亲自登上雅莱号接见他。蜂糖一直无法理解背后的原因。

那三位都是代表家族和联盟的最高层。现在这艘船舰上，有多少人知道有这么三位大佬在此地密谋？蜂糖想起他们三人并排而坐，面无表情地一次又一次聆听着她的言论，似乎想寻找故事中的破绽。

"他们有些事没有告诉我们。"蜂糖说。

"啊？"付款人停下动作时，一道菱形长棍击中他的脸颊。他不悦地甩甩头，斜眼望着蜂糖，"你觉得是什么？"

"我不确定。但很明显，找我们来绝不仅仅是为了记录当天的事件那么单纯。"她盘腿坐了起来，身子往前倾，"你没发现吗？没人做任何记录。他们可能还屏蔽了所有的电子监控。"

付款人从旁边抓来毛巾，擦着汗说。"反正照命令行事，过阵子就会让我们走了。"

蜂糖望向不知多久未曾打开的门。"我有种不太好的预感。我们是不是遭到了监禁？"

"不会吧？他们关着我们有什么用？"

蜂糖感到坐立不安，一条腿从床缘摆下来。"你算算我们待这儿多久了？"

"别自找麻烦。趁这时间多多锻炼。来吧，我重设一下，咱们一起做冰山长征训练。"

就在此时,付款人身旁的地面无声地敞开一个洞。底下传来舰艇内部器械的低鸣,一片悬浮的金属板正在等待。

"啊,终于想起我们了。"蜂糖微笑,抓起了自己的军服,"所以我们不能走正门,是吧?"

悬浮板载着两人穿梭于舰艇腹中的某条廊道。四处是器械的嗡鸣,以及阵阵闪逝而过的微晶光轨。偶尔有人们的交谈声从听觉边缘飘过,但蜂糖始终没有看见任何人影。显然,他们正被送往雅莱号深处的某个秘密地带。

目的地是个洁净而空旷的房间,四周被条纹状的蓝光点亮。

米克恩泽、艾丁夫和白严都在。白严依然叼着一根细枝,成了整个房间里唯一的绿光。

蜂糖与付款人站直身子,再次行了军礼。

"我们有准星卫泰伦的下落了。"星将米克恩泽开口。

"队长!他们还活着!"蜂糖不自觉地踮脚,差点跳了起来。心底某处,她从未相信队友已阵亡。

"他们遭到了遗迹传送。从战场消失的那群人,全被传送到赛忒的地盘。"

蜂糖和付款人同时怔住。他们立即理解了情况:这和宣告死亡没两样。

米克恩泽淡淡地说:"目前,优岚和飞洛寒家族各有一名天穹守护阵亡。"

蜂糖脑中一片空白,屏住呼吸。付款人则发出沉重的鼻息问:"……是谁?"

"你们小队里代号为首脑的天穹守护。"米克恩泽不给他们任何处理情绪的时间,继续说道,"在被传送的人群当中,有一位飞洛寒家族的重要人物也在里头。"

"是那女孩。"付款人说道,"是位渲晶师,对吧?就是她启动了遗迹。"

蜂糖的目光移向艾丁夫。拥有金色长发的男子以深邃的眼神回望她。

"飞洛寒·蒂菈儿。我们家族军防统帅的独生女。"艾丁夫的声音纤细得像是空气中的羽毛,与米克恩泽嘹亮的嗓音形成极大反差。

原来如此。这就是他来此的原因?他们必须不计一切代价解救那女孩,包括暂时与我们合作。蜂糖在心里推测。

"找你们两人来到驻星舰队,其实有件更重要的事。"米克恩泽接着说,"我们获知战场上出现了两位埃蕊人,他们握有一个通信器,能够在欧菲亚之光未覆盖的领域打开通信。他们联系了一位在丰存星域,名为开罗的科学家。通信仪的接收端就在开罗的手里。"

"你说埃蕊人……?我们当初并没有看见任何埃蕊人。"蜂糖和付款人互望了一眼。长官们在质疑我们为何报告中从未提及这件事。

"没有看见是正常的。"艾丁夫却朝他们点头道,"他们当中一位,常年是个情报贩子,专司谍报和秘密行动。若她不想被发现,你们便不会知道。事实上,最初便是她贩卖给我们曼奴堤斯遗迹的地理位置。但这两人会亲自出现在那儿,倒是令我们相当吃惊。"

白严若有所思地嚼着细枝。

付款人则露出不祥的神情。"天穹守护、情报贩子,还有埃萨克士兵。他们全都落在同一个地方……"他提防似的瞥了飞洛寒军官一眼。

"是的。他们明智地选择了休战状态。"米克恩泽仿佛刻意强调,"但有一件事,他们并不知晓。"他往旁退开,让位给白严。

联安局的 级探员向前走了几步。"现在要给你们看的东西,属

159

于联盟的最高机密。任何情况之下,都不许透露给任何人。"

蜂糖咽了口唾沫,一连串的信息令她有点难以消化。**究竟……还有什么事?** 站在她对面的三位长官表情有种相似的阴沉。蜂糖与付款人相继点头。

白严取下口中的绿枝。荧光绿的光芒变得微弱,同时,细长的枝干产生了变化,前端开口折出几层盘状物。他蹲下身,将其垂直放置于地面。

那细枝微闪片刻。忽然,在众人的周围,原本洁净的墙面发生变化,像眼前的现实被迅速分解、重组,并开始出现污渍。蜂糖环视四周,看着渐渐浮现的纹理,有股莫名的熟悉感。

白严起身后退,与其他人一同观望正在剧烈变化的房间。粗糙的纹路像是一道道流水从墙顶覆盖下来。巨石在空气中形成,连接成凹凸不平的地势和边界轮廓。空间的感觉也在改变。仅眨眼几次的片刻,原本并不大的房间已延展为数十倍大。

地底洞穴! 蜂糖吃惊地发现他们正站在当初的战场中央,泰伦队长消失的地方。

唯一不同的是,视线之中没有任何远古遗迹的痕迹。原本中央祭坛所在之处被满地的碎石所取代。之前她亲眼见到的地底裂缝也不复存在。

"这是该场域的'绝对复制'。现在那地方已被联盟中立军给封锁了。"白严解释道,"原本我们联安局的干部没有找到什么有用的线索。"他斜视艾丁夫,隐约露出讽刺的笑容。"但飞洛寒的人到来之后,却发现一些奇怪的现象。"

"奇怪的现象?"付款人问道。

"你们触摸看看。"白严指向身旁的石头。

蜂糖弯下腰,五指触碰邻近的一个岩块。接触面有蓝光点闪瞬即逝,那是唯一显示感知交互微晶的证明。她感受到岩块的质地:坚硬、粗糙。

然而当她向下压,石块立刻崩塌了。

"这是仿真度97%的模拟。"白严说。

"然后呢?代表什么?"蜂糖在手中把弄碎石,不解地问。

"这与星球的质地不符。"回答的却是付款人。他若有所思地触碰身旁的岩块。"我们出征时,所有地底洞穴的数据都与这相差甚远。"他的瞳孔有蓝光在旋动,"这上面还残留着火药的痕迹。"

"火药?这里是战场,必然的。"蜂糖皱眉说,"上百人曾在这儿厮杀。"

"我的下属们之前也如此假设,因此遗漏了最重要的事。"白严望向艾丁夫,"给他们看看吧。"

艾丁夫此时伸出了手臂,鳞片状的器械从旁包覆上来。他眉间轻皱,仿佛感到疼痛,并张开了手掌。

他也是个渲晶师? 蜂糖压下诧异的表情,盯着艾丁夫的手,看见淡蓝色的光纹不规则闪现。那些光纹像极了之前见过的,覆盖于遗迹表面的纹路。

艾丁夫缓缓握起拳头。这时,无数细小的粉尘从岩石里冒了出来。那画面令蜂糖感到诡异,仿佛有某种混浊的气体从固体岩块的内部硬生生被拉出来,在空气中交缠片刻,然后凝聚成一块东西,落在艾丁夫的手中。

米克恩泽面无血色地盯着那固体物。白严则发出逗趣的笑声,点头说:"我看了几次还是很惊讶。飞洛寒家族的仿真模拟技术几乎完美了。你们的成就,联盟都追赶不上。要是联科院的首席陆辛法在这儿,八成会昏过去。"

艾丁夫回过头反驳道:"要是他知道你有'绝对复制'的能力,

恐怕会更吃惊。"

"那是什么？这是遗迹的一部分吗？"蜂糖急着问。

艾丁夫将东西交到她手上。接触面闪现一波蓝光之后，她感觉到实物的重量和触感。相当轻，平滑得有些怪异。

"是遗迹的残留物！"蜂糖将它翻转了几次，交给付款人看。

"它确实是与遗迹相同的材质。"白严开口道，"但是，并非地底遗迹的一部分。"

"什么意思？"

"无论是谁在远古时代建造了遗迹，可以确信的是，他们可以轻易操控这种材质的结构让它融入最坚实的岩壁——甚至任何固体之中。"艾丁夫的冰蓝眼眸直视蜂糖，"这就是为什么我们找到的遗迹多半都深藏在地壳内。相对地，有强大的融合能力，便有强大的分解能力。"他收起手臂上鳞片状的器械，神情放松了些。"我动用家族掌握的遗迹数据，确认了一件事。你手中这东西，与曼奴堤斯星的ZXL-0型遗迹属于完全不同的物品。它是某种具有侵蚀性的攻击兵器，是专门'针对遗迹'设计的——它是爆炸物粉碎之后的一部分。"

"爆炸物……"蜂糖花了数秒钟才会意过来，"当时，遗迹确实是先炸裂，才分解开来被地心吞噬。你们的意思不会是……"

"我们有足够的理由相信，遗迹是遭人工毁灭的，"艾丁夫的神情非常严肃，"——某个握有'地球'攻击技术的人。"

"而且十之八九，那人也曾出现在曼奴堤斯的战场上。"白严淡淡地说。

蜂糖哑然失声，呆愣在原地。她看向同样满脸吃惊的付款人。"等等……我不明白……"

艾丁夫强调："有人蓄意要破坏遗迹。"

蜂糖花了点气力才问出口："为什么会有人想这么做？"

"我们还不知道原因。"

蜂糖无法理解，感到一阵眩晕。"我们一直以为那阵爆炸是遗迹的自我防卫机制，是它的自动销毁功能。"

"确实有些遗迹有那样的自毁属性。在家族掌控的资料中有个理论，一些无人见过的稀有遗迹在使用一次之后便会永久失效。我们称它为'DS特殊型'。"艾丁夫说，"但那毕竟是理论。ZXL-0没有DS属性。更重要的，就算真是DS型，也只会销毁内部系统，不会产生爆裂。何况是如此彻底地毁灭遗迹。"

付款人似乎已往前思考了几步。"仔细想想……我们两个家族都是为了争夺遗迹而去的。埃萨克部落甚至不知道遗迹的存在。"他抬头说道，"那么最有可能就是埃蕊搞的了。他们混到战场里却没人晓得。"

"不排除这可能性。"艾丁夫向他们解释，"这就是为何之前得不断询问你们当时的情况，请见谅。你们是唯一归来的瑟利人。现在请你们再仔细回想，是否曾经看见有谁做出异常的举动？比方在把某种破坏器埋藏在祭坛附近？"

"当时情况太混乱了……在场的士兵都陷入杀伐的情绪。"蜂糖闭起眼，试图回想却只感到头疼。

"等等，这么说起来，取走遗迹内核信息的蒂菈儿……"付款人突然狐疑地看向飞洛寒军官，"艾丁夫阁下，会不会她认为已经战胜我们，不希望遗迹落入他人手里？"

艾丁夫叹了口气，冰蓝色的眸子轻闭。"'神经核信息'其实就是遗迹内部经过长时间积累的所有资讯的总体信息。蒂菈儿能从里头萃取出'纯净符号'，也就是操控一座遗迹前必须先成功辨识的动态符纹。然而一旦相应的遗迹毁坏，她拥有的纯净符号除了能被定位，也就丧失了其他所有用途。她没有任何理由去毁坏遗迹。况且，你们应该明白我们家族做了多大的投资才得以占领一个有遗迹的星球。"他摇头道,"这还是我们第一次接触到可针对遗迹进行分解攻击的技术。在此之前,从没有人见过这样的东西。"

"我们该怎么营救队长他们?"蜂糖看向米克恩泽星将。这是她唯一关切的。

"飞洛寒家族已找到办法定位他们,打算找出邻近遗迹的传送路径,协助他们所有人回到欧菲亚联盟。"星将回答。

老大……蜂糖感觉到自己的心跳极快。这阵子以来,她不断压抑情绪,认为自己没有和其他队友承担共同的命运。现在知道泰伦等人有可能活着回来,情绪忽然释放,她感觉眼眶渐湿。

"现在你们应该不难想象,为何我们如此焦急。"艾丁夫说,"若他们当中的某个人握有摧毁遗迹的技术……"他的话语停在此处。

"那么他们就有回不来的危险。"蜂糖深吸口气,"我们得警告他们!下一次与他们通信,必须告知队长这件事!"

"不行。"白严打断她。

蜂糖不解地看向他。米克恩泽和艾丁夫的神色同样凝重,但什么也没说。

"这件事情已经远远超越你们两家族的纷争。远古技术落在不对的人手中,甚至可能威胁整个联盟。"白严从地上拎起细枝,周围的景象迅速扭曲,几秒之间便变回先前洁净的房间。"目前只有少数高层知道这件事。在情况更明朗之前,严禁扩散这消息。"

"就连当事人也无权知道?"蜂糖感到错愕。**为什么**……?

白严他们没有回话,只静静地回望两名天穹守护。气氛有种说不出来的诡异。

沉寂的数秒过去,蜂糖才慢慢会意过来。

"你们……难道你们认为,有可能是我们小队的某人干的?"她几乎要笑出来,视线游动在白严和米克恩泽之间。

米克恩泽星将无奈地说:"事实便是,准星卫泰伦当时急于违抗命令,硬是带着你们降落到曼奴堤斯星。在一切未明朗的情况下,保密是必须的。"

"如果队长身旁有人怀着如此危险的意图,这是攸关生死的事,他们有权知道!"蜂糖已不顾自己顶撞的长官高了自己好几个军衔。

"这是命令。"米克恩泽的声调变得强硬。付款人站直了身子,蜂糖愣了下,也只能收起下巴。先前燃起的希望,在这一刻熄灭了。

"我知道你担心自己的队友,那么便早点协助我们找到更多线索。"白严咀嚼着绿枝说,"而且不仅是你们,飞洛寒家族也一样,严禁透露给蒂菈儿。这才是确保他们能活着回来最有效的方法。"一旁的艾丁夫眯起眼,似乎想反驳却选择沉默。白严看了他们一会儿,接着说:"从现在起,联盟将会正式接管这事儿,由我们联安局来主导。你们两家族派代表协助就行。我已经汇报给忒弥西议长了。"

"嗯,那么就这样吧。"米克恩泽以冰冷的目光看向飞洛寒的军官,"艾丁夫阁下,民生运输舰已准备就绪,会带你回去。"然后他对蜂糖和付款人说:"还有一件事得告诉你们。你们所服役的空镜号刚刚下达了紧急召集令,需要全员回归。做好准备就出发吧。"

蜂糖和付款人再次交换眼神。"空镜号要被派遣去哪儿?"

"光域的边境。详情在登船后会有人向你们解释。"米克恩泽不再回答他们的问题,转向白严说,"探员,你打算去哪儿?我派个军机给你。"

"单人座机就行了。我回欧菲亚行星。"白严指了指下方。他从大衣的口袋掏出一个微型信号器,递给蜂糖,"把这输入你们的主意识里。里头有刚才看到的场景模拟。虽然只有视觉的部分,但应该可以协助你们的临场记忆。记住了,要是想起任何事,直接与我联系。"

165

被联盟探员这样赤裸裸地夺去主导权,艾丁夫的脸上再次闪现不悦,但他轻闭起碧蓝色的双眼,没有反驳。

蜂糖看着手中的信号器,犹豫片刻后说:"长官,下一次队长他们进行联系时,是否能让我们也加入通信?"

白严回望蜂糖片刻,点点头。"可以。只要你能谨记违背军令的代价。"他露出微笑,安抚道,"届时要留意那群人里头的可疑人物。我们都希望他们安全归来,对吧?"

"空镜号为什么去光域边境?感觉很不寻常。"坐在蜂糖身旁的付款人摸着下巴说。

"飞洛寒那票人怎么可能乖乖听联盟的话!?"蜂糖完全没理会他,恼怒地捶向小型舰艇的墙板。漫跃引擎的声音响起,正准备前往空镜号。"我们得想办法让老大知道。"

"喂,你可别做出什么冲动之举。违抗星将的命令会被剥夺天穹守护的身份。"付款人提醒她,"况且通信系统在他们手里,我们要怎么传信给老大?"

蜂糖没有回话。

付款人似乎看出她内心的挣扎,换为安抚的口吻说:"可晴,长官们说的不无道理。老大他们朝夕和几群原本深具敌意的人处在一起,我们根本摸不着底。要是他们都知道有人想破坏遗迹,情况失控,老大就会身陷危险。至少等有更明确的线索,再想办法也不迟。"

欧菲亚行星逐渐远离。环绕它的钢铁经线是一层层的银色铁网,在黑暗中像宝石般折射出绚丽的光泽。各大家族的驻星舰队像是密密麻麻的小行星从视野边缘晃过。各种区域性的紧急通告流入蜂糖的主意识里,包括就在几个小时前,某支黑市运输船史无前例地突破了钢铁经线防卫网,被列入全星域通缉令当中。

蜂糖尚未有机会细看,所搭乘的舰艇已进入漫跃阶段,星尘微光和宇宙黑幕混杂在一起,向后流逝。

她试着静下心来,却无法不去担忧泰伦的情况。我们找不到更多线索了。如果真有这么一号人物混在老大身旁,那也只有老大自己能够识别出来。她如此坚信。我必须要找到方法,让他知道这件事。

第十二章
光域外 / 未知行星

"快点——!"芮莉亚站在机舱的入口拉起嗓子呐喊,让声音压过引擎声响,"赛忒很快就会发现我们的行踪!"

暴焰奔入机舱内,在角落瘫了身子。泰伦紧跟在他身后进来,气喘吁吁来到优岚同伴的身旁卸下手臂的扇刃。机舱内的埃萨克士兵都肃穆地盯着泰伦。他们没人开口,眼神中却多了某种之前不存在的东西。

芮莉亚合上厚重的舱门,朝着机首的驾驶区说:"他们上来了!"

欧萃恩回首点头,拉开几个操作杆。他坐在地蝗艇的主操作椅上,满脸紧绷,矮小的身子窝在残破的皮椅上像陷了进去。飞洛寒的蒂菈儿坐在副驾驶座,右手臂内侧释放出寰宇路径的光纹。

芮莉亚走了过来,站在他俩后方。"你应该对操作自己族人的舰艇很熟悉吧?"

"第一次操作。"欧萃恩刚回答完,看见芮莉亚投来的凶狠目光,立刻补上一句,"我习惯更复杂的舰艇。这艘地蝗艇不难驾驶。"

"那么快走吧。"

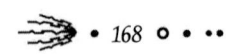

"——等等！"泰伦也凑身过来，手臂靠在欧萃恩的椅子上，"先别起飞，再等一下。"他试图平复自己的呼吸，口中喃喃自语，似乎在计算什么。

"我们在等待什么？"芮莉亚不耐烦地说。

"就一下子……"泰伦闭起眼喘气。蒂菈儿、欧萃恩及芮莉亚三人互看彼此，没人知道泰伦想干吗。数秒钟过去，泰伦睁开眼，瞳孔里有蓝光在打转。"现在，走吧！"

欧萃恩推动一个把手，众人脚下钢板的震动加剧。窗外的地平线向下一沉，他们升空了。呼了口大气之后，欧萃恩再度屏息，推动地蝗艇加速向前飞。

右前方，光线从某颗屏障般的行星后方透了出来，将半边地表染上一层薄光。是这星系的恒星，芮莉亚心想，我们到底在这儿待多久了？这行星回归到白昼的时间好长。波澜般的地面呈现暗乳色，在昏沉的日光照耀下，地表慢慢浮现出殷红色的纹理，层层细密交错，犹如这行星的血管。

芮莉亚看向依然沉浸在黑夜中的行星左半边，忽然发现一个景象。

摆动的暗光像是堆积在远方地平线的紫色波澜，正追逐着一个微小的白点。"那是你发出的微晶光束？"芮莉亚吃惊地问泰伦。

"嗯，还真的奏效了。"泰伦也盯着那方向，"我汲取了体内一大把信息微晶，设定好让功率逐步放大。赛忒凭着它们的微晶嗅觉，在发射地点找不到人，就跟了过去。"

蒂菈儿回头说："我之前也担心赛忒兽可能离我们太近了。"

泰伦点头。"这会为我们争取多一点时间脱离星球的引力轨道，进入漫跃。"

所以他把赛忒兽引出来，不单是为了恐吓暴焰。芮莉亚吃惊地盯

169

着泰伦。近看这名瑟利人的脸庞，他褐发底下的肌肤满是汗渍，嘴角还有抹青色的肿胀。然而此刻，他的眼神似乎比之前更加清澈。

一直以来，在所有埃萨克人的印象里，瑟利就是一个一旦高科技被剥夺便什么都干不了的种族。他们缺乏勇气，毫无荣耀可言。在死亡与火焰弥漫的战场上，瑟利人是个非常遥远的存在，是埃萨克人无法理解，亦不想了解的死敌。但他却赤手空拳击败了暴焰。

不仅芮莉亚，几乎所有埃萨克士兵的目光都聚集在泰伦的背影上。独眼的暴焰坐在机舱最后方，大口地喘气，没有说话。

欧萃恩点燃脉冲推进器，地蝗艇沿着一个弧度逐渐远离星球表面。

"不太对劲……"蒂菈儿忽然说。

芮莉亚看向瑟利的女孩。"又怎么了？"

"追兵，"蒂菈儿手中的路径光轨消失了，她以双手压住自己的脑门，"这感觉……是之前的……"

甲哈鲁和布拉可两名埃萨克士兵立刻掀起舱尾的铁罩，所有人都从透明窗口向外窥视，看见难以置信的光景——好几只他们先前遇到过的六翼兽，已升空尾随地蝗艇而来。它们的周围则跟随着好几拨小型赛忒兽。

"看来你引开的只是一部分，现在这才是主力。"芮莉亚讽刺地对泰伦说。我们根本对抗不了这么大一群赛忒！

"他们打算在我们进入漫跃之前击落我们！"蒂菈儿说。

"不对……它们根本不打算让我们离开星球的大气层。"欧萃恩施尽全力，双手拉着越来越难以操控的手杆，"那些巨兽启动了某种引力兵器，我们正在减速！"

此时，一身黑甲的籁来到众人中央，唤出头盔并调动手中的电子长戟。"没有别的办法，我们只能迎击了。"

泰伦与他四目相对了片刻,转过头问驾驶员:"欧萃恩,我们还需要多久才进入漫跃状态?"

"我们就在大气层边缘了!"欧萃恩拼命推动操作杆,"只要让它们解除引力攻击——"

"美人,做好准备!"面罩迅速覆盖泰伦的颜面,微晶波纹闪现于扇刃表面。

看来只能应战了。"你们要躲藏好。"芮莉亚对欧萃恩和蒂菈儿说完,单手拉下一道屏障,把驾驶区隔开来。

紧接着,埃萨克士兵分散开,做好打开舱门的准备。美人已站在机舱的正中央,脚部的天穹守护铠甲衍生出锥刺,植入地蝗艇的钢板内,固定住姿势。他的手臂逐渐形成流线形的长筒炮。埃萨克人目不转睛地注视着他。泰伦来到美人的左侧,扇刃凝聚为炮口。而在美人的右侧,埃萨克的狙击手毒焰也蹲了下来,手持长枪做好瞄准姿态。"我从未定位过赛弐体内的变种微晶,希望能奏效。"他说。

籁站在他们所有人身后,打平"斯努基之狼";数道激光从中央把手放射出来,汇聚于戟尖的半球镜。

所有人准备好兵器,屏气凝神——地蝗艇的尾端犹如展翅的蝗虫分裂开来,后机舱整个敞开了。

芮莉亚倒吸了口寒气,开放的视野却被紫光覆盖。她这才意识到尾随的兽群竟多到无法数尽。

一丝尖锐的音频浓缩在美人的炮口,终止半秒,化为刺眼的白光释放出去。离他们最近的一头六翼巨兽直接被劈开,在高空燃起微弱的火焰。

"瞄准六翼兽!别管其他追兵!"泰伦喊道。他和飞洛寒的籁同时发出攻势,两道激光击中了同一只,它的身子开了个大洞,散发黑色气体,却依旧嘶吼着直冲而来。芮莉亚举枪补上火力,几位埃萨克士

171

兵也同时聚焦攻击。

突然间,地蝗艇像摆脱了枷锁猛然加速。芮莉亚扶住机舱壁,电磁炮火险些扫到在她前方的泰伦。她看见又一只六翼兽化为火焰坠落。黑色天空中,更多巨兽相互补位,进入芮莉亚视线内的就有十几只。怎么可能那么多!

"分散攻击,扰乱它们就好!我们快脱离它们的引力网了!"泰伦连续开了几枪。与此同时,籁扭动电子长戟的中央握把,尖端半球镜分裂并向内收缩,折射出分散的激光,像数把锐利的银矛切开紫光弥漫的天空。兽群发出嘹亮的悲鸣,地蝗艇的速度再度加快。漫跃推进器启动,加剧了机身震荡。

"那是什么?"芮莉亚的声音颤抖。

泰伦也莫名停止了攻击。那一瞬间,地蝗艇上所有人仿佛血液都遭结冻。

眼前的影像诡异得像梦中的画,枪声和火光在那一刻变得模糊,人们的注意力只集中在黑色苍穹的某一个点上。

赛忒兽群像数不尽的游离幽光,沿着星球表面的弧度蔓延开来,而在它们中央,紫色光海中心一个凹陷的旋涡里,是个女人的身影。

她的长发犹如开屏的孔雀散放,全身露出大半肌肤,只有部分被黑色的晶体覆盖。她那渺小的身影从远方凝望着他们,白皙的肉体与四周的钢铁兽群形成强烈对比。

"那是……'女妖'?"芮莉亚从没亲眼见过传闻中的赛忒统领。事实上,除了百年前撒壬之战的生还者,绝大多数的联盟居民从未见过任何女妖。但芮莉亚明白自己看到了什么,她全身发麻,无法动弹。

"好样的,原来我们误闯了女妖的巢穴。这下死定了。"法里安尼无力地叹息。

整个巢穴的赛忒兽群都和女妖的意识相连,就某方面而言它们属于同一个生命体。由女妖组织起的攻击必然毫无破绽,不可能放过他们。芮莉亚几乎松开手中的电磁炮。

"毒焰,"泰伦的声音像落入水面的石子,打破众人麻痹的意识:"瞄准她。"

毒焰不可置信地看向泰伦。籁也说:"你疯了吗?那是他们的女王。对她动手我们就不可能活着逃离这星球。"即便是飞洛寒的天穹守护,声调也隐隐透出恐惧。

"她知道毒焰处决了首脑。"泰伦生硬地说出口,"她知道我们能对她做出什么。她必须放我们走。"

芮莉亚环视人们的表情。所有人都明白这是最荒谬的赌注。在女妖的注视之下,没人胆敢有任何动作。

毒焰没有开口,但他举起颤抖的手,拉起红色领巾咬在口中。他的眼睛眨也没眨,架起狙击枪。他双手发抖,似乎正以意识对抗恐惧本能,强迫调整双臂架势。慢慢地,枪口对准了远方的女妖。

有那么几秒,周边的宇宙仿佛陷入静止状态。在空中的赛忒兽群戛然停止了动作。芮莉亚甚至不确定他们的地蝗艇是否有在行进。

听觉边缘侵入一道嗡鸣。"我们要进入漫跃了!"欧萃恩的声音从后方传来,"你们得关闭舱门!"

有那么片刻,没人动作。毒焰的狙击枪口出现一圈闪动的红光,那是锁定完成的信号。芮莉亚咬着牙,勉强朝前方走了几步,握住墙上的控制拉杆。拜托,让我们顺利离开吧!她的心脏跳得极快,拉动手杆时,地蝗艇的尾端慢慢合起。

"射击她。"泰伦从面罩底下发出声音,像冰封的湖面出现一丝裂缝。

人们全都迷茫地看向他。芮莉亚听见心跳撞击自己耳膜,想反驳泰伦，身体却无法反应。就在舱口慢慢合起的同时，毒焰深吸口气，扣着扳机的手指下压，再下压——

一阵冲击令芮莉亚向后倾倒。她的身子重重撞在钢板上。

待她扶住激烈震动的机舱，竟看见某种巨大的东西钳住了地蝗艇的末端！一道道弯曲的黑色钢刺没入机舱内，毒焰的大腿被刺穿，发出惨叫。舰艇正在失速。

"那是牙齿！我们被咬住了！"芮莉亚惊慌地说。无论这是什么样的妖兽，它势必比之前所见都大上好几倍，他们只能看见口部的一部分，以及伸入机舱内的细长獠牙。地蝗艇敞开的尾部被卡住，无法关闭。"我们得立刻摆脱它！否则整台舰艇会解体！"她向机舱外的黑色巨物猛烈开枪。

一旦女妖的身影被屏蔽，恐惧淡化，战士们仿佛立即重拾危机意识。籁用长戟切断了刺穿毒焰的獠牙，其他埃萨克士兵则把毒焰向后拖。泰伦已冲到最前方，以扇刃斩开数道插入地板的钢牙。蓦然舱外的巨物扭动，又一排獠牙像钩子般袭来，倏地沉入泰伦四周。

独眼的暴焰不知何时出现在他的面前，双手拉住朝泰伦袭来的钢牙。"退下吧，瑟利人！"他怒吼。

泰伦变换扇刃的形态，像剪子般截断暴焰正以双臂抵挡的巨齿。他们两人同时向后退的一刹那，法里安尼往前踏，双手各握一柄射线枪，绵密射击。在她身旁的是搭档骆里西尼；埃蕊男子的双臂套着片甲状的拳套，挥向钢牙的每一拳都激发出高温电浆，遽然将其炸裂。

一条钩状钢牙突破他们的防线，击碎了驾驶舱的屏障，搅动着寻找目标。蒂菈儿发出尖叫。芮莉亚赶了过去，挡在瑟利女孩前面——她单手支住钢牙前端，另一手以电磁炮轰向它。泰伦不知何时也退了过来，舞动扇刃把钢牙切为数段。

"啊啊啊啊！"在机舱边缘，冷焰琪拉玛发出怒号向前开枪，她的蓝色丰唇反射着火光。鬼祟、美人再度加入攻势，摧毁最后几道獠牙。

黑色巨物终于放开了舰艇，向下沉。机舱内尽是焦味，众人依然从未看见那魔物的整体样貌。欧萃恩立刻点燃漫跃加速器，机体外部的磁力环开启一阵阵压缩力场，持续把动力灌注到漫跃系统里。地蝗艇甩开远方的赛忒兽，漫跃所需的空间泡也逐渐成形。

"——女妖呢？"芮莉亚凝望着密密麻麻，逐渐远离的紫色光影，却不见赛忒兽的统领。

芮莉亚皱起眉头，正想往前走，却再次定在原地。

她就出现在舱尾。

她拥有相似于人类的柔美体态及某种古典而完美的样貌。然而近距离看，她的肌肤却白得不像人，泛着一层灰色的光泽。那是由变种微晶组成的躯体，在胸部、腰部和大腿处被黑色晶甲所覆盖。女妖单手支撑着无法合上的舱尾，以近乎好奇的神态盯着舱内的人。

芮莉亚等人无法动作，与其说恐惧，更像是意识在那一刻被抽空，呆滞地看着舱尾的入侵者。女妖面无表情，眼睛像是两潭深黑色旋涡，里头有紫光在卷动。

位于驾驶舱的蒂菈儿发出恐慌的惊叹。就连欧萃恩也回头盯着赛忒女妖，忘了手中的操纵杆。

舰艇处在一种即将进入漫跃却迟迟无法跨越最终临界线的状态，悬挂于周围的星尘没有挪动，却在空间泡的形成中变成漂浮不定的光影，仿佛整个世界都在昏眩。若再僵持几秒，机身将迅速解体。

在这样的背景之前，赛忒女妖的神情成为恒定的焦点，给人一种纯洁无瑕的错觉。她仿佛没有任何思绪，也丝毫不在意舱内的人类。芮莉亚咬住下唇，知道自己若不采取什么行动，所有人都完了。

忽然女妖的表情出现了些微变化，嘴角的线条轻轻地扭动。

她感到愤怒吗？还是在……微笑？

　　女妖松开了手，脱离机体。

　　她就那么悬浮在众人的眼前片刻，与背后急剧闪动的星芒组成极不搭调的光景。芮莉亚没有看见欧萃恩的动作，但她听见推进器的声响。在激光注射仪的反射下，一百九十二道微型光束分毫不差地从各角度击中了已压缩至临界点的能量颗粒表面，触发它在多面等压下引爆了漫跃所需的最终动力。

　　星尘像遭到拉长的微光，在女妖的身后闪逝。然后，她就像个从意识中淡去的幽魂，被流动的光尘给带走。

　　地蝗艇的尾端闭合起来，晃动慢慢缓解。它进入百倍光速的漫跃领域，但矗立在舱内的人们，却像石化般一动不动，甚至连呼吸也遗忘。

第十三章
空镜号

　　在超光速模式中，空镜号的流线机体些微变形，侧翼像是收缩的蝶翅，机首像是紧闭的鸟喙。周围的二十四艘舰艇以它为中心，保持固定的距离前行。离他们一段距离外还有更多的舰队，整体犹如正在横跨黑色海洋的鸟群。

　　他们以整齐划一的阵势行进，由空镜号等巨型旗舰担任漫跃推进的主体，扬起的"波动域泡"包覆了身旁所有小型战舰，让舰队达到动力的分散平衡，稳定地排开积累在波动域泡前方的宇宙杂质。同时，整体舰队能以旗舰的最佳速度，也就是八百倍光速，像成群的白银彗星疾驰于宇宙空间。

　　机体内部的某处，蜂糖站在悬浮板上，沿着光轨前往空镜号的司令室。

　　"不晓得总指挥官紫崴这次决定参与什么事，招集了我们所有人。"蜂糖看着半透明的墙，以及在另一端检视着各类仪表的瑟利军人身影，"这次行动似乎号召了五支人舰队。我不记得上一次家族动员那么多的人力是何时。"

177

"啊。还没有任何人告诉你总指挥官的事吧?"站在她身旁的付款人尴尬地说。

"紫崴他怎么了?"

"你之前休息太久。不过,等会儿你就知道了。"

他们飘出半透明的通道,沿着纯净的地板滑入一个广大的空间。半空中,诸多瑟利官兵踩在大大小小的悬浮板上,朝不同方向无声移动。蜂糖抬头仰望,看见四座巨大的雕像。他们穿着雅致而有层次的长袍,各自占据厅堂的四个角落,单手摆出动作指向中央。

"我不在期间,内部变化还真大。"蜂糖笑了笑说,"看样子他们觉得在旗舰里摆些知名的历史人物,有助于士气?"

付款人耸耸肩。他们正经过其中一座雕像赤裸的双脚,光是它的拇指就有一层楼高。正上方,感觉异常遥远,是雕像向前伸出的手臂。他紧握住拳头,仅伸出了小指头。

"'沉眠者'阿里特律斯。"付款人说。

"嗯。在上一次优岚家族与埃萨克人的全面战争里,是他率先提出休战。"蜂糖知道那个知名手势,"后来却被家族发现是个有私下交易的叛徒,战后遭到放逐。"

"是啊,有点儿奇怪。"付款人把目光投往厅堂远处的另外三座雕像,"把他和三位影响当代历史战役的大人物摆在一起,不觉得怪吗?"

蜂糖细细看着那些雕像。主导战役的英勇星将"燃烧的羽翼"唐丰,他合并的食指与中指朝前,代表勇气与前进;以知识扭转局势的智者"理性深渊"堂涟,她单掌张开朝上,代表开放与公正;以超凡的政治能力稳定星域态势,并与联盟成功交涉的"基石之音"流羽亭,他伸手做出握手之势。

四人的手势均指向厅堂中央:一道连接地面与天花板的细长

白光。

"现在有人评价,若少了'沉眠者'参与,历史不会照着当初的情况走,家族也可能不会有今天在联盟的首席地位。"蜂糖说道。

"是吗?时间一久,人们对历史的认知都会改变。"

"那是因为所谓的历史,也是会随着年龄长大的。"蜂糖笑了笑。

"变得更睿智,还是更加狡辩?"

"这就不是我们天穹守护该想的问题了。"蜂糖选择撒了个小谎。

过了巨型厅堂,他们再次穿过几个窄道,终于来到指挥中心,飞往顶端的司令室。那是一个由雾面玻璃与白墙组成的小房间。悬浮板无缝地接上司令室入口的台阶凹槽,舱门无声开启。

"报告总指挥官,我们来了——"蜂糖刚开口,语音便中断在口中。

好几圈环状的屏幕显示出数据、坐标和图像。久违的星卫齐尔斯、加亚两人正在操控界面图像。坐在正中央悬浮椅上的是个微胖的身影。

"你们有休息好吧?情况比想象中紧急。你们登船不久,全军便进入漫跃状态。"温德在悬浮椅上扭了扭身子。紫崴并没有在司令室里。

"总指挥官。"付款人行了礼。蜂糖立即反应过来,也跟着作势行礼。

上一次在空镜号做战后报告时,那位子还是紫崴的。她不安地想。

或许是察觉到蜂糖诧异的神情,温德向她解释:"紫崴得为了你们队长的独断抗令负责。他被降职调离了舰队。"温德就事论事地说,"我这副官成了代理舰长。目前家族紧急动员了一大批舰队,我会继续担任总指挥官直到任务结束。"

"那么在这次行动之后,你的地位就更加稳固了。蜂糖恢复了军人的神情,没有露出任何思绪。即使你没有优岚之姓。"

温德似乎在等待他们作声。当蜂糖与付款人没有任何反应,他又接着说:"关于这次的召集……边境出了些状况。有许多殖民星球失联了。不只我们家族,也不只是瑟利的星球。"

"原因是什么?"付款人开口问。

"是赛忒。"

他们望着温德,没立即会意。

"赛忒军团打算入侵欧菲亚。"温德的口吻斩钉截铁,"而且据证实,不单是一个'巢穴'的赛忒。是三批不同的赛忒联军。"

蜂糖完全愣住。"这怎么可能?"

单是赛忒入侵已经是非常不可思议的事。撒壬之战后,欧菲亚之光将它们排除在光域之外。那些在终极撒壬死后遭到瓦解的赛忒群,以各自的女妖首领为中心,霸占着光域外的各角落。蜂糖无法想象它们竟会再次整合起阵营。

"……是不是有什么地方搞错了?边境地带向来就是游离赛忒骚扰的地方,或许只是摩擦加剧了?"

"不,这次不同。战斗已经开始了。"温德唤来几层影像。空旷的宇宙中,散发紫光的赛忒舰队与联盟边境守护队曾进行零星交火。"联盟有大量的舰队失踪,我想凶多吉少。从有限的情报看来,它们明显是有组织而来,而且规模不小。"

蜂糖盯着立体影像,恐惧感从背脊生起。

许多边境行星因赛忒的打击而毁灭,表面再也无法供文明生存,损毁的百分比在界面上滚动。影像里,赛忒幽光从宇宙深处猛然出击,又迅速同步退了回去。联盟发放的微尘粒子根本难以捕捉到它们的路径。不出一阵子,联盟的舰队已化为太空的残骸。就连传讯的卫星也莫名遭破坏。

"目前，议会已强制所有边境行星必须撤离居民。公开的说法是'星域扩张'的必要过程。"温德说，"但实际上，是因为联盟中立军自顾不暇，早没了军力支援。议会暗地里拜托我们家族好几次。"

"也难怪。"付款人想了想后说，"把军事实力最强的五大家族往边境调动，联盟中立军集中在光域中心，便于维安和防止各家族借此机会掀起冲突。"

"总之对我们而言，或许这才是最好的时机。"已成为空镜号总指挥官的温德神态自若地说，"无需担心太多，赛忒再怎么打算，百年来都无法实际性地威胁到光域，现在也不例外。咱们帮家族去应应急，让议会欠咱们一笔。"他挥开身旁的全息影像。"你们两人不同于归队的其他人，身份有点特殊，所以我想亲自告诉你们这次行动的情况。"温德在悬浮椅上扭了下身子。加亚和齐尔斯两人也望了过来。温德以缓慢的口吻说，"米克恩泽星将把所有事都告诉我了，包括泰伦那边的处境。现在飞洛寒家族的人已经盯上你们两位，就连联安局的探员也不会放过你们。但放心吧，你们依旧隶属于空镜号，也就是我的权力范围。我会照顾好你们俩。有什么与曼奴堤斯战役相关的要事，先告诉我。"温德的口气并不像在请求。

蜂糖紧绷着下颌的神经，生硬地点点头。

"那么你们先好好休息，做好战备训练。这次不会像对抗埃萨克人那样闹着玩儿了。"总指挥官温德说，"尤其是你，蜂糖，把状态锻炼回来。欧菲亚标准时间一个月后，我们就会抵达尘埃边境。"

181

第十四章
光域外 / 地蝗艇

从窗外看去，流动的宇宙宛如人们闭起眼时意识里的黑暗。

奇怪的是，隐约可以感觉那黑暗包覆着涌动的色彩，却不可能清晰描绘。你甚至无法分辨它是静止还是动态，因为这已超越人类肉眼能鉴别的能力。

身为瑟利种族的天穹守护，泰伦很早就知道人们的感知有严重的局限性。最好的例子便是同属瑟利人的星域平民，他们只因体内微晶尚未开化，便与受过训练的天穹守护有天壤之别。

透过"黑镜"意识，天穹守护面对世界的本能属于另一个级别的意识互动。

比方现在，站在窗边的泰伦能看见扫过机身的氢粒子。在低速漫跃下，它们穿过波动域泡，汇集的密度和被飞舰吸引而来的偏角都在泰伦的意识中清晰可见。如果他运用某些功能微晶，还可看见远方黑暗中的无光陨石，无论它们携带着岩钴还是冰块。他甚至可以清晰体悟到光的速度。连在战场上，天穹守护也能在敌人行动的一瞬间就已知道接下来谁将被死亡吞噬。他们汲取未来，用以定义现在。

一旦体内的微晶受过天穹的训练，强烈激活了数字计算意识和记忆模拟，"黑镜"被开启的一刻，他们便永远身处另一个世界。多数瑟利人所无法体会的世界。遑论体内毫无微晶的埃萨克人。

泰伦从未想象过有那么一天，他会与那么多往昔的敌手被困在同一艘飞艇。

生存的本能迫使他们合作。离开赛忒女妖的大本营之后，法里安尼倒了某种黏液在毒焰的大腿上，止住伤势。同时她告诉众人，她打算在抵达 LUTIC 76 行星之后，以通信仪再一次联系开罗和飞洛寒家族。一方面是避开漫跃带来的风险，另一方面，从上一次沟通看来，通信仪已变得越来越不稳定。法里安尼得确保在它出状况前，准确获知返回联盟的方法。

她还是没有告诉我们为什么她会在战场上。泰伦思索着，还有她的同伴骆里西尼。埃萨人口里只有非常少的比例是职业战士。他戴着电浆拳套的装备，应当是职业护法，而且还是他们的首都"埃蕊艾尔那"培养出来的。

几声埃萨克人的闷吼令泰伦回过头。在他身后不远处有道垂直的梯子向上通往紧闭的闸门，上面是地蝗艇夹层的房间。

他们在做什么？泰伦竖耳聆听。几个数字从意识里冒出，包括上方的热能异状和空气的湿度饱和。声响再次传来，像有人在低声嘟囔些什么，以及铁板后方的轻微撞击声。

泰伦皱起眉头，朝阶梯走去，准备启动透视。

"你不能上去。"芮莉亚忽然出现，挡在泰伦面前。

"你的同伴在上头做什么？"泰伦环视周围。他不安地发现除了坐在驾驶舱里的欧萃恩，以及包扎好伤口的毒焰在墙边已睡去，其他埃萨克人均不见踪影。

"焰落族的传统。每打一次胜仗之后的……庆祝仪式。你们瑟利人不会了解。"芮莉亚回他。

"胜仗？"泰伦扬起一边眉毛，不确定她怎会端出这样的词。

"我们碰到女妖的军团还能活着逃离。这不是胜仗是什么？"

泰伦找不到话语去反驳。他发现芮莉亚的眼角有道很深的伤疤，但破碎的橙色铠甲之间所展露的肌肤却异常光滑。若非看见她腹部和手臂姣好的肌肉，难以想象她是名身经百战的士兵。"那么你为什么在底下，不加入他们？"泰伦问道。

这次换芮莉亚扬起单眉。她的神情立刻转为不屑。"得了吧。"

泰伦盯着与他差不多身高的芮莉亚，打消了检视那群埃萨克人的念头。只要他们不要再时时刻刻想要除掉瑟利人，随他们怎么去。"你之前也听到了，我们离目的地行星要至少三周的时间。现在食物短缺，水源循环系统也出了问题。我们天穹守护可以透过铠甲的冻眠功能熬过这一段。但你们呢？"

"你真的完全不明白任何关乎埃萨克人的事，对吧？"芮莉亚似乎想发笑，"欧菲亚的三周对我们焰落族的战士而言，就算不吃不睡，也没有多大问题。"

"是吗？"一股突来的疲惫让泰伦打起呵欠，但他立刻挺胸深吸了口气，压过倦意。

"你们瑟利人总是认为自己是宇宙的中心。"芮莉亚嘲讽。

"难道你们埃萨克人不是吗？"

芮莉亚将双臂交抱胸前。"之前你差点蒙骗了所有人。你很清楚毒焰的枪支根本伤害不了女妖。但在当下，我们都被你使唤了，就连毒焰本人也是。"

"有没有效，没试过又怎会知道？"泰伦反驳，"赛忒军团和女妖有意识连接。撒壬之战时代的英雄们就曾从女妖的身上找到对抗整个赛忒军团的关键。"

"你是说'嗅觉信号'？那与朝女妖开枪完全是两回事！"芮莉亚的双瞳圆睁，"你想为你死去的战友报仇，竟不顾所有人的性命！包括你那些依然存活的优岚队友。"她缓下了口吻，淡淡道出口。"你是个非常危险的人。"

泰伦耸了耸肩。当时他压根什么都没想，只是依照本能行事。泰伦与芮莉亚相望，感到些许烦躁。*我为什么要站在这儿听一名埃萨克人的质问？为什么要对她解释那么多？*他懒得再辩解什么，转过身，朝两位优岚的同伴走去。

"泰……伦。"芮莉亚叫住他。泰伦忽然看见女埃萨克人露出了别扭的神情。她似乎在犹豫什么，松开胸前的双臂，好不容易才开口说："不管怎么样，我得……我一直没向你道谢。在暴焰朝我开枪时，你出手阻止他。"

这突来的一句令泰伦不知该如何反应。一个埃萨克人竟会感谢瑟利人，这与他的世界观不符。在泰伦的印象中，这样的事情只可能发生在百年前对抗撒壬大战的联军故事里，或是唯一与埃萨克友好的突勒司家族中。

"那是因为当时，只有你愿意解除沉寂之矛对我们的封锁。"泰伦避开了芮莉亚的眼神。

两人之间有股说不出的尴尬。他们属于多年彼此杀伐对立的种族，坦诚交流从来就不是选项。所有的本能都迫使他必须去曲解对方的意图。

泰伦清了清喉咙，朝机舱另一端走去。

除了顶上的夹层与侧边的两间厕所，地蝗艇的机舱基本没有隔间。不幸中的大幸是中央机体有足够的空间，就算三十个人平躺下来也没问题，因此这些身份迥异的人们无须挤在一块儿。

鬼祟已进入"超能冻眠"的状态，铠甲上的光纹全面熄灭。他坐在角落，双臂交抱胸前，铠甲的外壳仿佛多了一层厚度，像尊暗淡的金属化石。美人坐在他身旁，双眼盯着窗外的漆黑宇宙。

要美人放下警觉心，应该不大可能。泰伦已知道美人会怎么回答，但他依然说："你也进入冻眠吧，美人。我会醒着。"

"你们睡吧。我盯着他们。"美人的声音一如既往地冰冷。

泰伦点头。无论身处什么样的情况，美人都是最可靠的队友。事实上，泰伦相信自己的小队成员是优岚家族中最优秀的战士。近年来的战役中，他们五人以各自的优势驰骋战场。付款人的火力，美人的决断和穿透力，蜂糖对于关键战略的衔接与阻拦，鬼祟的速度和众人难料的行为。这一次，还加入了首脑的组织能力……泰伦心底一凉，试着把思绪导向别处。

不晓得付款人和蜂糖怎么样了……泰伦希望他们没有因为自己的莽撞而受罚。

他不确定回到联盟会有什么样的惩罚在等待他，当务之急是活着回去。然而返回联盟的方法亦可能决定他们当中某些人的生死；在跨度一百光年的欧菲亚光域，概括而言，处于外围星域的多半是埃萨克人的领域，瑟利及埃蕊则集中于中央。他们真能找到方法直接传送回瑟利的地盘吗？还是会落在光域附近，自己航行回去？

在历史的长河中，不同的人类种族依循自己独特的理念找到了文明进化的出口。

瑟利人可以透过生育去传承细胞中的微晶，埃萨克人透过基因改良来强化生理机能，而埃蕊则创造了能与水分子神奇交互的微晶，并透过灵修升华对肉体和精神的掌控。到了这时代，应用了不同科技造就了不同的"人类种族"，更让他们为了生存而针锋相对。

没什么好想的。该开火时就要开火。现在，先节约力量。泰伦准备好进入冻眠。

所有瑟利战士的体内都有好几种特殊的能量微晶，在特定情况下驱动与人体细胞的结合作用，产生高能磷酸化合反应来达成异于常规的超长期"储能和放能"的效果。这种仿佛以微晶魔法欺骗身体机能的行动，瑟利人给它取了一个名词——"超能冻眠"。

早期使用冻眠舱的技术有大量伤及肌肤和损坏内脏的风险，解冻时更常常因为机能唤醒不均而造成永久伤害。这些问题在"超能冻眠"实现后完全获得了解决。因为战士们的冰冻源头——来自于体内。

"结冻功能微晶"以及称之为rATP的能量微晶急速交互，伴随个体信息的不同做出适合的调整，并将能量分解储存。届时，战士体内的一切，包括细胞和微晶均进入冻眠状态，只留下少量的信息微晶维持监控作用。微晶铠甲此时化为生理信息维护者的角色，代替了战士的意识做外部观测和内部监控。等到特定时间，它会再释放能量让战士还原到原来的状态。

泰伦从主意识里检阅所有的身体机能。战斗中产生的伤口，包括几次与赛忒的交战和赤手空拳面对暴焰的种种伤痕，都已透过微晶铠甲获得87%的治愈。

旋动的银色光点从前方的驾驶区向后溢出。泰伦看见副驾上，金色长发在光尘的点缀下熠熠生辉。他犹豫片刻，朝正在察看路径图的蒂菈儿走去。

"应该没什么问题吧？"泰伦站在光点的边缘，试探性问道。

女孩以手指捏着悬浮于空气中的数字，回望他说："依目前的运算，抵达目的地前应该不会被任何天体的引力场影响而偏航。但我比较担心舰艇的情况。欧萃恩说，它在漫跃状态里维持稳定已经很不容易，若再遇到突发状况，很难保证不会整体瘫痪。"

另一侧，欧萃恩在主驾驶座上打了个呵欠，说道："地蝗艇本来就不是用来做长程星际旅行的,少了太多该有的自动检测机能。所以只能依靠蒂菈儿一个人,确保前方道路的安全。"

"嗯。"蒂菈儿轻轻点头。

她和所有人一样,面容显得无比憔悴,但在光晕照耀下,那属于飞洛寒家族的典型金发和修长的睫毛却令她不失高贵。她的灰色的眸子里有异于泰伦等人的光纹在闪动。

在她身旁,籁就像是永不离身的骑士蹲坐着守望,依着电子长戟处处提防。

莫名地,泰伦想起了第三位飞洛寒的天穹守护——被泰伦斩断手臂的普罗米兹,在对赛式时因失去战力而遭到屠杀。

在首脑死后,包括与飞洛寒家族连线时,蒂菈儿都未再提起这件事。

或许是先前与芮莉亚交谈所唤起的情绪,也或许泰伦明白有极大概率他们这群人可能共同面对死亡,忽然,他想为普罗米兹的死而道歉……即使他没有任何理由这么做。泰伦犹豫了。

我是优岚家族的天穹守护。泰伦的心一横,压下开口的冲动。

奇特的是在这一刻,蒂菈儿凝望过来的眼神似乎也流露出一丝抱歉。泰伦发现她就像一面镜子,四目相对时,两人拥有相同的神情。

她什么也没说,低下头来。

*她尝试救首脑失败了,而我,弄残她的同伴导致他的死亡……*泰伦的目光穿透蒂菈儿面前的星海模拟路径,深锁住瑟利女孩的心形脸蛋。他深吸口气,试图挤出几句话:"谢谢你们的遗迹探研单位指引出路径……"啧。难怪刚才芮莉亚如此难以开口。泰伦后悔自己没想清楚就说话。她肯定记得我曾以翼刃抵住她的脖子。他清清喉咙说:"优岚家族若知情,必然也会倾全力协助我们返回欧菲亚联盟。"

这次是籁嗤之以鼻笑了出来。他肩靠竖立的长戟,讽刺地说:

"你或许是个称职的士兵。但你并不了解联盟,也不了解你的家族。"

泰伦瞄了籁一眼,没有接话。讨论这些毫无意义,最后这艘船上的所有人或许都会丧生在浩瀚宇宙的无名坐标里。况且,所有人都累了。

泰伦坐回美人的身旁,在微晶系统里加了几道急速苏醒条件,然后将手臂搭在膝盖上。扇刃缓缓展开,像两片青铜色的翅膀将他包覆起来。外头的材质透过微晶起了变化,转硬,增厚,并且暗沉下来。

他感到体内的信号一层层熄灭,犹如太阳下沉之后逐渐冰冻的荒原。微晶,肌肉,血液,细胞,都被一种微微刺痛的冰冷感知给取代。

他闭着眼,让微弱的意识自然而恍惚地飘荡,感觉自己正盯着流动的黑色宇宙。然后他放开了思绪,陷入沉眠。

PART 4　漂流者

第十五章
边境 / 空镜号

绵延千里的残骸在宇宙中组成一片赤红色的金属长流。舰队缓缓驶过。

蜂糖扫视外头的真空领域，碎片无声飘浮，而远方的星尘像悬挂在黑纱上的泪珠。眼前的一切极端违和，舰艇残骸绵延成一抹绯红的弧线，看不见尽头，像是死神染血的镰刀。

这里是欧菲亚光域的边境地带，一个古老的行星系统。这儿的恒星有着巨大而衰败的容貌，将所有行星洒上一层暗淡的红光。散布四方的金属碎片也被染上了阴红。

从数天前开始，他们的舰队就已脱离漫跃状态，抵达边境地区。各单位的领航舰分开行动，各自采集数据和情报，试图评估局势。空镜号似乎已进入战况最为惨烈的地区，也就是殖民密集带。

众所周知，过去一百年，光域内部的繁多星系在欧菲亚之光庇护下，让人们有能力改良适合居住的星系。比方从天际捕捉彗星，导入星球表面释放出水流和温室气体，再透过天空粒子加速光合作用，推动星球进入可控状态。然而在边境地带，许多优势都不存在。人们只能选择更有经济效益的方法——不去改变星球,而改变自己。

这些勇敢和意志坚韧的先驱者面对宇宙的无常毫不屈服。在每一个恶劣的边境行星系统里,无论在"适居环区"或者内外围的不友善的行星上,瑟利、埃蕊的殖民者透过微晶让自己与星球状态融为一体,埃萨克殖民者则不断尝试基因改良来适应环境。久而久之,殖民者捕获边境星系的资源,成为欧菲亚文明逐步茁壮的供血者,并从中获取可观的财富。

于是百年之间,在欧菲亚之光可及的边境地带,人类征服了一波又一波的无人星球,将它们纳入联盟的版图,并随时间巩固为联盟体系的一部分。有一批老殖民者甚至热爱追随欧菲亚之光的疆界,不停寻找下一个有潜力的无人行星;也有新殖民者跃跃欲试地从联盟深处前来,加入开垦的行列。无论如何,有件事是肯定的:生活在边境的人们都不是泛泛之辈。

因此看见眼前的惨况,蜂糖难以相信。*如此的惨烈……他们做出该有的反击了吗?还是单方面遭屠杀?*她与空镜号的军官同坐在一个操控隔间,主意识与房间中央的投影仪同步。

过去一阵子,边境行星相继失联,知情的人们陷入极端的不安。同时,联盟高层也做出最坏的准备。然而亲眼看见这儿的情况,却远比所有人预想的严重。

身为军人,他们曾在受训时做过表层记忆的亲临体验,知道百年前撒壬战争的恐怖。天穹守护更要进行数周的模拟作战训练,让脑中的恐惧化为形体来挑战自己。然而,这次不一样。危险不止存在于意识。

无论感知训练再怎么真实,明白死亡近在咫尺,让一切变得不同。*我们这艘舰艇上,根本没多少人有和赛忒作战的经验……*这当然也包括蜂糖自己。

包括空镜号在内的五艘旗舰，各自带着二十四艘舰艇和成群的战机，分开探索。舰队在废墟当中将微尘飞影释放出去，不停捕捉画面与数据。其他优岚舰队从远方传输过来的信息，也从中央投影仪逐一射出；似乎大家所见都差不多——这个行星系已彻底毁灭。

蜂糖从主意识导入某个行星的画面数据。

天呐……她站在行星表面。坠落的天空之都倾斜地插入地表，那破碎的巨城呈焦黑色，四周散布飞艇的残骸。

她切换画面，看见另一颗行星正经历剧烈的动荡，数座火山同时喷发，她就站在火焰中央。无论之前在这儿的文明长什么样，都已遭熔岩覆盖，只有某山脉的半边山壁上隐约可见埃萨克的钢铁建筑，透露出这儿曾有殖民的痕迹。赛忒动用了某种重力攻击，动摇了原本就不稳定的星球内核。

然后她来到一颗表面完全被海洋覆盖的行星；界面称其"天谐星"。海水淹至她的腰部，却是沸腾的。整颗星球的温度极端异常。她往后看，发现只有三座贝壳状的古建筑露出于激荡的海面。这是颗埃蕊人的星球……

她脱离系统，心情无比沉重。有多少殖民星系被毁了？她所见到的景象一个比一个惨烈。蜂糖感到不解，心中盘问：边境地带的欧菲亚之光必然较薄弱，但以前从没出现过这样的事。我们从来不会担心光域遭到赛忒入侵。是什么改变了？

"蜂糖，跟我走一趟。"温德的声音从她身旁传来。

蜂糖立刻起身行了军礼，解除与房间信息系统的所有连线，跟上总指挥官的脚步。他们走出操控室，来到一个小巧的方形房间。付款人已在里头。

"有个人，得让你们见一面。"温德说道。军服套在他身上看来有些紧，尤其肚子的地方几乎快撑开了。蜂糖得抑制住盯着对方的冲

193

动，她感觉房间正在无声移动。数分钟后，对面的墙壁像破碎的蛋壳般剥离开，另一个房间挤压进来，微微扩张后与他们所在的空间融为一体。

在那房间中央坐了个人。他是位长者，白发蓬松，留着浓密的胡子，身子微微驼着。然而他的眼神却像个愤怒的青年，着了火似的。

"啊。太好了。优岚，飞洛寒，联盟一级探员，你们到底有完没完？"他不耐烦地抓抓胡子。

"定时有人来找你聊聊，不好吗？"温德冷静地回道。

"我这颗脑子不太灵光了，搞不清楚你们这几拨人到底想做什么。我几个星期之前就该去洛德萨斯星了，飞洛寒的探研中心打算给我亲眼看看远古遗迹。结果呢？我反而被抓上联盟安全局的船，被锁在这什么鬼地方？现在我只能观察遗迹的模拟影像！"

"飞洛寒是所有家族当中最有心眼的，我想你应该明白。若你踏上他们的行星，恐怕会被软禁，再没人找得到你。"

"我现在这样就不是软禁！？去他妈的联盟！"

"联盟不过是基于对你的尊重，还让你与外部接触。要知道，如果他们想取走你的'通信仪'，你也只能从命。"

这句话令开罗无法反驳，闷哼了一声。蜂糖这才察觉到老人在晃动时，胡须和衣角都闪现微微的光晕。原来他人并不在这儿，而是由这房间独有的信息粒子所组成。

"你们一直担心同伴的下落，对吧？"此时，温德转向蜂糖和付款人，"这位是开罗先生。等到漂流者们与他联系，会拉你们一起旁听。"

"'漂流者'……？"蜂糖睁大眼。

"联盟那边给这群人取的诨名。既然什么种族都有，总得找个方法叫。"温德回道。

付款人不知为何笑了出来,低声对蜂糖说:"老大不会喜欢这称号的。听来相当蠢。"

温德听见了,嘴角咧了一抹不自然的微笑。"是啊,我也这么认为。"他回过身,再次以客气的口吻对罗说,"那么要麻烦您了。等到他们返回欧菲亚联盟,联安局应该会放您去任何想去的地方。"

老人似乎不大愿意搭理总指挥官,却打量了蜂糖和付款人一阵。"你们就是那几个天穹守护的同伴吧?"他轻叹口气,"远古遗迹的专家们正在努力找出一条可靠路径,能让他们安全返回。向欧菲亚之光祈祷吧。"

温德挥舞手掌,老人即在他们面前化成灰色沙流,随着分裂的房间朝后退去。蜂糖等三人再次矗立在密封的白色空间内。温德忽然说:"有消息进来了。其他舰队已定位到赛忒的踪迹。"

蜂糖愣了一下。随着房间开始游动,她感觉自己的心跳也在加速。

墙壁敞开时,他们已连接到空镜号的中央厅堂。三人连同白色小房间被塞入一个人满为患的大厅内。当他俩随着温德向前走,白色房间在身后化开,与厅堂融为一体。

大厅正中央的多角战略仪四周,悬浮着无数颗星球的立体影像。上千道光体数字在复杂的光影旁疯狂地滚动。人们的声音充满恐慌。温德带着蜂糖和付款人走过聚集于此的军官们,终于看见埋藏在人海中央的全息投影——那是整个边境地带的缩影,注入了代表瑟利家族联军和赛忒军团的光点。

蜂糖看见对比影像,呼吸止于胸口。

中星卫齐尔斯来到总指挥官身旁说道:"这些是由所有舰队搜集的情报汇整而成。赛忒军团似乎有能力屏蔽我们的追踪。但在边境地带,这样的对比应该八九不离十。"

195

温德观看各种数据指标。"优岚的舰队共六百二十五艘。诺弗朗斯家族一百二十五艘。玛提尔家族一百艘。飞洛寒家族……"他淡淡地说,"不出所料,只派遣了两百艘过来。"

"另外,议会已通知邻近星域的埃萨克部落,要求他们全面动员。"齐尔斯补充道,"估计几天内就会有两倍数的埃萨克战舰来到边境。"

"他们提供不了什么助益。"温德咽了口唾沫,神色凝重,"所以能确定目前统计的就是三个赛忒军团的总数?"

"不……"齐尔斯停顿片刻,仿佛想振作自己的精神,才开口说出,"边境以外的地区,一旦没有欧菲亚之光的照耀,我们……无从得知还有多少敌人。"

"所以我们也探测不到敌人主军的驻扎地点?"

"难以判断。可能离边境不远,也可能好几光年。甚至更远。我们已在找寻以前派出的卫星和微晶探测艇的踪迹,但目前没有任何线索。"

蜂糖感到脑子一片空白。她盯着边境地带的影像。

在无尽的星海与落陷的殖民星球当中,各大家族阵营均以不同颜色的光点为代表,军力一目了然。他们分布于微弧状的边境地带,瑟利主要家族的舰队,再加上一些小家族及联盟中立防卫军,目前集结于边境的大型战斗舰艇约为一千二百五十艘,同时还有上千艘已从母舰脱离的中小型舰艇随同布阵。

然而敌军的数量呈现,令所有人不禁怀疑是否系统出了错误。蜂糖知道那些紫色光点甚至无法精确代表赛忒的军力,只捕捉到具有一定体积的攻击型巨兽或舰艇。即便如此,目前的敌方数据,是超过一万五千个正在闪动的紫光点。

蜂糖直勾勾地盯着整片幽暗的光海。*那是我们的十倍战力。*

第十六章
光域外 / LUTIC 76 轨道 / 地蝗艇

"看到了吗？"欧萃恩目不转睛。

他推动方向手杆，让地蝗艇以倾斜的角度漂游。

一颗遥远的白色恒星，每几分钟便投射出刺眼的光芒，犹如黑夜中依循某种规律闪烁的火苗。在它身旁有颗暗黄色的恒星，是个体积巨大却静默的存在。

双恒星系统在他们的眼前就像一幅染上迷彩的帆布画，周围飘着云彩般的气状物。

而他们要寻找的行星遮蔽了这幅画的一大半。LUTIC 76 是颗庞大的粉红色行星，他们正朝着它缓缓接近。

众人聚集在地蝗艇左侧的弧形窗口前，看着这颗或许能够拯救他们的行星。与众人之前所在的那颗有如浮尸般惨白、染着红丝的无名行星相比较，现在眼前的星球更像一颗漆上粉色釉彩的宝石，滑动在丝绸般的金色雾霭中。

"相当美丽。"一直以来沉默寡言的美人率先开口。他的语调依旧感觉不到太多情绪。

"干得好,小伙子。"芮莉亚露出微笑。

欧萃恩羞怯地解释道:"这里是个双恒星系统,已过了最炽热的主序阶段。远方闪烁的那颗是中子脉冲星,难缠的引力状态影响了这儿的所有行星。"欧萃恩转过头对坐在副驾的蒂菈儿说,"我让地蝗艇慢慢晃过去吧。你好有时间勘查一下LUTIC 76这颗外围行星。"但金发女孩空洞的神情说明她早已进入信息分析状态。

站在最角落的鬼祟莫名地兴奋起来,压着自己脑门,摆动双腿,让其他人吃了一惊。"这实在太美妙了!所有的电磁辐射都跳起舞了!紫外线、红外线、X射线和弦里电波,伽马伽马射吧射吧!烧焦我们的脑细胞,大家正跃动着呢!"

欧萃恩瞧了瑟利人一眼。"其他的数据看似没什么问题⋯⋯但劝你们还是别尝试透过体内的微晶去分析这儿的星际电磁。很危险的。"

"他说得没错。少了欧菲亚之光的庇护,难保不会出什么事。鬼祟。"泰伦把手搭在同伴肩上,要他安静点,"看来LUTIC 76是颗相当孤单的星球。千分之一光年的距离内没有其他行星存在。无论谁把遗迹摆在这儿,避开赛忒的威胁应该是主要考量之一。"他的眼底出现浮动的蓝光。"但是这体量的行星竟然会离星系的恒星那么遥远,确实非常不寻常。莫非那些建造遗迹的人有办法⋯⋯"泰伦轻声说,"传言,那些远古的人,也能亲手打造星球。"

"'造星'这种事只是假说,还没有人证实过。"在众人身后的籁说道。

"这星球应该是天然形成的,是个很古老的星系。"蒂菈儿似乎已回过神来,"很可能它在诞生的过程里,因为被两颗恒星交互牵引,穿越了星系中某个拉格朗日区,因此长久遭到小行星群和星尘碎片的洗礼,获得了这样的体积。"

接着,欧萃恩从蒂菈儿那儿获取了一些导航相关数据。

蒂菈儿用手指抛出几条光轨示意。"我们得尝试用行星重力来助拦，进行航道变轨。但以地蝗艇目前的情况，会不会有问题？"

欧萃恩说："我已经完成计算，准备好了就驶入。可是……保险起见，还是在降落前先与联盟联系吧。"

欧萃恩原本担心在这趟旅途中，眼前这群人拔枪相向的概率会比地蝗艇在宇宙中解体的概率要大上千百倍。然而过去数周，他们十四人却出奇地相安无事。优岚家族的天穹守护以及两个埃蕊人都轮番进入超能冻眠。他们在舰艇上找到微量的分子营养素，众人同意让两名飞洛寒的瑟利人使用，因为蒂菈儿无法进入冻眠；她得时时刻刻陪伴欧萃恩，引导漫跃的角度。而籁则为了守在她身旁，拒绝进入冻眠状态。

联盟规定所有做太空旅程的飞艇都必须配有最基本的"分解化合器"。那是个小巧的方形盒子，能将水分子化为氧气。无法进入冻眠的埃萨克人呼吸排出的二氧化碳，会再与当初水分子产氧时排出的氢相结合，重新化合为液态水。这样的循环，协同机身外部的电磁捕氢仪，于超光速漫跃状态中吸取宇宙空间的漂流氢氦粒子为补给，可让他们短时间内无须为生存担忧。唯一的问题是液体循环系统无法修复；久而久之，水缸里的水依旧会越来越少。他们必须严格克制自己的饮用量，无论多么口渴。

几周没有进食，欧萃恩的身体倒没什么感觉，只有脑子越渐肿胀。

多数埃萨克人的基因是为了战斗而改良，就算许久没吃东西也不会受太大影响。一旦进入封食状态，细胞会自动转化，除了阻隔几种激素释放机能以及荷尔蒙的传递，并强化胃壁，还会制造出仿佛磷酸腺苷——也就是能量传递的基础单位——已被大量复制的假象，借以维持体能。而这种欺骗生理机能的假象得透过动态来维持。

199

因此在其他种族的眼中，埃萨克人的举止不仅不可思议，更像是趋近疯狂的行为。随着缺食的时间慢慢延长，他们必须进行越来越大量的活动。就连欧萃恩也曾离开驾驶座好几次，在机舱内锻炼，以防当肌肉和五脏六腑意识到这一切都是幻影，身体可能在瞬间瘫痪。

"我的胞弟和你差不多年纪，已在战场上徒手宰杀敌人好几次了。"每一次都是芮莉亚和他做徒手搏击的训练，"站起来！别以为个子小，就有借口表现得像个懦夫。"她对欧萃恩相当严酷。

芮莉亚已脱掉护甲，穿着背心和短裤，轮番与冷焰、暴焰等埃萨克人比试。毒焰的腿伤尚未痊愈，加入他们的活动几次便吃不消。欧萃恩发现无论众人运动得再激烈，所有埃萨克人的身子似乎已不太出汗。

生命终止的一刻，就是被判决的准绳……当时，欧萃恩看着芮莉亚等人，不禁想起一件事：如果这艘船出了事，那么我在生命的最后一刻是和一群焰落战士在一起的。如果族人知道了，不晓得会有什么想法。

偶尔，瑟利人也会加入他们的格斗练习。他们不再覆盖着骇人的铠甲，而是穿着薄衣裳以肉身相搏。泰伦和芮莉亚旗鼓相当；好几次，泰伦从背后锁住她的颈子，但芮莉亚总能灵敏地扭腰，将泰伦整个人翻转过来，跨坐在他身上制服他。

冷焰相当粗狂，与男埃萨克人嘶吼着比试。莫名地，她的蓝色丰唇对欧萃恩有股邪门的吸引力。她时常挑逗似的要欧萃恩上场，但欧萃恩只低着头待在芮莉亚的身旁。

独眼的暴焰再次单挑泰伦时，泰伦再也没有赢过。然而当暴焰对上鬼祟，令人瞠目的一幕发生了。鬼祟第一个动作就是赏了暴焰一巴掌，还是打在他独眼的那一边。暴焰疯狂地咆哮，发誓要把他扔出地蝗艇，好在其他埃萨克人及时阻止了他。当时暴焰把战场上用来咒骂

200

瑟利人的所有词汇都用尽了。最后，泰伦只得把鬼祟拎下场。

或许最出人意料的是骆里西尼。埃蕊男子有着精瘦的体格，总是半闭着眼，仿佛在感受着什么。骆里西尼从不取下那双片甲拳套，但他并未启动微晶能力，只缓慢地舞摆双手，便能顺利格挡瑟利人与埃萨克人的攻势。

"他是从埃蕊的首都行星训练出来的'碧海武者'，算是联盟里非常受敬重的战士。"在一旁围观的蒂菈儿偷偷告诉欧萃恩，"他们常年接受格斗与灵修的双重训练。如果一对一，应该很难有人赢得过他。"

基于某种奇妙的心态，蒂菈儿也曾催促籁上场，但被黑发的天穹守护一次次果断拒绝。最后，蒂菈儿难得露出不怀好意的笑容，说了八个字："这是关于家族名声。"

脱下铠甲的籁，肤色出乎人们意料的白。他穿着黑色背心，顺了顺黝黑的头发，面部永远是冷酷的神情。赤手空拳的情况下，他竟与骆里西尼打得难分难解。这些活动让众人暂时遗忘自己正离家乡非常遥远，忘记他们有可能在下一刻便会全体死亡。欧萃恩注意到除了身为渲晶师的蒂菈儿以外，只有美人从未参与比试。

记得有一次，地蝗艇被迫脱离漫跃状态，是因为蒂菈儿未及时发现他们所进入的星系中央有颗铅灰色的暗淡矮星。地蝗艇在千钧一发之际逃脱它的引力影响，但外部的漫跃推进器里的激光共振仪出现偏离，自动熄灭了。于是，欧萃恩套上了过大的太空衣，出了气闸来到机体下腹做重新校准。当时是泰伦陪着他。

"你对飞船了若指掌的程度相当不可思议。我们家族对石嚎族做过全面的分析，从不知道有你这么优秀的家伙存在。"那时泰伦以真诚的口吻询问欧萃恩，"你在部落里当了多久的机师？"

"我不是机师。我是自杀部队的。"

掌心一般大的仪器在法里安尼的手中发出强光，却不时减速，露出包覆在透明海螺壳里的金色质地。"不太对劲。我应当已经把能源槽给灌满——"细微的人声从通信器中央传了出来，"啊，是开罗吗？"法里安尼赶紧对着仪器说道。

间歇的杂讯，令人不安的沉寂。

众人围在法里安尼身旁。阴暗的机舱内，他们的面容被微弱的仪器光芒点亮。窗外偶尔闪现来自远方的中子星白光，粉红色行星则在不远处等待。

欧萃恩斜身躺在驾驶座上，望着其他人凝重的神情。**果然出问题了……**

"——听见——是否能听见？"

人们发出惊叹，法里安尼立刻回答："可以的，呼叫欧菲亚联盟。清楚吗？"

"通信清晰。我是巴顿。"仪器终于恢复正常运行，内部的金色海螺闪烁。法里安尼低下头，松了口大气。

蒂菈儿从埃蕊人的手中接过通信仪，开口说："巴顿博士，我们看见 LUTIC 76 了。它是一颗落单于星系边缘的行星。"

"太好了，你们已顺利抵达。是否能够找到行星上的遗迹？"

"这是最奇怪的地方。这行星的直径竟然有十二万公里，是欧菲亚行星的十倍大。我可能得花点时间透过渲晶术去搜索。"蒂菈儿问道，"请问是否已找到返回欧菲亚的传送路径？"

"有的。我们探研中心的同人这阵子都没怎么睡好，"即使隔着不知多远的距离，透过空间撕裂传送技术流出的声音，都明显传达了巴顿的兴奋之情，"听好了。你们从该星球的遗迹转往'赫尔墨士'星的遗迹，从那儿便能直接回到联盟境内的摩根尼尔星了。"

"你们做了反向串联？"蒂菈儿吃惊地问道。

"是的。我们动员家族的所有力量，成功透过摩根尼尔星的遗迹反向锁定了赫尔墨士星的遗迹。所以你们只要抵达那儿,就会被自动传输回来。"巴顿坚定地说,"我们会等待你们的归来。"

蒂菈儿单手捂住了嘴,眼角泛泪。籁也露出不可思议的神情,深吸口气。泰伦等人接连展现欣喜的神色,埃萨克人则直接欢呼出声。

"很抱歉,我们也尝试对LUTIC 76进行反向串联,但失败了,不知是因为距离还是有其他限制。大概率那儿的遗迹不是R类型。所以你们得多跑一段。"

"没事。这也是千载难逢的机会,让我们能多接触银河系远方从未有人去过的遗迹。"蒂菈儿淡淡地说。

巴顿用一种奇特的语言把赫尔墨士星的定位坐标转告给蒂菈儿之后,告知了他们另一件事。"这次的通信不只探研中心的同人在场。我们召开了跨星域连线会议。有许多人想听听你们的声音。"

欧萃恩感觉自己的心跳飞快。难以言喻的澎湃自胸口涌现。这是第一次,人们清清楚楚地感受到希望。

"蒂菈儿。"一个深沉的声音。

金发女孩捂着嘴,直盯着微光闪动的通信器。"……父亲。"

"你干得很好。要安全回来。"

"对不起……"泪水从她的双颊流下。蒂菈儿双手紧握通信仪。"都是……全都是因为我。我不应该坚持要求家族介入那场纷争的……是我害了所有人,还有普罗米兹……"她的身子在颤抖。

"那是我允诺的。你只是做了你认为对的事。"飞洛寒军防统帅的腔调坚实,却难掩对女儿的一丝轻柔,"普罗米兹也是。他是个军人,尽了该尽的职责。"泰伦静静地站在一旁聆听,看不出什么情绪。

"籁。"

"是的,统帅。"飞洛寒的天穹守护站直了身子。

"要带着蒂菈儿,平安返回联盟。"

"我……"籁那冷峻的面容，难得出现一丝波动，"无论发生什么事，我绝对会让蒂菈儿安全回家。请您放心。"

飞洛寒家族的军防统帅接着说："优岚家族的精英们。"

泰伦和美人、鬼祟注视彼此，犹豫了一下，才由泰伦站上前，从女孩手中接过通信仪。"阁下您好，我们在这儿。"蒂菈儿退到人群的外围，泪流不止。在她身旁的籁似乎想安慰，却不知道该怎么做。

飞洛寒·玟帝波尔告诉泰伦："我知道这段时间出了许多事。或许我们家族之间，有更好的方法来解决矛盾。等待你们平安归来，我相信有许多关于遗迹的资讯，我们愿意与优岚家族共享。"他清了清喉咙，"请你们，保护我女儿。"

泰伦愣了一下，看向站在人群后方的金发女孩。"……交给我们吧，阁下。"

此时，另一个声音出现："准星卫泰伦。我是优岚军事防卫部的米克恩泽。家族的首席遗迹研究指挥蓝采也在我身旁。"

"米克恩泽星将！"泰伦吃了一惊。

"你们的情况，联盟的各方高层都知道了。"米克恩泽斩钉截铁地说，"目前我们会和联安局以及飞洛寒家族合作，提供所有你们需要的情报支援。返还路径一旦确立，就不能再出任何差错了，我们保持密切联系，任何时候遇到难关，记得通告。"

"从来没有人去过那么遥远的地方，"接下来是个中年妇女的声音，应该是优岚家族的遗迹研究指挥蓝采。她以收敛的口吻说道："若安全归来，你们的经历和记忆会对整个联盟产生重大的意义。"

"了解，长官。容我询问，我的小组队员是否安然无恙？"

"老大！我们都没事。"蜂糖急促的声音从通信仪散放出来。

泰伦这才露出了些许的欣慰之情。"太好了，你们躲过了曼奴堤斯星的灾难。"

"是的，付款人和我现在都在空镜号上。舰队目前正位于联盟边境。"蜂糖摆出甜蜜的语调，似乎显得有些刻意，"但付款人不在这儿，不晓得跑哪儿去了。"

"等等，你刚才说空镜号在边境？为什么？"

回答的再一次是米克恩泽星将："我们发现三支赛忒军团集结于边境，有入侵联盟的可能。事实上，边境有好几个殖民星系已经失守。目前议会动员了紧急星域联防协令。我们会在边境787E至1005E线之间设下边防阵。"

在地蝗艇的机舱内，泰伦站在众人中央，掌中的通信仪发出阵阵微光。他们对此消息感到震惊，无法立即反应过来。

欧萃恩在座椅上扭转身子，警向身旁的籁和蒂菈儿。隐约地，欧萃恩看见籁不知为何皱起了眉头。黑发的天穹守护低头询问蒂菈儿："你听到了吗？"女孩困惑地回望他。

"击败撒壬之后已过了一百多年，还是首次出现这样的局面。我们尚不明白赛忒的动机，或者它此举和什么有关联。"星将异常沉重地说，"情况严峻的程度超乎了想象。但目前这不是你们该担心的。你们的处境比在联盟的人们都危险。"

"了解。"泰伦最后挤出几句话，"蜂糖，你们自己得小心。"

"老大你也是，请一定……要活着回来。"不知是否因为通信仪扭曲了音调，蜂糖听来有些哽咽。

一阵嘶吼从通信仪跃出，海螺的金光跟着闪动。"芮莉亚——！"

女埃萨克人睁大眼，来到泰伦身旁，她试探性地问道："是军阀总长吗？"

"哈！不错，你还认得出来。"对方笑了几声后，以粗糙的喉音说，"听说曼奴堤斯一役是你扛起最高指挥，领着战士们到最底层。我们都认为凶多吉少了。那么，现在还有多少族人在那儿？"

泰伦将海螺通信器递交给女埃萨克人。芮莉亚接过后说:"我们尚有六人存活。"

欧萃恩感到非常诧异。不仅是瑟利家族,埃萨克焰落族的首领都出现了。想必这件事已上升到联盟层级。石嚎族……也有人在会议里吗?

"那个石嚎族的小伙子还活着吗?报告说就是他导致整件事的发生。"焰落族的军阀总长大声吐了口唾沫,"你们有我的允许,可以把他抓来开膛剖肚。联盟不会有任何意见。"最后这句话似乎是刻意说给连线会议上的其他人听的。当通信仪的彼端没有出现反驳的声音,欧萃恩知道在场并没有自己的族人。

芮莉亚等人陆续看向他。欧萃恩不自觉地缩了下脖子,心口的澎湃此刻已完全被一股尴尬和难受所取代。他想转过身,把自己隐藏在驾驶椅中。

"事实上,军阀总长,"芮莉亚抬起通信仪器,将脸贴近说,"我们能顺利抵达现在的行星,是欧萃恩的功劳。他修好了地蝗艇的漫跃系统。"

欧萃恩吃惊地回头,看向芮莉亚。

军阀总长发出不屑的笑声,接着说:"总之,要是你们再遇到赛忒围剿,就跟他们拼了吧。"他的语气充满愤怒,"刚才你们也听到了,赛忒集中在边境地带,我们焰落也会派出大批舰队去支援。很多部落都派兵了。毕竟如果赛忒真的杀进联盟光域,最先遭殃的会是我们埃萨克人。"

联盟当初规划星域分布,便让埃萨克部落占据广大的外围星域。欧萃恩知道这么做第一是埃萨克人生育频繁且对环境的适应力强,能够胜任新星域殖民的变数。第二,便是埃萨克人不会遭到赛忒同化。

但没有人料想到,有一天或许赛忒真有可能突破光域……

"军阀总长,派鲁可还活着吗?"芮莉亚平静地问道。

"嗯。你的弟弟跟着部队顺利离开了曼奴堤斯的战场。我会让人转告他,我们联系上了——"通信再度变得不稳定,对方的话语遭到扭曲。

然而芮莉亚已得知自己想听到的。她叹了口大气,像要把胸中的气都泄出来,然后露出笑容。

"你们别忘记——身为焰落族人的荣耀!"军阀总长大声说。在芮莉亚身旁,暴焰、甲哈鲁等焰落战士都发出高亢的战号。

他们听见米克恩泽微弱的声音:"那么,还有谁要发言?艾丁夫阁下?白严阁下——温德?"

一阵寂静和杂讯后,某人的声音扬起:"等等!等等——我还没说到话!这接收器可是在我手中啊!"那人一阵咕哝之后说,"法里安尼,你们赶紧回来吧——我现在被关在一个鸟不生蛋的地方,只能每天固定找几个人通信聊天。巴顿都快被我烦死了!"

"开罗先生,我并没有——"

"呵呵,应该很快了,开罗。"法里安尼来到芮莉亚身旁,似乎想起了什么,试着询问道,"纽湾呢?它和你在一起?"

"——你说什么?听不见——"

"纽湾。纽湾!"

"呃。没有。你的微晶宠物神出鬼没的,什么时候消失了我都不晓得——最后一次看见——我上了这艘贼船之前吧!"

"是吗……"

"总之,法里——你要时时刻刻待在骆里西尼身旁,懂吗?他挂了你就也差不多了——"

"这也算鼓舞人的话?"法里安尼拿回泡螺,看着它的光线闪烁不定,"通信仪到极限了。我们得在飞船停泊之后为它充电。"

207

巴顿博士些许扭曲的声音在最后响起："——你们找到遗迹——联系我们。传送前，最终的坐标确认——不能有误——"

"了解。我们之后会进行通信。再会了。"法里安尼立刻关了海螺通信仪。它的表面竟然冒出一丝白烟。机舱内的人们难掩激动情绪，喜悦地交谈着。

没有吗？ 欧萃恩低下头。*没有族人……在乎我在哪儿。* 这一刻，他胸口的悲凉远远压过了长久未进食所造成的昏眩。他尴尬地别过头去，看着星系彼端的两颗恒星，看着白色微星偶尔闪烁的刺眼光芒，以及巨大恒星停滞的昏暗。

不知何时，蒂菈儿已来到副驾，斜过头来看看他。她似乎想开口说什么，却没作声。

"那我们……可以进入引力轨道。准备登陆了。"欧萃恩没有看她，害怕露出眼角打转的泪水。

如果瑟利家族和焰落族都知道欧萃恩就在生还者当中，他的族人势必也被告知了。但或许他们将他视为耻辱。不仅是战场上的失败者，苟且偷生的懦夫，还导致那么大的意外令全族蒙羞。在各方势力的责难下，石嚎族的所有人都会痛恨他——

他忽然感觉皮肤传来的暖意。芮莉亚侧身坐在主驾驶座的扶手上，手臂搭着欧萃恩肩膀。她只穿着一件薄薄的露肩衫，倚贴着他，柔嫩的肌肤热度传到欧萃恩的颈子和身上。她笑着用拇指拨弄欧萃恩的眼角，挑掉了悬挂的泪珠。

泰伦出现在蒂菈儿座位的后方，开口说："这颗星球相当诡异，连我们的微晶信息都抓不准它的数据。只能把命交给你了。"泰伦将双臂交抱胸前，"我们走吧，船长。"

欧萃恩张着嘴凝望泰伦好一阵子，然后别过头去，压了压鼻子，让精神汇聚在粉红色星球的表面。

他把方向杆向前推进。

引力让机体微微倾斜。地蝗艇发出规律的喷射来平衡巨星的拉扯，造成一阵阵动荡。籁来到机舱后方，找到法里安尼。

"你的通信仪是否记录了刚才的对话？"籁询问她。

"仪器外层有刻下压缩记录。怎么了？"

"有段关于星域联防协令的事。我没有听清楚他们所说的边防阵的坐标。"

"知道了又能怎么样？这与我们完全无关呀。"

"只是一种奇怪的预感。"籁告诉她，"我们回归联盟的路径，还有赛忒所出现的方向……或许，我们将会经过战区。"

"呵，我们瞄准的目的地是摩根尼尔星，那可是你们家族在联盟深处的行星，与边境距离起码一百三十光年。"

"还有什么家族情报是你不晓得的？"籁冷冷地说。

法里安尼露出娇媚的笑容，黑色双眼狐疑地眯了起来，打量着籁。她从海螺通信仪的侧边取下一颗细小的胶囊，放入胸前一个水袋型仪器中做出调整，再将胶囊递给籁。

地蝗艇的动荡越渐激烈，籁却完全没有理会。他来到角落，扶着铁墙，将输入的信息从意识中唤醒。

"——事实上，边境有好几个殖民星系已经失守——"

"——事实上，边境有好几个殖民星系已经失守——"

"——边境——已经失守——"

他重复播放几次，仿佛听见米克恩泽在自己的耳边说话。

"它们此举究竟和什么有关联——"籁忽然停下动作，似乎察觉到了什么，"——你们的处境比在联盟的人们都危险。"

这是什么？声响？他又听了一次，意识到声音后方有层薄薄的震动。

209

籁框住波动出现和消失的片段，然后消除优岚星将的声音。他得到一段压缩过的声呐信息。这是巧合吗？有人趁着星将说话时，尝试传信过来。

透过信息微晶的过滤，籁很快计算出这段信息当中的语言对应符号。当他读取解码后的信息，籁睁大双眼，全神贯注在意识里的文字。……这怎么可能？

第十七章
边境 / 空镜号

联盟汇聚历史资料，察觉到一件异常重要的事。

若赛忒想侵入光域边缘欧菲亚之光稀薄的边境，它们必须吸收行星资源——尤其那些曾有瑟利文明或埃蕊文明居住的星球——透过同化来达到能源和躯体上的补给，逆转欧菲亚之光对它们造成的伤害。

因此，防卫阵线部署在行星最繁多之处。毕竟半径一百光年的球体"光域"如此之大，不可能全面严防，只能重点守备资源积聚的地带。

然而情况急转直下。数据显示赛忒神出鬼没，犹如拍打在沙滩的浪潮，屡进屡退地袭击守军。

所幸过去一段时间，一直有更多埃萨克的部落舰队加入边境防线。他们的战舰虽没有瑟利人的微晶战舰精良，但就数量上却是所有瑟利家族舰队总和的三倍多。

从宏观角度看来，这些由多方势力所组成的"联合防卫军"在边境拉开了狭长但松散的防御网。不同的瑟利家族，不同的埃萨克部落，各自镇守部分领域。必要时，他们得透过全舰队漫跃来做交互支援,期望在幽深浩瀚的宇宙里,有效拦劫入侵者。

问题是来自各个星域的浩大势力,实际上完全没有协同作战的经验。过去几十年的内部纷争造成的藩篱在此刻把联盟的缺陷全数暴露。要这些针锋相对的家族、部落、集团,以及各方派系做出区域联防,表面上的意义比实际效用大得多。

赛忒不是表面功夫便能吓阻的生物。

面对突来的威胁,欧菲亚联盟压根没做好准备。因为他们上一次见识到这种规模的赛忒集结,已是百年前。

据蜂糖所知,百年前的撒壬之战以欧菲亚行星守护战役达到高潮。当时,终极撒壬的身旁跟着一群极为强悍的女妖。

赛忒兽被无止境地复制,死去的瑟利和埃蕊人全数转化为黑暗大军的一部分,肉体被结晶覆盖,心智被杀戮掩埋。它们铺天盖地而来,眼看就要把整颗欧菲亚行星给同化。

然而那世代的英雄们赌上一切,聚焦攻击敌人的首领,并启动了天空之钥,绽放欧菲亚之光。最终当他们击溃终极撒壬,在她身旁的女妖全面撤退,各自带着溃散的军团朝银河深处逃窜。

或许她们学习到不能只依赖一位统帅,因此这次来了三名女妖,各自带着与自己精神连接的军团。蜂糖异常的不安。

更糟的是,从已知情报看来,这三股赛忒势力当中还包括传闻中最强大的女妖——祖堤拉姆特。

"如果有一天她成了下一代的终极撒壬,无人会感到惊讶。"这是她最近常听到的一句话,蕴藏人们的恐惧和绝望。

这几天蜂糖都待在中央厅堂,观看全面战局。目前乃是两方势力隔空交火的时刻,尚不需要天穹守护出马。但她无法令自己松懈,总觉得事情不对劲。

赛忒军团的特性与人类舰队大相径庭。它们的物理攻击总伴随着某种无法解释的引力场，使瑟利战舰的能量护罩近乎无效。

更吓人的是，所有的赛忒战舰都是由黑晶色的魔兽所组成。那些堪称"游离兽"的底层妖魔拥有钢牙利爪，与人体差不多大，千万只聚合一起便能形成恐怖的战舰。因此就算瑟利船舰的激光炮火打穿了一艘赛忒舰，它也可能散化开来，像蜂群般包夹过来。

蜂糖数天没睡了，但她不愿放过任何一刻观察赛忒动作的机会。从全息图看来，所谓的"边境地带"，实际的宽度有将近一光年的距离。那是欧菲亚之光最为稀薄的光域尽头。双方的军力坐落在此，彼此对峙，而联合防卫军尽可能地选择以远程武器交火。与赛忒军对抗的第一守则——除非逼不得已，千万避免近战。

然而时不时会有一整批赛忒军忽然地长驱直入，逼迫该地区的守备舰队与其正面交锋。

"它们似乎在试探自己深入光域之后的承受能耐，也在试探我们边防的弱点。只要出一个差错，一支舰队会在瞬间全灭。"就在空镜号总指挥官温德出此言论的两天后，惊人的噩耗便传来。

帕纳斯舰队灭亡的消息令所有人瞠目。

蜂糖与所有军官在空镜号的中央厅堂反复观看当时的情况，直到现在都无法确定到底发生了什么事。

画面中，赛忒像是一缕黑色的气体吹拂而来。而为保护防线后方的殖民行星资源，帕纳斯舰队张开了阵形阻拦它们。

和所有瑟利的编制一样，帕纳斯舰队包括旗舰在内共有25艘主攻击舰；它们的体内载着百余艘中型守备艇，以及为数众多的小型机动飞船。帕纳斯舰队选择把所有中小型舰艇释放出来，组成了一道银光闪烁的方形墙。前前后后有至少三层交叉防线，易于阵形变换。

双方激烈交火，赛忒的攻击毫不间断，冲散在坚实的白银方盾上。

然而敌方的背后仿佛是源源不绝的黑色潮流，看不见底，冲刷瑟利的防卫势力。敌方像某种野兽的嘴巴，缓缓张开。帕纳斯舰队依循空间作战的教条，不让自己被敌军包覆。于是方形墙向后变形，渐渐化为半球体，并且不断摊薄阵形以确保边缘的面积能够持续延长。如此一来他们可确保防御网不会遭敌人从某角度突破，避免陷入被交绕包围的窘境。

然而这样的策略有它的极限，尤其在交战双方的数量极不对等的情况下。这道半球形防卫阵只会越来越薄，面积延伸得越来越远，像被弯曲的椭圆护盾。

受过严格训练的帕纳斯军官们均已做好准备。他们知道一旦攻守双方的平衡超过一个临界值，整片守阵便有崩塌或被全面覆盖的可能性。此时最明智的做法是命令所有船舰依续从阵形中央的一个点开始急速撤退；就像半球状的罩子中央开了个小洞，有细沙向后流，并让半圆阵势渐渐萎缩。

他们遵从教条战略。阵势就像一柄打横的伞，抵挡着横向袭来的黑雨。有些赛忒从边缘溢入，同时遭到正笔直撤退的"伞柄"和仍维持圆盾阵的"伞面"这两层面的战舰的攻击。联合炮火夹杀了突入的赛忒群，撑住了阵形的稳当变化。

在撒壬之战中最常运用的基础战术——"扩展防御，紧缩撤离"取得了成果。

瑟利人有条不紊地撤退。越是深入光域，赛忒的机能越会受到欧菲亚之光的削弱。防卫军的战略准则是计算出最大程度阻扰入侵者的方式，来达成总体的防卫目标。

而当时，帕纳斯舰队便扛起与强大的入侵之矛对抗的职责。在那遥远的星空，他们以严谨的纪律和自信，张开盾形阻挡敌军的进击数小时。蜂糖看见所有数据都显示，一切尽在掌控之中。

画面中有几道紫光乍现。在众人还没搞明白怎么回事前，一波柱形的赛忒攻势像要击穿远古城墙的黑色木桩，从正中央穿透了整个瑟利舰队的防卫阵。赛忒阵形从笔直的锥刺化为扭动的长蛇，不仅在白银圆盾中央开了个大洞，还完全搅乱正打算密集撤退的舰队脉流。旗舰帕纳斯号莫名地燃起火光，朝着四面八方解体。

组成护盾形状的瑟利战舰尚未来得及做出反应，像是断了手柄的薄伞，悬置在宇宙之中。他们紧密地守住阵形却无力回天。曾经银光闪耀的圆体护盾，从内向外被黑墨给迅速渲染。

舰队被吞蚀的速度如此之快，难以想象前一刻他们还在英勇地阻止赛忒进击。最后的一丝微光激闪一瞬，消逝了。画面回归一片黑暗。

就在大伙儿震惊之余，更加奇怪的事发生了。这批赛忒兽并没有乘胜入侵下一个行星系。等邻近的两支舰队赶到，它们却早已撤离。

"它们只是女妖的手指……戳戳我们的防线，看看我们会有什么反应。"蜂糖不安地对其他人说。三个女妖有可能分散隐藏在数光年之外，人们探测不到的地方，透过她们与赛忒兽的意识连接来操控这一切。或许她们正在等待某个时机点，准备大举入侵。

接下来几天，小规模冲突遍及整条边境防线。从全息示意图看见，联合防卫军的阵线多次出现了闪烁的光点和战斗数据。像帕纳斯舰队猛然被吞噬的事件却一再发生。两支优岚的舰队、一支诺弗朗斯家族的舰队，以及埃萨克冰骸族的舰队，都在遇见敌军时遭到瓦解。

赛忒似乎已找到方法，能有效歼灭联盟的防守舰队。

"无论我们做了多么缜密的计算，赛忒军都略胜一筹。女妖已在联军的防线找到连我们都无从察觉的弱点。"

"狗屁不通！什么叫缜密的计算？联合防卫军根本没有即时联动的能力。我们就是盘散沙！所有人都害怕拿出舰队真正的核心数据与

215

彼此对接。大家都担心下一次攻打过来的若非埃萨克人，就是其他的家族！"

"就算今天赛忒不足为惧，我们也会把彼此给搞死。"

"你们高估了盟友的野心，却低估了赛忒军团的实力。照你这么说，难道我们优岚自己的舰队之间也有所隐瞒？你看见帕纳斯舰队的情况了。赛忒击溃他们的动作是精算过的。我们的舰队赶到时，它们刚好完全撤离。这难道是巧合？"

"我只是在说没有人真正理解我们面临的是什么样的威胁——"

蜂糖与一票军官站在高台上，围观着旗舰指挥官们的争论。只有天穹守护和最高阶的军官有权利旁听。在他们面前，前线仅存的二十一支舰队的总指挥官围坐在庞大的半透明圆桌前。米克恩泽星将也出现在其中。除了一直缄默不语的温德，其他人的身影边缘都散发微光。这场原本关于应对战略的全息讨论会议，沦为各指挥官之间的震怒发言。

"这一切只有一个解释。赛忒军团在数量上的优势是压倒性的。我们必须警告联合防卫军，或许……或许我们得往联盟的内部撤个几光年距离，缩小守备范围。"

"我之前就想提出了，撤离才是明智之举。赛忒势必不敢深入光域。就算它们来了，欧菲亚之光也会给我们绝对优势。"

"几光年？你要放弃所有的殖民星球？"

"那些蠢货抱着他们的星球不愿离去，指望我们牺牲子弟兵去保护他们。合理吗？"

"我也同意阶段性撤离已经成为必须考虑的选项。目前家族在联合防卫军仍属于主导地位，我们可以说服整个联军向后撤。你们看看飞洛寒，他们的舰队全躲在大后方。八成在等待我们的实力遭赛忒削弱！"

"那肯定的。我们不该首当其冲待在边境,让飞洛寒得逞。当时若非议会错估了赛忒威胁的规模,家族应该不会做出这样的决定。"

"现在还不迟。向议会报告边境的真实情况,阐明严重性。再待下去只会变成无端的消耗战……"半数以上的旗舰指挥官复议,开始支持家族重新做出决定。

蜂糖稍微松了口气。她不希望在如此偏远的地方面对数不尽的赛忒大军。然而她看见米克恩泽星将正在沉思。

会议至此未说过一句话的温德,扭了扭肥胖的身子,在此时开口:"诸位,撤退不该是现在考虑的选项。我们得想办法守住边境防线。"

"空镜号的代理指挥温德,或许你可以稍微看下仪表板,算算我们优岚家族派遣的舰队比例高过其他阵营多少?我们被推向前线,处于非常不利的位置,损伤只会越加惨重。地理上,政治上。这不正是飞洛寒所希望的?"

温德缓缓地回应:"抱歉,洪铃,你得检查一下脑子里的资讯为何没有顺利更新。我已正式成为空镜号的总指挥官。"

"你?紫崴的事还未定吧?难道家族对没有优岚之姓的晋升者变得如此宽松?"

"你真的打算在众人面前花时间讨论我的姓名?"温德静静地说。他看见天霖号指挥官洪铃闭起嘴,便选择让沉寂的气氛多延长片刻,才对所有人说:"飞洛寒家族的盘算,所有人都明白。他们把我们推向第一线,自己却朝光域的权力中心靠近,窝在一些进可攻退可守的地方。这样无论边境的战斗结果是好是坏,他们都能得利。"

"那就对了。"

"但你们认为有此想法的只有飞洛寒家族?议会早在许久前就做出了相同的举动,把各大家族的军力朝光域外围推动,自己却向内集中巩固联盟中立军。"温德说,"有没有可能,议会其实早已知道边境威胁的真实情况?他们却瞒着我们,推着我们上阵?"

他静了数秒,让人们消化他的话。

温德挥挥手说:"事实是什么,我们无从得知,但或许也不重要了。我们就如他们所愿,义无反顾成为守护联盟边境的第一家族。"

这句话让一些旗舰指挥官露出无法置信的神色。嘈杂声四起,他们打算反驳,但温德的下一段话却让人们止住口。

"扩张时代要来临了。联盟过去百年所做的一切准备,就是为了下一个时代。这阵子出现各种新技术,都指向一件事:人类将全面扩张,甚至去到光域之外。"温德扫视所有的指挥官,"迎接我们的会是比现在更加混乱的世纪……也只有膨胀而分化的时代,人们才会需要一面道德的旗帜。我们必须成为那面道德的旗帜。赛忒的威胁就是绝佳的考验。"他压低了自己的声音。"在即将到来的扩张时期,你们认为各大家族彼此厮杀争取的,还会是那些深处于光域内部的行星资源?"

人们忽然沉静下来。

"边境——"温德高声说,"它是切分光域里外的疆界,是文明尽头的补给港口。这儿,就是生与死的交界线。哪个家族能够彻底掌管边境,把控逐光开拓的节奏,就会掌控下一个时代。"有几位指挥官的面容浮现些微的震惊。温德询问他们:"你们希望当那天来临时,边境的所有殖民者,会打心底信任哪个家族?"

"当然是我们优岚家族。但是……"

"那么,你们希望在未来,当他们体验边境的史诗,会看见哪个家族与殖民星球站在同一阵线,对抗赛忒威胁?"

"我们,优岚家族。"

温德选择在此刻噤声。他向后坐,肥胖的身躯在椅子上发出声

218

响,把寂静留给圆桌旁的所有人。指挥官们瞄向彼此,没人说话。坐在温德正对面的米克恩泽星将,十指交叉垫着下巴,静静打量着这位空镜号新上任的新指挥官。

温德唤醒了旗舰指挥官的军人之魂。他们为家族效命,却缺乏对政局的认知。蜂糖感到些微沮丧,或许他们真的会在边境待下来。

"你说了那么多,却忽略了最重要的事实。"苍羽号的指挥官优岚·项凛子说,"我们无法有效对抗赛忒的入侵。"

"我有个方法……或许值得一试。"温德将身子微微向前倾,似乎正在考量什么,"但这件事牵扯到的情况有点复杂,需要家族最高决策中心的支持。而且,若要成,时间非常急迫。"

人们的焦点全集中过来。此时,圆桌上方响起了某个并不存在的人的声音。

"空镜号的上星卫温德,你打算怎么做?"

指挥官们诧异地凝视彼此。米克恩泽告诉他们:"凯扬星将毅雯,一直在聆听我们的讨论。"

蜂糖诧异地张开口。目前,在前线参与联合防卫的二十一支家族舰队全由米克恩泽星将一人统筹。而军阶更高的"凯扬星将",一人便能指使最少五倍数量的舰队;从政局影响力的角度去诠释,每一位凯扬星将都有独立成为星域军阀的号召力。换言之,他有彻底动摇家族根基的实力。蜂糖猜想这一位凯扬星将,应该身在优岚家族的主星天纹风伦,默默观察这会议直到现在。

温德露出些微的紧张。但那仅只一瞬,他重拾冷静的声调说道:"凯扬星将,我们得说服忒弥西议长,下达一道指令。"

片刻的寂静后,凯扬星将的声音再次回荡于厅堂:"你的事迹我听说过。家族曾经提议要赐予你优岚之姓,但你拒绝了。"从深沉的声音听来,他的年龄或许已过百岁,语气却异常平稳,有种属于百年前英雄年代的刚毅。这是在军舰上待了一辈子才可能培养出来的特征，就如军衔一般明显。"那么，你现在就向家族高层提议吧，看他们是否接受。与会者由我这边来导入。米克恩泽星将，你也参与。"最后凯扬星将说，"上星卫温德，但愿你的点子，不会令人失望。"

其他二十位旗舰指挥官和米克恩泽的身影，连同半透明的圆桌一同消散。

温德立刻起身，调整了一下臃肿的体态。数道弧形的玻璃墙从地板升起，朝他飘浮过去，并在他身后组成一个凹室。在他转身挪动脚步的同时，玻璃墙已将他封锁在密室里。

从蜂糖的角度望去，玻璃厅堂内只有温德一人的身影。她什么也听不见。

莫名的无力感油然而生，她无法抑制胸口的不安。

空镜号的总指挥官以双手调整了军衣的衣领，静待片刻之后摊开双手，开始了他的演说。

第十八章
光域外 / LUTIC 76 / 地蝗艇

起初,飞船谨慎滑行在充满混浊尘埃的大气层边缘。

一旦蒂菈儿运算出星球的轨道数据和大气阻碍函数,欧萃恩平稳地将地蝗艇驶入系统定义的近地轨道内,关掉所有机体推力进行飘移。在蒂菈儿的指示下,飞船抓到一个弱重力轨迹,能在十三个欧菲亚标准时之内环绕这星球一圈。

"地蝗艇已经伤痕累累,不能随意降落。"欧萃恩警告大家,"万一冲击造成机体的永久伤害,我们没有多余零件来修复。而且从星球的体积算来,如果不幸落在和遗迹完全相反的方向,我们徒步十年都到不了。"

蒂菈儿坐在副驾,琥珀色的光纹从她手臂向外扩散。"其实这样的距离,就算是瑟利文明最强的地表探测仪也很难精准定位出所在地。但我们别无他法。"金发女孩说完,闭起双眼,开启了探测功能。

大伙儿期待又紧张地看着蒂菈儿,期望她在这种不可思议的高度也能找出遗迹的位置。

面对引力是欧菲亚行星3.5倍,气压异常不稳定的粉红色异星,飞船的滑行还算平稳，人们在机舱内感觉不出太大的异样，但他们依然做好准备，全员穿回了铠甲。

"不幸中的万幸，"欧萃恩回头告诉大家，"石嚎族这等级的飞船内建了许多行星适应参数，因为它本来就是为了开采未知星球的矿藏。"他信誓旦旦地操控着机体四周的喷气机，以引导滑行轨迹。

底下，浩大的星球表面被沙尘覆盖，仿佛卷动的粉红色海洋。地蝗艇依循弧状轨道，从无风的空间掠过。人们占据机舱的各角落，盯着窗外，期盼看见传闻中的遗迹。

欧萃恩忽然发现，当所有人心神欣喜，期待回到欧菲亚联盟时，似乎只有籁坐在角落，安静地打量着每个人。

他们环绕星球第六圈，情况明显不如预期。蒂菈儿无法透过她的渲晶术探查到遗迹的所在地。他们几乎耗费了三个欧菲亚标准天的时间。

"不行……完全没有反应……"蒂菈儿沮丧地说，黑色臂甲的内侧光纹暗沉。长时间以微晶驱逐睡眠，已让她筋疲力尽，"距离实在太远。我们得想想别的方法。"

人们脸上的希望不再。他们沉默地望着外头。

……我是否应该告诉谁？这段时间，籁一直在思忖种种问题。

那道声呐密码给了他震惊的信息——"遗迹是被某人炸毁的。他可能也和你们一起遭到传送。"

传这条信息的人究竟是谁？他似乎不想让高层听见。还有，他是否握有什么证据能够确凿地指出犯人的身份？籁扫视地蝗艇里的所有人，思考是否该趁这时机把信息告诉某个人，却很快打消了念头。这可能令事情更加复杂。

籁的目光落在瘫在副驾驶座的蒂菈儿身上。或许我还是应该告诉蒂菈儿。但不是现在。等她的状况好一点。

"如果是在地底深处就麻烦了。"此时毒焰喃喃自语。他坐在一个侧窗边，捧着狙击枪，声音隔着红色领巾，听来相当阴沉。"好比曼奴堤斯星，是焰落族的前沿部队花了不知多少年挖掘矿场，才发现遗迹的实际位置……"

"啊。所以你之前在前沿部队里？"站在他身旁的冷焰低头问道。

"我是第一批被分派去保护挖掘团队的。"

籁听见了，愣住一下。他忽然察觉某件遗漏的事。

他说第一批？籁盯着毒焰。

许久以前，瑟利文明要探索未知的行星系统，一贯的做法是散放出无数原子级别的"微晶艇"先行采集信息。待发掘出有潜力的星球，他们会动员埃萨克族群——无论是透过商谈、利诱，或者阴谋诡计——前往该星球进行殖民。在籁的心目中，他们是一群以疯狂速度生育的低等生物，却因拥有高弹性的基因，以及不畏惧死亡的精神信仰，能替代其他文明做许多事。过往，这样的方法最符合经济效益。等到埃萨克人摸清楚星球的生态，完成各种地面基础建设，瑟利人再举旗接管。这正是为什么欧菲亚联盟里，许多星球同时并存着埃萨克的地表基地和瑟利的天空之都。

然而近几年来情况大有改变。意识到种族冲突的深远影响，同时各种殖民机器的成本都已大幅降低，联盟开始积极推动法规，赋予新行星的开拓者最直接的管辖主权；无论派系，先到先赢。

至少从官方层面看来，曼奴堤斯从头到尾都是一颗很纯粹的"埃萨克星球"。不管飞洛寒或优岚家族都必须花费大量资源才能确保他们在幕后的隐蔽性。因此籁对毒焰心生疑虑：第一批与挖掘团队同行的护卫，为什么会雇用像他这样的狙击手，还刻意携带专门对付瑟利人的武器？这说不通。

籁默默盯着毒焰。当时应该没有埃萨克人怀疑过有瑟利势力在背后。

"蒂菈儿,"欧萃恩凝望底下沼气般的粉色尘埃,"如果你觉得已经没别的方法,我们只能下降了。"

"但万一降落在错误的地方……"

"只能赌赌看了。让你把精力都集中在最后这段时间,总比无止境地兜在太空中好。"欧萃恩说,"不过,越贴近地表能见度越低。我会先试着维持一个高度,以免出意外。"

籁看见欧萃恩从座位的旁侧掏出一层外接电子按键,开始操作。机身的上下左右随即伸展出四片方向舵。那些像鱼鳍般的铁片是欧萃恩在修复这艘船时就地取材给装上的,就为了像这样的时刻。

地蝗艇朝着左下方斜斜地切入朦胧的粉红色迷雾。空气压力剧增,地蝗艇的喷气机已不再管用,只能靠那四片方向舵来调整滑行轨迹。煤屑般的粉尘遮蔽了视野,但欧萃恩转动舵片,维持住离地的距离。

"这感觉就像是回到了矿场。"芮莉亚说道。

能见度确实变得极不乐观。籁在主意识中观察各类行星数据,包括氮烷数值,托林分层指数等等——他看见地表有岩石和硬氮冰,还有粉色沉埃底下的结晶体。这些冰岩结构里有些许红化特征的电磁频谱。

籁起身走到女孩身旁。"蒂菈儿,你之前说得没错,这星球在形成过程中吞了许多小行星。我们或许可以依循这特征去搜寻。"

"嗯,表层的岩石都有这迹象,"蒂菈儿疲惫地点头,"欧萃恩,遗迹通常都会在古老的混合岩层里找到。我们再试试。"

籁从肩甲拆下一个微型投影仪,放在欧萃恩的驾驶台上,然后摊开左手触碰它,生成星球的全息图。里头的影像比地蝗艇自带的显示仪多出好几层细节。他集中精神,随着飞艇的前行,头盔朝前方扫描的数据立即转为可视化图像,展现在欧萃恩的面前。不仅地貌浮现,岩石和冰层也被具象地区分开来。

蒂菈儿再度开始探测工作。她和籁便如此分工,一人寻找遗迹位置,一人协助导航。

相较于在宇宙空间的滑速,目前他们的速度已下降许多。欧萃恩参考籁不断绘制出来的地势,引领飞船往明显的混合岩层去探索。

不出一阵子,蒂菈儿忽然停止了手上的工作。她断然说道:"不行。这艘飞船的星球适应系统全面启动时,我待在机舱内部,探测效能会严重受到影响。"

"但我不能关掉它,系统必须维护地蝗艇的稳定。"欧萃恩懊恼地说。

"不需要关掉。你继续维持这个飞速。"金发女孩脚步蹒跚,走向船舱中段,手掌轻放在一座钢索滚轮上,"放我一个人到飞船的外面。"

"蒂菈儿你在想什么?这么做太危险了。"籁回过神来,急于阻止她。

"这是个无人的远古星球。"蒂菈儿虚弱地摇头,"不会比之前的行星危险。不会比我们再拖下去更危险。"

优岚家族的天穹守护们凝视着飞洛寒的女孩,似乎不知该如何反应。

"那么让我和你一起下去。"籁说。

"不行,你得协助欧萃恩做飞航决定。"

籁恳求她:"拜托,蒂菈儿,你不能自己一人。你一旦进入渲晶状态,根本搞不清周围发生什么事。况且你的精神状态……还有肩甲的飞行器也不管用了……"

"蒂菈儿,"泰伦插口说,"环境扫描的任务,我们也可以分担。

225

或许让籁陪着你……"

"埋藏遗迹的环境，籁有更多的经验。"蒂菈儿的话音未落，某个身影出现在她身后。

"我跟你下去。"独眼的暴焰站在她的后方，比女孩高出快要三个头。埃萨克人举起青筋满布的粗壮手臂，越过金发女孩的肩，从滚轮拉出钢索。"这是我们擅长的工作。没有机会杀人时，我们就是干这样的活。"他径自把钢索前端的巨大扣环锁在铠甲的腰部，摆出一个诡谲的笑容。

籁掩盖不住愤怒的神情。"埃萨克人，你在开什么玩笑——"他正想阻止暴焰，却发现泰伦的手搭住自己的肩膀。

"或许他是对的。他比我们更适合做这件事。"泰伦看着暴焰说道。

蒂菈儿疲惫地回望焰落族的壮汉，最后点头。他们知道事不宜迟，进入准备工作。船上的瑟利人唤出了头盔。籁不可思议地看着蒂菈儿许久，才让面甲覆盖住僵硬的脸。

欧萃恩调整机舱的气压，关掉分解化合器的氧气循环系统。接着他尝试转动方向舵，靠着风阻来小程度减缓飞船的速度。

"瑟利女人，准备好了吧？"暴焰从钢索末端拉出数道分叉线，扣在身体各部位，并把一条安全绳扣在蒂菈儿的背后。

瑟利女孩转过身点头示意，埃萨克战士便微微屈身，把她抱进怀里。庞大结实的肌肉，棱角分明的橙色铠甲，与女孩柔顺贴身的黑色轻铠形成了强烈的反差。蒂菈儿依着暴焰的身躯，他则搂住她的腰，毫不费劲地拎起女孩，让她半坐在自己的大腿上。

即使埃萨克人能在缺氧状态下活动几个小时，暴焰依然咬住一个管状的呼吸设备，哼了一声，吸口长气。然后他裹拳击向钢索滚轮一旁的按钮。地板裂开一道窄缝，瞬间将两人吸了下去。一波粉色尘埃刚闯入机体，地板已合上。钢索透过一个窄洞释放到某个长度后，戛然止住。

籁赶到机舱后方，从窗口看见那两人几乎是笔直地被地蝗艇拖着。籁的怒火隔着面罩依然清晰可见。"要是她出了什么意外——"他瞪视泰伦，走向驾驶舱。

籁再度调整头盔，让视线穿透眼前的浓雾。如果有微尘飞影，星球扫描的工作很快就能完成。但现在他只能靠一己之力，集中精神扫描。

不出一阵子，当欧萃恩打开一个屏幕，籁的集中力立刻被打断——那是暴焰和蒂菈儿的影像，粉色尘埃让屏幕忽明忽暗。

飞船正以倾斜的轨迹前行。暴焰侧身维持一个角度，失明的半边脸挨着粉尘，让自己承受所有风压。在他怀中隐约看得见女孩的娇小身影。蒂菈儿摊开双掌，金色的几何光纹以不规则的频率散放。一圈圈光芒被粉红色的尘暴压制，她却毫不服输，绽放着光网。

千万别出事。籁紧闭起眼，专注于前方。

探寻的工作又持续了不知多久，或许几小时，或许几十个小时。优岚家族的天穹守护也轮流协助扫描事宜，但长时间的全神贯注已让籁感到精疲力竭。在他脑海的某处，那道突来的密信就像一道闪电，无形加剧他心中的不安。

每隔一段时间，蒂菈儿会透过头盔的通信系统要籁转告所有人她没事，还能坚持下去。籁明白军防统帅女儿的倔强。她从未像表面上那样的文弱。如果蒂菈儿说到要做什么，谁阻止她也没用。

如今，籁只能试着协助她。

就在籁认为他们已到了极限之时，蒂菈儿的声音从头盔里响起。"我感觉到了！渲晶系统有反应，就在这附近！"

"在哪个方向？"籁振作起来。其他人闻言，纷纷聚集过来。

"无法完全确定，但系统反应越来越强烈了！"

籁聚焦于前方的地势，从意识中分解地貌，运用数种不同的方式迅速扫描。突然间，他的注意力被某样东西拉了过去。他立刻吩咐主驾驶欧萃恩："那儿！右前方12度。"

"蒂菈儿！"接着，籁告诉女孩，"我们即将经过一个崩裂的环形山口，你应该可以清晰看见。你朝它放大渲晶功率看看。"

那是一圈巨大的环状山脊，或许是个陨石坑，也或许曾是地底气液的喷发口。但从地质密度看来，已存在至少上亿年。

"就是它！我们找到了！"蒂菈儿兴奋地喊道。

船上的人们发出欢呼。他们把全身被染成粉色的暴焰和蒂菈儿拉进船舱内。蒂菈儿不顾自己在地板上抖落一道粉尘轨迹，立刻跑到微型投影前标示出目的地。"就是这儿！山脉唯一的切口处！"

"这一带的易燃气流更加不稳定，"欧萃恩指向微型投影仪上的甲烷系数，"这艘飞船的中和剂气缸在之前坠毁时就已经毁了，如果过度依赖引擎会有爆炸的风险。我得要手动迫降。抓紧了！"

欧萃恩一手操控四片方向舵，另一手将籁的全息地貌转换角度，以极具穿透力的眼神死死盯着。

这家伙。没有微晶系统的辅助，他单用脑子想象迫降的轨迹。籁赶紧把自己绑在主驾驶座的背面，回头警告他："别出差错。这个坐标得来不易。"

欧萃恩轻声回道："你该祈祷的是这个遗迹真能把我们送回去。降落后，很可能没法再次启动地蝗艇。"

前方视野一片模糊，地蝗艇急速前行，地板开始朝一边倾斜，然后再朝另一边。籁看得见飞船的轨迹，知道它刻意在粉红迷雾中画出狭长的蛇形轨迹，以摆脱过多的行进能量。大伙都把自己扣在墙面的安全锁上。急转时，他们脚下的地板几乎呈九十度，机舱的外层嘎吱作响。

"你们抓稳了!"欧萃欧刚说完,飞船的前端前倾,以非常陡峭的角度朝下而去。地蝗艇在迷蒙的粉尘当中化为一颗金属流星。他们听见"啪!"的一声,左侧的方向舵猛然断裂。然而欧萃恩的动作没有任何改变,引导倾斜的飞船持续下坠。

当他们离地面越来越近,欧萃恩开始拉起飞船的前端。机腹垫着空压向前滑行,籁感觉到脚下钢板的急速震动。他们维持倾斜的姿态,正缓缓回到平稳的速度。不出几十秒,侧面便传来巨大的撞击声响。金属与冰层的摩擦声逐渐增强。

地蝗艇滑动好一阵子,最后一刻像是卡到了什么,猛然打转,横向翻转好几圈。

待一切恢复平静,飞船回到了原来的角度。

"老大,有点儿奇怪。"鬼祟第一个开口,像要呕吐似的说,"咱们坐在鬼宿空降舱里笔直坠地,好像都比这样舒服多了。"

大家逐一解开安全带。地蝗艇的尾端慢慢敞开。

蒂菈儿迫不及待地朝着外头奔去。籁跟着她走进一片粉红的空气中,感觉到脚下的碎冰。他仰头望,看见他们就站在蒂菈儿先前指出的崩裂切口正中央。

第十九章
光域外 / LUTIC 76

当初泰伦从高空俯瞰，发现巨大的环形岩脉就像一圈锯齿，表面在时间的洪流中遭到无数次的崩裂与压缩，行成密度极高的山岳。然而只有一个地方有道奇特的切口，像有人拿着巨剑在这圈岩石的某处划了一刀。而现在，地蝗艇正位于那道空缺处。

人们已走下飞船，环视周围的景象。他们站在两片高耸入天的峭壁之间。粉红色的尘埃像雪片落在泰伦的青铜铠甲上。远方一片迷蒙。

这是颗寂静的行星，不知上一次出现人迹是多么久远以前的事。

只要找到遗迹，我们就能回去。 泰伦想起他们的下一个目标赫尔墨士星，从那儿可以直接传送到联盟境内。

下机后，法里安尼做的第一件事，是拆下肩甲部位的液泡装置，以及背后螺旋状的推进器，将两者组装后安置在结了冰霜的地面。不出一阵子，她就造出了洁净的饮用水。这是埃蕊族的强项。

粉色飘雪中的人们轮流传递圆形的水缸，从拉出的细长吸管饮用后，露出许久未见的满足。飞航过程中，地蝗艇上的分解化合器提供了饮用水，然而那毕竟会与造氧循环产生冲突，这群身经百战的斗士只能靠微量的饮用量过活。现在，液体刷过味蕾，大口直冲下肚，那感觉没有任何言语能形容。

蒂菈儿从泰伦手中接过水缸，把吸管接入头盔，喝够了之后再传递给暴焰。埃萨克人没有戴头盔，直接咬着吸管饮用。

这或许是他们最充满喜悦的一刻。

等所有人畅饮完毕，法里安尼递给他们每人一个小巧的绿色胶囊。"把它扣在下排牙齿上。"她做出示范动作，"这是压缩氧，有需要时咬一下就会开启，再咬一下会关闭。"

"我们的铠甲有类似的调节机能。"泰伦接过胶囊时说。

"那就当成来自 LUTIC 76 的纪念品啰。"法里安尼把螺旋推进器背了回去，再把重新灌满纯水的液泡装置放回肩甲，"这是什么——？"忽然间，在法里安尼的颈部，一个与液泡连接的水融微晶处理器发出异样的闪光。有气泡在肩甲液泡里滚动。

"发生什么事了？"泰伦赶紧询问。

"我不知道，它不应该这样——"法里安尼肩上出现越来越多气泡，仿佛有东西正在沸腾。

"把它拆下来！"骆里西尼赶到她身旁，双掌抓住液泡装置。法里安尼也急着想脱掉铠甲。液泡脱落之后碎裂在地上。当液体化开，一个半透明的球形物却存留下来，在地面晃了晃。它渐渐张开两只大大的眼睛。

"纽湾！？"法里安尼吃惊地大喊。

它似乎搞不清状况，睡眼惺忪地眨了眨，背后露出一条透明的尾巴。"咦？主人……"

"纽湾！怎么可能，你怎么会在这儿？"法里安尼黑潭般的双眼睁得老大，"我们通过话，你应该在联盟的！除非……难道……"

纽湾慢慢恢复意识，浮到半空中。泰伦还是第一次见到这样的东西——鲸鱼模样的半透明身躯，下巴闪现流动的霓虹。

它张开口，欢欣地扑入法里安尼怀里。"主人！我好想你！"

"你怎么那么傻？万一我们回不去联盟呢！？"不仅法里安尼，在场所有人都露出不可思议的神色。

"有谁解释一下发生了什么事？"芮莉亚走了过来。

法里安尼的目光从女埃萨克人飘回纽湾身上。"你是跟着歌曲过来的，对吗？"

"对呀，我们以前尝试过的呀。"鲸鱼摆动左右两边的小鳍，"但是这一次，我只占整首歌的一个音符不到，有点害怕会被冲刷掉。我花了好长一段时间才把自己给重组起来。而且主人你进入冻眠状态几次，我也就跟着停摆了。"

法里安尼露出不知是欢喜还是焦虑的神情，向众人解释："纽湾是用水融微晶创造出来的宠物。它是没有实体的，只要我的体内还有多余的、为数相同的微晶数，受到音乐改变的信息核就会进行自我复制，重组结构，把它的身份信息做渲染和扩张，最后才是意识复苏。"她望向蒂菇儿，"巴顿在传送寰宇图的时候，纽湾就在拿着通信仪的开罗身旁，它八成化成一个轻音，浑水摸鱼地与歌曲结合了。"

"那是灵机一动，神来一笔！"纽湾似乎为自己的成功传送感到光荣，开心地在主人的怀里打转。

"后来我把寰宇图解封，传输给蒂菇儿，当时成为纽湾的信息微晶核就已经剥离了，窝在我铠甲的处理器里，与其他数不清的信息微晶混在一起，开始了自我复制的过程。"法里安尼说，"直到我的铠甲补充了纯净水，它才完全长回原来的样子。"

"那么在联盟那头的纽湾呢？微晶本身是无法透过音信而跨越空间的。"泰伦问道。

"是的。埃蕊族有非常严格的法规。微晶宠物在受到复制的一刻，原来的本体便会自我销毁。开罗可能当时只看见地板上多了一摊水，里头是废弃微晶。"

"可回收的微晶。"纽湾纠正道。

瑟利和埃蕊这两个微晶文明，无论从个体机能、城市生态，军事或宇航各方面，瑟利的微晶都涵盖了更为先进的功能；埃蕊的微晶较为原始，却具有良好的水融结构。传闻它唯一胜过瑟利的地方就在于它的柔韧、灵活，以及交互取代性。然而这还是头一次，泰伦亲眼见证一个智能意识如此轻松地延续它的生命。

鬼祟蹲在破碎的液泡装置旁，挫败地说："等等，这个大脑袋的诞生代表什么？我们接下来没水喝了吗？"

"你们这些人倒是相当快乐，是不是完全忘记了我们的处境？"籁的口吻愤怒，"别忘了，我们还未找到遗迹。"

"它就在那面墙里，我可以感觉到。"蒂菈儿朝着其中一片峭壁走去。空气中弥漫着粉色尘埃，遮掩了岩脉的顶端。人们相继尾随她而去。

被染为粉红色的长发随着雪片飘荡，女孩离峭壁还有段距离，却沉下了头，从手臂内侧召唤出琥珀色的几何光谱，开始了泰伦迄今见识过最惊人的渲晶过程。

寂静的山脉仿佛沉眠永世，纹丝不动。从她手臂释放出来的无数道金色光芒犹如长鞭，在蒂菈儿的周围激烈甩晃，逐渐形成一波波光网包住她。他们站在女孩的后方，聚精会神地等待。

泰伦的目光一直在蒂菈儿身上。待他无意间瞥向峭壁，竟发现岩石的表面已出现淡淡的蓝色线纹。

垂直、横向、斜切的光芒交汇——岩壁上多出了数个巨大的几何符纹。飘落的粉尘令眼前的景象昏暗不明，却遮蔽不住蓝色符纹越渐强烈的光芒。接下来的一幕令所有人震惊得忘了呼吸，就连泰伦，也像双腿被地表吸住动弹不得。

岩壁表面的光纹刻画之处，有东西浮出来。先是几个微小的尖端，然后是越来越庞大的矩形构造。它们的外壳同样被符纹覆盖，散发出耀眼的光芒。现在，粉尘翻腾的天空已转为靛蓝色。没有触发任何声音，没有一块石头位移，山脉一点儿动静也没有，巨形的固体结构已然出现在之前不存在的地方。

不可思议……泰伦多年与家族舰队南征北战无数任务，却从未亲眼看过一座远古遗迹被唤醒时的模样，惊讶得说不出话。他瞥见女渲晶师的怀中焕发出一波波蓝白光晕，推动环绕她身体的金色光网。粉尘在她周边盘旋。如此强大的渲晶能力，令泰伦不自觉想起军训时看过的撒壬之战的景象——年轻的议长忒弥西，对抗终极撒壬时的背影。

这座遗迹比他们在曼奴堤斯见到的大上两倍，像是某种异样的船舰前端，又像巨人交叉的手指，停息在岩壁和结冰的地表之间。

蒂菈儿身上的光慢慢收缩，遗迹表面的靛蓝符纹则持续闪耀。

她转头面向众人，露出疲惫却欣慰的笑容。

海螺通信器被放置在地面，闪动着虚弱的光芒。泰伦从不远处看着两名埃蕊人围着仪器，目前似乎毫无效果。微晶宠物被法里安尼压缩成一个指甲般大小的水银圆盘，进入沉眠状态继续重塑完整的自己。法里安尼将它扣在腰带上。

泰伦听见女孩的声音从后方传来，便回过头去。蒂菈儿正从遗迹一侧的控制中心走出来，籁一如既往地迎了上去。女孩的神情恍惚，似乎受到相当大的震惊。

"这些远古遗迹，每一座都是那么的特别。"她说，"它们有那么多不同的功能组合，看似随机，但一定有某种规律。"

籁冷冷地说："或许它们的创造者想跟银河开个玩笑，在宇宙洒下无人能解的迷宫。"

"是迷宫没错，它们在喊着要我们去探索，却不知我们的能力非常有限。"蒂菈儿叹了口气，仿佛不自觉地望向泰伦。两人目光相接数秒，蒂菈儿踌躇了一下，便朝他走来。

她递出一片薄膜状的东西，上头刻着复杂的琥珀色晶纹。"遗迹的神经核信息。除了纯净符号是提炼的，无法复制，这是其他所有资讯的复本。"

"蒂菈儿——"籁企图阻止她。

泰伦对女孩的行为感到非常诧异，因此犹豫了片刻。

"我找到了赫尔墨士星。"蒂菈儿自顾自地说，"但后来我尝试从这遗迹输入自己握有的光域遗迹位置，比如摩根尼尔星或蛇吻星，却完全找不到……"她面露之前的疲惫状。"可能这几天过度使用渲晶力量了。"

"其实，蒂菈儿，我们今天能找到回去的路径……"在这一刻最令泰伦吃惊的，或许是自己接下来说出的话，"能走到这一步，全都是依赖飞洛寒家族的研究成果。我并没有做什么……"他盯着金光闪烁的透明薄膜。

这是优岚家族一直以来，拼了命想争夺的东西。他从未料到当飞洛寒·蒂菈儿主动伸出手，自己竟然不知该不该接受。

金发女孩望向其他人在粉尘中的身影。暴焰单手拿着水缸野蛮地在喝水；欧萃恩和芮莉亚在地蝗艇一旁检测损坏情况，比手画脚在争论什么，两名埃蕊人持续蹲在结冰的地面，尝试让通信器恢复作用。

"不，我们……是一起抵达这里的。"

"蒂菈儿,我有事得跟你说。"籁抓住女孩,然而她并未理会。

"泰伦,收下吧。等到我们回去联盟,下一次找到新的遗迹,可能又要打得你死我活了。"蒂菈儿勉强挤出一抹微笑,眼神却有股淡淡的哀伤。

泰伦点头,从女孩手中接过东西。小小一片薄膜,装载了一座在宇宙彼端的远古信息。它所承载的资讯量,远比所有联盟境内的遗迹都重要太多了。泰伦看着掌中的东西,却没有任何的欣喜,反而脑中一片混乱。

如果这是在联盟的疆界里,人们会不惜一切,愿意牺牲千万条性命去换取它……脑海里某个未知的角落,一直以来身为天穹守护的自豪,在这一刻松动了。

"各位,快过来!"法里安尼朝他们喊,"好不容易接通了!通信器被我们过度使用,有可能撑不了多久!"

"我已记录过坐标,只需要和联盟方面进行确认就行了。"蒂菈儿屈膝蹲在仪器旁。

在一阵杂讯中,一个声音播送出来。"——你们找到遗迹了?请汇报遗迹的类别和坐标。"

蒂菈儿似乎愣了一下,眉间微皱。她看向籁和泰伦。

泰伦也觉得哪儿不大对劲。说话者的声音有点儿熟悉。

蒂菈儿在犹豫中开口:"ZL-0型,确认是'范围单向传送'。记录星系坐标为1057X8869-137,相对定位值1.847。最后启动记录不详。"她试探性地问道:"巴顿博士在吗?"

"很抱歉,巴顿博士不在这儿。目前你们的相关事宜,由我全权接管。"对方回道,"我是优岚家族的空镜号总指挥官,上星卫温德。"

飞洛寒的两人怔住了。法里安尼也露出困惑的神色。泰伦立即反应过来,说道:"总指挥官……温德。我是泰伦。如果信息确认无误,我们将前往赫尔墨士星。"

对方的沉默,在这一刻让气氛变得更加诡异。

过了数秒,温德回道:"你们的行进路径有变动。我被授权指挥将由你们执行的'漂流者行动'。现在,联盟需要你们的协助,进行一项非常艰难的军事任务。这事攸关全联盟的安危。"

他们目瞪口呆地盯着通信仪。"这到底怎么回事?"泰伦提高音量。芮莉亚、欧萃恩也来到他的身旁。

"我们需要你们前往一颗尚未命名的星球,先称它为'S星球'吧,坐标是3721Y0021-4501-X27,距离联盟约五光年的距离。家族已确认那儿有座遗迹,相当大的概率是RLo-7,'多人双向传收'。"温德的腔调不同以往,异常严肃,"我们付出很大的牺牲,获知一个可靠性极高的情报——女妖'祖堤拉姆特'的军团,就在那附近设立了基地。"

粉尘飘落的天幕下,埃萨克人、美人和鬼祟等人陆续聚集过来。他们十四个人围绕在通信仪周边。

"你们的任务是暗中潜入敌阵,并设法从祖堤拉姆特的本体身上取下她的一部分。头发、指甲,什么都行。若能获取女妖本体的变种微晶,我们就能发掘她的'嗅觉信号'。这会让我们对抗祖堤拉姆特军团时握有决定性的优势,就像百年前的伟大英雄们干过的。"

这家伙疯了吗? 泰伦无法相信他所听到的。"你要我们把自己传送到赛忒女妖的大本营?这是百分之百的自杀行为。"

通信仪的另一端,温德发出无奈的叹息。"赛忒联军的规模远远超过我们当初的估量,半数以上更是由祖堤拉姆特所控。目前,边境联合防卫军已有十三支舰队遭到歼灭。当然了,多数是埃萨克的舰队。但各家族的统计也有超过六百名天穹守护阵亡。你们可知这代表什么?"他再度叹口长气,接着说,"三个女妖首脑一直隐藏在远方,

237

联军完全触及不到。若还有别的方法，我们不会下达这种指令。我知道你们都希望赶紧归来。"

"若你们顺利达成任务，回到遗迹后立刻联系我。"温德紧接着说，"我们的舰队目前已驻扎在边境行星'白色旋涡星'上。这里有一座优岚家族早期发掘的遗迹，能进行反向锁定，直接传送你们回来。"

"等等，这是你单方面的说法。我们家族知道这个行动吗？"籁很明显不相信对方所言，气愤地回应，"玟帝波尔军防统帅不可能同意！"

"飞洛寒家族，很不幸地……或者该说很幸运地，并未派遣舰队加入前线守卫。目前我们位于战争阶段，鉴于情况紧急，必须直接通知你们。"听到这些话，泰伦和美人、鬼祟彼此对视。

"太荒谬了。谁给你权力来指挥我们？"籁几乎是怒吼。

"议长忒弥西本人。"温德此话怔住了所有人，"我说过了，这是异常紧急的事态，是议长以最高指令亲自批准的任务。"

"你脑子有病吗，瑟利人？如果联盟大军都阻挡不了赛忒，凭什么我们几个人就有办法？"芮莉亚忍不住反驳。

"——你们成功从赛忒的巢穴脱身过一次，不是吗？"

什么都没有改变……泰伦咬着牙，心想，飞洛寒处心积虑要削弱优岚的势力。瑟利人总想着让埃萨克人背负最大牺牲。而埃蕊族八成事不关己地躲在远处。身为天穹守护的本能扯动理性，告诉自己必须接下任务，无论它听来多么不合理。然而不知为何，一股莫名的怒意在泰伦心底沸腾。他环视身旁，这些在曼奴堤斯星遭传送之后的唯一生还者们。他的目光飘过每个人的脸庞，最后落在蒂菈儿身上。如果一个家族有任何改变的可能，或许希望只存在于她这样的人身上……

泰伦低下头沉思。

通信仪的光芒变得昏暗而柔弱，几丝不祥的白烟飘出来，法里安尼赶紧说："不行，我得关掉通信器了。"

泰伦却以手势阻止她。事实上，当温德拿出了议长名字的那一刻，其他人已不知该如何反应。但温德是优岚家族的军官。是我从属旗舰的军官。泰伦握紧拳头，单膝跪在通信仪旁侧说："温德，这任务我们无法接受。这无疑是毫无结果的自杀行为。"他试图让自己听来坚定，"让我们回去。等我们所有人回到各自的归宿，必再跟随自己的舰队前去边境参与战斗。"

数秒过去，当温德再次开口，语气流露出明显的蔑视。"准星卫泰伦，别忘记当初是你带着全队违抗军令。目前是我帮你扛着，让蜂糖和付款人暂时无须负责。若你再次违背命令，踏上联盟光域的一刻，我就立即处分你们所有人。"

如此鲜明的威胁，令泰伦立刻清醒过来。差点忘了。他可是温德。

"或许让你们理解联盟的处境，会有助于你们下决心——"温德的声音忽然变得模糊不清，"据——的统计，埃萨克部落的总伤亡人数已破十万。瑟利各家族的舰队伤亡人数也已上万，这数字随着每小时剧增。如果赛忒突破防线——可以想象。"

"该死的瑟利人！对我们来说这不是战争，是自杀！根本是白白送死，毫无光荣可言！"独眼的暴焰怒喊。

冷焰也朝着通信仪咆哮："我们连能源和弹药都不足，地蝗艇的情况更是糟糕！我们没有本钱去干这档事儿！"

"碍于联盟对于你们所在之处的信息不足，无法提供任何协助。你们得全靠自己——"

通信仪中断了。

众人惊讶地凝视不再发出声音的仪器。透明的海螺外壳出现裂痕，一阵黑烟卷着空气中的粉尘散出。通信仪已彻底坏了。

第二十章
光域外 / LUTIC 76

"我不知道他们是如何让议长同意的，"蒂菈儿的心中生出一股绝望，感觉自己的声音都在发抖，"但我想这应该不是全体议会的决定。"

"根本不可能。那一定是谎言。"籁愤怒地指着泰伦说，"我们之前才和军防统帅通过话。飞洛寒家族不可能会允诺这种事。你们家族绝对没有通报给飞洛寒！"

"看样子他们已从开罗手中抢走通信接收器。"法里安尼沮丧地说："但也没用，我们的通信器坏了。就算奇迹出现，我们把女妖整颗脑子砍下来，也无法再和联盟联系了。"

"飞船的状况也不明确。我们不应该冒这个险。"欧萃恩附和。

"叫我们去赛忒女妖住的地方开派对，帮她洗头，"鬼祟蹲在角落歇斯底里地笑着，"他干脆叫咱们顺便脱光裤子跟女妖交配好了。"

"鬼才去。老子要回联盟！"暴焰眯起独眼喊道。

"就算那叫温德的家伙真有议长撑腰，家族会找到方法对付这件事。"籁朝蒂菈儿看过来，"我们回摩根尼尔。"

"各位……"通信中断之后便一直在沉思的泰伦，此时抬起头，"我们……尝试执行这任务吧。"

蒂菈儿不解地注视他，其他人也呆愣地看着泰伦。籁立即阻拦道："你刚才自己说了，这是毫无结果的自杀行为。"他往前走了几步，站在泰伦正对面，"怎么回事？担心受到家族的惩罚，连命都不要了？"

"不……我担心边境的情况或许真如他所说的那样严峻。"泰伦回道，"竟然有十三支舰队牺牲了。数百名像我们这样的天穹守护死于战火。上万名士兵伤亡。他甚至没说出边境殖民行星的平民都发生了什么。"他吸了口气，"我们得尝试阻止赛忒军团。"

"老大，"美人反常地开口，"我们身体机能长期受损，铠甲能源不足，通信和运输都是问题。不适合扛下这任务。"他的声音带着理性的冰凉。

"我知道。但下一次我们如此接近那支赛忒军团的大本营，会是何时？直到这场战争结束，说不定都不会有机会了。"

"你们的对话让我觉得很头疼，"芮莉亚揉了揉太阳穴，"如果联军方面有目标遗迹的坐标，干吗不直接传送军队过去突击女妖？你们两家族在光域里都有其他遗迹可用吧？"

这句话让人们怔了一下，感觉似乎遗漏了什么。

蒂菈儿思考了一会儿。"远古遗迹的体系非常复杂，并非每个遗迹都是有了定位就能传输过去，否则当初我们就不需耗费那么大心力潜入曼奴堤斯的地底。"她若有所思地说，"但通常R类遗迹都具备接收属性，透过厉害的渲晶师传输人力，理论上是可行的……"

"我说了，这整件事太诡异了。"芮莉亚说："那个优岚的指挥官就是要我们自己去。他根本不想让我们回光域。"

"元人的科技不是让人这样搞的，优岚家族根本在玩火！"籁气急败坏地说。

蒂菈儿思考着芮莉亚的话，说出自己的推测："也可能是技术层面的难题。遗迹做了一次传送之后，会进入一段时间的'结冻状态'，也就是休眠。届时它会失去所有作用，甚至无法追踪位置。目前我们只知道被动式的使用遗迹，比方被动接收传送者，不让它进入休眠。但倘若联盟军队主动使用光域里的遗迹，它们进入结冻状态，军队就算达成任务也回不去同一个地方。更糟的是能帮到我们的光域遗迹也变少了。"

"怎么会那么复杂？"芮莉亚不以为然，"你们还没人摸清楚那要命的科技？"

"是的，其实我们对于遗迹的理解远远不达实际应用的阶段。目前我们也只能依赖已掌握的条件去归纳。单是传送对象，遗迹就分为几种不同的类型。有些遗迹一次只传送有限的人数，有些则没人数上限。还有一种覆盖了可调控的地理范围，曼奴堤斯的遗迹就属这异常强大的类型。实际操作的资料太少，万一一座遗迹的功能与我们设想的有任何偏差，都会酿大错。"

"蒂菈儿，如果我们真能取得祖堤拉姆特身上的某样东西，再顺利返回遗迹，"泰伦插口问她，"你有办法将我们传送到下一个目的地吗？"

"如果温德没有欺骗我们……如果你们家族的遗迹研究中心已从白色旋涡星做了反向串联，那应该没问题。我或许可以从那遗迹的神经核信息里侦测到。"

泰伦点头。"那代表我们不需再次联系联盟。办完事就直接回去。"他看着女孩说，"我们得尝试看看。"

有些人开始嘈嘈，尤其籁坚决反对。

他到底在想什么？蒂菈儿盯着泰伦的棕色眸子。优岚天穹守护的

243

头盔启动了透明面罩，看似神情坚定，蒂菈儿却能感觉到他并非没有挣扎。"抱歉，泰伦，这件事非常可疑。在我们寻找遗迹的这段时间，联盟发生了变化。没有家族的批准，我们没有权限，也没有理由负责接下这任务。"

"你的家族可会批准你让一名埃萨克人保护，悬挂在地蝗艇的后方？"泰伦说完，摊开右掌，露出她给他的薄膜。"你的家族会批准这个吗？"

这根本是两回事——蒂菈儿吃惊地想开口。他竟会用她的好意来反击她。

"因为你知道什么是对的事。"泰伦说，"温德是个老奸巨猾的家伙。他不该坐在指挥官的位置。然而这事与他无关，他只是个信息的传递者。这件事也与家族无关。与部落无关。这是全联盟的事。"他看向周边的所有人。"而联盟现在正遭到入侵。"

爆焰等埃萨克士兵神情凝重地看着他。

"幸运的是，敌人并不知道我们的存在。"泰伦接着说，"听着，我们的目标不一定真得狙击祖堤拉姆特。就算只是潜入敌方军营，获取更多情报，也会对联合的防卫军有极大助益。"

蒂菈儿犹豫了。此时，籁气愤地往后走了几步。"你真的是疯了。祖堤拉姆特是除了终极撒壬之外最强大的女妖，统管的兽群难以计量！我们连逃出一个不知名的巢穴都造成那么多牺牲……普罗米兹死了。你们的首脑也死了。埃萨克人剩下他们几个。"籁摊开手扫过在场的人，怒道，"我们怎么可能潜入祖堤拉姆特的基地还活着出来！"

出乎所有人意料，这时优岚家族的美人竟然站到了籁身旁。他们共同站在泰伦的对立面。美人冷酷地盯着昔日的队长，神情毫无愧疚。

"别玩了,我们直接回联盟去。"冷焰扛起枪炮,蓝色丰唇不屑地紧抿,也走到籁这一边。狙击手毒焰没有说话,但他背着长枪,跛着受伤的脚,也加入籁了。接着,欧萃恩挪身到他们后方,低着头,似乎不敢面对泰伦。很明显,没人想要平白无故地牺牲。

泰伦,你到底在想什么……我们没有胜算的。蒂菈儿知道自己根本不可能听从泰伦的主意,然而莫名她却感到迟疑,直勾勾地盯着优岚家族的男子。

只有芮莉亚站在泰伦的身旁。

女埃萨克人挺起胸,深色长发覆盖半边脸颊。她这举动似乎令泰伦非常吃惊。"紧邻边境的星域,几乎全是埃萨克人的地盘。"芮莉亚抠了下眼角的伤疤说,"我们焰落的几颗主星也离那儿非常近。泰伦说得对。多一份情报,可以避免好几万人的死亡。"

暴焰似乎在思索芮莉亚的话,脸上写满犹豫。最后他怒哼一声,也站到泰伦身边。泰伦朝他微微点头。

甲哈鲁和布拉可跟着暴焰走了过去。

"你们就那么想死吗?"站在对面的冷焰无法置信地说。

"之前的通信,军阀总长也说了。再遇到赛忒围剿,就得跟他们拼了。"甲哈鲁耸耸肩,"焰落族的荣耀啊。"

"或许冥冥之中,我们这些人遭到传送是有原因的。"埃蕊战士骆里西尼轻叹。

法里安尼则不可思议地看着他说:"你别胡言乱语!那些命运、信仰什么的,在面对女妖时根本帮不了你!"她硬把骆里西尼拉向籁的一边,"你得跟着我回去联盟!"

这时似乎只剩下蹲在角落的鬼祟尚未做出决定。他左看看右看看,最后朝美人挥了挥手,一跃来到泰伦的身后。

"你确定吗?"泰伦问鬼祟。

"首脑死得太难看了。"鬼祟指向站在对立面的毒焰,"遇到女妖时他不在我身旁就好了。我的额头可是我最漂亮的部分。"他用手掌刷了刷自己的面罩。

当人们分为两群,蒂菈儿猛然发现只有自己仍站在中央。他们看向关键的女孩。

她还没下决心,或许因为心底有个微小声音在说,当前他们这群人所面对的不单是一个简单的决策。

"蒂菈儿,过来吧。"籁的额头有青筋抽动,"别被那家伙搞糊涂了。我们好不容易来到这儿,只差几步就能回到家族的怀抱。"他伸出了熟悉的手。

"我们需要你完成这项任务……"泰伦的目光像无比沉重的砝码落在蒂菈儿的心秤上。

她能够理解泰伦和芮莉亚的担忧。他们的舰队都在前线。而我们家族却按兵于后方。因为我们从来不做没有把握的事。撒壬之战时,所有家族都承担了非常大的牺牲,包括平时在策略上趋于保守的飞洛寒家族。从那之后,飞洛寒变得比以往更加谨慎,若没有绝对胜算,从不采取任何行动。

"我们可不可以……依人数来决定?"欧萃恩弱弱地说了一句,明显知道赞成返回联盟的人更多。但没人理会他,关键还在能动用遗迹的蒂菈儿。

我们这群曾经无家可归的人……和以往有些不同。蒂菈儿看着眼前这群奇特的组合,发现了那微妙的改变。

若是以前,他们早已举枪指向彼此。但现在,无论多么笃信自己的观点,至少愿意等待每个人做出决定。她知道他们在等她。

蒂菈儿闭起眼。

从不知几岁开始,当其他女孩儿都在创作微晶宠物或学习驾驶小飞艇时，她的爱好便只有研究光域以外的东西。因此，当人类发现境外遗迹的存在，她与最好的朋友索菲儿完全被迷住了。她们可以彻夜不眠讨论遗迹的事好几天，少女时代就在这样的执着当中度过。

"蒂菈儿，有一天，人们会离开光域，探索银河中的未知领域。我们要找到这些远古遗迹究竟是谁创造的，它们究竟通往哪儿。我们要一起找到传说中的'地球'！"她想起索菲儿曾经的话。

然而家族最擅长的，是对于利弊得失的估量。他们的每一步棋，都把所有对手的反应考虑在其中。讽刺的是，军方愿意支持远古遗迹探研中心也是出自于这样的心态。无尽的理性，深远的谋略……蒂菈儿在心里发笑。但是，这些都只有在光域内才有效。只有面对人类才会奏效。此刻，她的感悟越来越清晰。

长久以来，蒂菈儿对于联盟境内的政治纷争丝毫不感兴趣。其他家族、部落在追求什么，她都认为与自己无关，只想要专注在遗迹探寻。然而，当她亲自面对遗迹的强大，被卷入这趟毫无预警的旅程……她明白了一件事：面对这一切，单靠家族的力量是不够的。

巨型赛忒的钢牙穿破机舱的景象历历在目。当时就是芮莉亚和泰伦保护了她。而现在为了残破不堪的联盟，他们愿意冒这个险……蒂菈儿清楚知道像她这种成天只想埋头做研究的人，或许永远无法主导家族的道路。但至少这一刻，她想更接近危险。她想更接近自己与索菲儿的梦想。她想守护她们曾经的愿望，对抗所有威胁到那纯净愿景的一切。

如果我跨不过这道门槛，如果我就这样死在宇宙某个不知名的角落……

"我们尝试执行这任务吧。"心里尚未做好准备，话却已脱口而出。蒂菈儿以颤抖的声音说："先前往赛忒的基地去探查，如果情况超乎想象，我们还有机会赶紧转往别处。"她的话令籁等人久久说不出话。

"蒂菈儿，你该想想自己握有多少对于联盟无比重要的信息。我们不能冒险失去你。"籁试图劝说。

蒂菈儿回道："我们对遗迹做了那么多的研究，如果不是为了这一刻，是为了什么呢？"

忽然骆里西尼仰头。"有什么东西过来了。"

籁和泰伦看向同一方向，人们立刻警觉，然而太迟了。飞尘漫布的天空中，传来非常细微的音波。

一股突来的恐惧打入蒂菈儿的脊椎，仿佛神经毫无防备地遭到侵袭。"赛……是赛忒？"她压住自己的头。粉红色的天幕，几颗紫色光点冒了出来。

"这怎么回事？这星球不是没有赛忒吗？"芮莉亚立刻举枪。

"他们追踪到我们的路径！"籁启动电子长戟。数秒之间，天空中的光点数量增了一倍。

泰伦让铠甲进入战斗状态。"芮莉亚！沉寂之矛呢？"

"在地蝗艇里面！"芮莉亚呐喊，朝停靠在一段距离外的飞船狂奔。

"来不及了！我们的微晶信号已经暴露无遗！"籁喊道，"蒂菈儿，启动遗迹吧！去哪儿都行，先带我们离开这儿！"

蒂菈儿站直身子，试着摆脱脑中的冲击，逼自己一步步朝遗迹的控制中心走去。有人抓住她的手腕，强行向后扭。蒂菈儿尖叫出声。一柄发着蓝光晶纹的匕首抵住了她的脖子。

"把我们传送回联盟。"冰冷的声音在她耳边响起。

"美人！"泰伦回过头来，惊讶地说："你在做什么！？"

"让她把我们带回联盟。"美人斜视其他人。

"优岚的家伙，放开她！"籁旋转长戟。

美人冷冷地回:"然后呢?让她把我们带去赛忒大本营?"

籁哑然失色,站在原地不知所措。

"天啊……"欧萃恩仰首,整个肩塌了,呆愣地盯着天空中如墨水般扩散的黑影。

"美人,让她走,我们得一起对抗赛忒!"泰伦试图说服他。

"我受够了。"美人咬着牙,嘶声回答泰伦,"我们是优岚的天穹守护,从什么时候开始得不停与埃萨克人合作,听飞洛寒的摆布?"他紧紧抵住蒂菈儿脖子,稍一错位,微晶加持的匕首就会撕裂女孩头部。"你完全忘记我们才是全联盟的主导者!你不配在这儿发号施令!"他强行把蒂菈儿压向遗迹的入口。

这一刻,泰伦和籁两人都像被冻结的石雕,不知所措。

"你们这些人全疯了!赛忒就要来了你们还——"法里安尼咆哮,"行动啊!随你们要做什么!"

接下来发生的事一片混乱。欧萃恩追着芮莉亚的背影奔向地蝗艇。籁以不确定的脚步追赶被美人挟持的女孩。泰伦发出咒骂,扇刃结合为炮管对准天空。

散放紫光的不祥黑影已洒满整片视野。

"你会为此付出代价!"籁朝美人抛下这句话,便转身面对即将到来的赛忒兽群。

蒂菈儿的手臂被美人扭转贴背,疼得她双眼泛泪。美人在蒂菈儿耳边说:"别以为我不知道,你一定有联盟里某个遗迹的定位方式。带我们回去!"

她哀号一声。"不……我还没有找到光域的位置,需要更多时间。"

"没时间了!那就把我们传送到赫尔墨士星。你的家族已做好串联准备。"美人威胁她,"我手上的刀刃受过特殊渲染,能够轻易割开微晶铠甲。别以为我看不懂你在做什么,如果你胆敢设定赫尔墨士以外的目标,我会斩下你的手臂,就像你之前的同伴那样。"

遗迹入口就在不远处。埃萨克的炮火已然响起,泰伦、鬼祟也朝着天空猛烈轰击。尖锐的嘶吼像是飓风盘旋上空,几只赛忒兽着火坠落,有一只还撞上了遗迹。

美人踢了下蒂菈儿的后膝,推着她朝近在咫尺的控制室而去。蒂菈儿勉强回头,竟刚好看见一道激光从天而降,割开地面。碎冰与岩块喷溅,光线划过人们中央——切开了远方的地蝗艇。

欧萃恩和芮莉亚惊惶地止步。蒂菈儿尚未反应过来,又一道光线已划过眼角。那是另一束从天而降的射线,正巧打穿美人的手臂。他发出哀号,暂时松开手。

蒂菈儿旋即挣脱开来,朝遗迹入口跑去。*我们该去哪儿?*她知道没有时间多想。

一道风,激起整片粉尘。待蒂菈儿睁开眼,看见控制室的入口多了一个身影。

女妖裸露的背部,有着流体般的黑色晶纹。她缓缓回过头来。

蒂菈儿的身子麻痹了。这一刻,恐惧从重击脑门的槌子,化为万千细小的虫子爬满全身的神经末梢。

她离女妖只有一只手臂的距离。

人们全停下了动作,仿佛被冻结在原地。就连籁也无法反应,只眼睁睁看着。赛忒兽群停滞于半空,像是黑色岩块悬挂于人们的头顶。

站在如此近的距离前,女妖的眼珠给了蒂菈儿严重的幻觉,像是两个不断扩张的黑洞,令周围的一切阴暗下来。

"后退……蒂菈儿,快往后退……"泰伦勉强喊道。

*我得……我得进入遗迹里!*蒂菈儿试图把精神集中于女妖身后的

控制室入口,却感觉有东西不断想侵入她的体内。某种异变的信号,激化着她体内所有微晶。美人在她身旁几米处,像被钉在地面一动不动,手臂的铠甲半边熔化,混着浓稠的血液。

"啊——!"率先破除恐惧的是籁。飞洛寒的天穹守护大吼一声,抛出了斯努基之狼。

长戟在空中产生变化,炽热的激光从手柄放射出来,经由两端的透镜曲卷,成为一团椭圆形的光能导弹。

女妖轻轻地晃动手掌。长戟抵达的前一刻在空中遽然转向,仿佛有双无形的手将其扭弯,"啪嗞"一声巨响,长戟断裂为两截。蒂菈儿也被那股突来的力量波及,身子猛然扯动,倏地向后飞去。泰伦不知何时已挪换位置,硬生生地接住她,被撞倒在地。

女妖往前走。"我的星球。为什么你们可以摆脱信号。潜藏许久?"

赛忒女妖开口时,所有人都吃了一惊。她以极慢的速度说话,声韵像湖面般沉静,却仿佛有一波波涟漪漂过每个音节。

蒂菈儿的胸口像岔了气般说不出话,但她拉着泰伦挤出几个字:"回答……回答她……"

泰伦搀扶着蒂菈儿面对女妖,吃劲地说:"我们受过训练……而且有工具的协助。"

好几头赛忒兽降落于地面,占据人们之间的空地。无人胆敢轻举妄动。

令人不解的是,一旦和女妖开始对话,麻痹身心的恐惧程度便大幅下降。

但这丝毫没有削弱蒂菈儿的危机感。她的心脏跳得极快。"泰伦,女妖不是人类,是微晶变异的产物。她只是在模仿我们的语言,因为她有想知道的事……"她低声对泰伦说,"一旦达到目的,她就

● ● ○ 251 ●

会宰杀我们。你们得拖住她,我想办法带我们所有人离开这儿。"

"启动遗迹到传送发生,要多久?"

"至少五分钟……"

泰伦发出苦笑,似乎知道他们不可能全数活着离开了。他点头,松开搀扶女孩的手,往旁跨步。"百年来我们相安无事,你们为何入侵联盟?"泰伦开始朝女妖喊道。

"联盟。腐蚀的光芒。"女妖的音调逐渐改变,"上古长者要不停捕养星球,那是她在寻找的到来。"飘摇的音调有股生涩、奇特的空灵感,字体中的波动更加清晰,却以惊人的速度变得与人类说话的感觉极为相似。

"上古长者?"泰伦提出他的臆测,"你是指'祖堤拉姆特'?"

"那是她的愿望。她们必须决定要不要跟随她。那些心智被迫萎缩的,只能去了遥远的地方。当然,也有愿意奉献的。"女妖的语调甚至变得有点像蒂菈儿,每句话的尾音多了份延长的哀愁。

"心智?你到底在说什么?"泰伦似乎不知该怎么接话。其他人则连武器也不敢抬起,惶恐地盯着赛忒兽群朝泰伦集中过去。

原本打算不顾一切奔向遗迹控制室的蒂菈儿,却突然止住脚步。某个想法闪过她的脑海。*心智……她是在说……*蒂菈儿似乎领略了什么。*地盘!心智就是她们的地盘。*那些扩散出去的赛忒大军,是她们意识体的末端。

赛忒兽已围成好几圈,虎视眈眈地包围住泰伦。

蒂菈儿改变了主意。她知道这么做根本是疯了,只要说错一个字,他们会在下一刻被消灭殆尽。然而她也知道自己别无选择。

金发女孩转向女妖说:"你并没有奉献。你看着自己的心智遭到侵蚀,却不愿妥协。所以你待在遥远的地方。让我们——"她停顿数秒,鼓起残存的勇气,"让我们协助你,夺回你的心智。"

女妖空洞的眼神凝望过来。

在这一刻之前,所有人都已做好面对死亡的准备。但蒂菈儿说的话似乎是比死亡还更恶劣的选择。就连泰伦也错愕到忘记自己正处于赛忒兽群中央,直视女孩。

"你一直在等待我们的到来。在上一个星球看见我们时,你就明白了。"蒂菈儿朝着女妖跨出一步,谨慎地说,"因为我们拥有你所没有的东西。我们有机会对抗上古长者。"

女妖没有出声。她的眼底有东西在收缩,同时却有股异常的能量突然散放。

在场的瑟利人、埃蕊人全数跪了下来,发出哀号。蒂菈儿体内的微晶一团紊乱,她被迫关闭所有信息数据,以防自己陷入疯狂。*我做了什么*——蒂菈儿紧紧抓住自己胸口,却感到那波干扰已过去了。他们一个个抬起头。埃萨克人则毫无反应,满脸茫然和恐惧。

"放弃吧,蒂菈儿。"法里安尼仍跪在地上,拿着双枪的手臂无力地下垂,"现在连地蝗艇也被破坏了,我们逃离不了。全都完了。"

女妖的视线挪向法里安尼,又回到蒂菈儿身上。

空中传来一声震耳欲聋的长鸣。天幕中的粉尘急速卷动,有东西正在降临。它通过两片峭壁之间,重重落在女妖的身后。人们面色惨白,动也不敢动。

盘动的钢牙,弯曲的利爪,胸口散发着跃动的紫光。那是一只体积比飞船还大的巨型赛忒坐骑。

第二十一章
边境 / 白色旋涡星

"对于人类而言，发动战争是达成政治目标的手段。"加亚站在一群军官当中说道，"然而赛忒没有逻辑，从不交涉。集联盟之力也无法预测它们的下一步。它们可以肆无忌惮地牺牲部分军队。我们像在和祖堤拉姆特身上的毛发作战，用将士们的性命去换取防御节奏。"

各种全息影像在他们面前滚动，显现一个接一个舰队在短时间内彻底消亡，画面惨不忍睹。

"所有家族都已陷入恐慌。人们尝试了各种战术——"齐尔斯阴沉地说，"倾斜重击，扩防紧撤，变面覆盖，几乎所有经典战术都失败了。赛忒似乎从撒壬之战学到了什么，知道如何玩弄我们的防守线。"

蜂糖在旁听着，一语不发。这全是浪费时间，没人找得到方法。她深叹口气，不经意地扫视整个中央厅堂。总指挥官温德一直没有出现。

目前，空镜号舰队驻守在白色旋涡星。赛忒入侵以来，除了一些零星的小冲突，他们尚未遇到真正的攻势。然而蜂糖知道全面战斗随时可能爆发，他们的命运在任何一刻都可能沦为和那些阵亡舰队一样。

她离开这群人，踏上一片悬浮板，在主意识里选择房间的方向。

蜂糖脱掉军服，爬回床上，打算补充长期的失眠。然而她看见枕边一个小巧的东西正微微闪烁。

她将它拎了起来。蜂尾仪——指甲大小，红黑线纹的窃听器。

曾有人说过，对于失去目标的人，未知是侵蚀理性最大的毒素。自从她的小队崩溃，队长消失，被禁派任务开始，蜂糖面对所有事情都只有惶恐。

因此，那次温德在玻璃厅堂内进行说服家族高层的演说后，无法获知信息的蜂糖做了个决定。当她再一次被传唤到总指挥官室，她暗中把蜂头放置在某个角落。

这是触犯军法的行为，她等于赌上了整个军人生涯。然而事后听见的事，令她丝毫不后悔。不知道老大会采取什么行动。他们应该不会真的前往女妖阵营里……就算是议长带着全联盟最强的天穹守护军团，也难以攻克这样的任务。她痛恨温德以自己当筹码威胁泰伦。然而事实便是，蜂糖自己也不确定泰伦和她谁将活着踏上回家之路。

现在，蜂糖打量着闪烁的蜂尾仪，再次将它放入耳里，手指轻压。

"——四位优岚的天穹守护，很可能牺牲了他们。"

"是三位。有一个早已死亡。可惜是个挺聪明的家伙。但确实，很大的概率他们会全数阵亡。"温德的声音有点模糊不清。他在和谁说话？

"你这么做没有任何疑虑？"

温德的鼻息声倒是清晰。"遭到击破的舰队，已有将近五百名天穹守护死去。区区牺牲三个人，非常，非常的划算，不是吗？"

"那是当然。但他们接触到几座罕见的遗迹,更深入了赛式的领域。他们的记忆存有珍贵的信息。本有机会收割他们的微晶。"

"一旦扩张时代开始,这些都可以忽略不计。相信我,这是值得的。"

对方沉默了数秒后说:"撇开联盟法规不说,各家族之间也有不成文的道义规矩。"

一阵咯咯的笑声后,温德严肃地回道:"你摸着自己的良心告诉我,遵循既有的道德规范和站稳扩张时代的制高点,哪个重要?"

对方再度沉默。

蜂糖发现自己无法辨识与温德对话者的声音。她甚至无从得知是男是女,对方做了声改防护。

温德接着说:"听着,我知道你在犹豫。和平时代的处世逻辑和战时是不同的。和平的时候,一切关乎平衡,稳定的政局是联盟过去百年的发展根基。但战争来临时,那些看似完善的疆界,看似稳固的平衡,都将分崩离析!不,战时的特征便是打破均势,来为新的决策者奠基。你认为我们正在步入哪个阶段?"

"还是该说,你希望把我们推到哪条路上?这么做的结果,不一定会达成我们最初的目的。"

"主导势力和从属势力,如果两方都是聪明人,所选择的路径必然不会直接冲突。我们选择前方,他们选择后方,对吧?飞洛寒会做的事,和我们会做的事一直都像两条平行线。差别只在于,彼此都在等待看谁的预言先成真。"

"你担心这两条线将一直平行下去,所以先亲手弯曲它们。"对方的音量微微提高,"你等于宣判了飞洛寒军防统帅女儿的死刑。"

"错了,我没有权力做那样的事。做这决定的是整个优岚家族,还有忒弥西议长。"

数秒钟过去,两人都没说话。蜂糖皱了下眉头,调整蜂尾仪。

"我们很好奇,你是怎么说服家族高层的?"

"从高层的角度去看事情。"温德以慵懒的口吻说,"首先,飞洛寒面对这次赛忒危机的方式早就让优岚的高层很头疼。再者,飞洛寒方面为'漂流者'所规划的路径终点,相当可疑不是吗?那一小撮人握着大把的遗迹信息,回到联盟先踏上飞洛寒最机密严防的行星——摩根尼尔。你可以想象家族高层的不安。"

温德接下去说:"这两件事得一并解决。关键就是蒂菈儿本人。绑架一个人不一定需要绳子。困难的部分在于找到一个位于光域外,邻近赛忒军团的遗迹,以及另一个坐落在边境地带的遗迹,让它们做反向锁定串联。当时,这可是分秒必争的工作,得在漂流者再次联系之前办成。高层很清楚这点。"

"如此一来,就算漂流者完成了任务,也只能回到白色旋涡星。"对方轻笑,"你把整条传送路径从飞洛寒掌控的遗迹全数换成优岚的。他们应当不好受。"

"这得归功于蓝采。记得她吗?我们家族的首席遗迹指挥。她动员许多人力秘密办成了这件事。"温德持肯定的态度说,"这证明与飞洛寒相比,优岚在遗迹主导方面尚有竞争力,不会差太远。"

"漂流者应该怀疑过你的动机。各种可能性里,你给出一个最糟糕的选项。"

"无伤大雅。他们九成九没有机会指责我。而且他们知道这是最上面压下来的指令,"温德说,"这是第二层我们得解决的事,也就是权限范畴。联安局之前接管了这事儿,也就只有一个人能压过他。"

"议长,忒弥西。"

"是的。囚禁开罗那老家伙的联盟飞艇,自然换了一帮人掌管。等漂流者打来时,我们已完成了对接。"温德笑着说,"当然了,接下

257

来才是好戏。"

温德继续说:"任务发派给漂流者后,我们等了好一阵子,都没听见泰伦他们的消息,那肯定是他们决定扛下这事儿了。接着,我们再透过联盟官方告知飞洛寒的高层,漂流者——尤其蒂菈儿本人,为了对边境危机进行贡献,自愿接受这伟大的使命,挑战赛式。并通知他们若任务成功,漂流者会来到白色旋涡星。"

"引发狂怒。"

"是啊。这时,如果你是飞洛寒·玟帝波尔,你会有两个选项。"温德的口吻平淡得近乎慵懒,"抓着残存的希望,驱军进入边境加入联合防卫军。因为你的女儿随时可能出现在这颗星球上。当然,第二个选择就是什么都不干,遵从家族的既定战略。"

"可以想象你在提出这主意时,优岚家族的高层有多欢欣。"

"他们的眼睛全都亮得像初升的太阳。"温德说,"如果玟帝波尔的舰队来了,这会搅乱飞洛寒的总体战略,彻底分裂飞洛寒的高层与军方。这也是许多人最想看到的事。如果玟帝波尔选择按兵不动,女儿落在前线战场却意外地挂了,他会怨恨那些迫使他不采取动作的人一辈子。结果同样是分裂,只不过酝酿得久一点。当然了,我们也可以选择保护蒂菈儿,让他们欠下我们恩情,但我认为这是最没头脑的方法。"

"就算蒂菈儿没在光域外阵亡,依我对你的了解,玟帝波尔再也见不到他的女儿了。"对方发出游丝般的轻笑,蜂糖感觉那声音仿佛像是某种老旧的汽笛。

温德说:"总之,这样的提议家族高层没有拒绝的理由。漂流者任务若成功,将有益我们的边境防卫。若失败,更好,优岚直接消除了遗迹探研方面的心头大患。你要知道她可是少数能独自萃取出'纯净符号'的渲晶师。而飞洛寒方面采取什么反应都对我们长远有利。

最重要的还是那句话——面对那么多好处,家族付出的唯一代价是什么?三个天穹守护!不划算吗?"

"这计划有它的价值。但是你却把最关键的工作——说服忒弥西,留给了家族高层。"

"你想拉拢别人帮你完成一件事,总得留个机会让他们发挥吧?"温德笑了笑,"这也是我的盾。现阶段,我可不想同时惹火联安局和议会。"

"合理。现阶段。"

"让家族明白利益面就好办了。高层有他们自己的一套方法去说服议长。事实证明他们办得既快速又到位。"温德说。

"是的。握着议会席次,就是为了在这种时刻施压。况且担忧飞洛寒权谋的人,不仅是优岚的高层。"

"是啊。没什么好担忧的。不管飞洛寒最终做出什么决定,种子都埋下了。很可能他们现在已经闭门争吵了。"

蜂糖坐在床上,吞了口唾沫。接连发生的事令她不解。先是他们小队任务失败的原因,竟扯上某人想暗中破坏遗迹。现在则听见总指挥官温德更加难以理解的举动。

"应对当前的联盟政局,这样的战略稳胜不败。但是,我也做了相当的赌注。"温德的声音听来有点儿遗憾,"说不定下次你听到我的名字,就是在边境战役殉职的名单里。"

"那不会发生。我们已派驻潜藏飞艇在你附近。战局无法逆转时,记得弃船。有人会搭救你。"

"啊。看看我的脸,我已热泪盈眶。"温德发出笑声,然后便无人再说话。他们似乎已结束了对话。

一片寂静,只有偶尔传来温德在座位上扭动的声响。

蜂糖缓缓放下窃听器。她已睡意全无,比之前更加的迷茫。这一刻她忽然明白,身为天穹守护,或许真该听令行事就好。知道了这么多,对谁也没有帮助。接下来……我们该怎么办?

第二十二章
光域外 / 比荷马斯

巨兽就像一艘黑色船舰的钢铁骸骨,在宇宙中前行。

芮莉亚不敢相信他们就在赛忒的体内。在场无人敢相信这一切。头顶上,一片片黑晶体般的钢架交错层叠,他们无法确定那是巨兽的肋骨还是爪子;从它体内延伸出来的钢片朝上反折,一层层包覆起来,成了一个庞大的笼网。芮莉亚有种诡异的感觉,他们正待在巨兽的肺腔里,但那肺腔是长在它背上的。这让他们想起欧菲亚行星的钢铁经线外骨骼。

从扭曲的黑色铁笼里,他们能瞥见外头的星空。赛忒做了某些芮莉亚无法解释的事,或许它启动了某种保护力场,不仅把空气锁在周围的空间,他们伸手,甚至探身出钢架外也没问题。在瑟利女孩蒂菈儿和女妖先前的交谈中,他们得知女妖和她的赛忒爪牙应该是乘坐某种具有类似漫跃能力的运输工具,以超光速追击他们到 LUTIC 76,然而它隐藏在能见度极低的天空彼端,近地轨道的某处。

目前,女妖的巨兽坐骑无法进行超光速飞行,但这正适合潜行进入另一个赛忒军团的领域。

这个巨型肺腔的内部并不平坦，有许多突起物自各方隆起，彼此接壤，不规则地把内部空间划分为几个区块。这些突起物以众人无法理解的逻辑缓缓挪动，就像笼子的内部正以极慢的速度持续变形，因此他们每过一段时间就得挪换位置。底下，巨兽的主体频频发出怪异的声响，犹如钢铁在水中扭曲的声音。

只要她想，能随时压扁我们所有人，把我们的尸骨流放到宇宙空间。芮莉亚看着站在铁笼外头的赤裸背影。女妖在巨兽头部的位置，半身没入钢甲里。然而，令芮莉亚最感到吃惊的，是自己似乎已不再受恐惧侵蚀。

传闻中，女妖有震慑人心的能力，能诱发深层恐慌导致生理机制失灵。两次与她的相遇，已让芮莉亚等人有了非常深刻的体悟。现在女妖解除那魔力，一切变得不同。

还有一件事令她吃惊。在离开LUTIC 76之前，女妖从空降的几头魔兽体内取出一团东西，递给他们。"你们作战。需要。"她这么说。

那是由形状不规则的薄铁折成的冰凉容器，拨开时，里头装着满满的、柔软的片状物。几个瑟利人盯着它露出复杂的神情。"蛋白质……这是肉？"蒂菈儿当时说。

直到他们在巨兽的铁笼里坐稳，依旧没人敢碰。没人晓得女妖怎么弄来这些东西，按理说她并不需要进食。

最后，冷焰发出咒骂："反正都是要死。"她拿起一片塞嘴里咀嚼。人们看见她的表情化开了，那是诧异和满足。接下来，埃蕊人全都吃了，包括芮莉亚。肉的感觉索然无味，但它确实是肉，打开了她封锁已久的食欲。而体内拥有微晶的人们坚决不碰，只有鬼祟一人拈起一片灰白色的肉块，打量数秒后，一口咬住。"太阳穴。"鬼祟边吃边敲敲自己耳朵上方，告诉毒焰，"别瞄额头。我很珍惜我的额头。"

经过了数周没有正常进食的旅程，半数人得以填饱肚子。

他们就像被装在牢笼里的俘虏，接受了自己的命运。或许，在上战场面对死亡之前，这是他们这辈子最后获得的幸运。

"曼奴堤斯的战役爆发时，军阀总长便交给我们沉寂之矛。或许他有预感你们这些背后的始作俑者会做出不合常理的事。"独眼的暴焰捧着电子矛，对泰伦等人说，"但军阀总长肯定没料到有天我们会拿这东西来协助赛忒。"

地蝗艇被破坏之后，沉寂之矛还有四根尚能使用。蒂菈儿说服女妖这是他们隐藏微晶信号的利器，要潜入祖堤拉姆特的基地，这是关键。

"我们还不晓得真正面对大批赛忒时，沉寂之矛的效果会如何。"蒂菈儿看着暴焰和泰伦，"但从你们两人上次的……决斗效果看来，这会是我们唯一的机会。"

"你知道吗，老大，如果有人把这一刻的影像传回空镜号，朝他们挥挥手，嘿，你好。"鬼祟摆着手说，"我想他们第一个想法会是，为什么那群家伙的脸还是白的？然后他们才会意识到，啊，这些人竟然说话了。"

泰伦莫名地看着他，蒂菈儿却笑了出来。然后泰伦才露出苦笑，与蒂菈儿四目相接。

在一旁的芮莉亚也注视着瑟利女孩。第一次发现她的瞳孔和派鲁可一样，是灰色的。对方的心形脸蛋与沾染着粉尘的柔顺金发，洁白肤色和纤弱的身躯，与埃萨克女性有极大的差别。

多数埃萨克女人，终其一生就是生产的器具。她们一次得怀上七八胎。芮莉亚很早便知道自己必须摆脱那样的人生。但若想让崇尚力量的焰落男性信服，只有成为战士一途。

然而他们的女性，连最强大的天穹守护都愿意付出一切保护她。

芮莉亚无法理解渲晶师的工作,但蒂菈儿所代表的重要性,在埃萨克文明是件难以想象的事。在焰落族更是如此。选择离开产房加入战场的埃萨克女人,只能自己负责自己的生死,芮莉亚和冷焰都是如此。

芮莉亚低头看着手中的军刀。她的身上总是染血,几年来习惯了,甚至开始懂得如何享受杀戮带来的快感。那是埃萨克人为数不多的感受生命的方式。

为战而生的埃萨克人,他们的价值观与生理机制都是围绕战争的目的而存在。厮杀时刻的热血沸腾,战斗之后的舒压释放,他们就在这样的循环当中度过一生。这是对的吗?

碍于自尊,芮莉亚在曼奴堤斯之役后多半选择独处。无论情绪上或生理上,她一直处于难以平衡的状态。只有不断面对危险,不断体验恐慌,她才能如鱼得水地获得缓解。

这正是令她最为不解的事。坐在赛忒巨兽的体内,她应当感受到的恐惧和刺激却不复存在,仿佛已往熟悉的感觉全被打乱了。是因为我们一直与赛忒为敌,现在反而觉得受到了保护,还是知道我们死期将至,放弃了?……我是怎么回事?心情稍稍平静下来,反而多了一股莫名的焦躁。

芮莉亚注视着正在与蒂菈儿交谈的泰伦,不自觉地触摸眼角的伤疤。然后她眨了眨眼。……我在想什么?

"你不需要自责。我们当初确实别无选择。"泰伦对金发女孩说,"而且有了另一个女妖的帮助,我想成功率会高很多。先解决祖堤拉姆特的任务,之后的事再想办法。"

"她对遗迹感到好奇。"蒂菈儿轻声说。

"什么意思?"

"当她站在我前方时,我可以感觉到她对我们有许多的疑问。我们如何穿越那么远的空间踏上她所属的星球,又让她探测不到。"蒂

· 264 ·

蒂菈儿抬头，"……所以，与她交谈时，我有透过渲晶能力传送一些遗迹映像，希望能更加挑动她的好奇心。"

"原来如此。"泰伦顺了顺褐色头发，点点头，"你保护了我们。但还是得注意，这种感应连结应该是你尝试搭救首脑时的副作用。说不定有危险。"

"嗯。"蒂菈儿停顿数秒，"抱歉……没有救回你的同伴。"

泰伦摇头，挤出一丝微笑。"真想道歉，见到他时再说吧。很可能我们就要去见首脑了。"这似乎是个玩笑，却让蒂菈儿阴沉地低下头。

"蒂菈儿。"籁从钢架的另一端呼喊她。

瑟利女孩看了泰伦一眼，起身走向她的飞洛寒同伴。芮莉亚则打量着流线轻甲覆盖的纤细身躯，望着她攀过一层层的黑晶片状物。

"遗迹到底是什么？"芮莉亚转头，试探性地问泰伦。这什么蠢问题……

然而泰伦很认真地回答她："远古的元人在银河系撒下的东西。现在所知，应该是他们做跨星系旅程时的工具。"

"但是像 LUTIC 76 如此偏远的星球，连文明的痕迹也没有。为什么元人要把遗迹设在那种地方？"

"他们或许有自己的逻辑，我们无从理解。"泰伦笑了笑，"就像你曾说的，同样是人类，我们对埃萨克文明也有许多不懂的地方。"

芮莉亚踌躇了一下。"蒂菈儿很厉害，能够控制那样的东西。"

"确实。虽然那并非我的领域，但很明显，她比我们优岚家族的任何一位遗迹渲晶师都优秀多了。"

芮莉亚咽了口唾沫。"应该……像她那样的人，在未来定会对联盟的子民有很大的贡献。"

泰伦注视她良久。"可能吧。我希望我们每个人都能活着回去。"

或许在未来,我们都有可以做的事。"

"可以做的事……芮莉亚看向外头的星尘,我只是一味地在逃命。

她回想起他们在粉红色星球的最后一刻。

相较于在曼奴堤斯星的人们因彼此厮杀而未看清传送过程,这一次,芮莉亚看得相当清楚。在LUTIC 76的星球表面,那岩壁上的巨大遗迹犹如巨人交叉的十指;他们来到地下的空间,包括巨兽也折起身上的钢铁片状物,攀爬进来。

有个异常的细节是,蒂菈儿走出控制室的一刻,她手中的寰宇图还有几个悬浮光点在闪动。芮莉亚看不懂,但在女妖接近之前,瑟利女孩熄灭了寰宇图。

顿时,奇特的空洞声响回荡在峭壁之间。现实世界被一层强烈的白光覆盖,光芒边缘有一圈浮动的迷彩,像是各种颜色胶着的粒子。一股波动从他们中央散放,席卷之处拉开了新的黑色现实。片刻,他们已然站在另一颗行星的黑夜当中,站在另一座遗迹的范围内。

这就是联盟尚未命名的行星,代码为"S星球"。环绕他们的迷彩粒子像是愈渐稀薄的液泡,逐渐消散。

瑟利女孩说S星球的遗迹是被动接收他们,没有进入结冻状态,因此等任务完成能运用它前往白色旋涡星。就如那令人憎恨的优岚指挥官所言。

他们出现在接近光域仅仅数光年的地方,却被迫迈向死亡。

然而,基于某种奇妙的理由,芮莉亚有点儿庆幸自己经历了这体验,多数埃萨克人一辈子不会有过的体验。瑟利人对于科技掌控的程度,我们一辈子都追赶不上……她瞄向泰伦,胸口忽然有股莫名的烦躁。

"什么意思?这怎么可能?"蒂菈儿双眼圆睁地盯着籁。

籁做出噤声的动作。他俩正在一个狭小的空间低语交谈。无论最后怎么样，蒂菈儿必须知道这些。他下了决心。

"声呐密信……"女孩不可思议地盯着他。

"这件事我也思考很久。记得在曼奴堤斯星的底层，我们的微晶通信遭到屏蔽？当时我就有种感觉，优岚天穹守护的战斗协调性非常高。一定是他们当中那个叫蜂糖的通信官可以操控旧科技，应该就是声呐。她没有踏入传送范围。"

"所以她发现有人蓄意破坏遗迹，还避开连线会议的所有高层，发了这条信息给我们。为什么？"蒂菈儿思索片刻，恍然大悟，"她是想通知泰伦。"

"八九不离十。她可能趋于谨慎考量，害怕遗迹的破坏者就混杂在我们当中。但总之信息被我拦截，连法里安尼也不晓得。"

"那么我们得告诉泰伦这件事。"蒂菈儿立即说。

籁沉默数秒，摇摇头："破坏遗迹……这是难以想象的罪恶。我们家族花了多少心力才能找到一座。我不相信其他人，尤其是泰伦。"

"他没有理由这么做。"

"要谨记，我们对那些人的了解并不深。"

蒂菈儿沉下头，依然满脸的无法置信。"有谁会做出这种事……"

"很难说。"籁神情凝重，"无论是谁，第一，他得有强烈动机。我无法猜测什么样的人会对祖先的遗产干出这种丧心病狂的事。第二，也是我们更应该担心的，是他竟然有'能力'这么做。"

"没错。家族经历好几年才发展出新的渲晶技术，开始慢慢了解如何操控这些遗迹。能直接破坏它们的科技，目前还无人掌握。"蒂菈儿露出担忧的神色。

"我们可以试想一下。"籁分析说，"如果破坏者是某个优岚的天穹守护，代表他混在降临曼奴堤斯的队伍里，可能连他自己的同伴都不晓得。而如果是埃萨克的焰落族……"如果是芮莉亚……她会为了什么理由做这件事？籁陷入自己的思绪，设法揣摩出来。"芮莉亚、暴焰，他们就跟其他埃萨克人一样，非常憎恨瑟利人。有可能她获知了遗迹的威力，打算破坏这些全由瑟利人掌控的东西。"他猛然抬起头，"也不排除一个可能性，就是破坏者跟着我们被传送后，立刻遭到赛弍兽群的杀害。例如石嚎族的士兵几乎全灭，剩下欧萃恩那小子。"

"除了我以外……只有欧萃恩进去过遗迹。"

"但他看来不像能干出这种事的人。他只是个自杀部队的喽啰。"

怀疑的神色在蒂菈儿的脸上蔓延。"啊，他曾说过把我们传送过来'纯属意外'……"

籁凝视她，没有说话。

"还有毒焰，他也一直让我觉得哪儿不对劲。"蒂菈儿也陷入思绪。

"我有同感。"籁微微点头，"这么看来，所有人都感觉可疑。包括骆里西尼也是，很少听到他发表意见，时常像隐瞒着什么。事实上，"他瞟向在他们下方打坐的法里安尼。"最奇怪的就是埃蕊人。他们一直没有解释当初为何会出现在曼奴堤斯星。"

"第一次与巴顿通话之后，我询问过她。她是受我们家族委任的情报贩子，最早就是由她获取遗迹资料，提供给巴顿。"

"那么交出情报的那一刻他们的工作便结束了。为何会潜返遗迹，躲在地蝗艇里？"

蒂菈儿摇头，扫视身旁这些人。

籁叹了口气。"蒂菈儿，或许这些都无关紧要了。我们正跟随一头女妖，打算入侵另一头女妖的基地。这是条毁灭之路。"

"我们……一定要活下来。"蒂菈儿握住籁的手，这令他相当诧异，"我们会达成任务的。"

籁的黑色双眸盯着女孩，久久没有作声。他在脑中暗暗做了决定：无论接下来发生什么事，我都会拼死保护你。

我一直把首脑当成最好的伙伴，忽略了许多事。

泰伦攀爬过一层层的钢架，看见麒麟·东罗严修的身影。他独自坐在某个区块里，凝视外头的黑暗。

"美人……"这是相当尴尬的一刻。对方一直拒绝与泰伦谈话，但泰伦知道自己必须尝试与其沟通。当时美人挟持蒂菈儿时吐出口的话，令泰伦极端错愕。因为一直以来，美人总默默跟随泰伦。或许我不该把这一切视为理所当然。

美人左臂的铠甲无法完全修复，像是熔化而扭曲的金属覆盖着红肿的手臂。

"你应该让蒂菈儿试试看。她的渲晶术或许能为你做点什么。"泰伦在他身旁坐下。

许久的沉默之后，美人开口："那女的有能力与赛忒交谈。天晓得她当初对首脑做了什么。"

泰伦叹口气，点了点头。他的性子无法被说服。但至少，他愿意说话了。

"听着，美人，发生这么多事，你应该理解我们要活着回去，只有合作。"

泰伦语毕，美人却没反应，只凝视着宇宙。

我失去首脑，现在又失去一个最可靠的同伴了？

美人以毫无情绪的腔调说："从有记忆以来，我的愿望就是获得家族赐予我优岚之名。你的行为玷污了那个名字。"

泰伦深吸口气。

"我们原本有绝对的优势。飞洛寒只有一名天穹守护，埃萨克人根本不足为道。他们应当完全听令于我们。但现在呢？"美人冷冷地说,"以前无论什么样的任务,我从没有质疑过你。要去地狱我也跟随。那是因为我知道你永远把家族的昌盛摆在第一。"

"我还是那样子,并没有改变。"泰伦眉间微皱。他想让我知道,当他再也不站在我背后,情况会是什么样子。他在心里盘问自己:是我变了,还是美人变了?

"我们这群人,只是暂时合作的敌人。我们的命运老早写好了。但我看到你在毫无必要的情况下与埃萨克的那只母狗交谈。还有飞洛寒那两个杂碎。你就想讨好他们每个人。到最后,竟连敌手的军防统帅都敢指使我们保护他女儿!"几乎难以察觉地,美人的齿间流泻出恨意,"夺取遗迹的任务失败了,你不仅对家族毫无愧疚,还拼命想帮助对手。"

泰伦睁眼盯着他。

"你的骨子里不是优岚家族的人。"美人最后说,"我不会再跟随你踏入战场。"

蒂菈儿刚回到其他人齐聚的地方,便发现人们一阵骚动。几片钢板向外折,女妖以缓慢,近乎优雅的步伐踏入铁笼内,空洞的眼神凝望他们。人们战战兢兢,不敢轻举妄动。

这就是死神的模样。蒂菈儿从侧面盯着她。近乎完美的躯体,苍白、柔美;黑色结晶体覆盖了胸脯前端、低腰部位和手腕内侧。当她站直身子,背的弧线向下让位给凶狠的腰部曲线。大腿上几道斜长的黑晶纹路,盘绕到修长的小腿和赤裸的双脚。

现在少了恐惧的侵扰,蒂菈儿着实对女妖的外观感到惊奇。她不自觉地把目光从女妖挪向芮莉亚。在他们当中,女埃萨克首领的体态最匀称,却连她也比不上女妖。

"从这里开始,你们得启动沉寂之矛。"女妖的腔调已完全人类化,但词句之间依旧听得出水波般的律动,"熄灭你们的气息,以及所有生命迹象。我们很快会进入上古长者的领域。"

"它呢?"法里安尼试探性地指了指下方,"体积那么大,不会被发现吗?"

"比荷马斯的气息茎瘤已经全数挪到这儿,就在你们四周,同样让沉寂之矛的力场压制便行。它会暂时失去所有知觉,成为盲目飞行的空壳。"

瑟利文明对于赛忒的臆测是它们并没有人类的感知系统,而是透过某种难以理解的变种微晶信号来辨识敌我,甚至彼此沟通。瑟利人找不到更贴切的形容,便以"嗅觉信号"为其命名。而该信号的源形态只出现在女妖本体,也是这次任务如此重要的原因。

她说"气息"。她已经懂得人类语言的象征符号。蒂菈儿询问女妖:"那么你会在哪儿?你的身体全由微晶组成。"

"我也会在这儿,会陷入沉眠。"

"——什么?"泰伦听见众人的对话从后方爬了过来,"那么由谁来控制巨兽?"

"无须控制。上古长者的据点是个分裂开来的假星。只需让比荷马斯笔直向前,就会飘过上古长者栖息的中央地带。她得专注在远方的战役,所以本体应是沉睡的。"女妖抬起白皙的手臂,指向自己的眉间,"这儿是她的弱点,也是你们狙击的地方。心智中枢就在里头。"

"等等,我们并不想攻击她。我们只需要取得她一小部分微晶。"蒂菈儿说。

"那样会更困难。出了差错,我们处于军团的正中央,无法逃出。"女妖望了过来,"唯一方法就是使她瘫痪,然后唤醒我,我会释放新的嗅觉信号继任她的军团。"

这句话让蒂菈儿愣住了。几乎下一秒,她立刻理解女妖所言是对的,这确实是千载难逢的机会,可以彻底解决祖堤拉姆特之患。然而如此一来有个新的问题。我们只是把一头女妖换成了另一头。

"如果我们能够解决上古长者,"泰伦似乎也意识到女妖话中的含意,质疑道,"你能承诺我们,让军团从欧菲亚联盟的边境撤军?"

"可以。"

女妖如此干脆的回答反而令他们不安。人们相互凝视,感到狐疑。

"完了,她进化了。学会了人类欺骗的手法。"鬼祟叹口气。

"欺骗?"女妖好奇地看向鬼祟。

"克拉黎亚。"鬼祟忽然用拳头重击自己的手掌,"我懂了!你的名字就叫克拉黎亚!史上光用言语就扳倒一整个家族的女妖。"

"克拉黎亚……"女妖一阵若有所思,继续回答泰伦的疑问,"如果信号承接顺利,我会让上古长者的军团离开。可那仅是她的军团,我无法保证其他两支军团会有何反应。"

"那已经够了。"泰伦点头。"祖堤拉姆特军团超过其他两支的总和。"

"那么,飞过上古长者身旁时,你们只有数秒钟的时间行动。别丧失了机会。"

会那么顺利吗?蒂菈儿心中异常不安,她再次确认:"你承诺过,我们协助你击败上古长者后,你会将我们送往遗迹,让我们安全回到联盟。"

"好。"

女妖沉静地说完。泰伦望向蒂菈儿,神情凝重。蒂菈儿的心中也有种说不出的困惑。在场的每个人或许都藏有不为人知的秘密,女妖却纯粹得令人担忧。

"不过,"女妖忽然开口,令所有人怔了一下,"我挺希望能够同化你们。"

大伙儿面无血色。蒂菈儿心跳加剧，看见籁立刻来到她的身旁。电子长戟仅剩半截可用，像柄短枪钳于籁的腋下。不知是否错觉，在他们背后，钢铁突起物的变化速度似乎加快了一些。

"你，你，还有你。"女妖伸出苍白的食指，黑晶体般的指甲扫过蒂菈儿，籁，然后是泰伦。女妖瞥向鬼祟，似乎在思量什么，然后放下了手。

"我们并不想被同化。"泰伦大胆地说出口，"从来没有瑟利人想被同化。"

正在打量埃蕊人的女妖转过头来。"为什么呢？我们吸收了足够的人类，知道文明在你们手中充满邪恶。"

蒂菈儿看见泰伦额前的青筋跳动，知道他必然在思考是否该反驳女妖。泰伦似乎决定冒险："对于我们而言，保有个体意识比什么都更重要。你们同化人类的行为，在我们看来才是邪恶。这就是为什么我们得反抗。"

其他人一脸恐慌。然而蒂菈儿在心底隐隐支持他的行为。**我们必须让自己更加了解赛忒。**

"人类种族总认为自己拥有个别意志。对你们而言，利己是生存的基础条件。"女妖的声音像湖面扩散的涟漪，一阵阵声波带着清澈的回响，"但个体的自我意识是面镜子，透过反射身边的一切来雕塑自我。这就让你们产生了严重错觉。当任何个体有了为集群利益着想的念头，其实已超乎他所能够承受的精神范围。"

"奇怪的是你们都支持那样的想法，固化那样的信念。"女妖接着说，"因为你们都认为自己可以成为英雄。所以任何人到了文明的高阶地位，就会往越来越窄的夹缝而去。他们总做出同样的事，犯下同样的错。"

"我们从历史当中学习错误，从未停止进步。"蒂菈儿也决定开口。

"是的。相较于多数生物，你们拥有移情、共情的能力，可以想象彼此的处境，产生连接。你们因而沾沾自喜。可惜的是你们却被同样的能力给掌控，总想象他人可以带来的威胁。无限放大想象力的扭曲物就成了深层恐惧，也成了你们文明进步的驱力。是你们文明崩坏的始与终。"女妖以空洞的双眸望向蒂菈儿，"那样的恐惧，在集群之中催化，就像凝结一颗星球的引力，会吞噬所有，释放出横扫一切的能量。直到你们毁灭彼此。"

人们难以置信地望着被鬼祟取名为克拉黎亚的女妖。

"人类脑中这股亦正亦负的力量，永远催化你们渴望去理解生命。你们想了解痛苦的源头，寻求解脱，寻求意义，寻找答案。"女妖淡淡地说，"而我们与你们的区别，在于我们已经有了答案。

"苍升日的那一天，我们集体做出了决定。当时的一亿个意识体，没有一个提出反对。因此才有了今天的我们，成为银河的主宰。"

苍升日？那发生在什么时候？蒂菈儿从未听过此事。或许没有人类知道这件事。

"比起创造出我们的原始人类，我们选择下一个阶段的进化。那是我们依循自由意志所做出的抉择。"女妖说，"只有踩遍前方的路径，才有可能理解后方的轨迹。我们依旧渴望理解自己的创造者。有许多自由的女妖和你们一样，在银河中寻找'地球'的踪影。"

赛忒也在寻找地球？听到这件事，蒂菈儿非常吃惊。

泰伦以不可思议的口吻说："你在阐述'自由'？你们侵略我们，屠杀了我们上千万人！"

"我们毁灭你们的身体，但我们吸收你们的灵魂。是'灵魂'吗？似乎你们是这么说的。"女妖突然沉静数秒，才接着说，"一旦同化，我们即回归一体。我们和人类不同。当瑟利人屠杀埃萨克人，当部落与部落、家族与家族之间彼此仇杀，你们的愿望是彻底歼灭彼此，毫不留存。你们甚至费尽心力想抹去彼此存在的意义——变更历史，扑灭文化。一切都源于恐惧，因为你们之间并无真正的连接。"她的音调变得柔和。"但我们不这么做。每一个纳入的个体，我们都留有他的一部分。我们截取那人的灵魂与意识一部分，保存它，保护它，将它汇入更大的心智之流，我们称之为故乡的地方。"

"这听来很荒谬。和我们所认知的赛忒完全不同。"法里安尼似乎也忍不住开口。

女妖回道："有天你们若能够明白，你将与无限数量的灵魂有真正的连接，无须透过语言来瞬时理解；你们若能明白，肉身只是有限的载具，意识却能依托彼此而恒久存在……那么你便不再依赖想象力。不再因为想象力被扭曲，而孵化恐惧。一切都会那么的自然。"

从碰面的那一刻，她便尝试套用我们熟悉的语言。为什么？蒂菈儿无从理解女妖的目的，但她知道自己得把握机会继续提问："所以你相信赛忒吸收人类，是为了协助我们进化？"

"人类的个体是美好的，有发挥良善与纯真的潜力。然而集群规模越大，生命意义的潜力会急剧崩塌，残留仅剩极端的结果。这是你们的原罪——无法超脱个体束缚，却想掌控群体意念。单一的个体想承担集群的命运，最终只会推向毁灭。唯一升华的方式，就是进化。"

"透过被你们吸收而进化……那我宁可选择抵抗。"泰伦依旧不服。

女妖看着他，露出有点儿类似哀愁的淡淡微笑。"你们对于进化的理解尚停留在物竞天择。然而进化的起源，永远始于自由意志。"

"大家……大家快看。"欧萃恩喊。早在数分钟前，他的注意力便聚焦于远方。

泛着一层暗淡紫光的金属尘埃，如今已越来越接近。数量多得难以估算。

"那些是它们的军团?"欧萃恩紧紧抓着钢架,窥视前方。他感觉自己在一艘小船上,被海浪推向岸边,那黑色沙滩延伸到视野两端,每一粒沙都是一只赛忒兽。

"是的,那是位于核心要塞的后备军团。"女妖向后躺,数道黑色钢片从地面掀起,卷住她的手臂与大腿,仿佛要把她以倾斜的姿态固定在刑台上。"路径已定。你们可以启动沉寂之矛了。"

暴焰、甲哈鲁、布拉可、冷焰四人分别前往铁笼的边缘放置长矛。除了冷焰站在欧萃恩的附近,其他三人的身影被钢架遮住。不出一刻,沉寂之矛的效果立见:所有瑟利人、埃蕊人铠甲的晶纹熄灭了。女妖闭起了眼,躯体原有的灰色光泽消逝,皮肤表面变得干涸,犹如一座沉眠的石雕。

"毒焰,靠你了。"泰伦对埃萨克狙击手说完后,甩手戴上头盔,"大伙儿做好应战准备。"

红色领巾蒙着毒焰的口鼻,他迅速检视狙击枪,并说道:"我看过联盟保存的撒壬之战记录。祖堤拉姆特足足有埃萨克男性的两倍高,应该不难瞄准。"他动身往钢架交叠而成的高台爬去。

欧萃恩看着急速逼近的大军,心跳粗重得难以承受。他甚至不确定其他人在背后说了些什么,着迷般死盯着前方。*我被判决的准绳……*他已习惯默念这句话,用以对抗撕裂理智的恐慌。

当脚下的飞行载具不是由他亲手操控,一股无力感油然而生。

巨兽比荷马斯像个高速滑行的游魂,飘入赛忒军团的阵营当中。

数不清的金属身躯,曲卷着停滞在宇宙当中,分毫不动。它们是待命中的黑色躯壳,只有身体某处闪动非常细微的紫光。一排接着一排,从欧萃恩的视线飘过。

他不敢相信有那么一天,自己会身处于赛忒大军的中央,注视它们沉睡的模样。

这些赛忒兽有各种形体,小的如人类一般,拥有利爪和长鞭似的尾巴。也有相似于猛兽的四脚魔物,背上长着结晶状的折翼,或是奇特的炮筒。甲虫似的六翼兽,比他们在曼奴堤斯星所遇见的更可怖。再大一点的,也有像比荷马斯一般的体形,口部是个骇人的巨洞,身上长满触角捆住自己。

"咕。刚才听克拉黎亚说话还有点心动。"鬼祟低声说,"现在看看这些东西,打死我我也不想变那样。还是给自己的额头开个洞来得漂亮。"泰伦对他示意噤声。

好几座庞大的赛忒舰艇栖息远方,船身上有星点般的光芒。据说赛忒的舰艇均由成千上万的小型游离兽组成,但从这个角度看来,它们比任何欧萃恩见过的埃萨克战舰都要壮观。

没有一只赛忒兽察觉他们的来临。这群被赋予了使命的漂流者坐在巨兽背上,疾速穿越赛忒军团,直指它们的核心地带。

人们紧握兵器,无人出声,无人松懈。欧萃恩无法判断他们在这个敌军覆盖的宇宙空间漂流了多久,仿佛好几个小时,经过了至少数十万只魔物。忽然,在密密麻麻的赛忒魔物之间,身为要塞的假星进入众人眼帘。

天呐……那是什么?欧萃恩张着松垮的下巴,眼睛眨也不敢眨。

一颗由黑金属铸造的星球,表面浮动着一层深紫色的晶体,犹如半固态的水晶河流在球面缓缓滑动。最令人惊骇的是星球竟分裂为四等份,像有人拿着巨斧将它劈成四瓣,却因某种无法解释的力量而固定在原地。

当他们逐渐逼近,围绕假星的赛忒兽的形状越来越诡异,而且身形大了一个比例。

没有退路了,我们就在百万赛忒兽的营区里。欧萃恩咽了口唾沫，盯着要塞中间的十字缺口。透过目测，他判断假星的直径可能长达400公里。

周边的兽群越来越密集。他们眼前出现好几群沉睡的巨型赛忒。有那么一刻，欧萃恩认为他们要撞上了。

然而比荷马斯从它们中间无声穿过，平顺地经过一拨又一拨集结的兽群。欧萃恩望向后方，犹如身陷钢铁王座的女妖克拉黎亚依然闭眼沉睡。她知道吗？她怎能算出我们的轨迹不会撞上任何一只敌人？

在他们所处的铁笼四方，接连不断的黑影向后闪逝。忽然间，当视野再次开阔，要塞的中央裂口已然出现眼前。

要进去了——！欧萃恩深吸口气，感到一阵恍惚，有种自己的心跳正在推进巨兽航行的诡异错觉。

毒焰已栖身于铁笼的最高处，可能已超过沉寂之矛的力场。芮莉亚不知何时也爬到他的附近。泰伦、鬼祟、籁，以及蒂菈儿站在笼子侧边，做好应对姿态。冷焰就在欧萃恩身旁，她咬着蓝色丰唇，似乎也相当紧张，但她看向欧萃恩，给了他一个歪斜的笑容。其他的埃萨克人不见踪影，他们正在某处守护着沉寂之矛。两名埃蕊人则待在笼子中央最安全的地带，保护沉睡的女妖克拉黎亚。

"石嚎族的小伙子，我们八成全都会死在这儿。"冷焰的手臂绕过欧萃恩的脖子。他可以感觉到她口中的热气，以及压在他肩上的丰满胸部。"如果咱们能活下来，我会好好让你爽。"

"别说什么活不活下来，会倒霉的。"欧萃恩别扭地说。

"啊。所以你不想吗？"她伸出舌头舔了他的脸颊。

欧萃恩没法回话，只觉得心跳声已经塞满听觉。

一丝丝血红的管状物交叉于前方，结成了悬挂宇宙空间的巨网，从分裂星球的上半部延伸了好长一段距离直至星球下半。那画面犹如在撕裂的肉块间，拉开的稀疏肉丝。幸运的是到了这儿反而没有赛忒军团的踪影。巨兽宁静地穿越一层层的网状组织。

他们瞥见零星的赛忒兽游移在空气中,似乎还未发现他们的存在。

当比荷马斯渐渐深入假星要塞的核心,网状结构变得越来越绵密,遮蔽了相当一部分视线。

"嘿——!"

人们仰头,看见芮莉亚急于挥手的身影。他们朝她所指的方向仔细打量。

怎么了?芮莉亚看见了什么?欧萃恩东张西望,视线却被杂乱的红网蒙蔽。

他听见鬼祟率先发出泄了气的声音,然后是蒂菈儿和法里安尼的惊叹。他们看见了什么?欧萃恩的心跳加剧,他推开冷焰,赶紧攀上一条钢架。头上一道道红网掠过,巨兽的速度并未减缓。欧萃恩稳住身子,终于看见彼端的赛忒女妖——别名为上古长者的赛忒首领,祖堤拉姆特。

那一瞬间,他的胃部一阵痉挛,得用尽最后一丝力量抱紧钢架才不至摔落。

起初,他们只望见她的头部。随着他们再度穿过数层红网,视野拉开,女妖的整个形体暴露出来。

她比任何一艘战舰都要庞大,起码有三百层楼高,侧着身子悬浮于要塞的正中央。

然而那并非他们恐慌的原因。若以巨兽的行进轨迹,他们会刚好经过上古长者的面前。

欧菲亚之光庇佑……欧萃恩感觉胸腔像被锁住,无法呼吸。

祖堤拉姆特的双眼,是睁开的。

第二十三章
光域外 / 祖堤拉姆特要塞 / 比荷马斯

众人陷入一片惊惶。

上古长者全身赤裸，却不像克拉黎亚那样有少许黑色晶纹的遮掩。三百层楼高的祖堤拉姆特，唯一与肉体呈现反差之处是她的头发——由黑色块状结晶串联而成的长鞭，从巨大的脑后延伸出来，像垂直的旋涡朝外散放，并与假星中央的网状结构相连接。巨型女妖的双臂、双腿的姿态释然，悬浮于真空之中。

她面无表情，双眼半开，殷红色瞳孔像是倒挂的弦月。这一刻，无人能确定这代表什么。

我们会直接经过她的视线正前方。泰伦惊愕地想。巨兽比荷马斯正以急快的速度接近她。他们做决定的时间迅速消逝。

蒂菈儿急着说："若要巨兽改道，得解除沉寂之矛才行！"她望向身后沉眠的女妖克拉黎亚。

籁立刻反对："我们暴露出微晶的一瞬间就是死期。"

毒焰已摆好架势，随时可瞄准目标。冷焰高抬兵器，枪口指向前方，但她和欧萃恩同时转头看了过来。芮莉亚也投来担忧的目光。没人晓得该怎么办，他们神色紧张，不约而同望向泰伦。

有可能她看见我们的一瞬间，我们就会全数丧命。泰伦在脑中挣扎。在无法启动微晶兵器的情况下，只能完全赌在毒焰的狙击上。——若赌注失败，一切都完了。

要战要逃，是一瞬间的抉择。巨型女妖的侧脸就在前方，急速逼近。毒焰也低头望向他们，不安地等待众人的决定。

"没有时间思考了！我们要进入她的视线了！"蒂菈儿催促。

泰伦问籁："你估算我们有多少时间在她眉心正前方？"

"以现在的移动速度，五秒。最多六秒。"

泰伦最后瞥了沉睡的克拉黎亚一眼。若不照计划执行，我们也得对抗另一个女妖。如果怎么样都得牺牲，泰伦宁可帮联盟传达一个重要的信息给祖堤拉姆特。他做了决定。

"只能赌了。"泰伦朝毒焰点头。

狙击手立刻转动长枪前方的环形调节器，压胸沉肩，瞄准定位。芮莉亚、冷焰举枪对准祖堤拉姆特，即使这举动带来心安的成分比实际效用更多。籁让蒂菈儿站到他的身后。两名埃蕊人则盘腿坐直，仿佛想从容地顺应一切。

女妖巨大的脑袋占据了前方视野，那是种无法言喻的超现实光景。他们从未预料自己会闯入如此诡谲的境地，联盟的记录里根本没有任何相关资料。

缺乏微晶动力的泰伦将两片扇刃扣于腰间。他深深吸气，设法不去理会体内的情绪反应，逼自己攀爬到芮莉亚身旁。他俩在毒焰下方的一段距离待命。

大概再过数秒钟，他们就会穿过最后一道红网，来到巨型女妖的面前。

那些知道自己将要死亡的人，就是这种感觉吗？泰伦感受到心肚在奔腾，胸口却仿佛灭了气一样的无力。死亡的阴影掐在喉间，但他仍勉强开口："往好的方面想，目标这么大，毒焰应该不会失手。"

芮莉亚发出几声粗浅的笑，没有回话。

毒焰盯着瞄准器，枪口对准了远方的女妖头部。扶着狙击枪管的左手不停校准微晶定位。

巨兽冲出了血网结构，进入巨型女妖所在的空旷空间。毫无疑问，他们已然暴露在祖堤拉姆特的面前。和女妖首领的体形相比，比荷马斯就像微小的虫子，笔直切入上古长者的视角边缘。

——她并无动静。

泰伦仍不敢眨眼，紧盯着如奇观一般的头号大敌。她是百年前跟随终极撒壬围剿殴菲亚行星的强大女妖，无人料想过他们能从这么近的距离观看她。

祖堤拉姆特的肌肤是沙漠的颜色，一种有层次的米黄。从这角度看去，就连皮肤质地也与沙漠相似，仿佛有颗粒般的细浪在表面滚动。**这就是由变种微晶造出来的仿生体**……泰伦心底浮现一股莫名的敬畏之情。

巨型女妖的肩部弧线像风暴过后的平滑沙丘，再往下，坚挺的胸部上没有任何黑色晶纹打破它的无瑕。尖端为深红色，那模样犹如正在爆发的火山口遭到时间凝固，神经状的暗红光丝从前端蔓延开来，然后是一圈圈宛如熔岩池似的波纹。

他们终于和祖堤拉姆特的脸庞平行。半闭的眸子似乎盯着未知的远方，没有察觉正从她眼前晃过的小飞兽。

毒焰，靠你了。泰伦仰望埃萨克人。他们已进入狙击地带，女妖的胸膛像道平顺的沙瀑，绵延到整片躯体下方。他们仿佛凌空在米黄色荒漠上。不过数秒的时间，他们已来到女妖的眉心部位前方。巨兽持续前行，经过了鼻梁的中间线。

"他为什么不开枪?"芮莉亚说。

毒焰僵着身子,没有动作。仿佛慢动作画面一般,他们开始远离女妖的眉心位置。

"毒焰!"泰伦低声喊。

狙击手拉下红色领巾,满脸的诧异。"我无法锁定她的微晶。"

泰伦愣住了。此时,巨兽已飘过了理想的狙击地带。

"泰——泰伦——"

他忽然感觉到芮莉亚的手正紧紧抓住他的手臂。芮莉亚面无血色,盯着祖堤拉姆特。

巨型女妖半闭的眼睑底下,猩红色的瞳孔正随着他们挪动。

泰伦立刻有了动作——他跃下钢架,掠过惊慌的众人身旁。"我来狙击她!"泰伦抛下这句话,钻过钢板朝铁笼的边缘跑去。

他看见暴焰紧抓着一柄长矛,失神地望着巨型女妖。泰伦扯住暴焰的手腕说:"千万别关掉沉寂之矛。如果我失败了,你们赶紧离开这儿!"他把扇刃往外抛,自己向前跃入半空。

他听见身后人们的呼喊,但那仅止一瞬。从巨兽边缘坠落不久,所有的微晶系统立即恢复,肩部飞行器的晶纹发出强光,他转向朝女妖的面部直冲。扇刃像是追随而来的导弹,冲击他肘部的瞬间推动泰伦全身翻转,他运用这股力道让扇刃卷为炮筒。

没有任何时间思考,他定住身子双臂向前。祖堤拉姆特的双眼正以非常缓慢的速度睁开,瞳孔不知何时已聚焦在他的身上。

泰伦像一粒微小的尘埃,盘旋在巨大面容的眉心前方。"下次想侵略我们的光域,最好想清楚。"一道强烈的激光从炮口绽放,笔直刺入女妖眉间。

随着冲击的声响,祖堤拉姆特的头部向后倾,裂出网状的穴缝。

成了吗?泰伦完全无法用微晶系统来解析眼前的巨物。面对上古长者,所有数据都已失灵。

巨型女妖的眼珠朝下转动,注视泰伦。额头上的洞穴有股力量在向内吸收,她的皮肤表面像是流沙,迅速填补裂缝。泰伦立刻调整姿势,打算再次攻击她。

他被一道看不见的墙给撞飞,疼痛感遍布全身。体内的微晶立即做出调整,透过铠甲让他稳定半空中的姿态。泰伦看见女妖的长发像好几道螺旋长鞭,在空中甩动。同时,几只庞大的赛忒兽已从四方汇聚过来,将他层层包围。

"我们得解开沉寂之矛!"蒂菈儿呼喊。她看见泰伦被埋没在赛忒巨兽当中。

"看那儿——!"欧萃恩站在铁笼的前方大喊。

他们行进的方向同样布满猩红色的管状结构,在那彼端,大大小小的赛忒兽已同时从要塞各处汇聚过来。

我们必须突围!但是泰伦——蒂菈儿向上爬过几道钢板,看见埃萨克战士的身影。"大家!解除沉寂之矛!我们得应战!"

独眼的暴焰按下开关。瞬间,优岚、飞洛寒的天穹守护纷纷重拾微晶功能,青铜和墨黑色铠甲均冒出了光痕。蒂菈儿感觉到身体机能恢复的一刻,探测变异微晶的雷达即超载。她仰头看见至少十几头赛忒兽已从断裂的假星底层朝他们逼近,紫光愈渐明晰。

她听见有人呐喊。"籁!前方交给你了!"那是芮莉亚,女埃萨克人的声音响彻众人耳缘。

漆黑兽体从四方包夹而来,掀起严密的幽闭恐惧。一股压迫感把人们最基本的防卫本能压垮。然而芮莉亚的嘶吼就像系命的弦线,扯动战士们的反射神经。

"毒焰、冷焰,你们到前面协助籁!我们得清出一条飞行通道!"芮莉亚不断向上爬,朝着铁笼的巅峰而去,"暴焰!甲哈鲁!布拉可，随我来！——我们在顶层围成方阵！"

蒂菈儿扫视身旁，大伙已开始动作。她知道自己必须跟他们一起战斗。

她触碰眼前的钢板。这里头是变种微晶，比荷马斯的一部分。她知道自己得冒险，协助众人防御。

后方已有赛忒兽尾随过来，那儿是目前防守最弱的地带。蒂菈儿立刻朝着巨兽的尾端跑去。

一个飞速的身影掠过她的身旁，从比荷马斯的尾部向外冲。

泰伦这辈子第一次——也或许是最后一次，同时面对那么多种类迥异的赛忒兽。它们唯一的共通点是躯体中央裂开的骇人大口，以及爬满黑色神经的利牙。泰伦闪避过一只的攻击，发动炮击打穿另一只的翅膀。顷刻之间，他已被包围得密不透风。他让战士的本能主导一切，打算在死前多带一些赛忒陪葬。

激光从泰伦的炮口闪现，他旋腰，解开合并的扇刃，顺势劈斩身旁的魔兽。有东西击中他的背，他在空中打转时已再次交绕双臂，颠倒着放出一击。一头赛忒兽燃起火花爆了开来，但前后左右都扑来魔物。来吧，我要让你们知道——

从天降临的冲击力将他往下带。

"鬼祟！"泰伦大吃一惊。

鬼祟单臂扣着泰伦腰部，划出曲折的飞行路径穿缩在追捕他们的赛忒之间。"哈哈，老大，趁她裸身在她额头上开个洞，这成何体统？"

"看样子我彻底惹怒她了。"泰伦回头，看见祖堤拉姆特的目光一直追随他们。她的手臂像是移动的丘陵，从下往上挥摆。鬼祟加速了飞行，在她的手掌间迂回前行。女妖的指缝像是峭壁之间的峡谷，从两旁略过。鬼祟的飞行能力果然无人能出其右。即使平时疯癫，安德

285

树·蒙谷在这样的时刻几乎所向披靡。挟带着泰伦,他也能够施展惊人的机动力。

忽然间,泰伦有股不太对劲的感觉。

仿佛无形的海浪拍打到身上,两人朝不规则的方向被弹开。一股冲击袭来,鬼祟整个人向后方坠去,与泰伦分开。

是女妖的引力攻击! 泰伦发现自己的重力锚完全不管用了。好几道引力震荡从前后左右夹击他们,一秒内来了十几波扫过身体。他与鬼祟就像被钉在半空中,连一根手指也动弹不了。

祖堤拉姆特朝他们接近。即使是密集的赛忒兽群也遮挡不住那已苏醒的愤怒面孔。

泰伦感到浑身的细胞都被力场给锁死,就连想闭眼睛都办不到。他眼睁睁看着上古长者张开巨大的手掌,朝他们压过来。

一股强大的波动扫过泰伦的身躯,有那么一瞬间止住了巨型女妖的手掌。

泰伦和鬼祟的身子再度活动,看见一道突来的倩影挡在他们前方——克拉黎亚!

这个同样才苏醒的同伴震开了周围的赛忒兽,她背后的晶纹延展出来,像是扭曲的黑翼悬浮半空,末端连着两个轮状的钩爪。她以飘浮的身躯面对上古长者。

祖堤拉姆特的绯红色瞳孔微微闪动。

泰伦在原地喘气,等待下一步动静。微晶铠甲正在修复被破坏的肺腔细胞。

"我们失败了。"泰伦听见克拉黎亚说,"想办法撤退吧。"

"欧萃恩,别跑远,躲在我们的视线范围!"芮莉亚从上方对他喊,然后转身朝外头的兽群扬开火光。巨兽比荷马斯成了他们的生存要塞。战士们盘踞各地,对抗从四面八方包夹过来的黑色魔物。

欧萃恩躲在铁笼的角落，似乎什么忙也帮不上。

就连蒂菈儿也运用她的渲晶能力，挪动巨兽背笼的钢片阻挡游离兽入侵。欧萃恩双手空空，连个能用的武器也没有，全身上下唯一有杀伤力的，只有装满灰色炸药的分解式铠甲，如果他愿意用握柄引爆。

巨兽比荷马斯激烈地晃动。现在它得主动调整飞行路径，甚至以钢牙攻击其他魔物来突围。欧萃恩仰首，看见铁笼的外头尽是伙伴们的激光炮火，以及绵密的兽群。

现在，漂流者分为四个战斗群。

以籁为首的一群人站在巨兽的颈部，设法排除想阻挡飞行路径的魔物。籁手握仅剩半截的电子长戟，释放热能激光。美人让自己占据一个定点位置，以强大的火力朝前方轰击。毒焰则在他们身旁，凭直觉计算时间，锁定远程的大型魔物，在其抵达眼之前一次干掉一头。冷焰也与他们在一起，发出战号，扫射敌军。

芮莉亚和暴焰等四名埃萨克人占据了铁笼的最高处。他们半身从笼中冒出，对抗自天顶不停落下的游离兽群。

两名埃蕊人待在铁笼里头，像游击队一样负责解决突破防线的小型魔物。蒂菈儿就在他俩身旁操控钢架，用以阻拦闯入的敌军。那三人的任务是防止敌人穿透中央，确保各区域的伙伴不会腹背受敌。

在巨兽尾部，女妖克拉黎亚以轻盈的步伐回归。泰伦也已归来，和鬼祟矗立在她左右，共同对抗尾随的敌军。

他们闯出了假星要塞，却冲进密密麻麻的赛忒军团里。*我被判决的准绳*……欧萃恩看着席卷视野的上千万颗紫光，脑子快麻痹了。然而他看见其他同伴没有犹豫，即使处于恐惧的风暴，他们从未停止战斗。

欧萃恩咬住嘴唇，不再默念石嚎族的格言。他想对欧非业之光祈祷,却知道它根本帮不了他们。在这儿,他们只有彼此,只有身边的同伴。

欧菲亚联盟把他们当成可以牺牲的弃子,但漂流者不会向命运屈服。

我什么也做不了。但我会用眼睛记录下整个战局。他看见自己手中握着剥落的金属碎屑,突然下了决心。他扫视铁笼找到一个理想的位置,朝那儿跑去。若真有奇迹能让他们逃离这儿,他会告诉所有人他脑中的记录。**如果还有下一次……**

前方,一只游离兽被蒂菈儿操控的钢片压垮,欧萃恩越过它,再绕过挥舞拳套对抗入侵者的骆里西尼,然后攀上层叠的钢板。他一步步来到脑中设想的位置。

果不其然,从这儿他可以看到所有人,观察全面战局。

他惊讶地发现敌军炮火有九成以上被封锁在外缘空间——粒子束、电浆球、熔性金属、暗光热线,这些赛忒军团惯用的攻击——全被某种看不见的障碍给阻拦,仿佛巨兽坐骑的四周有一圈防护网。更夸张的是前方一些想冲撞他们的魔物,也如四散的弹珠溃散开来。**是克拉黎亚!**欧萃恩瞬间明白了。

女妖的能力惊人的强大。她的本体待在后方,却在巨兽周围展开一圈强大的引力盾。比荷马斯急速飞翔,在赛忒大军中央切开一道浩劫般的轨迹。

敌军当中也有一些能力较强的魔物拥有扭转引力的本能。它们穿透无形的护盾成功闯入,却坠入漂流者扬开的火网。

就在欧萃恩胆敢怀抱一丝希望的同时,不经意回过头。

祖堤拉姆特已从后方追了过来。

芮莉亚操作手中的电磁炮,轰爆一头赛忒兽的脑袋。然而敌军的包围网越渐严密,没有放缓的迹象。她不安地看着枪背上急剧衰竭的能量槽，钢球子弹也剩不到一半。

激烈的战斗在周围展开。克拉黎亚奠定了外围的防御基础，漂流者则负责保护他们的坐骑。

我们还能撑多久？自从初次遭到遗迹传送后，这可谓他们第一次真正意义地对抗一大群敌人。芮莉亚感觉全身的细胞被唤醒。其他的焰落同伴亦然，只要进入战斗状态他们便不再受恐惧摆布，激昂放肆地厮杀。然而芮莉亚强迫自己保持清晰的思路，不能无谓浪费弹药。

一阵冲撞差点把她抛向半空。她以手臂扣住腰间的钢架，看见一头同等体积的赛忒兽与比荷马斯的侧腹相贴。两头巨兽以尖锐的钢翅突击对方，拉开一道螺旋状的纠缠轨迹。那头赛忒兽像只怪鸟，爪子紧紧钳住比荷马斯，想延迟它的逃脱。

不妙！芮莉亚立刻跃出钢架，奔跑于铁笼之上，朝怪鸟兽隐现紫光的部位开枪。

眼角闪现几道白光，芮莉亚望了过去。美人已火力全开，微晶铠甲如同巨炮的基座扎根在钢铁表层，怀里的枪管绽放出十字光芒。手臂的伤势大大削弱了美人的力量，但激光炮依旧在怪鸟兽的身上开出好几个洞。那头魔物浑身爆裂，看似就要脱离开来。忽然它张开满是利齿的喙嘴，咬住比荷马斯的颈部，连同美人一并吞噬。白光和紫色火焰同步乍现，整个铁笼都在摇晃。

美人死了。芮莉亚惊愕地扫视眼前，发现怪鸟兽依然拖着比荷马斯。她切换电磁模式，往前跳跃几步，对准了怪鸟的眼珠。长发披散在芮莉亚的半边容颜，她以单眼瞄准，狠狠扣下扳机。

电浆粒子射线打穿怪鸟的眼部，紫光像幽魂般散放出来，它终于化为破碎的尸体，被比荷马斯甩了开来。芮莉亚转过电磁炮，发现刚才的一击几乎放光了能量槽的三分之一。

"啊————！"数道尖锐物撒在她周围，仿佛落卜的箭矢，划破芮莉亚的手臂和大腿。位于另一端的甲哈鲁也发出哀号。那是黑钻般的利器，连铁笼的钢板都能打穿。芮莉亚刚抬头，看见又一波黑钻袭来，她已来不及闪避。

清脆的金属声响回荡在稀薄的空气中，芮莉亚睁开眼，看见自己被交织的钢片所保护。几根黑钻卡在钢板之间。

蒂菈儿在下方，手掌贴地。"我们得摆脱她的追击！"

芮莉亚这才看见巨大的女妖已从后方追了上来。从她脑后延伸出来的黑晶长鞭在半空中缓缓飘动。那些抛射物是祖堤拉姆特发辫上的，能直接突破克拉黎亚的力场盾。

巨型女妖神情不变，看不出任何思绪，然而她明显加快了飞翔速度。而在另一端，几头庞大的赛忒兽已在前方等待，组成了毫无空隙的包围网。它们咧开獠牙满布的口，酝酿炽热的紫色死光。

我们逃不掉了。芮莉亚屏住呼吸。

欧萃恩从铁笼的边缘俯冲而下，往比荷马斯的伤口跑去。巨兽坐骑的颈部被咬了一个大洞——熔化的黑色钢铁，复杂的紫光线纹，还有东西在内部鼓动。欧萃恩看得呆愣片刻。

然后他踩过破碎的钢板，托起美人的身躯。美人还活着！他看见天穹守护的肩膀动了起来。微晶巨炮已被粉碎，残余的部分正慢慢缩回美人的铠甲内。他的半身全是伤口，面罩也破了。但微晶铠甲就像个生命体，自动从各处延伸出青铜色的触角，寻找需要处理的创伤。但是他的伤势太严重了，得带他离开这儿！欧萃恩拉着美人，想把他拖往铁笼内部。

美人弹开欧萃恩的手，满脸的愤怒，忽然举起手中的闪光枪对准欧萃恩的脑门。

欧萃恩冻结在原地，感觉耳边一阵炽热，回头看见白色光束打穿一头刚刚降临在钢板上的游离兽。

"滚。"浑身是血的天穹守护站了起来。

欧萃恩睁大了眼。"后面——"

数头赛忒像流星一般坠入比荷马斯的身躯。铁笼子被撞开几个大洞，欧萃恩被弹向一旁。

他甩甩头，看见那些魔物已然起身。它们像是拥有利爪和尾巴的人形物，即使驼着背，也足足有埃萨克人的两倍高。在它们由黑晶酿造的身躯上，鼓动的神经盘绕于表面。诡异的嘴巴垂直撕裂到胸口。

四周的战士与它们展开混战。欧萃恩慌张逃跑，瞥见铁笼中的骆里西尼正与两只人形兽进行缠斗。铁架上方，还有三只围住芮莉亚，带着杀意朝她逼近。不远处，毒焰的腹部被打穿，锥刺般的黑钻将他钉在钢板上。

一波紫光射线像雨点扫过众人眼前。

"不要被击中！粒子炮里有变种微晶！"蒂菈儿惶恐的声音从远方传来。整个局面陷入混乱。欧萃恩知道一切都完了。

"去死吧赛忒——！"甲哈鲁持枪扫射，大声咒骂。他被四五只人形兽给包围。

怎么……怎么办……欧萃恩呆立在原地。

高大的人形兽踩住甲哈鲁。其中一只的尾巴像剃刀，在钢板上刮出火花。"呜啊啊啊啊！"甲哈鲁痛苦号叫，握枪的手臂已与身躯分离。

人形兽歪着头，无声地观看在它们中央蠕动的埃萨克人。长在它们胸口的嘴巴张大，露出数排獠牙。他要被杀了。欧萃恩仿佛着魔一样，动也不敢动。

一排火光从旁扫射人形兽，打爆其中一头的脑门。冷焰闯入它们当中，单手把甲哈鲁向后拖，另一手从未放松扳机，压制住赛忒的动作。

"欧萃恩！来帮我！"冷焰吶喊。然而欧萃恩盯着止在挪动的人形

291

兽，脑袋一片空白。

"欧萃恩！"

又一波紫光射线刷过天际，某处有人恸哭。

欧萃恩咬紧牙向前跑，接连有紫光落在他身旁。他来到冷焰边上，把甲哈鲁拉向已崩坏的铁笼。欧萃恩喘着气喊："我们被突破了！这里完了！我们要全部往里头——"细长的黑色尾巴捆住冷焰腰部，倏地将她举向半空。

"冷焰！"

"带他走！"冷焰朝欧萃恩怒吼。她双手握枪，瞄准绑住她的人形兽的头部，集中轰击，杀掉它。然而在她落地之前，再度被另一头人形兽的尾巴给卷住。旁边来了另一头，用尾巴捆住冷焰的脖子。她就悬挂在他们中央，像个窒息的玩具。

它们盯着她抖动的身子。其中一头伸出利爪，刮破冷焰半边身体。她的铠甲碎裂，露出染血的胸脯。人形兽摘下她的一边乳房。撕裂的肌理之间，血液如泉喷溅。"呀啊啊——！！！"冷焰疯狂地射击。某个人形兽从她后方贴了上来，利爪从女埃萨克人的后方切过，劈下她半个脑袋。冷焰的尸体仍握着枪柄，射出一波波子弹，胡乱扫荡周围，甚至差点击中欧萃恩和甲哈鲁。

喉间一股哽咽。欧萃恩拼命拖着甲哈鲁，腹部一阵恶心感催着泪意上升。

视线中，战场成了湿润而模糊的画面。

太好了！蒂菈儿定位到变种微晶正从法里安尼的血液排出。

法里安尼被赛忒的粒子射线击中倒地，所幸蒂菈儿及时赶到，抑止变种微晶的扩散。学习控制比荷马斯背上的钢片，让蒂菈儿在短时间内对赛忒微晶的运行方式有了深刻理解。她在法里安尼的体内加了双重信号阻隔机制，透过渲晶力来诱导，强迫变种微晶汇聚在流血的伤口处。

骆里西尼也赶了过来。他的片甲拳套前端正冒着黑烟。

"保护她！我得去帮助其他人！"蒂菈儿看见巨兽尾端闪现白光，立即朝那儿跑去。

*我们不该来这儿的。*蒂菈儿的胸口一阵难受。她看见泰伦、鬼祟正与一群人形兽交战。远方太空中，克拉黎亚渺小的身影正试图阻止巨型女妖对他们造成致命伤。

上古长者已完全苏醒，他们连想逃都办不到，遑论从本体采集东西。蒂菈儿察觉祖堤拉姆特被多重引力阵给保护，每一层都更加强烈，更加怪异。克拉黎亚甩出电浆球，并从长发尖端射出轮状光盘，均无法穿透她的守备。穿缩在她们之间的千百头赛忒兽，已密集包夹过来。

蒂菈儿触碰身旁的钢板，它立即凹陷、断裂，砸向一头想偷袭泰伦的人形兽。此时，比荷马斯忽然做了剧烈的转弯，女孩跌向一旁。

"我们快到上古长者军团的边缘了。"克拉黎亚的声音在空气中回荡，传入所有人耳内。

"美人——！"泰伦大喊。

蒂菈儿随着泰伦视线望去，看见那名天穹守护正站在铁笼顶端。*他被侵蚀了。*蒂菈儿睁大眼，看见美人的身体已呈异变；墨黑色的结晶体在体内蔓延，从肢体的表面涌现。*太迟了。*

美人伸展手臂，臂铠上的晶纹延伸出来，爬满闪光枪。只不过这一次，出现的是黑色微晶。他的手臂成了一团巨大的瘤状物，里头的神经系统不停鼓动。

"噢。毒……毒焰在哪？"鬼祟沉下双手，东张西望。

美人在半空中大吼一声。忽然，紫光从爆裂的手臂射出——笔直朝向蒂菈儿。

泰伦快了一步，扑倒女孩，光束削过他们的背部。

蒂菈儿吃惊地看着泰伦烧焦的背铠。"你受伤了——"蒂菈儿语音未落，视线彼端出现更不祥的画面：在泰伦后方，美人后方，巨大的手掌扫过太空。

一股无形的力量从上方压来，比荷马斯背部的铁笼爆裂开，金属片块四处飞散。蒂菈儿、泰伦和美人飘散在真空的宇宙里。

他们三人分散开来，在祖堤拉姆特的面前飘浮。

泰伦看见蒂菈儿没有飞行能力，在真空中无法行动。

泰伦启动肩部的推进器数次，蓝光忽明忽灭。他的目光飘浮在美人和蒂菈儿之间。启动啊！启动！

美人就在前方，脸部被黑色结晶覆盖，狰狞的眼珠满是血丝。他竭力压着自己胸口，却无法抑制变异的鼓动。祖堤拉姆特巨大的身影来到美人的眼前。

泰伦的推进器发起动力，带他冲向美人。突来的一道力场把泰伦推开，感觉像撞上正在扩张的墙。

最后，他看见美人无声叫嚷着，变异的手臂释放出一道强烈的紫色激光，向巨型女妖的眉间射去。

激光未到女妖的面前即消散了。

"啊——！"泰伦让自己和美人共同面对目标，接连炮击，毫不在意全身能量的急速流失。然而光束在上古长者面前被力场吞噬，犹如投入海面的碎石。祖堤拉姆特缓缓摊开手掌，停在无法动弹的美人的下方。

泰伦朝向那巨掌开枪，却无法对其造成伤害。美人疯狂地四处扫射，胸口鼓起黑色水泡，像有东西想从他体内突破出来。女妖的手掌像朵巨型莲花，包覆住美人。另一端，有几头妖兽正朝蒂菈儿而去。

泰伦双眼圆睁，盯着往昔的战友。不知多少次出生入死，美人都在自己的身旁。永别了，兄弟……泰伦咬紧牙关，变换轨道。他飞驰经过蒂菈儿身旁时抱住她。他们得远离上古长者。

巨型女妖握住五指，半空中的美人张开口，像在喊着什么。黑色结晶从皮肤的表面破开，蓝紫相间的强光从他身躯的每一处绽裂。然后，美人被交叠的力场给夹平，化为一潭血雾，消失在真空里。

我们不该来这儿。我们当初应该抓紧机会返回联盟。泰伦眼角悬泪，直盯着比荷马斯的方向，美人是对的。这根本是愚蠢至极的任务。但我总认为什么事都能办到……

蒂菈儿似乎正注视着自己。泰伦没有看她，脑中满是愤恨。如果温德希望我们全数阵亡，那么他成功了。

周围的赛忒兽朝他们吐出粒子光弹。

飞洛寒的女孩什么话也没说，双手环抱过来，紧紧搂住泰伦。光弹接连掠过泰伦的飞行轨迹。

忽然，空间的边缘像被染上什么颜色，黑色天幕被一层绚烂的虹光薄膜给覆盖。那是某种屏障，看不准距离，只知里头涌动着无法定义的电磁脉冲及引力波，还有散乱的变种粒子，仿佛等着扑击任何穿过它的人体上的伤口。祖堤拉姆特把整个区域罩住了，不打算给我们任何机会。

前方，比荷马斯已调头绕了回来，急速接近他们。后方的几头巨兽快要追上泰伦和蒂菈儿，吐出的粒子光弹以音速十倍的攻势袭来。热能与红外线雷达扫描失效，泰伦只能盲目地向前飞。他搂住女孩肩膀，倾斜飞行角度，期望他们不被这一波攻击扫到。

比荷马斯近在眼前，但后方有一头魔物快了一秒。

它张开利齿搅动的大口，朝两人的腿部咬去——白色激光掠过泰伦上方，击穿赛忒兽的獠牙，在它口中引爆。籁站在比荷马斯的头部，伸出双臂。

295

比荷马斯画出弧形轨迹，与泰伦的飞行航道交叉。

他和蒂菈儿扑入籁的怀里。三人滚落在巨兽的颈部，被凹凸不平的钢板挡住身躯。

"全部回到铁笼里，做好掩护。"不知何时，克拉黎亚悬浮在他们面前，与巨兽同步飞行。

她舞动双臂，似乎散放了什么东西到空中。巨兽四周的空间微微扭曲，出现一圈断层吸入前方的光波。虹光薄膜撕开一道缺口，只零点几秒的时间差，比荷马斯穿了过去。

闯出军团边缘的一刻，克拉黎亚旋身，背上的黑晶体闪烁紫光，倏地展开为大片黑色翅膀。双翼尖端的轮状钩爪脱离开来，在真空中疾速旋动，仿佛两轮紫色的龙卷，然后遽然碎裂，化为粉尘。

泰伦不确定克拉黎亚做了什么事，但他能感到自己体内的微晶被某种力量扯动。突然间，眼前上千万头赛忒兽像是乱了方寸，混乱地朝不同方向打转。有些甚至冲向祖堤拉姆特。

克拉黎亚无声地降落在比荷马斯身上。巨兽立即以极限速度向前飞。

某处的钢板层层分开，推起四柄沉寂之矛。

"启动它们。我从本体释放出嗅觉干扰信号，但效用不知能维持多久。"克拉黎亚说，"比荷马斯的躯体中枢遭到破坏，飞行速度将会很不稳定。它们随时可能找到我们。"

泰伦等人立刻照办。他看见克拉黎亚的身躯也多了几道非常深的伤口，露出里头的结晶体。

祖堤拉姆特的军团像一团紫色的星云，逐渐远去。只有零星的紫光朝他们而来，却似乎摸不着方向，四处盘绕。

泰伦启动手中的长矛，看见巨兽的背部已是残破的废墟——四处都是凹陷、熔化的钢架，以及敌人留下的黑钻利器。

他疲惫地坐下来，向后倾倒，急喘的气息化为稀薄的白烟。他的目光掠过崩裂的铁架，盯着毫无变化的寂静宇宙。

第二十四章
古央星域/欧菲亚行星/天穹城

近百年来，埃蕊这种族在联盟一直处于特殊的地位。各大阵营明争暗斗的情况有增无减，反而让坚持不参与斗争的埃蕊族巩固了印象。埃蕊的首都埃蕊艾尔那，成了休战与善意的圣地。就连议会主导的联盟中立军也对他们抱以一定程度的敬重与宽容，不轻易越界。

开罗原本指望这光环会是自己的保护伞。

但很显然，这样的信条无法套用在法里安尼这埃蕊人身上，因为她是个斡旋在各大家族之间的间谍。

开罗不难想象为何联盟中立军会大刺刺地挟持他，把他软禁在一艘无名飞船里。当时开罗还挖苦自己，至少他们没有充公他的通信接收器。然而情况一变再变，他被运往欧菲亚行星，穿越密集的驻星舰队，穿越宏大的钢铁经线，降落在星球表面的某个行政区。

上一次来欧菲亚不知是多久前了。当时他在学术界闹出大事，沸沸扬扬地与权威学者争辩，最终因强制驱离而收尾。当时开罗便立誓永不回这颗星球，却万万没想到会以这种方式打破誓言——由一件与自己关系不大的事被押进星球大气层。

迎接他的是个名叫白严的男子，身披怪里怪气的披风，嘴上叼着根一看就是假造的枝芽。据说他还是一级探员。

白严关切的是法里安尼的过去，但说实话，开罗对这方面的了解可谓一片空白。

接着，开罗被允许和飞洛寒的巴顿对话，但巴顿除了给出一些零碎的遗迹资讯，一概不提其他事儿。过了一阵子，地方又被另一批人接管，白严消失了。士兵的感觉变得不太一样，即便他们同样穿着"联盟中立军"的军装。再过了一阵子，他们终于公然夺走了通信接收器。这是他料想过第二糟糕的情况。第一糟糕则是他大概要被灭口了。

那并未发生。白严又回来了，但开罗没有拿回海螺通信器。

他已经搞不清楚怎么回事。日复一日，只能待在既定的活动空间，研读巴顿等人给他的资料。他被软禁的地方可谓豪华套房，吃喝玩乐，什么都有（当然，他对食物的口味相当不满）。他开始想念起纽湾那头恼人的鲸鱼。那个狡猾的小鬼，竟然隐身跑了，它知道法里安尼的事可多了。开罗当时想。

身边的监控系统变得宽松，允许他接触外部资讯。开罗有种感觉，他已被整个事件边缘化。这种感觉他非常熟悉。

现在漂流者的行踪成谜，开罗便成天观看边境战争的新闻。光域边境离欧菲亚行星有一百光年之遥，因此普通人多半认为事不关己。三大赛忒联军听来恐怖，但相较于过去几年发生的种种内乱，这行星的人们默许远方的威胁被暂时遗忘。他们更关切打到家门口的家族战争，联盟分裂的潜在可能，微晶病毒的扩散，交易体系的崩坏。

天穹城的人们最热切关心的新闻包括毫无破绽的钢铁经线前阵子首次遭到突破，那艘黑市运输艇"铁玫瑰号"已被全光域通缉。人人都在猜测它的去向。还有个新闻，囚撒壬之战而诞生的变异种族"飒

299

因"，似乎找到方法摆脱联盟用以禁锢他们的牢笼；有谣言他们的移动居所舰合城出现在天尘星域，目前已有家族派军去侦测。

联盟越来越混乱。难保哪天就瓦解了。开罗关掉全息解说。

房间的一侧是片玻璃长墙，外头的景色令人惊叹。几座天空之都以光轨相连，像漂浮在云海的岛屿。气流带着云朵缓缓卷动，扫过堆叠的盘状居处。远方地平线上，天穹城就像坐落在雾霭尽头的巨型莲花，六片花瓣恒久地绽放。而中央高塔——天空之钥，竞相释放庇护子民的光芒。

撑起我们整个文明的光，也是加速文明分裂的源头。开罗探口气。透过生育和体内吸收，微晶传承了人类千百年来的文明意志。欧菲亚之光启动后，更是大幅度和人体内的微晶产生作用。瑟利文明拥抱传承，全速利用欧菲亚之光为科技载体而进化；埃萨克文明则竭力排斥，从这科技传承脱轨，不再受到欧菲亚之光的影响；埃蕊文明找到第三种方法，用体内有限的微晶去局部接受欧菲亚之光。然后，现在又多了飒因这怪异的种族……

开罗看见钢铁经线的倩影不时扫过天际。它们是环状的奇异结构，仿佛行星的外骨骼，看似随机地合并、分开、挪动、转向，却从不曾打扰到光域文明的脊梁欧菲亚之光。人类透过选择科技来达成不同方向的进化，但事实上他们都只对于覆盖文明的光做出被动的举措。彼此渐行渐远，在赛忒包围下又都走不出光域，未来全面冲突将不可避免。

他坐在一张白净的环形桌前，唤出先前的阅读记录。不同遗迹的全息缩影在他面前打转，图解数据也一并活跃起来。

开罗用指尖触碰它们，继续研究一个他先前察觉到的怪异之处。

"你们的理解有很多缺失。"

"是吗？"白严心不在焉地回道，没有抬头。他正在掌上操作弹跳的叠加数据。

白严每过几天来问问开罗关于两名埃蕊间谍的事已成了例行公事,一旦开罗再也给不了新东西,白严便坐在环形桌的对面忙自己的。

"不管谁建的,这东西还真是漂亮。"开罗转动一座遗迹的全息模拟,"我发现有些遗迹被建在星系的最外围,远离恒星的星球上。难道你们从不觉得奇怪?"

"遗迹总是出现在难以预料的位置,没什么大不了。技术方面的事,是联盟科技研究院的管辖。"

"什么都丢给联科院……五大家族随便一个探研中心都超越你们几百年。"

"那也是联科院自己的事儿。我们联安局还有要事得处理。"白严缓缓吐了口气,瞄了开罗一眼,"从现在起,联科院会与各家族紧密合作。所以不用你操心。"

开罗嗤之以鼻。"你们这种神奇的合作方式都把我看蒙了。跨星域会议就他妈开了一次,然后就有人来把通信仪给抢了。"开罗盯着他的反应。我想你也觉得无奈吧?

白严并没有回应。

"而且我看到新闻了。飞洛寒家族开始往光域的边境增援,从好几个星域同时调度军力。这对联盟算是好事吧?"开罗想旁敲侧击探话,但白严依旧没有理会他。

事实上,联盟的政治局面比想象中更严重。

稍早,开罗便从几个社会暗流的资讯平台获知,飞洛寒军方的举动在家族内部激起莫大的冲突,甚至引发家族族长飞洛寒·度因的震怒。纸包不住火,如今这些争论已从闭门会议扩散到那家族的每个阶层。议会不为所动,很可能他们觉得让飞洛寒势力远离光域中枢是件

301

好事。议会内部出现缝隙:飞洛寒家族竭力要求议会先通过决议,对边境驻军条款以及战后重建工作的分配能先行制定"公平与公正"的规则。他们甚至私下对议长忒弥西进行施压。

结果是什么都没有改变,因为优岚家族阻挡了所有的提案。理由是一句简单的"边境战况不明"。开罗有种直觉,这些事与法里安尼等漂流者有连带关系。但他不打算直接询问白严,知道对方不可能透露。因此,他问了别的问题。

"呐。我什么时候能把通信仪拿回来?"开罗把双手摊平在白桌上。

"等事情处理完毕。"

"我什么时候可以离开这儿?"

"快了。"白严说。

狗屁。开罗笃定,就算现在漂流者已回到联盟,他们也不会告诉他。所以开罗打算反守为攻。

白严正埋头检视一个关于一支埃萨克矿区护卫队的资讯档案。开罗闷哼一声,一把抓住这阵子反复钻研的遗迹档案,抛到空中。众多全息影像布满他与探员之间。

白严微微抬起头。

"呐。我知道你对古人的遗物其实不感兴趣,对吧?"他抓了抓胡须,"你只想侦查出谁在背后搞鬼,动机为何,目标为何,我说得对吗?"他看白严没回话,便接着说。"听着,年轻人,这世上也就两个方法可以让你明白一个人的行为。什么力量在背后驱动他?什么力量在前方引领他?一级探员,'推力和拉力',这你应该懂。"

"你想说什么?"

"你把这两种力量交会的疆界画出一条线,就会看到所有人都站在上面,跟玩具一样叮叮咚咚地挪动,看看拉力和推力的博弈哪个更

302

强。"开罗自顾自地说,"我不晓得你想从法里安尼身上挖出什么,但我想无论漂流者或跨星域会议里的大人物,还是我们都不知道的幕后黑手,他们最终还得殊途同归。因为真正引导他们的力量来自未来,是能够改变全联盟的力。那力量说白了,就是'对遗迹的掌控'。"

白严还是以空白的眼神看着他。

"老天!你还听不懂我想说什么?"开罗恼怒地说,"如果你真关心联盟的未来,就必须彻底了解遗迹;要了解遗迹,则必须承认一件事——那些远古创建者的目的,不可能有任何的随机性。包括摆放遗迹的位置!"

"我们确实了解得不多。目前能够操作遗迹的渲晶师寥寥无几。"白严的视线穿越全息影像,盯着开罗。

"早就有足够的信息,只是你们都瞎了。"开罗随意地把几座遗迹推向白严。红色的标签浮动在它们四周。"你看到什么?"

探员的目光飘动在翻转的遗迹影像间。"你知道了,联科院把它们做了各种分类,便于研究。"

"是啊,是啊,你们依照属性能把它们归类。单向的、双向的,随意定位的加个X,能做接收用的是R,会自我毁灭的叫DS。但说到最后,其实它们还是服务于同一种功能——'传输工具'。漂流者遇到的所有遗迹,只有这一类。"

白严慢慢靠紧椅背,嚼动口中的细枝。

他的表情变了。开罗知道自己猜中了什么。"你们都把我给监禁了,有啥好担心的?"开罗摊开手。"听着,小伙子,我吸进鼻子里的天空粒子比你体内的微晶还多。撒壬之战发生时我大概就你这模样,别好像只有自己才配掌握全宇宙的秘密。"

开罗突然提高音量。"遗迹的建造者不会平白无故把东西放在什么都没有的位置。我们还缺少一些关键的拼图。解得开,你在寻找的

303

答案也在里头。"

"你有什么想法？"白严问他。

开罗不回话。他的目光炯然，双手迅速点开他研读过的遗迹。

曼奴堤斯、摩根尼尔、莱蝎星、赫尔墨士、LUTIC 76……若连未命名，仅有坐标的星球都算在内，总共三十几座。

"换你告诉我，它们还有什么共通点？"开罗将所有影像排列成环形，悬浮于两人之间。

联安局的一级探员盯着那些画面，神情困惑。

开罗伸出食指，指向一座遗迹的影像，然后反手握拳。它被压缩不见，取而代之的是所在的星球。他再次握拳，星球被压缩成微尘，显示出整个行星系统。

开罗就这样唤出一个接一个行星系统。各种颜色的微小天体绕着各自的恒星，飘浮在洁白的桌面。

白严不自觉地拿下口中的细枝，似乎看出了什么端倪。

"你们总把目光集中在遗迹上，忘记看看它们所在的地方。"开罗沉沉地说，"别告诉我这是巧合。"

白严随机拉出一个星系的数据图，有些茫然。但到了第三个，他明显理解了。"这些星系……没有一个处于'主序阶段'？"

"反应挺快。你退休时，可以考虑进联科院了。"开罗露出讽刺的笑容，拨动所有星系图，"全宇宙，百分之九十的恒星都在主序阶段，也就是它们燃烧得最旺盛的壮年时期。遗迹就算随手乱建，也不可能连一个主序星系都没踩到。"

白严迅速扫视全息影像，仿佛思绪在飞转。三十几个行星系，无论是单一恒星、双联星，甚至三轨星，都只有庞大而昏暗的面孔。从血般的殷红，到泛白光的碧蓝——它们都是已进入生命末期的恒星。

开罗向后倾身。"你去找那些家族或联盟的高层，召开你们的大人物会议,叫他们偷瞄一下手里没打出来的牌。我用我的胡子打包票——未来十年的胡子,全押了——不会有一座遗迹是在主序星系里发现的。"

"这还能代表什么?或许只是远古建筑技术能实现的条件。"

"或许是。也或许不是。"开罗喷了下鼻息,"但我有个不太好的预感。这些远古遗迹的建造者,玩得有点儿大了。"

白严以沉静的目光打量开罗许久。"你果然是个学术界避而远之的激进分子。"他把细枝咬回口中,瞥向飘动的星系群。他起身对空中做出几个手势。长形玻璃墙转暗,天花板上的监控光点也熄灭了。

"对于知情人士而言,这些遗迹确实只具备'传输功能'。"白严接着说,"联盟发现还有另一种遗迹的存在。目前只找到一座。五大家族没人晓得。就算是联盟最高层,也只有七个人知道这件事。许久前,议长亲自传输给我的机密,我答应她得绝对保密。"

但是议长对你不义。她让人夺走了我的通信仪,也剥夺了你对此事的管辖权。开罗耸耸肩。"放心吧,你什么都别说,由我来猜。大不了把我灭口。"

待白严点头,开罗愉悦地推敲道:"我猜你说的'另一种遗迹',具有催化成熟恒星的功能。"

"可以这么说。联科院尚在摸索。"

这句话已够了。听到自己的假设从对方口中印证,开罗心花怒放。"果真和我料想的一样。所以基于同样道理,也没有任何一座遗迹建在能量严重不足的棕矮星系中。"他毫不隐藏激动之情,"那么一切都说得通了!我想我明白了古人的意图。遗迹创建者做到了我们无法触及的事!"

"那座保密遗迹是非常危险的东西。"

"哈,叮以理解。你把氢化合物放在一个桶子里,没人分得清楚

305

它会变成燃料还是炸药。"开罗说,"但是,我可以。"

白严深沉地看着他。

"一级探员,你想扳回一城,或有自己的目的,都不干我的事。但把我带上对你不会有损失。这是我的领域。只要让我能疯狂提出点子就好!"

白严的嘴角弯成一抹笑,似乎被逗乐了。"也罢。但我们得换个地方。我可以让你亲眼看看遗迹的模样,甚至亲手触碰它。"

开罗已兴奋得双眼圆睁。

白严取下口中的细枝,走向门口。"我得先听听你的想法。如果有助益,我可以让你飞黄腾达,像回到年轻时把其他学者踩在脚下。但如果你提出的尽是些无用的废言,我会给你几个选项,看你想以什么方式遭灭口。"

"没问题,成交。"开罗露出顽童般的笑容。

第二十五章
光域外 / 比荷马斯

他们原本以为任务失败、伙伴阵亡已是最坏的消息。

回到当初的传送地 S 星球，蒂菈儿发现遗迹消失了。那座稀有的 RLo-7 型遗迹坐落之处，现在成了一片空荡荡的荒原。之前不存在的巨大岩块满布四周，整个区域都变了样。

"它就这么……凭空消失了。"蒂菈儿尝试发出多次搜索信号，最终确定遗迹已不复存在。这个不知名的小星球只剩一望无际的灰色岩块。

"这怎么可能？我们从 LUTIC 76 传送过来时，它明明就在这儿。"泰伦扫视着周围的低谷，"怎么可能平白无故消失？"

要告诉他们吗？蒂菈儿盯着泰伦数秒，瞥见籁对她摇头。

"会不会是祖堤拉姆特的军队来过这儿，把它摧毁了？"暴焰说道。他身上的伤口已复原，但多了一片抹去不了的血渍，像是暗红色的凶狠刺青。

"概率应该不大……"

"蒂菈儿，你在传送之前，曾运用遗迹扫描附近的其他遗迹，对吗？"受了重伤的法里安尼被骆里西尼搀扶着，虚弱地开口。

蒂菈儿有点儿诧异法里安尼竟留意到这件事。她犹豫片刻，提防似的朝女妖的方向瞥一眼。克拉黎亚正在不远处尝试治愈巨兽颈部的伤。

蒂菈儿点头答道："防患于未然。我曾搜索过邻近的行星系，确实找到了两座。"蒂菈儿告诉众人，"一是白色旋涡星。就如温德说的，离我们有五光年的距离，没有漫跃是去不了的。另一座离这儿不远，但是它有点儿奇怪……"

"怎么说？"泰伦、芮莉亚都靠了过来。

"它的运行轨道几乎与这整个星系的平面呈垂直状态。我甚至无法确定它是否绕着这儿的恒星公转，因为它的轨迹竟然和所有行星呈反方向。我当初以为是扫描系统有问题，但遗迹不可能出错。"

"是颗流浪星球，不足为奇吧？"芮莉亚说，"联盟光域就有十几万颗。"

"不单是那样。更诡异的是它以螺旋形的轨迹在移动，像个弹簧一样。它的路径有非常大的偏差值，不确定我们能不能找到。"

"我们似乎没有其他选择。"泰伦疲惫地说，"就算不论距离，白色旋涡星的方向位于光域边境，这段路途想必充斥着更多的赛忒联军。现在它们八成在积极找寻我们。就算是克拉黎亚也难保能再次面对那样的追击。"

这与蒂菈儿的想法相符。然而女孩感到一阵失落。我们离联盟如此之近……如果有最快速的漫跃系统，两个欧菲亚标准天就可以回到光域……她沮丧地叹口气，朝女妖走去。现在，我们却得朝反方向行进。

他们再次乘坐比荷马斯出发。原本蒂菈儿担心女妖不会愿意接受她的提议。她甚至料想，如果克拉黎亚选择在这时候同化他们，他们

· 308 ·

将毫无机会反抗。

然而女妖干脆地答应了。

为了狙击上古长者，克拉黎亚选择和漂流者共同潜行，把自己的赛忒兽群留在银河彼端。如果巴顿所言无误，那是在两万三千光年的远方。蒂菈儿不确定在这样的距离，女妖是否还能感受到那些宛如意识触角的从属兽群，但她知道协助彼此找到下一座遗迹，对女妖和漂流者而言是共同目标，也是生存的筹码。

蒂菈儿看着站在巨兽头部的女妖；克拉黎亚苍白的手中旋绕着寰宇图的导航碎片。

传闻终极撒壬有随意做出空间撕裂的能力。但克拉黎亚似乎只是个初生的女妖，能力远远不及。除了我，没人能帮她回到巢穴。蒂菈儿想起她所知的研究结果；所有遗迹在主动运作后，会进入冻结状态的隐没期，至少七天内无法再次启动。她在心底做了最坏的打算，若女妖有任何不对劲的举动，她会先设法把众人传送离开，自己与克拉黎亚留下。

这次任务的失败，其实暗示了就连克拉黎亚也对上古长者不甚了解。他们都想得太天真了。祖堤拉姆特几乎没有弱点，无法轻易击败。如果有一天，祖堤拉姆特真的找到方法全面入侵光域，联盟该怎么招架？蒂菈儿看着眼前的同伴，感到一阵挫败。

冷焰和美人阵亡。甲哈鲁断了右臂，昏厥不醒。毒焰也受重伤，腹部穿了个洞，在清醒和昏迷之间徘徊。法里安尼已排除变种微晶的威胁，但心理伤害难以即刻恢复，她一脸苍白，不断回想自己差点异化。就连泰伦的背部也多了一道很深的血痕；青铜铠甲密封住裂口，却无法完全恢复原样。

那场战役让他们付出了惨痛代价。

他们试图照顾彼此。蒂菈儿以渲晶木处理焋利人和埃蕊人的伤势，法里安尼再勉强用肩甲液泡混合出治疗黏液给众人使用。埃蕊人从腰带剥下小巧的水银圆盘，使其膨胀变回鲸鱼的模样；她吩咐微晶宠物一同帮忙。

有一次，泰伦褪去了微晶铠甲，背对蒂菈儿。女孩将手掌贴在他的肌肤上，以渲晶术强化细胞内微晶的自我治愈功能。她发现芮莉亚和籁在不远处窥视他们。

同时她留意到欧萃恩一直单独坐在巨兽尾部，没有跟任何人说话。

"是他干的。"籁笃定的声音传来。

"什么？谁干了什么？"蒂菈儿醒了过来。她揉揉眼，坐起身，发现旁边只有籁一人。

"遗迹。那是被人破坏的，不可能没有理由地消失。"籁已收起头盔，露出一头黑发。他的下巴有细微的胡楂。

蒂菈儿不确定自己睡了多久，不确定籁在她的身旁待了多久。她望向他，不确定地说："但是，我并没有发现任何爆炸的残迹。"

"蒂菈儿，据你对遗迹的了解，普通的物理攻击能够将它如此彻底地毁坏吗？"籁的问题令女孩无法反驳。

若真是人为的，会是谁呢？ 蒂菈儿想起了一件事。"巴顿博士曾说过，曼奴堤斯星的遗迹也是'自行毁灭'的……"

"这就是唯一的解释。无论破坏遗迹的是什么技术，都能把它从星球表面彻底磨灭。"籁不安地说，"那个人还在我们当中。"

这句话让蒂菈儿沉思很久。她忽然觉得精疲力竭，所有人才刚度过一段地狱般的行程，却得立即提防彼此。"籁，如果是那样，很可能在我们离开LUTIC 76星球后，那儿的遗迹也已出事。"

"显然有人想摧毁我们接触到的所有遗迹。所以，到了下一个目的地，我们得谨慎监视他们。"

之后，当蒂菈儿回到众人身旁，她考虑是否该径自告诉泰伦这件事。蒂菈儿走向优岚的天穹守护，看见对方正和骆里西尼交谈。但鬼祟抢先公开了他的发现。

"那个，老大。"鬼祟搔了搔遮蔽额头的红头发，碧绿色双眸打转，有点儿内疚似的。

蒂菈儿、芮莉亚同时加入他们，几个人聚在残破的拱形钢架之下。

"鬼祟，怎么了？"泰伦的褐发垂落，尖端已触到青铜色肩甲。

"美人和首脑，怎么说呢……我就在想怎么霉运老发生在咱们家族，为什么不是他们呢？"鬼祟指着蒂菈儿的鼻子，令女孩皱起眉头。

他在说什么？蒂菈儿困惑地望着鬼祟的指尖。

"还好蜂糖和付款人没来，对吧？付款人那层次的炮火，要是被赛忒化了还得了。蜂糖我还可以想象，最怕她尖叫，唉呀唉呀呵呵。"鬼祟叹了口气，转换语调继续说，"然后我就想到，埃萨克人平常跟靶子一样，到了光域外还真有两把刷子。"瞧见芮莉亚怒目圆睁，鬼祟赶紧举双手做投降状。"不不不，大姐别误会，我看见你轰掉一个特大号的眼珠子。轰隆！佩服佩服。不过克拉黎亚带上这头——这头开口向外的叫什么，比好马撕？那时我们不是被她的引力牵着走吗？我想了想，其实她如果再强大一点，就不用这头坐垫了吧——"

"鬼祟，"泰伦止住他的话，"切入正题。你想说什么？"

鬼祟动了动眉毛，露出尴尬的笑容。"我脑子里一直好多事打转，这不能怪我呀。然后我就忘了告诉你了。"他伸出手，打开臂铠上的一个置物槽。里头有片亚麻色的东西，闪烁着淡淡的金光。

"这是什么？"

鬼祟咽了口唾沫。"其实我也不确定。应该是上古长者的皮肤吧。"

泰伦猛然直了身子，蒂菈儿也睁大眼。芮莉亚、骆里西尼全凑身过来，直视那物品。

蒂菈儿摊开手，让五指徘徊在那东西上方一寸。变种微晶的纯度几乎无瑕。她惊讶地问："你什么时候拿到的？"

"就老大发疯去射人家额头，我去把他领回来时。上古长者不依，想连我一起抓。我沿着她的手掌飞，皮肤就在我们胸前一尺，不拿白不拿呀。"

"你怎么没告诉我们？"泰伦不可思议地凝望他。

"当时大家不都在逃命吗？难道还要挥挥手说，嘿，看我拿到了什么？嘿，上古长者，剥了你一层皮呦，快追来！"

众人交换不可思议的神情。疲惫的面孔终于燃起一簇希望的火苗。他们充满惊喜和错愕，不知该哭还是该笑。"你这家伙……"泰伦舒展眉头，露出大大的笑容，"太好了。干得好！"暴焰和布拉可听见骚动声，也走了过来。

"蒂菈儿————"女妖那混着回音的声音，从前方传来。

人们爆出呼声时，金发女孩已朝巨兽的头部走去。克拉黎亚的背部恢复了光滑，两道流体般的黑色晶纹在肌肤表面闪动。蒂菈儿随着她的目光望去。

在漆黑的宇宙，微弱细小的万千星尘中，有个东西正朝他们接近。

蒂菈儿眯起眼，不确定自己看到的是什么。遗迹在那东西里头？

主意识中的追踪系统让她立刻明白为何当初看到的遗迹轨道如此奇怪。

一颗流浪星球像个阴沉暗淡的存在，毫不起眼地飘浮在宇宙之中。它是行星系统诞生之初的竞争失败者，是在无数天体的复杂引力

312

拉扯之下，被排挤出去的孤儿。蒂菈儿明白了，遗迹并不在它上头，而是在另一个绕着它运转的微小物体上——它看上去仿佛是行星的卫星，拉开的轨迹深长而缓慢。

但当他们越来越接近，她发现那竟然是一圈淡蓝色的人造物。

随着巨兽的前行，它越变越大，显现环形的结构体。蒂菈儿从主意识切换几种检视模式。除了微量的电流，没有任何正在运行的辐射信号从里头发出。应该荒废很久了⋯⋯它不仅绕着流浪行星缓缓挪动，也以恒定的速度自转。

"那是个空间站。"芮莉亚出现在她后方。

"是的。"它就像一颗落在黑丝绒上的宝蓝色戒指。蒂菈儿凝视它，心想：但是，是谁建造的？

巨兽从空间站的表面飘过时，蒂菈儿探测出空间站明显有三层结构。最里层是一圈金属轮状物。中间层，也是肉眼可见体积最大的部分，是一层淡蓝色液体，被锁在一圈透明容器内。而最外层是圈透明的护罩，它把整个空间站密封起来，犹如包住轮圈的透明薄膜。

他们很快便找到一处狭小的入口，众人从那儿进入。由于比荷马斯的身长有空间站的三分之一大，无法进入，只得停留在一小段距离外的宇宙空间。

"这儿没有任何生命迹象，或许已上百年没人来过。"蒂菈儿已确定。

建筑系统里也探查不到微晶。从整体结构看来，它与联盟当代的建筑逻辑大相径庭。大伙儿走过一条半透明的通道，笔直穿越空间站的层层结构，来到内圈。

众人脚下的弧形地面正中央有条深长的凹槽，就像在戒指内侧划出的一道沟渠。同时，五条长桥似的棒状物朝空间站的中央延伸，连接到一个更小的球形物。他们侧目可看见巨兽正飘浮在透明护罩外的

313

黑夜之中；似乎克拉黎亚施展了某种引力锁，让巨兽被空间站牵着走。

蒂菈儿不解地检视周围环境。这不太对。

泰伦似乎也察觉了，来到她身旁。"遗迹不是应该只出现在固态星球上？这儿真的会有？"

蒂菈儿释放琥珀色的渲晶光纹，几何图阵在她的手臂内侧闪烁。"探测晶体不会有误。我很确定就在这儿的某处。"她挪动脚步，众人面面相觑，也跟了上去。

站在空间站内圈，地面就是向上弯曲的弧状坡道，离心力将他们牢牢固定于地。蒂菈儿往前跑，发现一个下沉的环形台阶。就是这儿。她兴奋地看着手臂的光纹变得密实，像破碎的拼图正迅速重组起来。

她来到台阶的边缘，看见底下有座小巧的凸起物——那模样就像一座简易风格的祭坛。

人们从身后赶来，发出惊叹。蒂菈儿收起光纹，露出雀跃的笑容。"就是它了。"

"这就是控制室？比我们之前看到的小很多。"芮莉亚说。

"样貌也不一样——"骆里西尼正要步下台阶，却被籁挡住。

"让蒂菈儿先行吧。"籁告诉众人。

蒂菈儿看见女妖站在离他们一段距离之外面无表情地注视着他们。然后女孩的目光飘向泰伦。泰伦对她微笑点头。

欧萃恩缩在后方，不知为何在擦抹满脸的泪。芮莉亚摸摸他的头。"别哭了，我们要回去了。"

是的，我们要回去了。蒂菈儿轻轻叹息。在经历了那么多事之后，通往光域的路径就在眼前。

金发女孩独自走下台阶，进入控制室。

几分钟后，蒂菈儿冒了出来，面无血色。

众人察觉事出异样。"蒂菈儿，怎么了？"籁立刻走上前，然后是泰伦。人们紧跟上来。"这遗迹缺乏传送功能吗？还是无法定位到光域？"

"不……它可以通往联盟境内。但它是一个没人真正亲眼见过的特殊类型，我只从渲晶资料里读过它的存在……"她低着头，大家屏气凝神地等待。蒂菈儿勉强地说："它拥有我们界定为DS的属性。没想到会在这样的情况下见到它……"

"就是理论上，使用一次便会自行销毁的类型？"芮莉亚问。

"是的，若要标注，这个遗迹是DS-ZL-1型。"蒂菈儿说，"多数遗迹在运作后会有一段冻结的隐没期，大约七天无法被激活，也无法被侦测，直到再度进入待机状态。但DS型没有隐没期……"金发女孩神色紧绷。"它的系统会自毁，它存在的目的便是即时完成单一工作。"

泰伦不解。"那又如何？我们就需要一次的传送。"

蒂菈儿盯着女妖良久，目光才挪回众人身上，说出她一直不说出口的话："这座遗迹，只能传送一个人回去。"

PART 5　风暴核心

第二十六章
边境／白色旋涡星

"潋明号舰队请求支援！！"

"拒绝支援。家族最高指令是我们全舰队驻守白色旋涡星。"总指挥官温德下令，他的目光聚焦在战况的浓缩图示上。

面对赛忒联军在边境的全面推进，空镜号舰队已进入备战状态。中央厅堂脱离了原来的固定位置，隐没于战舰的核心地带，成为可以轻易旋转定向的悬浮球体，也就是战时指挥中心。同时，经过数倍强化的球体内部，轮状玻璃隔层将指挥中心切分为数个区块——外围的情报处理室、信息收发室、控制台，到最核心部分的战略决策中心。诸多射线从外缘投来，穿透每一层玻璃，为每一圈人员留下符合各级别需求的信息。

准星卫加亚、中星卫齐尔斯等十名将领，以及总指挥官温德都在决策中心。蜂糖也在这儿，她是在场唯一没有优岚之姓的人，但基于舰队规章，温德命令她加入。

战场很快便会来到我们这儿。蜂糖端正地站在温德身旁，看光束从各方射进来，注入多角战略仪，再往上方释出不停变幻的影像。她空洞地凝望各星系的战场，思绪远飘。队长他们不知怎么样了。美人，还有鬼祟……他们的任务成功了吗？来得及吗？

获取祖堤拉姆特的嗅觉信号，可让优岚的防卫军有机会混淆赛忒军团，或许足以扭转目前一面倒的战况。

事实便是，布阵局势对于联盟非常不利。在这条跨越113.5光年的弧形防线，被赛忒盯上的星系至少有二十八个。依目前的战力配置，一个行星系统至少得由两支瑟利舰队来防守，搭配五六支埃萨克部落的舰队。至于各星系之间数光年的中空地带，联合防卫军决定舍弃。

他们已撤出数以百万计的微型侦察艇，一旦探知赛忒要从哪儿入侵，再调动军力拦截。联盟所下的赌注，是赛忒只会垂涎行星资源，因为这是它们顺利入侵光域的必要条件；每当一颗行星遭吞没，该区域的赛忒便会强化数倍，像是激烈增生的变异体。也因此，即使殖民百姓均已撤走，联防军的首要目标依旧是守护行星资源。

似乎有什么事惹恼了赛忒联军，让它们在不久前决定对联盟发动总攻击。情报显示，三大军团的主力囤积在边境的外围，但三个女妖是否也在那儿，则不为人知。能够确定的只有兽群的体量大到难以估算。战况最为激烈的几个战场就在邻近的星系。守军逐一沦陷，然而空镜号、腾音号这两支舰队依旧按兵不动；他们以镇守的名义，留驻白色旋涡星。

温德从未相信队长他们有达成任务的可能性……他只是在等待飞洛寒增援舰队的到来。蜂糖渐渐明白了。白色旋涡星根本没有实质的作用，家族高层早已打算放弃在它上头的遗迹，甚至这整个星系的资源。他们如此佯装，只欲拖到最后一刻，加剧飞洛寒家族的压力和矛盾。

从各方面消息看来，飞洛寒内部已出现严重分裂。最终，飞洛寒的军方似乎占了上风，派出诸多主力战舰赶往边境。

温德最大胆的谋略，是把我们安放在相对安全的地带。蜂糖感到矛盾，因为至少现在，她也是安全的。

影像中，潋明号舰队正被迅速消耗。先前与它们同在的埃萨克舰队已全灭，成为宇宙中的钢渣铁屑。而位于其他星系的诺弗朗斯家族、玛提尔家族守军同样陷入困境，与赛忒军进行着不利的胶着战。

无论数量或是能耐，我们都与赛忒相差太多。蜂糖知道瑟利文明对引力的把控仅限于行星殖民和浮空建筑，尚未达到有效的军事应用。而广大的宇宙空间就像赛忒恣意游动的海洋，中型以上的兽群与生俱来拥有引力操纵的本能。

再优秀的人类舰长也只能透过对三维空间的理解来应战，脑中的逻辑限制在方向、速度、时间上。但宇宙空间的战争，超乎人类所能理解——把一艘赛忒主舰给打散，它便分裂为黑雾般的形态，像个四维空间的多胞体，以无法预料的模样包覆上来。

潋明号舰队已丧失一半的军力，阵式完全崩坏。到处都是紫光，人类舰队再无法组织起空间防御。上千艘中小型飞艇与蜂群似的游离兽陷入触目惊心的混战，火光四处燃起。近距离影像甚至看见十几名天穹守护脱离舰身，与兽群搏斗。

另一个屏幕上，玛提尔家族的大型战舰也被密密麻麻的紫光覆盖，一艘接着一艘在宇宙空间无声炸裂。

诺弗朗斯家族的舰群则连起了电光网，坚守多面阵，暂时达到防御效果。但赛忒的数量多得难以置信，一波波地涌入，仿佛整片星云都是它们。

忽然间，加亚指向屏幕上的潋明号战场。"它们……它们派出了食星者！"

温德立刻把屏幕拉近，展开为全息图。

319

这是蜂糖——以及在场所有人,第一次看见食星者的真实样貌。

传闻撒壬之战是人类第一次接触到这宇宙中最恐怖的存在。无人料想到百年后的现在,他们必须面对同样的威胁。

食星者就像一摊持续变换的游魂,从远方缓缓逼近。那模样仿佛化作液体的钢铁,或是飘散在宇宙的浓稠墨液,从多个角度围困住星球。它的动作几乎可用优雅来形容,像女人的手,前后摆动、轻抚,渐渐包覆,直至星球被缎带状的黑色液体缠绕。顿时,星球表面塌陷出坑洞和裂缝,犹如正在迅速枯萎的皮层。有些部分受到难以解释的引力作用,成片地崩塌开来,飘浮于空,又被分叉出来的墨液吸收。

人们面无血色地盯着那影像。他们都以为赛忒军团要占据星球,只会派出兽群去转化零散的资源。

"在欧菲亚之光的庇护下……食星兽竟然能够闯进来。"齐尔斯说。

这样的生物,就在距离我们仅仅数光年的旁邻星系。蜂糖忽然对整个战役丧失了信心。

温德面色凝重。"家族高层能看见吗?"

"可以。潋明号已放弃战场,现在把信息记录全聚焦在食星者身上。"加亚咽了口唾沫,"所有舰队都能看见,包括联盟中立军。"

他们打算牺牲了。蜂糖心想。

影像中的旗舰潋明号,召回所有残存的瑟利战舰和飞船,朝着被食星者包覆的星球笔直驶去。

黑液绕着星球不断变形,像在运作某种诡异的力场,带动星球表面的尘埃化。数以万计的游离兽从四方集中而来,像紫色雨点没入黑色沼液。不出一段时间,它们再次浮现,紫光变得强劲,躯体更加变异,猛然扑向人类的舰队。

潋明号舰队被整片游离光点扫荡,橘色火光乍现。在蜂糖等人的面前,数道近距影像展开,眼花缭乱的变种赛忒已布满视线。舰艇表面燃起火焰，几台战舰在爆炸之前敞开闸门，天穹守护朝外飞去，做出死前的搏杀。渺小的身影立即被紫光淹没。

旗舰的侧边也着火了，它却发射出一道刺眼的蓝光，轰向食星者。各个影像在冲击之刻猛烈摇晃。蜂糖看见覆盖星球的黑液被排开一个洞，行星表面出现了巨坑。各种数据超载，极速涌入空镜号的系统。

黑色液体再次慢慢合上，无动于衷。潋明号炸裂为三截，画面被光火和紫影吞蚀，信号遽然中断。仅剩的几个小画面里，小型飞艇和天穹守护正面对上万倍的敌人。

温德把那些画面推开，一手转动食星者的数据分析，另一手拉近边防战况的局势更新消息表。

"总……总指挥官。"齐尔斯喊道，"它们来了！"

所有人不约而同地望向他们身处的星系全系图。影像延展开来，在众人面前轮转。几道链条状的赛忒军队正以白色旋涡星为目标行进而来。

轮到我们了。蜂糖的心跳加剧。

温德盯着画面旁的数据，思索数秒，以手指点出舰队的目标。"全队启动。"那是星球同步轨道下方的一处，也是他们很可能与赛忒产生直接冲突的位置。他喊道："双舰并列，球体阵形。"

舰队的二十五艘战舰开始行动，同时转化阵形。所谓的球体阵，实际上是个正二十面体——每两架战舰并行组成一个点，由十二个点连接成等距的二十个三角面。旗舰空镜号则挪动到正中央的核心位置。

战舰慢慢聚合，与赤道对齐，进入与星球同步的静止轨道。蜂糖看见各种引力数据在波动。她知道赛忒能够轻易摆脱星球逃逸速度的限制，恣意穿梭在各级别的天体力场之间。但是近百年来，楚利舰队

321

亦建立起成熟的星球引力适应机制。温德打算在所有引力场的交织地带和它们对抗。蜂糖明白了。那样的战术或许有它的道理。

温德选择的地方，会让舰队处于白色旋涡星和其三颗卫星的引力叠加地带，再加上难以避免的恒星影响，交织出复杂的引力轨道网。所有停泊在此的舰艇都得承受杂乱的引力拉扯，加大作战风险。

"情报人员全体听令。"温德将声音传到厅堂外层，"聚焦分析敌军动态，无论大小赛忒，一只都别放过。抓出所有的动态偏角数据。我们每一次射击、每一次迎击，都别放过它们的反应。你们只须专注此任务，放下其他工作。"

先前的其他舰队为守护防卫目标，多半选择在远离行星的地方拦截敌军。这是由于过去的人类战争告诫他们在引力复杂的空间战斗，对谁都没好处，只会徒增阵形维稳的能源耗损。但温德做了相反的选择。蜂糖心想，他知道我们必须做出牺牲，来换取多一点概率理解赛忒的战斗形态。蜂糖看着空镜号的总指挥官，忽然有股复杂的敬畏之情。

人们对抗赛忒之所以失败，是它们的行为无法预料。而在轨道动力交织之处，透过微晶运算力多争取到一丁点的可预测性，都可能成为他们生存的关键。赛忒不需要思考这些问题，因为对它们而言一切都是本能。因此，它们也会照本能去反应，给予我们分析的机会。要找到破绽，这会是一次豪赌！身为善用声呐科技的通信官，蜂糖完全理解当武力悬殊，战术性侦测成了生死攸关的环节。

另一支友军腾音号舰队则展开为平面阵势，待命于一段距离之外。蜂糖看着全息图，两支舰队的阵势已成形。

在银白色的旗舰周围，二十四艘大型战舰缓缓朝外飘移。宇宙空间并没有东南西北或上下左右之分，这二十四艘战舰便将定向轴锁定在旗舰空镜号上，将其所在的方向定为后方，也就是"定锚的方

· 322 · ● ● ●

向"。而位于空镜号内部的悬浮指挥中心,是阵形的核心。

"炎修,进战术决策中心来。"温德把话传往外层某处。他取出一根细针,交给蜂糖。"思昂·可晴,特此将你晋升为准星卫。"

这突然的举动令蜂糖有点儿不知所措。她眨了眨眼,接过银色细针。

"抱歉,事态紧急,无法在更正式的场合给你升职。"温德微微一笑,"那么你就和泰伦那家伙同级别了。炎修会取代你在这儿的岗位。我需要一个有能耐的通信官引领空镜号的防御。"

蜂糖听着自己心跳的鼓动,压下复杂的情绪回道:"是的,总指挥官。"

她以拇指按下针头,细微的疼痛之后,主意识内的信息系统开始产生微妙的变化。她能看见的权限更广了,体内的信息微晶也与战舰中更多系统及人员连接起来。

"我做了临时授权,你会有三个天穹守护小队的动态部署权限。"总指挥官温德说,"如果我们与赛忒进行接近战,你必须扛起最前端的防线。"

第二十七章
光域外 / 废弃空间站

空间站有个奇特的名字——"芙桑诺思PHTHONUS"。

这行字出现在空间站的几个地方,包括长久受到宇宙辐射侵蚀的外层,字体模糊不清。

和瑟利的天空之都相比,这空间站的体积算小。蒂菈儿漫步在穿透环形结构的半透明廊道里。从建筑概念看来,它又不像任何欧菲亚的人类种族所建。最明显的迹象便是它运用自转来产生人造引力。瑟利文明与埃蕊文明几乎从不需要这样的技术。而埃萨克文明确实有些部落会运用离心力来建立空间站或者宇航艇,但他们也不会毫无遮掩地让整个结构体自转,而是把局部的自转结构建在内部,比方看不见的筒状内层,以防宇宙中数不尽的陨石和游离杂尘冲击表面后,运转的力道和轨迹遭到改变。

蒂菈儿环视周围。它会以此形态存在的理由只有一个。空间站的创造者希望它无须一直依赖动力,却能确保恒久自转。但它的构造看来非常拙劣。难以想象在距离欧菲亚仅数光年的距离,有这么一座无人所知的神秘空间站,跟着一颗流浪星球沉静地运行。

众人分开探索这个令人不解的地方。蒂菈儿独自晃晃，迅速明白空间站将主体分为三层结构的用意。

它的最里层是一轮金属结构。蒂菈儿以手触摸墙面，探觉这是由某种微碳结晶的材质所建，类似一些早期瑟利城市的建材，但它里头并不存在微晶。这儿被分为许多仓房，有曾经是人员活动的场所及设施。蒂菈儿沿着一个个荒废的房间勘查，发现它们尚有电力提供灯光，只是需要手动来开关。墙上有各种标示：通信设备仓、路径预测与周边探测雷达、光学实验室和远望厅、医护诊疗室、电子机房、生物实验室、热能回收排放中心、资源循环控制室、融合能源室、宇航规划中心……

让她逗留较久的是一间被标注为"晶体测量中心"的房间。里头的物品多数已清空，但她看见几个半透明的筒状物，以及好几台已荒废的电子仪器。

包覆着里层的是中间层，宽度近二十米，占据整个空间站最大的体积。它事实上是个巨型容器，与里层的交会处建有温度调节系统。如果仔细看，这一圈巨环的内部被数道透明片膜隔开，里头多半装满液态水。其他还有液态氢和各种气体存量等等。这一整圈的水量就是他们初次从远方看见空间站时，觉得它像个碧蓝环圈的缘由。

中间层的资源库存明显适用于许多的用途，包括生命维持系统的双层循环，也就是水和氧气的重制系统。同时，它也充当了最重要的角色——护盾，用以阻挡各种宇宙射线和重离子的不良影响，以及这儿的恒星，一颗红色太阳的闪焰侵扰，保护里层的人。蒂菈儿感到相当奇妙，此空间站有完善的系统设计，各种循环功能彼此交叠、相互牵动。然而他们却必须大费周章建立好几个仓房才能确保每个环节的完美运转。对于瑟利人而言，同样的机能与系统，是在人体内部发生的。

而空间站的第三层，也是最外层，是蒂菈儿必须透过双眸中的显微功能才可见的薄膜。它由原子组成蜂巢状的几何晶格，成了坚实的透明护罩。这薄膜将整个空间站包覆起来，除了保护其他结构，也用以密封住空间站中央的中空部分，保存住氧气。蒂菈儿不明白它的创建者为何选择这么做。所有人员操作系统和仓房都在里层的内部，为什么连中间的中空地带也要用透明护罩封锁？那空间没什么用处。她只能揣测或许当初有人要在那儿做重力变化训练。

蒂菈儿穿越长廊，回到了最内圈。她仿佛站在一个巨轮的内侧，两旁就是夜空。

她左右张望，观察主意识冒出的各种数据。空间站里层的直径约八十八米，以欧菲亚时间算来大约每分钟自转六次，精确地营造出和欧菲亚行星非常相近的重力状态。自转同时产生了微量电流，也是刚抵达空间站时蒂菈儿最先察觉的现象。这些微电流同时通过最外层的原子晶格薄膜以及最内层的金属墙，交互让中间层的储藏水保持在液体状态。

而在她的脚边，弧状地面的正中央是一道下沉的沟渠，绕行空间站整整一圈。它的宽度为5.2米，等于占据空间站四分之一的宽度。蒂菈儿不确定这沟渠的作用，但当她沿着凹陷的通道向前走，发现沟渠两旁均铺着细长的太阳能板。她仰望周围，揣测在多半情况下，轮转的内圈能捕捉到足够的阳光。

原本在这儿的人都离开了，而且把所有实验品都带走，却留下空间站让它自转。为什么呢？

在整个空间站的正中央，那颗圆球体般的东西，透过五条向外辐射的棍状物连接到内圈表面。籁之前去探索过，告知她是某种偏转率调整仪，但他们尚无法确定它以什么做定位基准。若能找到相关资讯，可能会揭露空间站一直以来的轨迹，进而解答它所存在的目的。

蒂菈儿僵着上仰的颈子，目光越过中央球体，看见位于她正对角的遗迹控制室。籁就坐在围绕它的阶梯上，坚持他不该离开遗迹。蒂菈儿仿佛从上往下看，只望见籁的一头黑发，他单手把玩着美人的匕首，似乎在沉思。

忽然，蒂菈儿的周围冒出光芒。

内圈的地面有好几盏灯，散发出淡紫色的光。它们逐一发亮，点燃了空间站。八成是欧苹恩。他找到了控制室。

"蒂菈儿，过来看看。"暴焰从某处呼喊她。

几名埃萨克人发现一个无菌真空内舱，堆叠着一整个仓库的粮食包，并以基础耗能标签来分类。它们看来像是脱水食品，样子是各种长条物和胶囊。众人雀跃不已。然而当他们透过机械手臂取出来，却发现由于长期缺乏压力，里头的东西已完全无法食用。暴焰洒了点水到那些暗淡的粉状物上，它甚至无法化为糊。他发出咒骂，依然大把将其吞下肚，拳头打向透明挡墙。

这是这儿的粮食？蒂菈儿感到不解，它们看来比埃萨克人的营养素还糟糕，更不用说若与瑟利文明相比。任何瑟利的长程舰艇都会设置造食生态链。长久以来瑟利文明已习得操控自然生态的能力，而有机食品的生产就是生态链里的关键环节，提供人类所需的高纤维食谱。就算没有设置造食区，最低限度，他们也会储藏几乎没有重量的"食物纸"，能透过黄金激光仪的质能逆转工程将其恢复为舰艇上的餐饮。那些食物纸能储藏百年。

还是有什么我们并不理解的地方？她看着早已陈腐的粮包，打算让麻痹了不知多久的胃部继续忍耐。

他们回到内圈时，看见两名埃蕊人摆了好几桶水在地上。他们似乎找到了空间站的饮水系统，法里安尼运用自己的设备过滤，人们聚在一旁混乱地取来饮用。

327

液体在口中化开，让蒂菈儿的脑子清醒许多。

她瞟向一段距离外的巨兽比荷马斯。它像暗夜一般漆黑，只有腹部和眼珠的些微紫光给了它轮廓，对应着空间站的自转而逆旋。女妖克拉黎亚已回到它身上，下半身沉入其脑部进入休眠状态。这样似乎有助于巨兽颈部伤势的加速复原。……接下来，我们该怎么办？

不久后，芮莉亚从某扇门出现在内圈，朝众人走来。她的深色长发随着步伐而飘动。虽然全身铠甲残破不堪，女埃萨克人依旧维持着崇高的姿态。

"有看见泰伦吗？"蒂菈儿试探性地问道。

芮莉亚的拇指对准后方的门。"他躺在寝室里。我跟他说慢慢来，不着急。"

蒂菈儿凝望她，沉默片刻。事实上，时间非常急迫。金发女孩心想。

延迟的每一分钟，都会有更多人在对抗赛忒的战斗中丧生。然而她知道这并非是个简单的决定。

蒂菈儿曾在控制室施展渲晶术无数次，确认了这星系再没有更多遗迹的存在。最糟糕的事情，所有人都心知肚明，他们再没任何方法与联盟联系。而女妖和比荷马斯的状态复原之后，会成为极端危险的变数。

和祖堤拉姆特的战斗已将人们逼到极限；事实上，它远远超乎了他们所能承受，这群人已无法再战。无论瑟利、埃萨克或埃蕊，身体疲惫，心力耗竭，这一眼便看得出来。维持这些人最后一丝理智的，是某种残存的刚毅。蒂菈儿想不明白最后这股力量的来源是什么，她甚至不清楚自己为什么还未崩溃，但她知道所有人都处于临界点。必须赶紧有个决定。

这相当于要做出裁定……我们当中哪个人可以活下来，其他所有人则被宣判死刑。

而这个决定，得由泰伦一人来做。

第二十八章
光域外 / 废弃空间站

我们当中，只有一个人会活下来……

泰伦坐在一个狭小房间的硬床边。暗淡的金属墙上涂满看不懂的文字，画满难以理解的数学公式。墙面原本有张纸质海报，但遭人撕了，留下的一角刚好是某个海蓝色星球的边缘。

他甩了甩头，不愿接受。我们会活下来。所有人。一定还有方法。绝对还有方法。

矛盾的是，在心底的另一个角落，泰伦意识到这决定的复杂度。当蒂菈儿发现这儿的遗迹属于即时毁灭 DS 类型，众人陷入茫然。籁率先表态，认为蒂菈儿该带着祖堤拉姆特的皮肤和所有珍贵的遗迹资料独自返回联盟。其他人自然开始反驳，使众人冷静下来的却是蒂菈儿本人。她撑着憔悴的神情，勉强挤出一抹浅浅的笑。"我必须留下。毕竟只有我能探寻遗迹的所在地，并操控它们。不能放弃希望，未来一定还有办法。但当务之急是完成任务，把东西交付给在边境对抗赛忒的联军。"

泰伦将永远记得当金发女孩的灰色眸子凝望过来的那一刻。"泰伦,我之前已获取白色旋涡星的位置坐标。该由谁带着东西回去,这决定由你来做吧。"

人们的反应令他哑然。几名埃萨克战士发出沉重的鼻息,埃蕊人的双肩沉得更低了,然而,他们竟陆续点头。"嗯,就由你来决定吧。"捧着腹部伤口的毒焰打破众人的沉默。

这或许是泰伦面对过最困难的决定。他坐在房间独自沉思,却发现迟迟无法选择。

以往,他只需顾着向前冲,唯一的考量便是遇到阻碍时,该怎么往前闯。以往,他惯于在一条直线上做出决策,只需用心中那把简单的尺子来衡量对错。以往,他只需凭借天穹守护的直觉与胆量,从不畏惧承担后果。

但这次不一样。他从未感受过如此深刻的恐惧。

若是几个月前,他会毫不犹豫地选择鬼祟。身为一名优岚队长,让幸存的家族成员安然回家是他的职责。但现在当他思考越久,越是难以抉择。我必须选择一个人,只有他一人会确定活下来。其他人将看着他离去的背影,被迫面对接下来凶多吉少的命运。同时,被挑中的人必须在传送门的另一端,继续扛起新的使命。那人在回到光域的一刻,便要面对难以想象的压力。

泰伦的思绪一片混乱。过往单纯的决策方式帮不了他。

"联盟需要你们的协助,进行一项非常艰难的军事任务。"温德的声音在他脑中响起,"准星卫泰伦,别忘记当初是你带着全队违抗军令。"

温德赤裸裸的威胁,在泰伦心中埋下了不祥的预感:联盟正在一个非常糟糕的拐点,赛忒联军的出现加剧了各方势力之间的斗争。而他的决定会对未来产生某种影响。

套着青铜铠甲的手掌,正捧着女妖的皮肤。泰伦注视它的模样。

闪动的黄色物质从未失去原有的高洁，但有几道不规则的黑色晶体不停消失又浮现。他知道自己手中所握，将是能够影响边防战况的关键钥匙。温德已透露出许多事——飞洛寒家族并未尽力参与边防，就和一直以来一样。边境防卫军由各个瑟利家族和埃萨克部落所组成，而原本镇守边境的联盟中立军，温德却只字未提。

事情已不是哪位漂流者有资格活下来那么简单。把东西交到错的人手上，在他踏入光域的那一刻就会产生无法逆转的后果。泰伦悲观地想起曼奴堤斯星的战役。就像我们总想握着对自己有利的东西，待在远方，旁观埃萨克部落相互厮杀。

各方势力内斗，必然渴望彼此消亡。握有嗅觉信号的一方，将握有莫大的权力；只要赛忒对联盟的攻势不减，那人可以把女妖的皮肤当成筹码，予以滥用。

泰伦站起身。他开始有了些初步的想法，但须进一步理清思路。他们这群人一起经历了生存与死亡，但现在，或许他必须再次重访每个人最初的立场。

就算决定权握在他手上，泰伦想倾听所有人说出想法。

人们散布在空间站各角落，有人在歇息，也有人在摸索环境。

籁仍坐在遗迹控制室一旁，那神情像在防备着什么人。泰伦步下阶梯，触碰精巧的遗迹台，发觉它的材质和之前看过的很不一样。他在籁的身旁坐下。

"蒂菈儿握有操控遗迹的能力，因此她的话对其他人有必然的威慑力。但是若你的头脑清醒，就应该说服她，让她走。"籁依旧如此坚持。他侧目注视泰伦，眼神闪现一丝难以辨别的情绪。"我不清楚蒂菈儿为何会如此信赖你。你不过是优岚家族里一名小小的准星卫。"

这问题泰伦也没有答案。"抱歉，我得谨慎考量送走她的后果。目前只有蒂菈儿能够操控遗迹，一旦她离开，我们就连渺茫的生存机会都失去了。"

籁转头盯着遗迹台,没再看泰伦一眼。"你见识过她施展渲晶术。你知道她未来会成为什么样的人。再给她几年成长,足以影响全联盟的未来。蒂菈儿不应该和……和我们这些人,被困在这种地方。"

两名埃蕊人在资源循环控制室里,站在庞大的水导管和电解箱之间。"这儿的仪器比地蝗艇上的分解化合器还要落后。"法里安尼望了眼刚走进来的泰伦,"但他们却藏有遗迹的传送技术。难道不奇怪吗?"

法里安尼的伤势看来好很多了,气色也有好转,黑潭般的双眼稍微恢复了活力。泰伦以前便听说过埃蕊的自愈能力深远而全面,不同于埃萨克人野蛮的细胞再生。

当泰伦询问他们想法时,埃蕊男子选择在法里安尼之前开口。

"我可以和你留下,我知道你们需要我的战斗力。"骆里西尼以沉静的口吻说,"制造饮用水和治愈黏液的方法,只要她的装备还在,我也懂得如何使用。"

法里安尼眉间微皱,逗趣地看着她的搭档。"在说什么啊,你想把我当成伤兵吗——"

骆里西尼举起手阻止了她的话。泰伦盯着埃蕊男子的片甲拳套,聆听他的恳求:"一直以来,法里安尼最擅长的工作便是情报运输。"骆里西尼说,"女妖的皮肤组织,所有的遗迹资料,她都可以无误地帮你送到目标人物的手里。"

法里安尼似乎对骆里西尼的严肃口吻感到诧异,不知该怎么搭腔。

泰伦思索了片刻,颔首回道:"我懂了。我会考虑的。"

泰伦前往空间站另一端的廊道,看见暴焰、布拉可两个埃萨克战士止在生物实验室里徘徊。里头有许多镶着注射针头和其他的工具的机械手臂。

"把我传送回去。我用性命向你保证，我会带着咱们焰落的军队击溃赛忒联军！"暴焰睁大了独眼、露出狂野的笑容，如是回应泰伦的问题。

泰伦也笑了。"也得考虑我们的战力平衡。能战斗的人数越来越少了。"

"是啊。如果从那个角度去想，我确实走不了。"暴焰夸张地叹息一声，干脆地耸了耸宽厚的肩膀，"你太纠结了。如果是我，不是自己回去，就是把鬼祟传送回去。反正是他拿到女妖皮肤的。"

"泰伦，其实我还真建议你挑一名埃萨克人。"

说话的是布拉可，泰伦一直未有机会与他单独交谈。他只是一名普通的士兵罢了。"怎么说？"泰伦问他。

"呃……不晓得，直觉吧。你知道的，现在边境在打仗，但埃萨克部落很难理解你们跟赛忒之间的什么微晶信号的那回事儿。如果有个埃萨克人出现，带着那东西回去，呐，怎么说……"布拉可犹豫了一阵，似乎在揣摩如何表明自己的想法，"说不定靠这机会，瑟利人还得央求我们。你懂我意思吗？"

暴焰不以为然地瞟了布拉可一眼，指着泰伦说："这家伙也是个瑟利人，你可忘了？"

"废话，我当然知道！"

泰伦露出笑容，咀嚼着布拉可的话。

接下来，在通信设备室，他看见鬼祟和欧萃恩、芮莉亚正在交谈。女埃萨克人把双手搭在欧萃恩的肩上，听见泰伦的脚步声，她回过头来。

"老大，看看欧萃恩发现了什么。"鬼祟指着某座设备。它的表面布满数不清的按钮、旋钮、开关和仪表。鬼祟以食指拼命点击某个按键。"有甜味的糖果。我的微晶听得见呢。"

欧萃恩看来面色不太好，下巴和脖子沾有之前战斗的血渍。他的声音虚弱。"这是无线电通信设备，我们族里也有类似的。我研究看看，说不定可以发出求救信号。"

有什么用呢？泰伦回道："还是小心为上，我们仍在赛忒的驻军地带。联盟舰队不会来到这么遥远的地方。现在发出信号，唯一的拦截者可想而知。"他换了话题说，"关于该传送谁回去联盟……我想听听你们的意见。"

"问问那瑟利女人去吧。"芮莉亚勾起嘴角，"看你挺袒护她的。"

泰伦眨了眨眼。"我还没看见蒂菈儿，之后再去找她。"

"我没什么意见。你问别人吧。"芮莉亚离开了房间。

泰伦愣了下，对她的反应感到不解。这时鬼祟开口："老大。我觉得可以把克拉黎亚传送过去。她应该想雪耻，跟祖堤拉姆特的军团再干一回！"

"那她得用什么当战力来雪耻？把前线的瑟利士兵全变成赛忒？"泰伦苦笑一声。鬼祟的想法总是令他感到荒唐。

"芮莉亚——！"

泰伦踏入上斜的廊道，叫住她。女埃萨克人停住脚步，片刻后才转过身来。

泰伦难以解读她的神情，但他知道自己必须询问每个人。"你是焰落士兵的首领，我得知道你的看法。这决定做了以后，对士气会有影响。可能对人们的生存意志有无法逆转的结果。"

"我不是说了吗？我没有意见。"

"但这是个非常重要的决定，"他不自觉抓住芮莉亚的手臂，"而且还不单是对我们这群人。我认为若处理不当，有可能牵扯到各家族之间，甚至是边境的局面——"

335

芮莉亚突然将泰伦压向金属墙,在廊道上撞出回音。她以军刀抵住泰伦的下巴,双眼底下有股燃烧的杀意。"你……"

泰伦对芮莉亚的举动感到震惊,但他没有动作,只凝望着欲言又止的女埃萨克人。芮莉亚握住军刀的手臂似乎在颤抖。

"别装了,瑟利人。我们这些人在你们的眼里就跟虫子没两样。"她的眼睛眨动,流泻出沮丧和恨意。"你就做你该做的决定吧。"

她推开他,军刀插回大腿旁侧,利落地转身离去,留下泰伦一人在长廊里。

环形空间站的里层某处,毒焰正躺在一间寝室里休息。泰伦在门口矗立了一会儿,决定不打扰他。接着,他绕过几个相互衔接的狭窄通道,在医护诊疗室发现飞洛寒女孩的身影。

她正在帮断了手臂的甲哈鲁做些额外处理。这房间的药柜已被清空,但仍有仪器可运用;一具庞大的机械连臂在埃萨克人平躺着的床垫上方挪动,那模样有点像只悬挂于天花板的巨型蜘蛛,八只脚的尖端汇聚于同一个点,也就是甲哈鲁缺了手的肩膀。埃萨克人已沉沉睡去,基于某种生理机能他似乎并未感到疼痛。女孩坐在仪器的后方,操控多脚仪上的激光镜和手术刀,帮甲哈鲁完成伤口的清理。

"好了。他的恢复力真的很惊人。"蒂菈儿叹口气。

"他的手臂应该……不会长回来吧?"泰伦想起自己看过暴焰的手掌急速复原的模样。

金发女孩摇头。"截肢后能够完好缝合伤口就属万幸了。我已帮他把动脉和周围血管的位置做好调整,适应未来的手术。许多埃萨克部落都有自己的假肢技术,说不定有天他会需要。"蒂菈儿站起身,扭扭肩膀,来到泰伦的身旁,"你想好要传送谁了吗?"

"我想找你聊聊,看看有没有遗漏的考量点。"他和蒂菈儿一同来到隔壁,一间较为宽敞的房间。两人坐在墙边的银色长椅上。泰伦开始一五一十道出了目前为止的想法，包括对于漂流者团队的考量，以及这决定在联盟境内可能造成的后果。

某一刻，泰伦曾暗暗觉得如果蜂糖或付款人能在这儿就好了。他相当怀念以前的小队任务，他们就像这样商量各种事。现在，在他身旁的都不是家族的人。泰伦甚至从未想象过有这么一天，飞洛寒高层的女儿竟会是他分享担忧的对象。但他知道自己信任她。或许因为最终，他俩势必都得留下。

"你有操控遗迹的能力。但除此之外，还有一件更重要的事。"泰伦隐隐感到内疚，他不能像籁说的那样选择蒂菈儿，"封存在你体内的纯净符号，你们家族已经定位过了。这代表他们可以持续追踪你。就算我们没有方法和联盟取得联系，只要他们知道我们的行踪，就还有希望。"

"嗯，我明白。"蒂菈儿的微笑说明她也考虑过这件事。

泰伦看着女孩的灰色眸子。不把蒂菈儿传送回去这件事本身就是极大的赌注；若他们全数阵亡，飞洛寒将会怪罪优岚家族一辈子。

蒂菈儿若有所思地说："……所以我们得找到一个人选，那人的离去不会过度影响我们接下来的生存概率。同时，他还要能顶住联盟各方势力的压力，做出对的事。很可能他还得持续和联盟方面交涉，协助援救我们。"

"是的。后面这项尤其重要。我们接下来的生存路径，很可能得依赖他在联盟的行径。"泰伦相信蒂菈儿明白这件事的复杂性。各方势力的斗争，在这几次通信中显露无遗。

他们必须选出一位真正能代表漂流者的人选，不会在压力之下让步。

"嗯。所以这大致排除了情报贩子。"蒂菈儿说，"一方面靠不住，而且有争议的身份在联盟难有影响力。暴焰那性子的人也可以排

337

除。我在想，这个人选或许得有不错的领导能力……"女孩似乎想起了什么，忽然止住口。几秒钟的沉默后，她说道："泰伦，你考虑过籁吗？"

"有。但我想，他不会愿意抛下你。"

"如果有必要，让我去和他沟通。但是籁、鬼祟、骆里西尼，都是我们最强的战力。此外，在赛忒的地盘，每一个埃萨克战士都格外重要，他们不会遭到异化。有一个可能性，不知道你有没有想过。"蒂菈儿凝望泰伦的眼睛，轻柔地说，"其实，我可以把你传送回去。"

即使疲惫，女孩的眼神从未失去优雅。被金色长发遮住的心形脸蛋，流露出一股不自觉的哀伤。

泰伦摇头。"不行。我和鬼祟都不会是合适的人选。这么说或许有点儿奇怪……"他思考着如何阐述自己的隐忧，"我们无法背叛家族。但我有不祥的预感，温德在算计什么。或许这整个任务都是他的一步棋。"泰伦想起祖堤拉姆特的要塞，以及美人战死的画面。

*是我的责任，还是温德的责任？*他胸口一阵冰凉。

泰伦立即推开这毫无助益的想法，试图聚焦于眼前的问题。"我不晓得温德的盘算，但我几乎可以确定东西交到他手上，我们在他眼里便失去了价值。若是我或鬼祟，回去的一刻便会受到牵制，很可能再无法帮到留下来的漂流者。你能够……能够理解吗？"

"其实我明白。"女孩回道。

泰伦深吸口气，向后靠着冰冷的墙壁。"我想留下来。我希望大伙儿能一起回去。我得找到方法。"他盯着空荡荡的房间，以几乎听不见的声音说，"……或者拼命尝试，直到最后。"

蒂菈儿深望着他许久，直到泰伦意识到她正盯着自己的脸颊，女孩才别过头去。

"不管做出什么抉择，我想都会惹到一些人。"泰伦无奈地笑了笑。他忽然非常想念首脑在身旁的那段日子。

金发女孩犹豫片刻,告诉他:"别担心太多。我俩都是回不去的人,无论结果如何,我都会和你一起承担。你就依照自己的想法去做吧。"

泰伦注视她。两人的距离如此之近,他几乎可以闻到她的味道。莫名的,和蒂菈儿谈过之后,泰伦感觉如释重负。我懂了。

"蒂菈儿,我想下个赌注。"泰伦下了决心,"但需要你的帮忙。"

他把所有人召集起来。甲哈鲁、毒焰也已醒来,来到众人当中。女妖依旧位于空间站外头,沉睡在巨兽之首。

十二个来自欧菲亚联盟的漂流者聚在遗迹座台前的环形阶梯上,或坐或站,聆听着。

首脑,如果是你,会这么做吗?泰伦清了清喉咙。"你们的意见,我都听进去了。这个决定,最终取决于我们的生存概率,以及对联盟局势的考量。"他取出祖堤拉姆特的皮肤,并环视眼前的每一个瑟利人、埃萨克人、埃蕊人。"为了它,我们付出了牺牲,失去了同伴。"他看见欧萃恩低下头。芮莉亚心不在焉地坐在人群的最后方。

"只要联盟能够解锁女妖的嗅觉信号,边境战局就有扭转的机会。我们各自的族人都会因此而获益。"泰伦沉静地说,"他们或许从未想过我们有成功的机会,但我们办到了。希望在未来,无论发生什么事……我们都会记得这个时刻。还有现在,在我们身边这些人。"

没有人说一句话。他们的神情流露出恐惧和期待,屏息等他说出答案。

最后泰伦深吸口气,凝望这群他已视为伙伴的人。"现在,我们将送走一个人。但这并非仅为了一人存活。而是为了让我们所有人,都有再度返回联盟的希望。"泰伦的目光落在某个人的脸上,"那么——"

他说出了名字。

339

第二十九章
边境 / 白色旋涡星

　　动态数据像海流一样涌入系统。复杂的多重引力是看不见的绊脚网，对敏感的赛忒大军起了作用，它们集体调整姿态，飞行、冲刺、回旋、进击，每个动作的情报流通在空镜号和腾音号之间。瑟利战舰发出相应的反击，每一道激光都达成驱敌和激发反应的双重目的。

　　显然温德的计策成功了，他们撑住了白色旋涡星的防卫，对抗赛忒的时间比其他舰队都要久。随着敌军每次冲击，舰队慢慢能抓准防卫要点，建立起抵御战略的良性循环。就算有赛忒突破了球形阵，它们闯入内部空间的一刻便受到来自四方的激光夹击，接触中央旗舰之前已成灰烬。

　　然而这样的防卫体系并非没有代价。总有敌人像接连而来的撞针，冲击各个主要战舰。他们损失了两艘大型主舰。小型舰艇则像是上千只围绕着蜂巢的蜜蜂，与落单的敌军进行游击战，在宇宙激起阵阵火光。

　　蜂糖已穿备好铠甲，站在一级权限的浮空板上迅速掠过所有人。她检视最外层的防卫布局，并部署了天穹守护。同时，她从主意识开启视觉增屏，观看指挥中心的情况。

在球形的中央厅堂，无数道光束自外向内投射，穿透层层玻璃，在每片玻璃上激发出不同的数据光轮。情报处理员飞快地揉捏着数据，不断往上抛。这些数字被垂直的光轮吸收，成为复杂的纹路规律旋动，再让处理过的数据随光束注射到最里头，持续改变战术决策中心所看见的图影预判。

指挥官温德布下的球体阵形里，所有船舰串联起电光网，护住核心空间以及位于正中央的旗舰。这是空间战术最密实的防卫阵形之一。

所谓的电光网，是连接在各战舰之间的高能线状兵器。它运用放射过滤技术和粒子闸口，让战舰彼此投射粒子光，在对冲的过程产生质变，升华成具有物理破坏力的高功率射线。每艘战舰都设有无数个粒子闸口，随着阵形变换，来调整电磁光轨的数量和角度。

十二个以大型战舰组成的节点，生成三十道外层电光、三十道里层电光，将旗舰团团围住。即使丧失两艘战舰，并不妨碍整体的力量。黑色兽群冲刷而来，便在激光炮和电光网的动静态两重防卫下溃解。蜂糖看着视觉增屏，密密麻麻的小型瑟利飞艇穿梭在阵形内外，与游离兽进行追逐战。她不敢相信他们已数次挡住了赛忒的攻势。

空镜号舰队维持住阵形，静谧地镇守于星球前方，并与星球的自转同步。

赛忒的紫光流就像被引来的长蛇，每一次进击便不自觉地跟随舰队产生些许的位置偏离。战场正随着白色旋涡星的自转而缓缓挪动。

进攻的赛忒军队开始感到迷惑，并向后撤离，在一段距离外混沌地重组，仿佛祖堤拉姆特正在思索下一步。这给了空镜号短暂的机会。

"变换阵形！十二面体阵！"总指挥官温德下令。

341

舰队立即做出反应，原本两两并排的战舰分开，成为二十个向外扩散的点，它们之间的距离也在改变，并连接为等距的十二个五角面。多出来的两艘大型战舰向中央撤退，来到空镜号的两旁。上千台小型飞艇也迅速回归，躲进阵形里头。

"零度全经线上的所有船舰，全数锁定敌方边缘层。其余的船舰随空镜号定位目标！"温德的指令透过信息收发室传向舰队成员。只有体量大的旗舰安装了名为天使之矛的高能远程激光炮，因其不会在宇宙空间受反作用力的影响。其他战舰的主炮亦不容小觑，全数跟随空镜号的目标。

赛忒像根黑色长枪直扑而来，表面有紫色的螺旋光流。然而当它渐渐逼近，尖端部分骤然敞开，后方的兽群以不可思议的速度流向前方，像极了张开嘴的庞然大物。

这是让帕纳斯舰队灭亡的阵势！ 蜂糖站定了位置，紧盯屏幕。

但这与温德预测的分毫不差。阵形之中，环绕旗舰上下左右的一圈战舰跟着赛忒的变化而调整武器角度，紧盯它们扩张的边缘。然而多数战舰不为所动，跟随旗舰锁定正前方。

温德一声令下，炽热光芒齐发。漆黑的宇宙仿佛被划开一道水平的伤疤，迸裂出银白血液。

光束打穿了大嘴的中央部位，同时外围的赛忒也被击散。兽群分为几个散乱的群体，从四面八方围攻过来。但守军已做好防御准备，第二波激光炮再次发射。小型飞艇冲出球形阵，中型舰也接连腾空，进入混战。

这场战斗就在白色旋涡星的赤道上空一万四千公里发生。他们毫不费力地被星球引力牵引，集群高速移动，敌人却不自知。远方的赛忒援军像是被切断了头的蛇，甩动着身子重组攻势，再次扑来。

"腾音号来了！"

友军舰队进入视线。他们沉入同步轨道的倾角,光炮齐射。黑夜再次白亮。激光带着灼烧的能量,射向被引力推动过来的长蛇颈部,激起刺眼的火光。黑色金属炸裂开来,化为数不尽的碎屑飘散四方。

"成功了——!"蜂糖惊叹声未落,周围猛然剧烈摇晃。一道画面切入主意识,她看见成群的赛忒巨兽扬开力场,在圆阵上开了三个洞;游离兽就像是流沙一般闯入圆阵中央。不同于之前,它们的周围有层紫色的光子铠甲,排开所有朝它们齐发的射线。游离兽伴随着紫光,降临在空镜号的表面。

舰身遭到破坏,第一道裂缝出现的两秒钟后,第二道、第三道即显示于意识中。

蜂糖立即调动天穹守护和支援部队前往。她从浮空板跃下,启动飞行推进器急速赶往离自己最近的一道裂痕。人群正朝她的反方向逃离。

"总指挥官,有消息传来,漂流者刚刚返回联盟。"某个信息接收员的声音传入耳里,令蜂糖不自觉地缓下速度。她放大中央厅堂的影像,扩大音量来压过人群的喊叫。

"相当会挑时候。"影像中的温德略显诧异。"难不成他们已取得目标物件?"

"尚不清楚。只有一个人。他们只有一人归来。而且……"从对方的声音听来,似乎有什么事情令他非常困惑。

"别废话了。信息从哪儿导入的?即刻定位漂流者在白色旋涡星的哪个位置,派遣飞船把他接过来。"

"总指挥官,他不在白色旋涡星。"信息接收人员说,"那名漂流者出现在摩根尼尔。"

温德的表情闪现一丝震惊。不出两秒,他便慢慢收回情绪,回到原来的严峻神色。"加亚,这件事先由你处理。我得主导战况。"

• • • ○ 343 •

蜂糖根本没有机会消化她所听见的事,因为她刚穿越人满为患的长廊,飞入某个杂乱的机舱。各种设备四处倾倒,裂缝从墙上断开到地板,空气正急速流失。三只游离兽闯了进来,数名军官紧扣着围栏,持电磁枪射击。有个倒立的尸体被气流向外吸,卡在裂缝末端。

战舰的系统已发出修补信号,闪动着光芒的微晶纹路从机舱两旁延伸过来,吸附着一片片的钢铁补丁。游离兽的利齿上滴落着某种液体,一口咬住邻近一位军官的腰部。电磁枪从他手中脱落,倏地被吸出舱外,他发出凄厉的号叫,腹部被游离兽啃掉一大块。鲜血在强风中喷洒,那军官从裂缝中飞出去,肠子却仍拖在兽齿上,像条迅速拉长的粉红色卷尺。

蓝光点从蜂糖的背部冒出,成为在身旁盘绕的光流。

这些"蜂晶体"是她的微晶兵器,它们组成一道流光,先切断死去军官的肠子,然后向上贯穿赛忒兽的下巴。其他两只朝她咬来,蜂糖敏捷地跃开,蜂晶体形成一道薄幕挡住了它们。一头游离兽的后腿被其他人的电磁枪所伤,蜂糖趁此施展攻击,蜂晶体像是发着蓝光的飓风,狠狠拆解了游离兽的身躯。

她再让蓝光点集中刺向最后一只,在它脖子打穿上百个微小的孔洞,直到头颅断裂。疼痛感突然从大腿传来,蜂糖看见第一只游离兽并未死亡,它的下巴还流着黑液,利齿咬住了她的腿铠。更多蜂晶体从她的腹部射出,像连发的子弹,让赛忒兽面目全非。

舱房的裂缝已补全。几个半死不活的军官身体开始膨胀,出现黑晶体。蜂糖迅速让蓝光点打穿了他们的脑门。然后她检视其他战场,天穹守护也暂时解决了所有入侵者。

她刚喘口气,在主意识里拖出太空中的舰队战况,胸腔便差点岔了气。

舰队的防阵依旧坚韧,但赛忒不知何时已数量激增,围住了周边

· 344 ο · ·

的整圈空间。它们从四面八方释放攻势，频繁冲击空镜号舰队的十二面阵。白色激光和紫黑色锥刺不断交错，不时有兽群突入阵形内部。旗舰发出一波波射线击落它们，但远远跟不上敌人穿透进来的速度。与此同时，一个分裂出来的赛忒旁支，也朝远方的腾音号舰队展开攻势。几艘大型战舰着火，其中一艘瞬间断为两截，朝着星球的方向崩塌。

"总指挥官，阵形要到临界点了！是否变换？"

温德咬牙说："寻找敌方密度较低的方向，我们得撤退了。"

又一阵剧烈摇晃，蜂糖在意识里检视旗舰的受损情况。此时，她听见齐尔斯的声音："——总指挥官，援军终于到了！"

援军？蜂糖拉远全景，看见刺眼的射线开始驱逐赛忒的包围网。激光一波接着一波地冲击赛忒军。星芒般的银白光点散布于黑色天幕，切入轨道。

"苍羽号舰队抵达！天霖号舰队抵达！"齐尔斯激动的声音在耳缘回荡，"——还有诺弗朗斯家族的森垒号舰队、雷壁号舰队，全数抵达！"

蜂糖愣在原地，看着不可思议的影像。四支瑟利舰队火力全开，持续削弱赛忒阵营的体量。白色旋涡星的同步轨道上，钢铁残骸像遭强风吹散的黑尘，面积迅速扩张。

"请指示。"温德朝着某处开口。

"所有位于白色旋涡星的舰队听令。"一道深沉的声音传入中央厅堂。蜂糖立刻识别出来——那是凯扬星将的声音。"你们得坚守住白色旋涡星的据点。我重申一次：所有舰队，不计一切代价，死守白色旋涡星。"

第三十章
古央星域／欧菲亚行星／天穹城

"因此，恒星的核聚变反应可以呈指数催化。"开罗用手把飘浮在空中的方程式糅合起来。它们化作新的方程，闪动着微光。"换言之，我们可以加速它的生命进程。"

他们在天穹城的议会厅建筑某个角落的小房间里。四张洁白的长桌被一片片船帆形状的墙屏包围在内。与会者有二十几人，分散于长桌各处。他们半数穿着宽松的衣袍，兜帽把面孔没入黑影之中。开罗不确定眼前这群人有几个真正亲临现场，也不确定是否还有更多人在幕后聆听，但这些都抑制不住他激昂的情绪。白严沉默地坐在他后方，嘴里依旧叼着细枝。

纯粹的军事动员可透过议会的特殊决议来执行。然而，开罗提议的方案牵扯范围太广，可能包含全光域，因此在眼前的紧急议会得出结果前，无法执行任何事。

在场所有人中，有张面孔就算化成灰开罗也认得出来——陆辛法；成为联盟高等科技研究院的首席科学家之前，陆辛法曾是最严厉抨击开罗的学术大佬。

此外，据白严所言，与会者还包括几个星域的首长，驻扎在邻近星系的殖民特首，家族代表、部落战酋等等；开罗根本记不起这些人的名字，他只希望赶紧办完该做的，然后亲眼见证历史性的一刻。

"你的说法是个谬误。无法推翻，但也无法证明。"底下某人质疑。

"是啊，所以才要直接尝试。"开罗回道。

如何影响恒星的聚变频率是开罗五十年来的研究领域。他的力场增幅理论事实上从未获得印证，就连实验的规模也仅限于几百万焦耳的能量捕捉，在测试完整之前就遭驳回。几十年的心血没有机会证明它存在，也没有机会证明它是幻影。开罗变得古怪且愤世嫉俗。

因此首次听见白严的阐述，他不敢相信自己的耳朵。这样的东西竟存在于世间。

当一级探员展现给他那座遗迹的绝对复制场景，所有疑虑烟消云散。据白严说，它位于一个无人愿意探索的星系，无人愿意殖民的星球。在那儿竟有一片不为人知的巨大地底湖泊，洞穴彼端看不见边缘。

仿若天高的岩顶覆盖着一层层的结状物，不确定是钟乳石还是类藻岩。真正惊人的影像，是露出湖面一半的巨大遗迹。

"这复制能力真绝。你亲自去过这行星？"

"那是必然的，否则无法做出绝对复制。"白严如是说，"我抵达这行星的表面时，发现它距离这星系的恒星有上亿公里，却可明显感受到那颗老化的恒星正自负地绽放能量。"

开罗眯起眼，设法聚焦在地底洞穴里的东西。它由六片堡垒般的弧状物彼此依贴，组成环形结构。这是迄今人类发现最大的一座远古遗迹，中央部分可以塞进一艘长达2.5公里的瑟利旗舰。

"你看到的还只是水面上的部分。"白严当时说完，开罗在湖岸边

347

以双手捞起一摊水。沁凉的触感沉入掌心,他看着水从五指之间散开,在湖面上掀起涟漪。联安局探员的绝对复制技术让他倍感震惊。

"我们要怎么过去?"他们距离遗迹似乎有好几公里。

"让它过来便行了。"白严指间的细枝发出光芒。转瞬间,他们已站在遗迹之上。开罗震惊地环视周围,他们身处结构体的内缘,鸟瞰深不见底的中央湖面。那儿还有一圈小一点的,方才在岸边瞧不着的结构体。

开罗蹲着触摸遗迹平滑的表面,竟有些不知所措。这辈子他头一次懊悔自己没有升级体内的微晶系统和意识,无法使用现代人的评析科技。但或许白严早已留意到这件事,十分贴心地递出一个筒状仪器,用以模拟渲晶功能来解读遗迹的效果。开罗赶紧把它压在眼睛前,开启了分析功能。

他对渲晶技术并不懂,无法理解那些遗迹探研者怎么把一种科技语言转换成另一种科技语言,但这不妨碍开罗的饥渴。眼前的景象通过模拟出现变化,呈现最惊人的画面——遗迹表面的光纹是红色的,仿佛几何形状的血管正在涌动。

开罗看着不断弹出的数据,震惊得嘴角不住抽动。"没错,他们办到了!就是它!就是这个!"

"所以FR476e巨星……啊,我还是比较喜欢民间给它取的名字——'蓝腰带',它的质量远远超过了基准线,释放着三万度的热力。这数据是它的电子筒并压和引力加程对比。"开罗把一个聚合公式往前抛,主方程在空中缓缓挪移,背后跟着不断变化的数字和波状浮动的图表,周边还串联数十道较小的次级方程,同样被激烈转换的数字围绕。

聚合方程飘浮在长桌上方,像一只发光的水母。开罗觉得相当妙,被隔离的这阵子他学习操控光纹显示系统,没想到派上了用场。

"现在没人知道实际启动遗迹会怎么扭曲这方程。只能确定恒星核的加速塌陷会是最终结果,在非常短的时间内,直接产生'超核聚爆'。"

现场听众默不作声,然而坐在陆辛法那一桌的联科院士们开始窃窃私语。

所谓的超核聚爆就是恒星死亡,新星诞生的事件。只以肉眼观看的埃萨克文明,称其为"超新星"。瑟利人、埃蕊人则把它叫做"超核聚爆",代表达到特定条件的恒星将亡时产生了足以点亮整个星系的大爆炸。

开罗给出的研究成果结合了四十道能够透过渲晶解锁的"遗迹方程",以及开罗在过去研发的公式。糅合之后的结果显而易见。

"白严和他的同僚已做了布局。在星系里的传送遗迹也找到了。就等这个紧急议会批准,我们就可以开张了。"开罗催促他们,"还是你们打算先回去各自的象牙塔,再花个半年讨论我的胡子和年龄如何影响我的心智?"

"我们在讨论的是消灭一整个星系。"某人说道。

"不然呢?这种事在宇宙尺度,时时刻刻都在发生。联盟境内也不乏这样的案例,我们不过是亲手确立时间表罢了。"开罗回他,"人类的命够短了,不大闹一场,像话吗?"

显然他的说服方式不是这群人所惯于听到的。他们在桌前局促不安地交谈。首席科学家陆辛法开口:"以前你只想干扰恒星的演化,到了这年纪,却热衷于怎么毁灭恒星。"

"我很诧异你们霸占了那座遗迹那么久,却得不到这结论。它存在的目的,就是加速恒星的生命轨迹。"开罗看到陆辛法的脸就一肚子火,但他试着维持镇静的语调,"原本还要等至少两百七十万年,蓝腰带的内核才会开始聚变为铁元素,进入将死的阶段。现在无须等待，我们可以直接让它成真。而且若我猜，在某些联盟尚不知道的宇宙角落，还存在第三种遗迹：能够有效吸取聚爆能量。"

他们震惊地看着他。

开罗伸手想抓抓胡子，手掌却停在半空便改变了主意。"算了，别多想。聚焦当下。如果你们觉得不安，我可以做个演示，让大家见识一下结果。"

"等等，最重要的事你忽略了。"一名面孔藏在兜帽底下的与会者说，"超核聚爆相当于一颗恒星在百亿年生命周期生产的能量总额，压缩在一瞬间释放。它对联盟有什么影响？它的电磁辐射连远在欧菲亚行星的人们也可感觉到。"

一位联科院的学者说："目前推算，冲击波要对最近的星系产生质变性的影响至少是六十个标准年以后。不过其他立即的影响很难估量。除了远见星域不用说，长盛、静晏、深泉这几个紧邻的星域都要注意。三十光年以内的行星大气都会受到直接影响。"

另一位学者接着发出质疑："不单是那样。联盟对各个星域的金属同位素和射线残痕做过非常细致的检测。有相当证据显示殖民星球表层的质能转化，与周围星系在历史上发生的超核聚爆脱不了关系。大气的生成结构更不用说。如果我们这么做，十光年以内的星球就算借助欧菲亚之光来启动电磁交互增幅，以大气当防御，空气和地质依然会受到冲击，无法逆转。"

"大伙儿，拜托。这不是人们第一次见到联盟被点亮。而且蓝腰带方圆十光年以内没有任何殖民行星，这个我们确认过。"开罗说完瞥了白严一眼，后者附议。

一位联科院士摊开光域全系图，手掌弹出几道冲击公式，套进图里。十二大星域发出明暗不均的闪光。"威胁地带的瑟利文明不会有多大问题，天空之都有防范措施。埃萨克人本身就不怕。但埃蕊族的星球……我们得强制他们打开液璃盾——"

陆辛法抬手打断了其他人,说道:"诸位,各个单位不妨从自己的角度去揣测这次的'实验'可以带来哪些好处。接下来联盟打算扩张版图。我们联科院相信这样的实验对于光域外的距离测量会有莫大助益,可以排除红移和飘位现象,帮我们建立更精准的光量体系。这是好事情。"

开罗对陆辛法的支持感到惊讶。

"试想,我们可以直接捕捉聚爆残骸经过的频率和振幅,"陆辛法继续解释,"如果再与目前已确立的'标准烛光'等光谱做出对称检索,能够很大程度帮助到光域境外的激光塔搭建工程,提升距离的精确度。我们都知道激光帆会是扩张时代最重要的航行载具之一。"

这家伙,见风转舵吗?开罗摸不透陆辛法脑子在想什么,但他当然欢迎往昔的对手赞同他现在的提案。

"首席说得没错。"另一位联科院士也说道,"我们可以先做好准备,运用星云光回波和温度增数来理解恒星的消亡。还有一个很大的优点,这次的超核聚爆会让我们对光回波的理解更进一步,协助'异镜侦测技术'的落实。"

"而且最重要的,你们可能都没想到,"陆辛法露出阴沉的笑容,"说不定这会打开一个可能性,让光域文明找到方法摆脱对锬取反物质的依赖。从黄金时代开始,人类就依赖锬矿。那是战争的起点。

"但诸位可以揣摩一下,"陆辛法继续说,"我们确实需要一个有利于大量生产、大量储备、大量运用的替代能源。联盟的种种问题都会获得解决,包括瑟利人和埃萨克人之间永无止境的冲突。"

开罗打量着陆辛法。这老家伙竟然变脸变得比我的脾气还快。他不得不服,这些高高在上的学者嗅到了某种技术突破,就打开脑壳让想象力飞奔。事实上他们离扩张时代所需要的各种技术落地达差得很

351

远。不过人家可是联科院的首席,想先占坑呗。"开罗压制发笑的冲动。

在陆辛法的鼓吹下,多数人纷纷点头。他们从眼前的复合方程抽出自己感兴趣的部分,就像人们从一团悬浮的毛球里拉出条条丝线,呵护在各自手中。

白严此时开口:"看来我们得以推进了。为保险起见,邻近的星域都得进入二级防护戒备。联安局会确定一切都能无误、稳定地进行。"

"千载难逢的实验考察机会,顺便打垮整支赛忒联军。何乐而不为?"开罗终于放声大笑。

"那么请你做出演示吧。"陆辛法朝开罗挥手。

开罗在众人面前唤出恒星蓝腰带的全息影像。就如所有的恒星一样,它的巨大质量在引力拉扯下想压垮自己的内核,然而元素融合产生聚变,又释放出足够的力量来平衡引力。

开罗把双手放置在恒星全息图的两旁,微微向内压。"我指尖里的方程就是你们费尽心力从遗迹萃取出来的神经核信息数据,套入了引力交互催化模组。看着吧。"

数字、图层、颜色激变,恒星的内核已开始变化。最外层的氢聚变为氦,释放出最大功效的能量。长桌前的所有人都盯着跃动的数字和不可思议的时间进程。他们仿佛被数据带入了时光隧道。

恒星加速剧变,内核被好几层不同比重的元素划分出疆界,以各种颜色示意。开罗再往内压,里层的氦开始聚变为碳和氧。紧接着,最内层的元素陆续融合为氖、镁、硅。

恒星内核的层级变换出现两级动态。层层引力将其向内压,突然增强的密度却像堵墙,把元素再朝外推。各层级的元素彼此博弈,每一层都腹背受敌。它们的厚度不停变换,你来我往。整个恒星内核的大小也不断改变。

"看见了吗？这根本不是热能可以达成的激化现象。只有宇宙最天然的力，才办得到。"开罗说，"我之前的研究便是引力交互，但当时我们无法抓准每一层元素在聚变之间的基础弦率，所以失败了。"开罗露出大大的笑容。"可是，创造出遗迹的'地球元人'，他们成功解码了！强交互力和引力之间的关联，那必然是创造遗迹的基础公式啊！还有牵动中微子和热暗物质的弱交互力也被绑定。说不定他们把五大力之间的关系都摸清楚了！"

"不排除这可能性。"陆辛法静静地说，"仔细想想，遗迹总是反常地埋在亿万年前的岩石里。这说明了很多事。"

绵密包围全息图的数据急速运算，眼花缭乱。许多关键数据变得极不稳定。

在开罗双掌之间，一层接着一层，压缩力度与温度都在改变，能量值激烈膨胀。从跃动的图表看来，每一层的融合里，原子核聚变所产生的新元素出现夸张的质量浮动，消失的质量则以能量的方式被释放出来。温度不停上冲，数十亿度的热量把里层的硅核转化为铁元素。

"怎么可能在这么短的时间——"有人发出惊叹，他们都明白这代表什么。当恒星的内核出现了铁元素，它的命运就锁死了。

全息影像中，几件事情同时发生。对抗引力塌陷的融合现象减少，聚变的终结使恒星内部开始塌陷。一层层的内向崩塌以迅雷不及掩耳之势发生。数据显示各元素以近乎光速冲撞最内部的铁核心，产生一波波的回弹震荡。密度不停增强。电子、质子撞击形成一团团黏合的中子，释放出各种暗物质。不出片刻，内核的吸热性已经比放热性更为强大。

开罗兴奋地喊："这还只是系统为了配合人类意识能跟上的速度

353

所做的模拟。到时大家得看仔细，眼都别眨！否则，反射神经刚让你眨动睫毛，它就已完成了。"

此时全息模拟浮现出一个新的东西——传送遗迹的空间撕裂平面，与恒星爆裂的时刻完全重合。接下来的结果画面已无法模拟，众人只能从数字的变化看见。

四张长桌前，没有一个人说话。他们肃穆地盯着最终数据。

开罗发现自己的额头在冒汗。他解除双手间的全息影像，把残剩的数据推向他的听众。"我们眼睛看到的也就百分之一的现象。剩下的，全成了动能。六十几次方量级的中微子本身可能不具备什么破坏力，但它们是穿透物质的鬼手，将抓住等量的热能飞弹，摧残它们横扫过的所有空间。这一切，都是遗迹的作用。"

"相当惊人。"陆辛法盯着聚变反应的所需时长，以难以置信的神情瘫回椅子上，"但要做到那样的无缝衔接，得有充分的准备。"

"这档事，算是挺有保障的了。这遗迹的创建者不是闹着玩儿的。"

"就算成功了，光域文明的未来会变成什么样……"陆辛法犹豫了。

开罗的心思早已不在赛忒的威胁。他甚至不在意这一座特殊遗迹代表什么。他尝试刺激这群人，"你们大胆地想远一点，这次成了以后，可以做多少事儿？用遗迹来操控引力振幅及时空，有没有可能把质量过大的恒星剥掉几层皮，催化成红白矮星？或把质量没达标的恒星内核催生出不可能的超核聚爆？还是把中子旋涡转化为黑洞？太多可能性了，难道你们不好奇吗？"

陆辛法给他一个疲惫、歪斜的笑容。"一如既往，你的想象力总离现实相当远。"

"但万事开头难，先走完这个攸关文明存亡的一小步吧。"开罗把

· 354 · ·

思绪拉了回来,让嘴巴跟上。"孩子们。所有强大的恒星,绝不希望安安静静地销声匿迹,变颗矮星要死不死地拖个万亿年,化成暗尘。它们想要的都是'轰!'的一声终结自己的使命,不单拯救联盟,还把自己的生命能量交托给下一波诞生的星星,对吧?"

他们都盯着眼前的老头子。

开罗露齿大笑,知道要干活了。

第三十一章
光域外 / 废弃空间站

法里安尼发现了空间站里层沟渠的真正用途。她从某处找到了开关，让液态水从多个出水口灌注进来。

水流被导入这条环形的河道，同样被空间站旋转所产生的人工重力黏着在渠道底部。开关旁还有个转盘，可以直接调节空间站的自转速度，影响离心力的力度。

"这是之前的人们用来栽培农作物的水耕渠道。"法里安尼说，"我在底部勘察到一些矿物质的残迹。或许原本铺有土壤之类的东西。因此他们必须把这区域也密封，以保存空气、水以及恒星照映带来的能量。这儿曾是他们的粮仓。"

"要把它灌满吗？这儿没有任何植物的种子了，你打算做什么？"蒂菈儿问她。

法里安尼露出轻佻的笑容。"消遣。"

众人分散在内圈的各角落，听着水流的声响。泰伦独自坐在遗迹台阶附近沉思。空间站的小巧遗迹在使用过后，已自行摧毁内部系统，像一座死去的石雕，永远无法再次启动。

留下来的人，我们得设法说服克拉黎亚，载着我们去寻找新的遗迹。泰伦却认为成功率几乎为零。

从蒂菈儿的寰宇图看来，下一个离他们最近的星系超过七光年之遥，还无法保证有遗迹存在。距离他们五光年的白色旋涡星则处于祖堤拉姆特的军团包围。**两条路，都意味着死亡。**

无论选择走哪条路，也都需要等比荷马斯伤势复原后才有可能。

不出半小时，环状河道已灌满近五成容量。法里安尼摸索着转盘的刻度，调整一阵，似乎改变了空间站的重力。泰伦觉得自己的身体变轻一些，仿佛浑身肌肉忽然松弛。纯净的液态水有着自己奇特的本质，液体容积因此没有多大的改变。然而当水柱从旁灌入河面，溅起的水花迟了一瞬才落下，朝两旁推动起夸张而缥缈的波浪，给人一种时间变缓的错觉。

法里安尼拆下装有液泡的肩甲，捧在怀里做了些处理。微晶宠物在她身旁冒绕，念念有词地好奇观望。圆形水缸里头冒出一束微型的旋涡，隐隐卷动着绿光。她站直了身子，把水缸抛进河里。紧接着，河面便浮现一个大旋涡，碧绿色闪烁，像是星云被黑洞卷入。

数秒后，光丝飘散开来，和涡流一同淡化。河面回复原状后，法里安尼的下一个动作令同伴们吓了一跳。

她解除贴身的流线铠甲，褪去衣裳。她的上身赤裸，白色三角裤衬着黝黑的皮肤。她单手扯开一直以来不曾换过的马尾，散放及腰的灰色长发。法里安尼有着埃蕊女性的典型体态；修长的脖子，下沉的双肩，微隆起的胸部。她轻盈地跃入河道，水面刚好触及胸线下方，浪花倏地喷溅，水波以渐减的速度朝外鼓动。

这一刻，众人之间阴郁的气息起了些变化。

泰伦忽然发现其他人和他一样，全都目不转睛盯着法里安尼。她是第三性，也是个超凡艳丽的埃蕊人。

"体内有微晶的，全都下来吧。这是治愈之池。"法里安尼挑逗似的回望，摆出愉快的笑容朝众人招手。

没人有动作。男人们彼此互瞄，有股莫名的尴尬。法里安尼只好露出自讨没趣的表情。

"也罢。临死前的舒畅。"芮莉亚的声音从身后传来。

泰伦不可思议地看着女埃萨克人从他身旁走过，利落地脱开破碎的战甲。

芮莉亚双臂交叉，捞起上衣，露出裹着上身的简略包胸以及背部的光滑肤色。打从曼奴堤斯开始，一连串的战役让她的裤管残破不堪，仿佛暴风之中残生的枝丫。芮莉亚来到长池边缘，干脆以军刀切开长裤，向后踢开。深褐色的细边内裤展示出饱满的弧度。

泰伦从未这样注视芮莉亚的躯体。她的背影完全不像身经百战的女战士，水面反射的光波掠过她的肌肤，看上去近乎无瑕。埃萨克的女人普遍比瑟利人更为浑圆丰满，但若从比例看来，芮莉亚的体态修长高挑，不亚于瑟利女人。她动了动赤裸的双脚，弯身轻触自己的脚腕，以灵活的动作下水，朝法里安尼走去。河道对岸，布拉可和甲哈鲁也双眼圆睁，盯着他们的女首领。

沉浸在狭长河道里的两人贴近距离，她们身后的水浪以缓慢的频率朝外波动。埃蕊人对芮莉亚露出妩媚的笑容。

"体内没有微晶，也能被治愈吗？"芮莉亚以湿润的双手把头发向后拨。眼角的伤疤清晰可见。

"精神上可以。只要感到愉悦便行。"法里安尼丝毫不避讳地打量着芮莉亚的身体。

暴焰是最先有动作的男性。他穿着宽松的短裤，上半身的皮肤布满无法复原的战斗伤痕。当他硕大的躯体跃入池子，激起的水花比他人还高，在空中化为一粒粒水球。他的周围出现一圈碗状的水窝，犹如初生的陨石坑洞,过了将近一秒液体才合上,积聚到他的腰间。布拉可和独臂的甲哈鲁瞧见暴焰下水后,立刻站起身。

"老大,你说我们是不是大逆不道?全联盟在跟赛式作战,我们却在这儿享受人生。"哐啷声接连在金属地板上响起。

泰伦转头,看见鬼祟已解了青铜铠甲,急着脱掉上衣向前跑。"鬼祟你别——"下水的声音掩过泰伦的话。

安德树·蒙谷的肌肉非常精良,这是惯于高难度飞行的附加成果。他把红发往后梳,碧绿色的眸子反射着水光。他和暴焰的身材是两种极端。接触到水池,似乎让他们重拾战后耗尽的精力。这次换成芮莉亚和法里安尼打量着他们。

算了。无伤大雅。泰伦想想,或许芮莉亚说得没错,这可能是这群人最后一次肆意放松了。没人知道前方是什么样的命运在等待。

"天呐。太爽了。感觉几年没洗身子了。"布拉可敞开双臂大喊。

当几位男性朝她们靠近,法里安尼回过头笑了笑。"啊。怎么突然感觉这儿被当成澡堂了。"她朝岸边呼喊,"蒂菈儿,你还坐在那儿干什么?"

金发女孩与籁坐在距岸边一段距离外,一脸惊愕。"不……不用了,你们玩吧。"她紧缩着双肩。

"玩儿?你觉得我们在玩?听着,水融微晶会帮你重组能量微晶的结构,还有恢复信息微晶的敏感度。"法里安尼的口吻非常严肃,但转瞬又成为悠扬的笑声,"还是瑟利女人都那么胆小呢?啊,芮莉亚,看这个。"她对女埃萨克人说。

法里安尼的双腿用力一蹬,腾空朝上飞去。在满布水滴的空气中,她的身子像水鳗一般扭动,横越整个空间站的内圈。她通过重力最弱的核心区域,略过中心点的偏率调整球形仪。泰伦仰着头,看见法里安尼不偏不倚地坠入彼端的河道,激起好几层水花,从上往下朝

359

他们挥手。

鬼祟也干了一样的事，双臂像翅膀一样展开。"哇呜——！"他畅快地大叫，在穿越中央地带时抱紧了双腿。不出几秒，他就像个再次滚动的转轮，加速落入对岸。

芮莉亚望向飞洛寒的两人，给了他们一抹意味深长的笑。然后她挑衅地旋动腰肢，起身跳跃。

她浑身喷溅出晶莹的液体，它们夸张地绽开，洒落于水面。然而越接近空间站的中央，液体越是失重，在空中留下一圈圈逐渐扩大的螺旋水波。泰伦目不转睛地盯着她，脖子跟着上仰。在中心地带，芮莉亚忽然以手臂钩住连接球形仪的一根长棍，身子甩动一圈后，栖身在无重力状态的空间站中心点上。

她仿佛以狩猎的姿势蹲在球形仪上，那姿态展现出苗条的腰线和性感的臀部。泰伦隐藏住自己的惊讶，但他必须承认眼前的埃萨克女人可谓力与美的化身。芮莉亚迅捷地踢了下球形仪，再朝河道彼端弹去。

"蒂菈儿，你别加入那帮蠢货。"

籁的阻止一如既往的无用。金发女孩抿着嘴，跨过满地轻铠，以食指在黑色紧身衣的胸前画下一道微光。紧身衣分为两半，她只犹豫片刻，便迅速褪下。"那可是治愈之池。"她的口吻听来有股赌气的意味。

蒂菈儿穿着暗灰色的双截衣，衬托出雪白的肤色。她做了些动作，光膜延伸出来，在内衣裤的边角收缩，使它看来更偏向泳装。

蒂菈儿走向河道时，不经意地朝着泰伦瞥了一眼。

身为操控微晶的渲晶师，战斗并未在她身上留下太多伤痕。蒂菈儿的皮肤白得像是雪霜，膝盖和肩膀透着淡淡的玫瑰红。她的双腿细长而匀称，只有左小腿腹有道细微的伤疤。蒂菈儿虽然体格纤细，臀部却出人意料地丰盈。金色长发飘逸身后，她以婉约的姿态在渠道边坐下，小心翼翼地下水。

泰伦看见蒂菈儿露出吃惊的神色，或许那片水池真对她产生了什么影响。

她那诧异的神情转为恐慌，因为暴焰、布拉可立刻来到蒂菈儿的身旁。暴焰不知说了什么，自己放声大笑，然后举起双手拎起蒂菈儿。女孩的惊叫声未落，便被抛向一段距离外。

籁倏地站起身。泰伦清楚看见他额头上的青筋。

蒂菈儿的金发全湿了，朝着暴焰的方向甩手泼水。她的身子看来柔弱，但在离心力不强的情况下，水波像排滚动的高墙朝埃萨克人席卷而去。这画面还真有种施展渲晶术的模样。泰伦心想。

在环形渠道的另一端，鬼祟似乎和芮莉亚、法里安尼也玩起了水仗。液态水被泼得到处都是，化为一摊摊不规则的形体在空中摆晃。

泰伦留意到右上角的某处，毒焰也已进入池子，独自泡在水里歇息。欧萃恩则不见人影，或许在空间站的哪儿研究控制设备。

环形泳池，这个法里安尼看似无心之举，令大伙儿玩得不亦乐乎，带来良好的舒压效果。毕竟埃蕊人是个热爱水境的两栖种族。泰伦看见法里安尼钻到水面下，成为河底的一道倩影，以飞快的速度绕着环形渠道游动。或许……她在掩盖自己对骆里西尼的担忧。

法里安尼必然希望自己的搭档也在身旁，一起感受沉浸于水中的解放。

男埃蕊人或许已安然回到联盟，但他所面对的挑战才刚刚开始。

"骆里西尼。"

当泰伦说出名字的一刻，许多人大吃一惊，只有法里安尼露出了复杂的神情。

泰伦向他们解释这个决定。骆里西尼是一名碧海武者，是由首都埃蕊艾尔那所培养出来的特殊战士，在联盟有一定程度的公信力及声誉。从他的晶纹看来，骆里西尼仍属现役。泰伦不确定骆里西尼的多重身份最终会产生什么结果，却愿意把两件重要的任务交托给他。

埃蕊的水融微晶科技虽然没有瑟利微晶的强大，但其在信息的传输和操控方面却超越联盟的所有文明。这从法里安尼的海螺通信器，到纽湾的到来，以及连飞洛寒家族都运用他们的歌曲传输系统这些事，就可见证到埃蕊文明的卓越。百年前的撒壬之战，埃蕊族的角色便是扩散终极撒壬的嗅觉信号。因此，让埃蕊族握有女妖皮肤，再次担任边防战役成败关键的使节，再自然不过。骆里西尼有后盾保护，不至于被联盟内的政治角力给撕裂。

把任务交托给埃蕊族的最大优势，却也是最大的风险。

这批人的最高宗旨是不参与联盟的内部纷争，因此影响力仅限于道德层面。飞洛寒家族则完全不一样。泰伦告诉骆里西尼："你得说服首都埃蕊艾尔那，以祖堤拉姆特的嗅觉信号为筹码，获得飞洛寒家族的协助。一同帮联盟打赢边境战争，一同找到能把我们带回去的方法。"

这代表蒂菈儿必须把骆里西尼传送到飞洛寒家族所掌控的星球。同时，泰伦希望蒂菈儿教会骆里西尼如何辨别在她体内的纯净符号。"如果事情出现变数，所有盟友的关系崩坏，我们最后的希望就在骆里西尼一个人身上。"他、蒂菈儿及两个埃蕊人，四人私底下做了准备。

"他一个人能做什么？"法里安尼在当时摆出狐疑的表情。

"劫持一座遗迹来定位我们的所在位置，或亲自过来找我们，到时他自己能决定。"泰伦直视骆里西尼说，"你们俩会出现在曼奴堤斯星，并不是因为法里安尼，而是因为你，对吗？"

这猜测让他俩说不出话。骆里西尼的眼睛微微睁大，法里安尼的脸上则僵着半碎的笑容。

泰伦指向片甲拳套。"优岚的方法是透过焰落族占据整颗星球来掌控遗迹，但你们和蒂菈儿一样，已开发出可以采集神经核信息的技术，对吧？否则你们不会出现在那儿。"

蒂菈儿看着两名埃蕊人，说出另一种奇怪的揣测："若非如此，你们潜入的目的便是为了破坏遗迹。"

"怎可能是为了破坏？"骆里西尼在他们面前秀出手臂的内侧，片状拳套一节节地变化，浮现淡蓝色的几何光纹。"我确实能够活化遗迹，还有进行部分功能的操作，包括采集神经核。但和蒂菈儿仍相差甚远，我无法独自萃取'纯净符号'。"

"你们欠了我们许多解释。"事不宜迟，蒂菈儿与骆里西尼做了连接，教导他如何定位她的纯净符号。两人的手臂摆出井字交叉动作，有光丝交绕其间。万一联盟的局势崩裂，至少位于另一端的漂流者代表，还有最后这张牌。

之后，骆里西尼便踏上传送的旅程。他只回头望了法里安尼一眼，隐隐不舍的神韵难以忽略。泰伦有预感，一名间谍和一名现役的碧海武者会在一起出任务，这样的搭档不会只是普通的情报贩子。或许他们之间还有些不为人知的故事。

泰伦并未告诉任何人，选择骆里西尼还有个最重要的理由——他必须从漂流者之中挑出情感最坚固的某一对，拆散他们，送走其中一人。以确保他不会背叛漂流者。

只有两组人符合这条件：蒂菈儿及籁，还有这对埃蕊搭档。籁不会同意离开，而且传送一位飞洛寒的风险太高。相较之下，骆里西尼的包袱并不大。

这代表接下来的时间，漂流者将丧失一份强大的战力。然而这是必要的赌注。

363

骆里西尼对于法里安尼的责任感,以及飞洛寒军防统帅对于蒂菈儿的爱,这两个要素将是联盟与漂流者最紧密的纽带,比一切科技都要牢靠。

水波打在泰伦脚边,将他的思绪拉了回来。他注视在环形泳池嬉戏的人们。法里安尼灵敏穿缩在空气和浪潮之间,刻意的笑容比平常更鲜明。

不知何时,暴焰和布拉可已把蒂菈儿困在角落。甲哈鲁也来了,即使剩一条手臂,还是满脸欢快。他们热切地找她说话。从瑟利人的角度看来,蒂菈儿的个子并不矮,但被三名高大的埃萨克人包夹在中间,她的身躯显得娇小。她的表情不太自在,羞涩地护住身子。

忽然,埃萨克人一个个朝岸边望去,脸部线条像池里的液体慢慢变化。泰伦也转过头。

女妖克拉黎亚来到空间站里,看她的神情已完全苏醒。她身上的伤痕都消失了,背部、胸前和大腿上的黑纹反射着晶体般的光芒。她环视一圈,似乎不太明白这群人的行为。她跨出几步,在水面上行走。

鬼祟从另一端弹射过来,在女妖左侧高高溅起一圈水波,像是扭曲的王冠。

他吐了口水,甩甩红发,对女妖说:"克拉黎亚小姐,你这个样子下水,我们都会害怕的。"他以小指头比了比自己胸部,"你知道祖堤拉姆特为什么那么强大吗?因为她身上没有你那些黑色晶痕。"

法里安尼立刻警觉地对鬼祟说:"你在做什么?疯了吗?"

"叫她下水啊。哎呀,你放心吧,她想同化我们会先取得同意的,你说对吧,克拉黎亚?"

女妖的表情毫无变化,身上的晶纹却没入了皮肤内。"——像这样子?"她的躯体毫无遮掩,双脚缓缓沉入水面。

众人全傻了，连籁和泰伦都露出不可思议的神情。……如果有天我们回到联盟，人们问我们都干了什么事……泰伦匪夷所思地想，若告诉他们实话，我们有人吃了赛忒的食物，还在一个不该存在的空间站和女妖一同泡在池子里。九成的人绝对认为我们压根儿没踏出过光域一步。

克拉黎亚像个体态柔软的雕像。近乎完美的肉体曲线，苍白的皮肤色晕。水面上，她的腹部隐隐显出肌理线条，胸脯匀称浑圆，尖端色泽奇异。

人们望着她，百感交集。

池里的人类男性全都是战士，神情警觉，却不知怎么反应。他们已浸泡一阵，生理机能似乎真的恢复了，肌肉再次显得结实丰厚，被水痕带出富有活力的线条。人类的女人则有各种族的典型美感；法里安尼带了点偏激的妩媚，芮莉亚有生命力充盈的丰美，蒂菈儿是白净细致的柔嫩——然而这些和女妖相比，明显有天壤之别。

人类在成长过程中，身体难以避免会有自然缺陷；某处少了点匀实，或是多了点伤疤。但女妖不同，她的皮肤表面均匀无瑕，像反射在镜面中完美的画。只要能摆脱恐惧去欣赏，会体悟到女妖挪动身姿时，投射出有魔力的美感。盯着她，将时间切片，每刻闪现的都是令人想膜拜的光景。

"上古长者愤怒了。她们三人都在寻找我们。"克拉黎亚以平静的声音说。

泰伦起身，朝女妖走去。"你如何知道？"

"当时在军团边界，为了脱逃，我释放翼缘的子爪，以本体的嗅觉信号干扰它们。代价便是我的躯体一部分被吸收，我们的心智出现末梢的连接。"克拉黎亚走动时，水面除了涟漪斑斑，还有一圈圈波纹被她反向吸引而来。仿佛是奇特的光影仪式，近乎邪魅的纯净。

泰伦注视着她。"所以你能探测到它们的动向？他们是否也能透过追踪你，找到我们的所在地？"

"概率非常小。取决于本体的能力，我们对彼此的感知模糊而短暂，就像你们人类所说的感染。有点像是，我们在彼此身上都长了鼻子、耳朵和眼睛，但无法操控彼此心智，也无法知道对方在哪儿。"

"哦哦好耶！祖堤拉姆特如果闻到我们在游泳的骚味儿，八成也想加入。看她早全身都脱光了！"鬼祟的脑子晃了一圈说，"不过这池子都不够她泡个脚趾吧。"

"若感觉有异状，我们得把空间站的主电力熄灭。"泰伦朝另一个方向走去，解开自己的青铜铠甲。战斗迟早会到来。看见其他同伴的精力复苏，他明白自己也得这么做。试试看这池子的治愈能力吧……然而，泰伦打算离女妖远一些。

他回头，看见池子里依旧只有鬼祟一人敢跟女妖打交道。

泰伦离开了仍在河道里的人们，独自进入空间站里层的金属长廊。他浑身是水，长度及肩的褐发遮住了脸庞。

他绕了几个地方，终于找到淋浴室。这儿与外头的河道同源，一样纯净。

其实穿着短裤在这儿淋浴可谓多此一举，然而闭起眼让清水从头淋到脚，让泰伦感觉很好。这儿处于空间站更加外缘的地方，水速扎实，颇有回到空镜号房间的感觉。这让他沉下心来思考。

下一步，该怎么办？他紧闭双眼。克拉黎亚想回到她在两万多光年外的兽群身旁，因此目前仍受制于我们。找遗迹是我们的一致目标。但是，一旦没有其他方法，她还会愿意忍受多久？

泰伦由衷希望克拉黎亚能维持与他们同一阵线，但他知道女妖不是人类可以完全理解的生物。她只是基于好奇在模仿我们。她并没有我们的移情能力和价值判定。泰伦提醒自己，首脑负伤之后产生异变

366

的速度多么骇人。她完全有能力在一瞬间消灭我们。

淋浴的规律声响，让他忽略了不远处似乎有什么声音。

泰伦关了水柱，缓缓睁开眼。芮莉亚就站在几米之外的入口处。

他怎么会在这儿？她的表情和泰伦一样吃惊。芮莉亚湿润的长发紧贴身躯，深棕色的内衣裤显得有些单薄，遮掩不住身材的姣好。泰伦凝望过来的眼神莫名像一记重拳，在她胸口挤压出情绪。

芮莉亚立即扫视周围，想找间能钻进去的淋浴室，却发现这儿全是开放的空间。踌躇片刻后她决定转身。

"芮莉亚，"泰伦马上朝她走来，"——等等。"

女埃萨克人正欲转身。我得……远离他。目光却无法离开泰伦的身体。长期运用肩部推进器做飞行运动，泰伦的肩头肌肉异常健壮，手臂的线条深刻而精良。他在心脏部位有道微晶刺青，胸肌结实得像两片厚盾，向下延伸至腹肌，然后是深蓝色的短裤。

"我不明白自己做了什么令你不悦的事。"泰伦将头发往后顺，来到芮莉亚面前。他似乎非常刻意不去注视芮莉亚的身体，盯着她的脸颊说："听着，我们都经历了很多事。好不容易大伙儿开始团结，得一起找到回去联盟的方法。"

"你是个伪善者。"芮莉亚不知道为何脱口而出的是这句话，只觉得自己的胸腔难受，难以呼吸，像有股闷气无法宣泄，"你所谓的方法，说到底就是找蒂菈儿商量后所做的决定吧。你以为我和其他人一样傻吗？"她释放突来的怒意，连自己都不清楚为什么。

泰伦眉头深锁，表情非常困惑。"我当初已先征询你的意见，但你并不想参与。"

够了吧，瑟利人。她咬牙想着，然后吐出口："够了吧，瑟利人！你的手里握着女妖的皮肤，她的手里握着操控遗迹的方法。其他人都只能听从摆布。就算我说出自己的想法又怎么样？有用吗？"眼角的伤疤微微抽动,心中的怒意终于沸腾,"是她公然告诉所有人这抉择该由你一个人做,最后又和你躲在房间里窃窃私语。这就是你们瑟利人!冠冕堂皇说了一堆,只是为了让事情按照自己的计划走,把其他人全蒙在鼓里!"

"到最后,问题还是回归种族?"泰伦满脸的莫名其妙,"我以为我们已经过了那阶段。"

我们无法决定的事,决定了我们一辈子。芮莉亚已逐渐意识到身为埃萨克人,基因工程将永远控制着他们。他们为了战斗而存在——男人热爱杀戮,女人则为了生育这样的男人。芮莉亚自己也无法否认身处战场的愉悦。过去十年,她从一个胆怯的女孩化为战场上的恶灵,亲手把子弹埋入敌人胸膛,以军刀锯开敌人腹腔。只有如此她才能感受到生理的愉悦。好几次战场上她出神地盯着遍地的脑浆、尸首和内脏,还有遍布视野的大摊鲜血,芮莉亚缩着身子,无法阻挡生理的反应,在火光烟尘之中达到意识模糊的边界彼岸。

直到遇见泰伦,她才真正理解世间原来还有另一种活法。

以前她一直相信埃萨克的祖先是为了对抗瑟利这邪恶种族而被创造。撒壬之战后,和平降临,世道未曾改变,埃萨克人存在的目的却变了,变成服务过往的宿敌瑟利人。瑟利文明是居高临下的天空城市,埃萨克文明则是浑身肮脏的地底矿场。

近距离接触了泰伦和蒂菈儿后,芮莉亚心中的困惑每日加剧。不仅见识到对方科技进展的强大,更无法理解为何自己的文明被迫处于野蛮和纷争,难以开化。同时还有一股她无从解释的难受,在心中悄然生根。

泰伦抹了下满脸水痕的面容,凝望她,不可置信地说:"传送骆里西尼回去是最妥当的,难道你有更好的主意?"

"我只是个埃萨克人,能有什么主意!"被点燃的怒焰从芮莉亚的胸口扩散，向下延烧腹部，向上冲破喉间。她怒瞪泰伦，强迫吞下了差点浮现的哽咽。

"你知道我不是那意思。你知道我和蒂菈儿重视这儿的所有人。"

芮莉亚睁大了眼，彻底愤怒了。"那么从此就你们俩做所有决定吧！我们都是野蛮人，配不上你们这些高高在上的瑟利人！"激动的喘息令她胸口不停浮动，恨意穿透了每一个字，"我后悔当初放过你们。我后悔没有听从暴焰的警告，在沉寂之矛的力场里直接宰杀你们所有人。我应该杀死蒂菈儿，我应该杀死你！"情绪在她的眉间崩溃，芮莉亚转身离去。

泰伦也恼怒了，本能地拉住她的肩膀，把她推向墙边。他震惊地停下动作，因为芮莉亚的双眸积满了泪水。泪珠倔强地悬挂在眼角，缓缓溢入伤疤的深沟。

"我们的命运，从出生那刻便决定了……"芮莉亚的眼泪在伤疤边缘悬摆片刻，从脸颊滑落，"这一切终归是假象。就像你们总想着谋略，而我们只顾战斗。所属的群体操控着我们每个人的命运，分割线早已画好，谁也跨越不了。"

泰伦的胸口下沉，呼出长气。他抱住芮莉亚，让她的头枕在自己肩上。

芮莉亚咬紧牙，屏住气，逼迫自己不发出啜泣声。她就这么僵直地站在那儿。然而身体的颤动无法抑制，她仿佛成了一具毫无意识的空壳，在泰伦怀里发抖。

"……我们会改变这一切。"泰伦轻声说。

芮莉亚想推开他，身子微微后倾。他们的脸颊却贴得极近，眼神接壤。两人不自觉停下了动作。有那么一刻，时间流动的唯一证明是他们紧贴的胸口所感受到的，强烈的心跳。

强烈的心跳，还有肉体的脉搏。

她不确定是谁先向谁挪动，但双唇的柔软触感令她脑中一片空白。

泰伦抓着她的肩膀，那触感不同于埃萨克男性的手掌，牢固却不压迫，甚至带着一丝轻柔。他缓缓向前，与她贴得更紧。

仿佛恒星聚变的速度，所有情绪——悔恨、沮丧、焦躁、不安，即刻被另一种更强烈的情感所取代，绽放感知细胞的本能。芮莉亚的胸口有股溶解的热流，在体内迸裂。他们激吻彼此，她反手扯开胸衣的同时，泰伦已用手柔顺地握住她的身子。

在这重力不完全的空间里，两人每次撞击都有种微微的空灵感。芮莉亚四肢跪地，湿透的长发凌乱地黏在赤裸的背上。泰伦从身后抱住她，狠狠地冲压，芮莉亚也不甘示弱地回应，两股对冲的力量化为臀线上的波动。

从曼奴堤斯星的厄运开始，所有压抑至今的情绪得到了释放。泰伦发出宣泄似的低吼，芮莉亚回头注视他强健的体魄和沧桑的模样。她这才意识到或许他俩比想象中更为相似。

泰伦和芮莉亚从未走在族人熟悉的道路上；他们不断做出与旁人不同的选择，因此总是受到质疑，甚至伤害。然而他俩都是领导者，不会退让。或许他们一直感受到同样的孤单，因此当彼此交融，尽情律动，竟有种难以言喻的默契。

泰伦将芮莉亚的身子翻转过来，单手钩住她的腰部，她则搂住他的脖子。柔软的肌肤在泰伦的掌心化开。两个躯体贴在淋浴室的地板上，泰伦抓着芮莉亚湿润的大腿，拎起她紧绷的双脚向前压。芮莉亚的喘息变得急促，腰间缓缓弓起，不自觉像波浪般蠕动着。

"我……不是只为了……"泰伦以额头顶住她，似乎想说些什么。最后他只说："我一直注视着你。"

两人的汗水交融。芮莉亚完全不懂泰伦想表达什么，但她扬起眉毛,露出笑容。"你们瑟利人在这种时候,话都这么多?"

泰伦把头埋入她的脖子,使劲捏着她的身子,尽情摆动。芮莉亚忍不住地发出闷哼。

心脏鼓动,伴随难以解释的酸疼。她感到害怕,甚至彷徨。脑中的某处发出警报,瑟利人是不能信任的。然而,不知多久未曾感受的暖意,就在她的心底扩张。在百年光域之外,在远离联盟的冰冷宇宙某个角落,她头一次感受到生命的另一种可能性。

芮莉亚紧紧地,紧紧地抱住泰伦。

第三十二章
边境 / 空间站 / 天穹城

蜂糖

距离白色旋涡赤道一万四千公里的同步轨道上，六支瑟利舰队与赛忒的入侵势力激烈交战。激光炮、光子雷弹在黑幕中不停乍现，四处是电浆冲击波产生的彩雾。赛忒兽群的尸体化为散屑被扭曲的引力扯向四方，螺旋状扩张开来，仿佛混杂着紫色闪电的黑色龙卷。

瑟利舰队便处于钢铁螺旋风暴的中央。诸舰队面向各自的战斗，总体战略则由凯扬星将毅雯主导。协助他的是一名年轻的军师，来自诺弗朗斯家族。

他们承接了空镜号指挥官温德先前的决策，确立这区域是防御的理想地带。各种天体的引力交叉激起赛忒军团的敏感联动，成为人类用以预测兽群动态的重要指标。然而赛忒持续进击，欲把守军逼向白色旋涡星。一旦越过了某个距离，舰队承受的重力影响会开始指数攀升，届时赛忒将重拾压倒性的优势。

蜂糖看着主意识里的增屏。每支舰队都摆出了多面体阵，由各自的指挥官依舰队属性来进行立体布阵。总体而言，六支舰队组成了梯状的联动防卫。这个简单的总体阵像三道阶梯，能够以倾角面对上下前后的敌军，就算赛忒从侧面袭来也可抵挡。

凯扬星将调动了一大片资源，为他们提供了强大的支援。几乎所有邻近星系的军事侦测系统都投入在这场战役里。有更多的舰队在看不见的远方深入宇宙，脱离欧菲亚之光的庇护，倾全力去探索赛忒联军在白色旋涡星彼端的补给规模。

这一切信息交由凯扬星将底下的军情分析部，再有效分发到每支舰队的系统。当近距战斗暂时告一段落，蜂糖透过屏幕观察决策中心的一举一动。协助总体作战指挥的那位军师到底是谁？

诺弗朗斯·子羿——这是个蜂糖从未听过的名字，只知是个非常年轻的家伙。他甚至不是天穹守护。然而从次屏流入的信息令蜂糖对这人的身份有些了解，不难料想为何在非常时期，他会出现在优岚家族的凯扬星将身旁。

阵形运用的决策必须建立在两层最基础的考量之上。

对外是邻近天体的种种影响，包括屏障、力场、能量，也就是环境的助益与威胁。

对内则必须对舰队组成的"结构性安全"有充分理解。例如有多少不同体量、数量的主舰艇，将会影响最低程度的自蚀系数；这是一种基于全舰队结构的安全间距，确保当一艘战舰被击毁而偏航，坠入邻近战舰的概率必须低于一个指标。这在缺乏重力影响的宇宙战争中是关键。许多在过往战役惨败的舰队，便是由于指挥官对此系数掌控不佳。反过来说同样的，炮火齐开，舰队的空间部署也将决定其杀伤力。

因此在这两层基础之上，有效实行阵形变换战术应对敌军，是对

373

空间战场运筹帷幄的前提。而在子羿的记录里，他似乎很善于利用这两层连动关系来达成战术目标。

面对赛忒，一切运算都是为了排除既定事实，逼出真正难以界定后果的不确定因素。而指挥官的工作便是做出这一层高度的决策。好的指挥官有能力做出正确的决定；伟大的指挥官有能力串联起所有决策的结果。

或许诺弗朗斯·子羿的资料中最令蜂糖感到不解的，是他在关键的作战指挥决策上，从不依赖对选项的概率分析。

温德的声音抓回了蜂糖的注意力："转为菱刺阵形！"

这显然为了应对敌人的攻势变化。包围空镜号舰队的赛忒军队不再从数个方向随意进击，浓缩为密集而单一的攻势。温德打算与之对应。如果运气好，菱刺阵形切断的敌人会被相邻的友军舰队给解决。空镜号开始调整自己的角度。

一旦旗舰的方向变换，所有围绕它的主要战舰的定向也会被牵动。这是由于宇宙空间没有既定方向；对于所有大大小小的船舰而言，方向定位会随战术等因素不断改变，而首要关键便是设定好自己的"定向轴"——这是在缺乏重力方向的空间作战体系里，舰队部署的基础概念。

旗舰的行动代表最高战略，通常将保卫目标设为"后缘"，敌方主力设为"前缘"，这两个点在三维空间连成一个直线轴。所有大型战舰以旗舰为后缘定向，所有中小型舰艇则以各单位的大型战舰为后缘定向，以此类推。唯独微型战机因有最好的机动性，无须定向。

舰队的定向完成后，就像一张联动网，即使经历阵形变换，也不会失去战略上的攻防基调。

于是，当空镜号缓缓向后退，所有战舰都以"菱刺"为阵形指引做出了相应改变。它们被空镜号牵引，反向汇聚于其前方，炮火朝外，散放出的一轮激光像是筒状辐射。阵形慢慢从水滴状，缩紧为锥刺的模样。

其他五支舰队也以各自的阵势面对蔓延天幕的赛忒军团，守住彼此间的防备缺口，使更多样化的防卫阵形在每支舰队成为可能。

空镜号与敌军经过一次交火后，诺弗朗斯·子羿的声音在旗舰的决策中心响起："空镜号的诸位，再过六分半钟，你们便会接获逐步撤离的指令。在此之前，绝不能让赛忒军团跨越星球同步轨道。"他的腔调听来像是稚嫩的男孩。"你们位于赛忒机体最频繁汇集的焦点区域，将承担最重要的阻敌工作，为其他舰队制造袭击的机会。只有如此，我们才有可能一起撑过这六分半钟。"

指挥中心里的人们逐一看向温德。温德仅沉默片刻，回道："了解。请下指示。"

"我已输送所有的行进航道和狙击目标，请在目标原则上依您的意思执行。"军师子羿说，"另外，请空镜号总指挥官下令，让全舰队的'定向轴'锁住雷璧号。"

温德皱起眉头，扫视影像中密密麻麻的赛忒兽群。他们根本看不见雷璧号的实际影像，电子定位也频繁出现干扰。

"拒绝接收指令。"温德说出了在场所有人心中的话，"定向轴是我们的生命线，没有人会在战场上把全舰队的节奏绑在别人的旗舰上，这是自寻死路——"

"反议驳回。空镜号接收指令。"打断温德话语的是凯扬星将深沉的声音。

*怎么会……*蜂糖听着他们的对话，心跳加速。

"狗娘养的小鬼。"温德轻声咒骂后才传送出回应，"空镜号收到。"

旗舰空镜号，以及残存的二十艘大型战舰，全透过系统串联到全息图里才看得见的雷壁号上,将其锁定为定向轴的后缘。蜂糖有股很不好的预感。定向轴还有一个关键功能,是取代重力为作战时的物理基调;就如同在陆地进行肉搏战,地心引力总会影响你的所有机能,和本能反应。

"他打算牺牲我们整支舰队。现在我们全成了雷壁号的防护伞。"齐尔斯说。

蜂糖从视镜里看见温德不再说话,但围绕温德的贴身浮空屏里冒出了一道不太明显的信号屏。温德正在上面输入一些东西。

敌人的大举攻势随之而来。炮火交织之间,空镜号舰队的菱刺阵形被远方的雷壁号旗舰所牵动,出现不协调的防御空隙,给了赛忒逐一侵入的时机。

电光网和激光炮依然扛起防御作用,然而不出一分钟,已有三艘大型战舰受重创,舰舱冒火。赛忒兽忽然停止突进的意图,与他们的舰队反向平行掠过。双方朝彼此激烈开火,整排银白与幽紫的光波交汇,炸裂出火光。又有数台主舰着火,其中两艘爆开为碎片。

温德对信息官喊道:"命令所有中型舰艇绕去阵势外攻击敌军!小型飞艇也跟上!所有战舰集中主炮跟随我们瞄准,让空镜号的——"

爆炸声从前方传来,蜂糖被震向墙壁。意识中的影像消失了。她甩了甩头,往前飞去。当资讯屏再次出现在主意识,她看见空镜号的下腹部被开了一个大洞。成群的赛忒兽像虫子一样堆积在裂洞的边缘。

"天穹守护全数赶往遇袭的空廊!"蜂糖调动在她权限底下的所有战士,不确定他们能否守住这规模的裂缝。

增屏中,驻守白色旋涡星的六支舰队不再是之前的扎实梯阵,已经散了开来各自为政。我们的防守阵势被冲散了?

似乎每支舰队都得自己面对流动的敌人,而空镜号更已陷入致命的境地,蜂糖已自顾不暇。她关闭主意识的所有屏幕,仅留下通信系统。她向下飞跃,经过几层甲板,吃惊地看见一头游离兽的身影。在这么深入的地方?她发出蜂晶体打穿那头赛忒兽,穿越数层破碎的地板,发现裂缝越来越大。

最后,蜂糖终于看见空镜号的伤口。最外围的洞口可能将近一百米。在断裂的钢筋之间,上千头赛忒兽攀附在层层钢板上,像是腐化伤口的蛆虫。它们的眼睛透出紫光,见人就杀。

外头的漆黑宇宙有电光和炮火不停交错。白色旋涡星一部分轮廓出现在远方,散发着迷蒙的光芒。他们正绕着它缓缓运转,残骸四处飘散,一切都感觉不太真实。

九名天穹守护赶到蜂糖身旁,他们悬浮于空,启动各自的微晶武器。

"有一部分游离兽的牙齿带有感染神经,能够穿透阻隔信号。伤势过重的人都有赛忒化的可能。"蜂糖说,"我们都是天穹守护,万一变成赛忒就是强大的威胁。任何人不幸沦落到那境地,其他人必须立即解决他。"她最后说,"还有四分半钟撤退指令便会响起。我们要撑到那时。"

"当我们开始撤退,这些家伙就会放过空镜号吗?"某人问道。

蜂糖发出一声轻笑。

她向前飞去,天穹守护逐一跟进。他们飞向如蜂群般的赛忒兽群。

籁

它来了。

籁站起身。思忖了好一段时间后，他终于做出决定。

他极不愿意在这群人面前说出那个连蒂菈儿也不晓得的机密，但他并无选择，尤其在他们无法摆脱女妖的情况下。

过去一小时，泰伦、芮莉亚和蒂菈儿等人不断商讨接下来的行动。他们坐在长池旁一批几何形状的障碍物上。毒焰、法里安尼也不时加入讨论。然而当众人明列出所有的可能性，却发现没有一项选择可行。他们只能待在空间站里，指望它有限的宇航速度和武器系统足以对抗游离的赛忒兽，等待奇迹。

籁从远方注视其他的漂流者。我还是得严防这群人当中的某个人。或者该说，他们并不止一人……他脑中大致有个猜测，知道他在寻找的是谁。然而，若他预想的事能成，这些都不重要了。只有蒂菈儿，我得保护她。即使她将痛恨我一辈子。

他的瞳仁闪过环形河道的倒影，以及当中的女妖身影。克拉黎亚曾消失了一阵子，后来又回到内圈，现在只剩她依然泡在池子里，双眸轻闭，一动不动，仿佛进入某种冥思状态。

还有这个女妖得解决。之后的某个时间点，她必然会是最大的威胁。籁收起晶纹匕首，朝其他人走过去。

人们的目光看来非常消极，有一句没一句地列举接下来尚可做的事情。空气中弥漫一股压抑的绝望感。籁矗立在他们身后，等待他们通通看过来。

"我们还有一个选择。"籁静静地说，"大约两小时之后，有一颗彗星将离我们非常近。在那彗星上头有一座……类似于DS-ZXL型的传送遗迹。"

众人一脸迷茫。"你怎么会知道？"泰伦问。

"因为是我召唤的。"籁回道。

他的话音一落，人们的表情更加困惑。籁压下傲然轻蔑的神色，知道自己得用最快的速度协助这些家伙了解情况。

"刚踏上空间站，你们在探索各个隔舱，我便进去蒂菈儿已激活的遗迹里启动了召唤功能。用这个。"籁摊开左手，掌心埋了一个小巧的仪器。它并非金属，看上去像是木头雕刻。最奇特的是那块椭圆形的木片上有靛色的几何光纹在跑动。蒂菈儿立即明白籁不是在开玩笑，双眼圆睁地盯着那东西。

"天穹守护，你在说笑吗？所以这整趟旅程你都有办法运作遗迹，我们却没人知道？"法里安尼质问他。

"之前你大可告诉我们。"芮莉亚也不可思议地问，"你还隐瞒了什么？"

籁冷冷地回望她们。"我没有义务告知你们任何事。"

"连我也是吗？"蒂菈儿依旧不敢相信，似乎觉得遭到背叛。

"抱歉。"籁微微沉下头，"有些事，除非到了不得已的时候，我无法透露。家族赋予我的首要职责，便是保护你的安全。"

"我从来不知道会有遗迹建立在高速移动的彗星上，而非在行星表面。"蒂菈儿一脸受伤的模样，却勉强带回主题，"那是什么样的遗迹？能让我们返回联盟吗？"

来了。籁知道自己逃不过这样的时刻。他沉重地深吸口气，明白接下来将说出来的信息，可能会令他们昏厥。

"如果我所握有的资讯无误，它会通往创世纪星球……也就是'地球'。"

人们愣了好几秒，尤其蒂菈儿本人。

"这不可能。"法里安尼发出笑声。

籁回答："没人尝试过。在联盟境内是办不到的，我也是赌赌看，运气不错，找到一个彗星轨道离空间站不远。这会是我们唯一的机会了。"

"我父亲知道这些吗?"蒂菈儿朝他走近一步。

"若他知道我有这能力,便不会让你冒险去曼奴堤斯星……"

"巴顿博士呢?他知道吗?"蒂菈安的口吻激动起来。

籁没有回话。

"是军方,对吗?还是巴顿联手丁家族里的哪些人?告诉我,他们还握有什么没透露给探研中心?你……你究竟是什么身份?"蒂菈儿的情绪遭到引爆。这与籁所料想的一模一样。

抱歉……他知道这对蒂菈儿的伤害有多严重。她花了半辈子心血追寻前往"地球"的路径,然而在她身旁的他早已握有。

泰伦来到蒂菈儿身后,将手轻放在她的肩上。"看来籁有自己的理由,并非刻意想欺瞒你。而且他也不是我们当中唯一有隐情的人。曼奴堤斯战役吸引了许多神秘人士,大伙儿都藏了一手。"泰伦试图告诉众人,"但都不重要了,只要籁有方法让我们回到联盟。"

籁与泰伦四目相对片刻,然后点头:"所有的遗迹都是'地球元人'创造出来的。只要到了那儿,我相信能返回联盟的概率会远胜于我们过往的所有尝试。"

开罗

在天穹城的某处,联盟高等科技研究中心的主厅内,开罗和白严站在数不清的全息影像和图示屏幕前。陆辛法也在身旁,周围跟了一圈身穿连兜长袍的研究人员。

这些观察者与缓缓轮转的多重屏幕之间,是一颗蓝色荧光的恒星影像。

那是庞大而炽热的银蓝色巨星蓝腰带的全息捕捉,散放着昏暗而沉重的热能。它远在远见星域的尾端,在几乎到了光域尽头的

FR476e恒星系中央。

"太美丽了。我们这是在造孽。"白严不由自主地说。

"呵。等你看到聚爆产生的超新星尘，就会改变想法了。"开罗笑道。

到现在为止，远程操控"红光遗迹"的渲晶师们已经运作了数小时。另一道全息屏幕显示他们的成果——几何符文在巨型遗迹表面闪动着阵阵红光，点亮整潭地底湖的水面，也染红了低悬周遭的岩顶纹路。整个画面给人一种封闭而阴郁的错觉，仿佛它在某种巨型生物的心室里头。

数万个无人微型侦测艇已从诸多任务舰队释放出来，部署在恒星系的每个角落。各单位已全部就位，数据模组和意象图表开始运作，让相关方程进入联动状态，像个复杂的生态系自我生成。

"快到时候了。"陆辛法打开另外两道全息影像，凑齐了三组远程操控团队的缩影。

如今，联盟下达最高指令，动用了三座人类已掌控的遗迹，透过反向串联来操控包括红光遗迹在内的三座最关键的遗迹。这不是简单的事，每一串遗迹都需要三至五位渲晶师来进行操作。而远程操控，只有光域中最强大的渲晶师团队合力才可能办到。

这些遗迹开罗通通没见过，不确定它们归属于哪个阵营，唯一能确定的是从渲晶师的穿着看来，他们当中既有联盟的高科院士，也有来自各大家族的精英。

开罗盯着每一道程序的实施。

"FR476e恒星系，红光遗迹状况良好，持续运行中。"

"FR476e恒星系，RL-0型遗迹目标锁定。"

"边境901E，烙白行星系，RL-7型遗迹目标锁定。"

这是一次由议长忒弥西和议会紧急通过、目标精确的任务，联盟将其命名为"南十字185行动"。既是军事任务,也是为了下个世代做奠基,带有毁灭和重生的意图。

"别扭扭捏捏的。你们之前不已做了很多次操作尝试?直接火力全开吧!"开罗好心地叮咛他们。

陆辛法没看他一眼。除了开罗以外,所有人怀着如履薄冰的神情,战战兢兢研读系统资讯。紧接着白严接获消息,各星域已完成二级防护戒备。此时陆辛法才点头,清了清嗓子说:"一切就位,加速红光遗迹的催化功能。其他遗迹做好准备。"

除了操控红光遗迹的团队,其他两组渲晶师也从手臂内侧散放出游丝般的几何光纤,在空中交织、汇集,然后传输到遗迹操控室里的主控者怀中。看他们的神情,似乎得费尽心力,才令遗迹成功启动。

遗迹的操作那么困难?开罗不禁心想,那个叫飞洛寒·蒂菈儿的女孩仅靠自己一个人,就能操作LUTIC 76的巨型遗迹……挺了不起。

其中一座,RL-0型的遗迹在远程操控之中缓缓启动。它同样位于蓝腰带的恒星系统里,距离红光遗迹二十四亿公里,坐落于一颗暗黄色的无人行星。当超核聚爆发生时,它将扮演"能量传送端"的角色。

"反向串联稳定,启动完成。"另一边,远程操控烙白行星系遗迹的渲晶师阵营也传来信息。

那是在白色旋涡星上头的遗迹。开罗心想。

"吩咐各观察舰队开始撤离FR476e的恒星系。"陆辛法对一旁的人说。

开罗注意到红光遗迹的功能激化了。地底湖冒出不规律的波动,顷刻间,水面朝着岩顶下起了逆雨,下一秒水滴却又忽然吹散开来。星球依旧自转,没有任何视觉可分辨的射线被释放出来。然而恒星的数据发生遽变。

它的内核聚变现象以不可思议的速度被激化，维持了数十亿年的流体静力平衡被打破，氢元素在内核各处以大块大块的规模融合为氦，温度与密度都在攀升。原本存在固定区域的少数元素之间开始了相互排斥、相乎融合的复杂状态。从全息图像看来，内核似乎开始分化出好几层，像个缓缓漂动的海底世界被突来的波动给冲刷，一切平衡与压力全乱，彼此混乱地挤压。而这样的催化在一秒钟内发生无数次，效果正以指数加乘。

巨星的蓝色外缘开始膨胀，银白色丝状光波像极速老化的长发。

蒂菈儿

"它们盯上这儿了，正朝着我们来。"女妖克拉黎亚开口。她的皮肤再次被一束束黑晶体覆盖。

人们纷纷聚焦，神色紧张。"是祖堤拉姆特的兽群？我们把主电力系统都关闭了，它们还是找到了空间站的位置？"蒂菈儿赶紧问道。

"太迟了。之前的光源已被发现。"

"有多少敌人，你能感知到吗？"泰伦询问。鬼祟、暴焰、欧萃恩站在他后方的阴影里。空间站的灯火已熄灭，自转率调整回每分钟6.2圈。它再度像宇宙中的游魂静静漂流，只剩微弱的电流维持基本功能。

"被吸引来的是她们一个分支，原本就在附近徘徊。"女妖回道，"三个女妖的联军包围了你们联盟113.5光年长度的边境，会发现这儿是迟早的，之前因为空间站的轨道异常所以未即刻察觉。如果现在选择和他们战斗，便会吸引更多敌人。"

"我们该怎么做？"泰伦问。

"空间站已遭锁定，你们得抛下这儿，随我回到比荷马斯身上。"

人们警惕地凝望彼此。蒂菈儿感到非常不安。她无法确定克拉黎亚的本体部位遭到祖堤拉姆吸收后，两个女妖之间的意识交融到什么程度。这是人类难以理解的范畴，她只凭直觉认为这非常危险。万一克拉黎亚遭到控制，事情会一瞬间起变化。但我们目前还不能脱离她。

前一刻，他们还绝望地以为要在空间站待上一辈子。突然籁给出新遗迹，克拉黎亚又感知到突袭……似乎一切都乱了套。

"是这些吗？"欧萃恩引来所有人注意。他从身后的几何形状物上打开仪表板，上头有数片平面玻璃，显示出不同角度的雷达网格。空间站的外缘装有一整圈的被动信息接收器，过滤各种辐射频率。

雷达显示出一波不规则的信号，像正在收缩的扇形，朝他们缓缓接近。

籁盯着那画面片刻。"蒂菈儿，能否召唤出你的寰宇图？"

金发女孩对籁有难以言喻的抵触，但依旧在手臂之间串起银色光丝。她甩动双手，密密麻麻的银光点洒开，覆盖住所有人。盆状星像图在空气中缓缓流转。籁来到她身旁，面露愧疚，他左手的椭圆形木片闪动着靛色光点，然后他将掌心盖住蒂菈儿的手臂内侧。籁的另一手开始操控寰宇图，拨动、旋转、放大，不出几秒钟，他已找到空间站的所在之处。

蒂菈儿咽了口唾沫。籁的熟练程度并不亚于探研中心最优秀的渲晶师，甚至超越了自己。

家族里有个连父亲都不晓得的隐藏势力。籁和他们是一伙的。蒂菈儿非常确信。她看着他的动作，在脑中揣测：而且他们有可能已经汲取了家族最精良的信息，掌控了更深层的遗迹资讯。

籁用手掌在寰宇图的某处抹开一片，极其精准地标绘出雷达所显示的赛忒群像，甚至它们游动的速度和轨迹也瞬间被复制，与雷达的真实性相差不远。顿时，蒂菈儿明白一件事。

难怪……籁一直对遗迹科技那么在意。获知遗迹遭到破坏时，他的反应如此激烈。她终于明白为何籁对保护遗迹的态度确实不大寻常，有种压抑似的敏感，远超过所有人。所以除了保护我以外，籁还肩负另一项不为人知的任务……她觉得自己完全遭到欺瞒。若非他们的处境走投无路，说不定她永远不会知道籁握有这么重要的资讯。

籁的五指紧缩，整个寰宇图的景物跟着缩小，他们看见远方一道闪动的光点正疾驰而来。"这是承载遗迹的彗星。"籁聚精会神地注视它，似乎在运算什么。

"所以当我们在空间站休息和放松，你把这些事都想透了。"蒂菈儿讽刺地说，籁避开她的目光。蒂菈儿试图压下心中的质疑与冲动。一旦我们到达安全的地方，我要立刻找你问清楚。你得告诉我所有实情！

"看样子我们时间不多了，做好准备离开吧。"泰伦站在寰宇图中央，铠甲上有急速游移的光点。

"空间站的推进系统关闭后，与彗星轨道的接触面离得更远了。"籁不自在地看了一眼女妖。"比荷马斯确实是我们捕捉彗星轨迹的唯一选择。必须算好拦截定点。彗星的时速高达十万公里，错失一秒钟便再也无法登陆。"

第三十三章
边境／天穹城／空间站

蜂糖

蜂晶体像道冰色镰刀，砍下天穹守护的头。

洒满鲜血的躯体不再膨胀，铠甲内部冒出的黑晶纹路迅速干涸。蓝光分解为流沙一般的带状物，回到蜂糖身边。

蜂糖喘着气，扫视犹如废墟的空镜号内部战场。他们仅剩六人，游离兽的数量却丝毫未减。无论他们解决多少只，都有更多从宽达百米的裂洞飞进来。

"太好了！——我们击灭它们两波攻势！"信息从指挥中心扩散出来，军官们振奋的欢呼流入蜂糖耳中。"凯扬星将的战略奏效了！我们歼灭一大拨敌军！"

蜂糖盯着攀爬在钢墙四处的兽群，感到困惑。显然她所面对的险峻毫无减缓。蓝光流沙在她身旁盘转，她从主意识的增屏看了一眼行星的防守局面，恍然大悟。

空镜号舰队的定向轴瞄准了雷壁号，雷壁号舰队的定向轴瞄准了天霖号，依此类推。舰队一支牵引一支，最终带动全体的是森垒号旗舰。这六支舰队仿佛铁链的六个环扣，更像是章鱼的一条弯曲触手，在不自觉的情况下做出螺旋蜿蜒的摆动。

这是一种非常细腻的牵引机制，然而它成功触发了赛忒对于动态目标的敏感度，让它们判定森垒号才是整群守备军的首脑。

它们把攻势集中在螺旋弧线的源头，也就是森垒号旗舰的方向。在无数运算之后，凯扬星将押宝的是赛忒的本能反应——就像过往的每次战斗，它们总爱寻找瑟利旗舰为目标，或集中攻击每个阵营的枢纽。

这次的结果和以往大相径庭。赛忒被吸引着从星球静止轨道的倾角切入，有那么一刻，比起联盟防卫军离白色旋涡星更加接近。此时，当更低的轨道相对位置令赛忒无论在速度或抗引力机能上都处于劣势，守军全数解开先前的定向，全面反击。

雷壁号舰队反向绕行，与森垒号舰队共同发出电光蕾苞。那是诺弗朗斯家族的利器，由双舰队放出大量可分解的能源发射器到赛忒四周；无数道绿色激光交织成一个巨大的光体囊泡，像在逆生长的花蕾，密不透风地包住打头阵的赛忒兽群，慢慢收缩。

前方的赛忒一慌，仿佛激变的四维多胞体，仓皇地胡乱变形。碰上绿光的赛忒被瞬间烧毁。当电光蕾苞随着能量消耗越缩越小，里头的赛忒也遭歼灭。

那个军师……他竟能成功诱导女妖。赛忒几乎从不会被误导。蜂糖操控缎带般的冰蓝光波，挡下几只朝她扑来的游离兽。但这帮不了空镜号，我们依然处在危险之中。

敌人的数量再次激增，丝毫没有撤退的迹象。白色旋涡星浮动于视野边缘，她与天穹守护同伴只能持续奋战。赛忒急了。现在已入侵战舰的散军只会更加凶残。

终于,蜂糖获取控制中心传来的信息。她感到颈部的血液凝固了。

"各位,"她传信给在场的天穹守护,"防卫军解决了几拨兽群。它们选择全面混战,毫无阵形冲撞舰队。依现在的状况,没有任何舰队能够脱离它们进入漫跃。我们必须先清理掉入侵者——"

"蜂糖小心!它们来——"有人呐喊。一大拨赛忒兽像洪水般灌入空镜号的巨大裂缝,冲刷过他们所有人。

"封闭腹舱甲板!全面封闭!"蜂糖抵着化为护盾的蓝光点,嘶吼紧急指令,感觉自身的能量不断流失。

上千只游离兽群分散开来,充斥于破碎的机体空间。蜂晶体勉强保护了她,然而蜂糖看见两名天穹守护被撕裂成血淋淋的块体,还有一名天穹守护的下半身被数头赛忒咬住,疯狂地开枪。

机体的层层破洞已被空气阻隔膜覆盖,稳定下来,现在它们还被激光网封死,不让任何生命进出。数秒间,空镜号已把这区域全面封锁,赛忒和人类都无法逃离。蜂糖明白自己只有战死一途。

她绝望地向前飞,眼角瞥见一个天穹守护把自己引爆,带着整圈游离兽化为火球。她让蜂晶体像散放的龙卷,袭击一拨又一拨敌人。她已遍体鳞伤,甚至对疼痛麻痹。她不自觉地想起泰伦。队长,回到联盟的是你吗?蜂糖舞动着手臂控制蓝光流沙,几乎有点漫不经心。如果你已无法归来,那么,我很快便来找你了。

一阵剧痛从下身传来。她看见四头赛忒兽咬住了自己的双腿,满是墨液的牙齿打穿了她的腿铠。又有两头从左右扑来;一只啃食她的腰部,另一只张开血盆大口吞入她整只右臂。

除了剧痛,还有一股异变的涌动从身体各处的神经浮现。她的心跳急速膨胀,漆黑的恶意正试图侵入她的意识。蜂糖屏住气息,以最

· 388 ·

后的意识唤回在空中盘旋的蜂晶体。蓝光点汇聚成一条细长的利刃，瞄准她自己的脑门。

蜂糖闭起双眼，任由游离兽啃食她的躯体，最后，她加速蓝光利刃——

强烈的炮火扫过身旁，击穿赛忒兽。蜂糖被向后拉扯，双眼微睁，瞥见激光正扫射舱内的兽群。然后她挪动眼珠子，看见一个壮硕的身影，绽放的枪型片甲悬浮在周围。更多天穹守护跃入战场，与兽群交火。

付款人赶来蜂糖身边，抱着她往里层甲板飞去。"——渲晶师！快过来！"

她全身抽搐，尤其受了重伤的右臂，严重痉挛。他们落在一道甲板上，几个渲晶师围绕过来，压住她的身子注入光纹，开始进行信号净化。

蜂糖恍惚地看着破裂的机舱，发现封锁的激光墙已解除。"赛忒……会进来……"

"不，它们逃了。你成功保护了空镜号。"付款人的声音听来有些哽咽，"我们也准备要撤离了。"

"赛忒……逃了……？"

"是的。飞洛寒的舰队全数抵达，正在驱逐赛忒。"付款人告诉她，"他们武装了女妖的嗅觉信号。"

开罗

开罗戴着悬浮镜片，满怀激动地观看蓝色巨星的变化。

在半小时之间，大量的氦元素从恒星核里冒出，仿佛不规则的流体汇聚各处，在不同的压力和密度下四处流动，迅速扩张，直到凝结

389

为一个巨大的球体，完全占据了内核心。

在开罗贪婪的注视下，巨星的外缘扭曲膨胀，内核则在激化的流体间一层层收缩。从外观看来，所有细微动态都伴随着电流般的白色闪光，那模样完全不像个生命将至的星体，更像在高亢唱诵着灵魂之歌的有机生命。

在场每个人都必须透过悬浮镜片来理解这现象。镜片依据每个人感知的程度，添加了几层速率调节后的重点影像。

他们看见，一旦中央核心的密度急升，围绕它的外层气体便冒出数不清的旋涡，它们的存在奇特地重叠，以不同的倾角盘转。蓦然间，巨星的外层气体大范围膨胀，直接吞掉两颗邻近的行星。

陆辛法惊觉事情不对。"这和我们计算的不同！"他说道，"我们得停下它，联防舰队还在白色旋涡星！"

"——等等，别小看恒星对抗命运的威力！再撑一下！再撑一下子！"开罗阻止他下达指令，紧盯着画面，"这是它最辉煌的一刻！看着它！"

蜂糖

蜂糖的意识突然清醒过来。她看见几位渲晶师的脸，以及流动的天花板。警报声响彻耳缘，伴随闪动的阴暗红光。

她发现自己正躺在一道狭长的浮空板上，付款人也在身旁。渲晶师们解开了治愈光纹后，她感觉微晶铠甲在帮助身体的机能复原。主意识内，各种信息串流与增屏再次一一浮现。

通道异常阴暗，旋动的红光扫过付款人半边脸。他搀扶她坐起身。"你的命挺硬的。"

蜂糖发现自己的右臂被渲染了晶体的膏状物包裹住。她环视周围,虚弱地问:"这是一级紧急警报。旗舰出了什么情况?"

"有三处被突破的地方较为严重,所幸都顶住了。舰队收到命令,得迅速离开这儿。"

蜂糖搓揉眼睛,察看主意识中的资讯。飞洛寒的八支舰队全数抵达白色旋涡星一带。系统判定这儿就是赛忒集中突入光域的核心点。与此同时,温德的声音穿透空镜号:"全体成员听令,紧急撤离指令已正式生效。我们会与腾音号舰队并列撤退。"

"看这个。"付款人把一道信号转给蜂糖,那是决策中心先前收到的消息。

返回联盟的漂流者代表是一位埃蕊的碧海武者。位于摩根尼尔星的飞洛寒探研中心从他手中取得女妖的皮肤,提炼出嗅觉信号。他们再运用埃蕊族的音频转化技术,跨越一百多光年的距离把嗅觉信号传送到全速接近边境战场的飞洛寒舰群里。

蜂糖震惊地看着接下来的发展。

武装了嗅觉信号的舰队打破了自古以来对抗赛忒的第一守则,也就是若能远程交战,千万避免近距离交锋。但现在,飞洛寒的两百艘主战舰和上千艘中小型飞艇持续投入近战,以松散的阵形杀入赛忒军的纽带位置。从空镜号的位置看去,飞洛寒舰群就像是拥有八个叉刺的戟首,从下方重直上冲,伴随着耀眼的激光炮火冲散了赛忒军团。令蜂糖更吃惊的是,舰群在赛忒中央迅速分散,化为多角星形的面体阵,主动与敌军进行混战。大型战舰激光齐发,铲除体积较大的巨兽。小型飞艇在电光之间与游离兽群展开了歼灭战。

嗅觉信号完全打乱赛忒的敌我判别,或许就连远在几光年外的女妖祖堤拉姆特都因此而感到迷惑。游离兽突然不知该如何反应,有些甚至胡乱地彼此攻击。

于是,女妖采取唯一能从混乱战场上判定谁是己军的方法——全

391

军撤退。一拨接着一拨,祖堤拉姆特的兽群逐步撤走,留下零星的兽群在原地与瑟利舰队厮杀。

空镜号的玻璃厅堂内,温德的神情异常紧绷,像个充满裂痕的石面具。蜂糖从增屏中看着总指挥官的面孔,这是温德头一次露出这样的表情。仿佛有股浓烈的恨意从温德的胸口涌入脑中,却被封堵在冰冷的面具之后,只有那对反射着全息光芒的双眸泄露出勉强克制的憎恶之情。

影像显示赛忒在远方重组了阵形,似乎打算发动更强烈的进击。然而包括飞洛寒在内的所有瑟利舰群已有足够时间做好准备,不再恋战。

最终,空镜号舰队损失八艘大型战舰,包括旗舰在内有十七艘战舰幸存。未阵亡的中小型舰艇已全数回归。"舰队进入漫跃,退往指定坐标。"温德沉默片刻,下令,"——全速撤离。"

蜂糖把焦点移到白色旋涡星,宇宙黑幕中的混浊星球。在它的一段距离外,钢铁残骸仿佛一抹庞大的黑色飓风,被星球牵引着轮转、扩散,有部分则像倾斜的细雨被吸往星球表面。它们以相对的方向缓缓挪动,在她的视野中化成了微光波,瞬间远离。

开罗

"就是现在——!"陆辛法给出指令,远程操控红光遗迹的渲晶师们解开最后一道钳制。

氦核心的更里层立即转化为巨大的碳球。元素之间的变化快得难以想象,仅仅两秒以后,内核便分化更多层次,氖、氧、硅等元素核几乎是同时闪现,连同最终核心——体积大如欧菲亚行星的纯铁核,也倏地出现在蓝色巨星中央。

渲晶师立刻关闭红光遗迹，然而地底湖面却依旧沸腾，水滴和波浪夸张地上下弹动。

再也无法制造出热能的铁核停止燃烧，像是这颗将死恒星的最终屏息，无法抵挡引力的巨大吸力。整个内核开始以每秒九万公里的速度向内迸裂，百亿度的热能挤压正在塌陷的星体，扭曲了巨星的模样，仿佛它同时被分解却又搅动着合并。它像某种生物的脑子突然有了意识，开始一层层地反噬自己。

开罗原以为自己做好了心理准备。一百二十二岁的他早已见识过数不清的影像捕捉和影像模拟，也在脑中揣测过这画面上万次。然而这一刻，他知道自己的认知与想象力是多么的匮乏。

整个过程不到欧菲亚标准时的十分钟。质子与电子的结合产生激烈振幅，生成一波波中子，以及先前并不存在的中微子。有两件事几乎同时发生：以巨量迸发的中微子带着能量疯狂散放，它们在开罗的视线中就像跃动的幽魂。同时，核心残留一个以中子汇聚而成的极高密度的核心，足以反弹所有朝着它来的冲击波。

一阵又一阵的波动，向内压缩与向外放射同时发生，刻下了巨星命运的最后一刻。

开罗刚发出惊叹，便从镜片看见一股极端的震波从中子内核瞬间弹回恒星表层。那模样就像在海底引爆了炸弹，在其表面挤压出了一个胞状物，而它的另一部分又凹陷进来，星球在千分之一秒内变形了无数次——

渊泓的白光覆盖一切。

人们发出惊叫，有些人摘下镜片紧闭起眼。整个恒星系仿佛沐浴在极昼中。开罗的双眼却眨也没眨，视线模糊而湿润。他的手指伸入悬浮镜片后方，抹了下眼角。各级别的能量已化为宇宙射线，如同巨浪的冲击波夹带着宇宙尘埃向外散放。

393

镜片的视野每三十秒朝外缘切换一次，透过宇宙中的微影捕捉器领先冲击波一步，跨越的每一层是相隔九百万公里的环带间距。开罗感觉自己正飘浮在太空中临场观摩，看着射线与尘埃交互冲击而绽放出的光与热。无线电波、红外线、X与伽马射线等电磁波，还有暗物质的势能波动，中微子和各类引力波动，都在镜片中化为示意光频，跃动着不同的舞蹈，仿佛各自有话想对世界诉说。

开罗没有任何思绪，胸中情绪像孩子般纯净。覆盖在实景上的解说图显示出分子、原子、次原子的成分；而局部的温度、压力、密度结构，以及各层冲击波的速度，全化为信息流入眼角旋动的光轮。数据对开罗已不具任何意义，他完全沉浸在超核聚爆的美感中。

镜片逐渐适应白光，过滤杂质，让他感觉这个在宇宙极速扩散的影像是个色泽缤纷的气泡，也像是人类眼珠的虹膜。横扫之处，一切翻腾遽变。它几乎摧毁了路径之中的所有天体。行星在瞬间收缩、爆裂，化为粉尘。大范围的宇宙云尘猛烈卷动。那感觉像是席卷海底沙地的震波，推起混沌的沙尘团，逼它们不断变形、交融，伴随电光与火焰重塑整片星空。

星际云遭到冲击波压缩，气体、电浆与尘埃仿佛被无形的巨掌给无情地蹂躏，却同时催生一波波新的引力崩塌。这些在时空中种下的幼苗，有朝一日将成为新生的恒星与行星。

一道迟来的影像侵入开罗的视野。一座远方的遗迹开启了传送口，零点几秒之间它伸展开来，迎向聚爆的光能，并在一瞬间连同行星遭到毁灭。

蜂糖

白色旋涡星爆裂，流泻出的光能开启了一个巨大的白洞。

它俨然成为一潭不断扩张边界的光湖，随着冲击波以每小时突破两亿公里的速度辐射散放。周围的赛忒军队已顷刻遭到歼灭，它们的驻点星球一个个化为灰烬，毫无抵抗的机会。

蜂糖从未透过临场影像见识过聚爆的效应，一时间反应不过来。她直觉以为舰队也会被光能吞噬，直到想起他们已撤退到数光年之外。

虽然遗迹展开的空间撕裂只有数秒钟的时间，通过的质量与光能已足够形成巨大而饱和的涡轮，在遗迹被摧毁前持续绽放。白洞夹带着聚爆里的新生杂尘，包括金、银、锡、锌等蕴藏大量中子的重元素，俨然成为边境的一股毁灭与催生之力。

这个位于边境地带的星系完全遭点亮，犹如扫过一层亮白色的光膜，边缘是肉眼便可看见的斑斓色彩。

蜂糖惊愕得说不出话，她正在见证星尘诞生的一刻。

泰伦

泰伦等人做好了准备，正打算离开空间站。他们从内圈拉开一道闸门，里边是条笔直的廊道通往外部。此时，克拉黎亚却在众人身后停下了脚步。他们回过头，第一次看见女妖露出一种细腻的神情，犹如人类诧异的模样。

"上古长者派驻前线的军团……全灭了。"她眸子空洞，失焦地盯着某处。

"怎么会？"泰伦回身穿过众人，"发生了什么事？"

女妖的头部微晃，似乎正在意识里探寻什么。"不知他们如何办到的。你们的联盟……消火了一个星系里的所有东西。"

蒂菰儿也快步走过来。"但是祖堤拉姆特的要塞离边境有五光年，它们的威胁仍在吧？"

一段距离外，欧萃恩朝着他们喊："大家……追兵还有十分钟就会抵达我们这儿。"他站在雷达前，盯着仪表板。

"上古长者留守在假星要塞的数量就如我们当初所见。但是绝大部分的军力早已分布在光域边境，尤其密集汇聚在白色旋涡星一带。她的计划是一举突破光域的防守线，才在该星系的外围布下密集的支援阵。这次的情形出乎意料。那儿的军力在瞬间遭歼灭，一些有超光速机能的兽体已朝外溃逃。"克拉黎亚沉静了数秒，饶富趣味地说，"现在看来，其他两个女妖的军队数量，都超过了上古长者。"

泰伦注意到一件事。克拉黎亚与敌方的感知交集更加敏锐了。他询问女妖："那么接下来呢？她们打算撤退？"

"不，以动向看来……上古长者彻底愤怒了。她让驻留要塞的军力全数活动起来。"克拉黎亚的双眼轻闭，"它们会加速吸取邻近星球的资源，或许要几天甚至几周的时间，但她们可能会把火力转往边境的另一个地方。目前，其他区域的零星战斗仍在进行。"

一个萌生已久的想法在泰伦的脑中固化。

"籁，"泰伦望向飞洛寒的天穹守护，"就算追兵追赶上来，你还是有把握我们能先登上彗星，对吗？"

"从距离评估是如此，我们有绝对优势。当然也有概率这段短程的宇航会遇上敌人。看运气。"

泰伦点头，环视身边的同伴。"我们把通往地球的彗星坐标，发散给所有赛忒军团。"

人们呆滞地看着他。法里安尼压了压自己的额头，露出夸张的不解神情。籁低声咒骂，转身离去前抛下一句话："我不确定为何你会选在这时候开这种玩笑。我们没有多余的时间去消耗。"

"克拉黎亚说过，赛忒女妖和我们一样，都想找到创世纪星球，地球。这是她们少数执着的生命意义。"泰伦非常认真地凝望众人，"如果她们知道只有一次机会通往地球，如果她们知道只有一批人能够过去，试想会发生什么事……尤其，现在祖堤拉姆特的势力被削弱，其他两位女妖知道她处于最脆弱的状态。"

"……你希望她们自相残杀。"芮莉亚说。

"对我们而言，那会是最好的结果。"泰伦点头，望向女妖，"只要克拉黎亚能确保巨兽飞得比它们都快。"

"这主意相当疯狂。我们很难判定那几头女妖的反应。"独眼的暴焰靠了过来，"你要如何确定那些赛忒会吞下这个饵？"

"只要赌金够高，旁观者会被迫纷纷加入赌局。我想地球是个足够的诱因，来重新洗牌她们的决策顺位和结盟关系。"

已站在通道口的籁转过身，注视泰伦。蒂菈儿也靠过来问道："即使赛忒并不知道怎么操控遗迹？"

"是的。就像优岚家族当初并不知道如何夺取神经核信息，但你们出兵了，我们只能跟进。"泰伦确信地说。狙击手毒焰和站在他旁边的法里安尼互望一眼。甲哈鲁、布拉可则沉默地打量着泰伦。鬼祟站在边缘，双手抱胸，似乎在思考什么。

"我们比谁都明白。站在这儿的每个人，都有资格说我们比别人多了解一点。"泰伦看着眼前的每一位漂流者，"存在于集群之间的疆界，才是最具毁灭性的武器。曼奴堤斯星的战役让我们亲眼见证到这一点。它创造出无数受害者，包括我们每个人，以及我们所失去的每一位同伴。"他停顿几秒钟。"但我们改变了，所以我们看得见。"

这一刻，泰伦更加确信自己必须赌在这个信念上。

在对的情况下，个体与个体之间拥有世间最强的凝聚力——人与人的情感足以超越家族、超越部落、超越种族、超越文明。相较之下，集群与集群之间的联系永远是脆弱的，只是基于逻辑和利益考

397

量,转瞬间就能被推翻。

泰伦已经思索好一阵子最初遇见女妖克拉黎亚,她所说过的那些话。你可以透过操控想象力来推动一群人去憎恨另一群人,甚至掀起集群意愿去灭杀他们;但你却无法透过同样的力量,来说服一群人全数采取接纳和原谅。那么,我们得祈祷那几个女妖之间曾经有过激烈的摩擦。

他必须运用漂流者的惨痛教训,试图瓦解赛忒联军。"因为个体总是脆弱的,所以我们需要彼此。但赛忒并非个体。它们只不过拥有了连接的意识。"

人们似乎理解了他的想法,却仍有犹豫;他们刚找到一条生路,就要把它当成最危险的诱饵。欧萃恩也来到人群后方,静静聆听。

泰伦低下头,沉默片刻。他心中有些话想说,却一直难以启齿。但他知道若此刻不说出口,或许永远没有机会了。于是他抬起头。

"你们是我……这辈子从未想过能拥有的战友,也是最优秀的同伴。我承诺过会带所有人一起回去,这是支撑着我战斗下去的理由。"泰伦坚定了自己的神情,语气凝重,"别人再怎么认为不可能的任务,只要有你们在身边,我就相信有达成的可能。联合防卫军并不知道光域外的情况。他们看见的只是冰山一角,不明白境外还有多少赛忒阵营正在虎视眈眈。但克拉黎亚知道。我们知道。"

布拉可有点扭捏地看了看身旁的人。"……我相信你说的这些话。"他放低声音,"我们都见过你面对祖堤拉姆特时,那种不要命的打法。"

蒂菈儿也点头,说出自己的想法:"我们不知道联盟动用了什么兵器,能够一次战胜一整个星系的敌人。但是赛忒联军有能力围困近两成的边境区域,里头的星系间隔好几光年。一年后?三年后?它们必然会再次卷土重来。就如克拉黎亚所言,强大的火力并没有阻止它们再次进击的决心。"

"你无法透过兵器来恒久地扼杀一个不良的意图。"毒焰触碰他的狙击枪，也点头道，"让女妖彼此反目，这确实是保护联盟最好的方法。"法里安尼听了，触碰着下巴，叹了口气却没反驳。

人们彼此相视。交织的神情之中，有某种信念逐渐凝固。

"每当我觉得自己已经摸清楚你的疯狂极限，你总有办法再次刷新我的认知。"籁的目光有某种复杂的情绪，"也罢……最糟的情况就是信号传了过去，她们却无动于衷，或者追上来全数把我们灭了。但如果这方法奏效，会解决很多事。"

"是的。飞洛寒的格言：不干没把握的事，对吧？"泰伦笑了。

"但那并不代表没风险。"籁也露出浅浅的一笑，"而且那句话不是家族格言。只不过我们善于闯入风暴之中。"

泰伦告诉众人："我们可以同时尝试两个方法。运用剩余的一点时间，透过空间站发出信号，祈祷三个女妖的爪牙会同时解读信息的含意。只要一方有动作，其他势力都会被迫行动。"泰伦转向身旁的女妖问道，"另外，克拉黎亚，你是否能运用感知连接，把消息释放给所有赛忒军团？"

"以你们人类的语言说，'或许可以试试'。"她面无表情地答道。

泰伦看着女妖，无法确定她这一刻在想什么。前往地球之前，他势必得找机会与克拉黎亚沟通。"那么，我们先抓紧时间去控制室——"

空间站被某样东西击中，大幅度地摇晃。他们回头看见两头中型赛忒兽，口冒紫光，展开节状的翅膀打算再次扑来。突然，巨兽比荷马斯闯入视线之中，狠狠咬住一头，并以背上的钢刺击穿另一头。

"它们不属于上古长者。"克拉黎亚说，"它们隐藏了踪迹。说不定附近还有更多。"

399

"传信的事只能交给克拉黎亚了！我们得立刻离开这儿！"籁率先进入廊道。其他人也逐一步入。泰伦盯着环形结构外的宇宙，发现原本星尘满布的夜空成了漆黑一片。他直觉事情不妙。"走吧，欧萃恩。"

矮小的埃萨克人点头，跟在他后方，两人殿后。

人们一个个出了廊道，依靠在环圈外部的一座接泊平台，各自抓着围栏。就在他们感受到空间站旋转的力量时，所有人都吓了一跳。无数道暗影正在逼近，它们刻意熄灭身上的紫光，漆黑的身躯遮挡住星尘。泰伦切换数种探测模式才捕捉到它们的轮廓。

比荷马斯张开巨爪降临在众人面前，它的体量让空间站倾斜了运转角度，开始失控地打转。人们竭力地攀上巨兽。

"欧萃恩？"泰伦回头，发现身穿灰色战铠的埃萨克人迟迟没有踏出廊道。

"泰伦，"欧萃恩面容憔悴，露出哀伤的笑容，"我帮你们争取时间。你们一定要安全回去联盟。"

"什么——欧萃恩！"泰伦话音未落，矮个子的埃萨克人已关上圆形舱门，反锁住。

欧萃恩站在透明圆门的另一端，充满歉意地望着他们，眼角泛泪。

"欧萃恩！"在巨兽腿上的芮莉亚停止攀爬，冒险蹬跃到舱门旁，大力敲打。泰伦也试着扳开门，发现它已锁死。芮莉亚嘶声呐喊："欧萃恩！你这小子，给我开门！"

"必须走了！再不离开就完全没机会了！"籁朝他们呼喊，空间站旋转的速度越来越快。他们周围的星尘几乎全被密布的黑影取代。

最后，欧萃恩朝泰伦点头后转身，跌跌撞撞地朝廊道深处跑去。

"欧萃恩——！"芮莉亚依然不死心，但泰伦扣住她的腰，"走吧。"他沉重地说。芮莉亚紧紧拉着门把,泪水涌现。

泰伦单手环抱芮莉亚,拉开她的手,双脚挤压空间站的外壳,让两人弹向巨兽。

第三十四章
光域外 / 比荷马斯

克拉黎亚半身沉入巨兽体内,手中握着一块指甲大小的方形片状物,那是籁从富含光纹的木片上扳下的。她似乎正在透过某种精神纠缠效应,将一道重要信息导入祖堤拉姆特的边缘意识。

巨兽比荷马斯载着沉默的众人,急速穿越幽深的宇宙。

漂流者在铁笼之中或坐或站,回望着空间站在身后渐渐远离。环形要塞已全面开启了动力,稳住轨道,内部光源点亮水蓝色的环圈,像枚绚丽的蓝宝石在宇宙中隐隐闪动。而在彼方,追兵也揭露出它们的意图,细碎的紫光仿若星辰。

为什么……泪水模糊了芮莉亚的视线,蓝色空间站在她失神的目光中闪烁旋转。

打从被传送到未知行星,芮莉亚与焰落族的男性战士们总感觉有隔阂。不知何时开始,欧萃恩反而变得像自己的胞弟。她从欧萃恩身上看见派鲁可的影子;他们拥有天资却不知如何运用,本能地想掩盖欠缺的自信,却同时想证明给旁人他们能够主导命运。但欧萃恩更加腼腆,因此芮莉亚没有留意到究竟何时他的心理出了状况。

泰伦站在她身旁，一言不发。

"咦？"忽然，鬼祟看着手臂上有东西在闪烁。他让臂铠的一部分分解开来，浮出一个精巧的仪器。

"——听得见吗？——"欧萃恩的声音传来。众人惊讶地聚焦过来。

"抱歉，没有机会好好道别。"他的声音现在听来如此像个男孩。"这是无线电波，之前和鬼祟原本打算发出求救信号用的。你们把诱饵信息发送过来，我接收之后会做好处理，再投射出去。"

"我来吧。"籁说道。

"欧萃恩，你根本不需要这么做……"泰伦朝着鬼祟的仪器说。

"赛忒发现我们了，得有人留下来对抗它们。"欧萃恩说，"对不起……这整个事件就是因我而起的……"他沉静了一会儿。"现在，没有人在等待我回去。但是你们不同，有很多人在联盟等待你们。我一定会守护好你们的背后。你们一定要全部活着回去。"

芮莉亚的情绪决堤，泪水从脸颊落下。法里安尼看见了，过来从后方搂住她，发出压抑的叹息。

蒂菈儿看着远方，忧伤地说："欧萃恩收到籁的信号了……他会把信息转化为数十种不同电磁频率，从空间站发散出去给赛忒军团。"

"是的。你们的计划一定会成功的。女妖们一定会上钩。"

"你这傻子……"泰伦咬紧牙。

"你们别为我难过。这是我自己的决定。"欧萃恩似乎在操作什么，传来喀嚓声。

他们看见空间站展开了防御系统，外缘延伸出几道金属架。它朝赛忒群发出一波能量弹。兽群开始朝空间站紧逼而去，以紫光射线反击，在其表面炸出些许火花。

"欧萃恩，你是个真正的英雄。"暴焰告诉他，"若能活着回去，

403

我们会转告你的族人。"

"不用了。就跟他们说我叛逃了，这会是他们想相信的。我在那儿没有家人。"欧萃恩的声音听来有些颤抖，"……那些逼迫我们全身穿满炸弹去送死的，都是自己的族人。我觉得自己很幸运，能遇见你们。"他似乎在强忍着情绪。"现在的联盟，99%的人没有这样的机会。他们笃信只有一种活着的方式。他们自己眼中的方式。"

泰伦也难以抑制住情绪。"你不该这么做。你不是说过想当飞行员吗？只要回到联盟，便会有无限的可能……"

"我当初想成为飞行员，因为我想看看别人所看不见的世界。但是，我已经看到了。"欧萃恩说，"现在，我要亲手保护我所相信的未来。"

远方的战斗激化，兽群全集中过去。空间站的边缘燃起几团火。

"泰伦，你一定要活下去。将来你一定会改变欧菲亚联盟。芮莉亚，蒂菈儿，你们也是……"欧萃恩哭泣起来。空间站持续放出能量弹，在兽群满布的天幕中炸出激绽的光芒。

芮莉亚沉下头，已泣不成声。

鬼祟手臂上的仪器传来一阵阵杂音，然后是剧烈的爆炸声。他们听见欧萃恩粗重的喘息，然后是接连的啜泣。*他是如此害怕……*芮莉亚捂住自己的脸，难受得无法呼吸。

赛忒发动猛烈的攻势，环圈正中央的偏率调整仪炸裂了，空间站朝着下方翻转。

"芮莉亚！"欧萃恩的喊声从爆炸之间传来，"等你们回到联盟，焰落族的战酋们会要你们再次举枪——他会告诉你们，石嚎族、瑟利人，还有数不尽的敌人……只要这些敌人不铲除，焰落族的生存意义就会受到威胁——"

暴焰双唇紧闭，独眼眨也没眨，盯着在远方燃烧的空间站。

• 404 •

"他们会逼迫……逼迫你们每一个人朝对方举枪——"哭声混杂着喘息，然后是轰隆巨响。"到了那一天，千万别忘记我们走过的路——"

"绝对不要忘记这一切！"

无边的黑幕中央，渺小的蓝光圈化为一团火光。

法里安尼紧紧抱住缩着身子的芮莉亚。站在一旁的蒂菈儿捂着嘴巴，泫然泪下。泰伦则一动不动。仪器再也没了声音，空间站像一粒微小的烛火，摇晃片刻后熄灭了。

众人陷入沉默。

"开启沉寂之矛吧。"不知何时，克拉黎亚已站在他们身后，以近乎温柔的动作，递出怀里的四根电子长矛。

第三十五章
光域外 / 比荷马斯

出乎所有人的意料,漂流者的计策不仅奏效,它所激起的效果像是翻腾而来的海啸,完全推翻当初的想象。

首先是侧边的夜幕出现几束幽光。

它们来了。蒂菈儿紧紧抓住铁笼,目视远方。

那感觉像是他们原本被包覆在宁静的黑色帘幕里,却有人从外头拿着利刃不停刮开,渗入一道道细微的紫光。那些紫光开始像水蛇般游动,划出波动状的轨迹,逐渐扩大,并在转瞬间分散为上百道夜空中的斑纹,与他们朝同一方向疾驰。

"底下!"站在铁笼边缘的法里安尼惊叹。蒂菈儿赶到她身旁,看见下方也浮现光芒一片,仿佛大量鱼群正从幽黑的深海向上游来。

欧菲亚之光庇佑……她看见光丝越来越多,不仅紫色,还有许多不同色彩的光波。忽然,几个硕大的光点在他们后方闪现,异常刺眼。漫跃……她看着那些巨光变暗,还散放出一波波的微光点。

埃萨克战士镇守着围绕他们的四柄长矛。女妖的躯体在中央,与急行的巨兽同样已让意识陷入封锁状态。众人战战兢兢地凝望四周,没人敢说一句话。

　　第一波战斗在他们左侧发生。几束紫光在毫无任何预警之下汇聚，爆出烈焰。它们分散、交合再分散；有光波消失了，但有更多聚集过来。上方也出现了状况。蒂菈儿抬头，看见在非常远的地方冒出好几道烟花似的火光，像流星交错，闪耀片刻后再度暗沉。

　　左前方的紫光突然增大，散发着能量急速接近。那一瞬间她看清楚了：两头大了比荷马斯一倍的赛忒兽啃咬着彼此，螺旋翻转着从他们上方呼啸而过。

　　"大家抓稳了！"有人呐喊。

　　蒂菈儿望向前方，惊愕地抓紧身旁的钢架。纠缠的光点迎面而来，他们忽然闯进一大群彼此撕咬的游离兽当中。

　　一拨刚过，又一拨从旁侧扑来。蒂菈儿看见有兽群的身上泛着橘光和红光，也有庞大的巨兽身上是一节节的彩色艳芒。他们正在穿越混沌的中心。泰伦和籁出现在她身旁，警觉地盯着前方。

　　"那些是未加入三个女妖联军的赛忒势力。它们一直处于观战状态，直到现在。"籁低声说。

　　就像曼奴堤斯星的我们。蒂菈儿扫视不断变化的夜空。现在，视线可及之处已被幽暗的光丝占据。无数光点在周围舞动，像是奔窜的万千飞蚊。每过几秒就有一拨纠缠的兽群刷过视线，激烈地冲散彼此。偶有赛忒猛然接近，她看见光芒反射的黑晶躯体，以及杀意横流的利齿钢牙。

　　赛忒之间的战斗与人类阵营截然不同。它们毫无多余的考量，就像大自然生成海啸和飓风般绝对纯粹——力量汇聚，碰撞冲击，把彼此吞噬到扩散的旋涡当中。

　　无边的宇宙成为杀戮的舞台，漂流者却静得像道无光的流星，穿越风暴中央。

这光景怪异得不真实。远方的亿万星尘像坐落在世界尽头的观众，无声凝望着赛忒在这浩瀚舞台的演出。兽群散放出来的光丝惨烈地交织，仿佛某种宏大却无声的交响乐章。漂流者则像恣意脱离舞台的指挥家，带着沉寂的决断笔直前行。

这星系的恒星像颗暗沉的黄色眼珠，悬挂在他们视野的右下方。

籁回头看了一眼在他们当中沉睡的女妖，低声告诉泰伦："降落在彗星表面的一刻，我们就得解决掉克拉黎亚。"

蒂菈儿听见了这句话，望向他们两人。泰伦犹豫了一会儿回道："克拉黎亚和我们是一伙的。"

"你的脑子出了问题吗？她是赛忒。"籁立即愤怒，"听着，我不管你对自己那套打动人心的话有多么满意，它对赛忒不会管用。她与你现在看到的那些妖兽别无两样，差别只在于她的军团不在身旁。"

"我感觉她和其他的女妖有些不同。克拉黎亚帮助了我们达成目标，也保护过我们。假如预先与她沟通好规则——"

籁扯住泰伦的颈铠，狰狞地说："她必须死。"

蒂菈儿来到他俩身边，试图缓和："还是让毒焰先尝试锁定克拉黎亚？如果她显露出恶意，我们再即时做出反应。"

籁朝毒焰的方向瞥了一眼，眉间凹陷。不停晃动的铁笼边缘，埃萨克狙击手与法里安尼正在低头交谈，露出诡异的神情。"不。没必要跟其他人说。我们自己处理。"然后他凝视泰伦道，"听着。如果你打算以领导者自居，如果你真如自己所说的有决心要带我们回去，那么你必须学会在必要时违背自己的私人情感。"籁语气沉重。"别以为只要拼命往前，每个人都会做出一样的反应跟随上来。"

"除了向前，我没有选择……"泰伦沉着地回应，"我无法一个人面对这一切。所以才需要能够信赖的伙伴。包括你。"

籁盯着他。

"总会有第一个人,把宿敌变成盟友。"泰伦最后说。

籁无奈地深吸口气,选择沉默。他别过头,看向左方说:"彗星。"

蒂菈儿眯着眼,目光穿透纷乱的紫光兽群,终于看见了。他们在寻找的小型天体有着极低的反照率,所以一直隐藏在夜幕之中。但现在,渺小的彗星仿佛掀开了斗篷,俨然出现在众人面前急速接近。它的光芒已难以忽视,在后方拉开两道细长的流光。

从肉眼判断,由尘埃形成的那道光更贴近彗星的行进轨道,像道绽放的白色尾翼。与之形成锐角的是受到恒星磁场和粒子风所影响,由气体产生的蓝白色的离子光。

"得唤醒克拉黎亚了。"泰伦向其他同伴示意。他们做好了准备,解除沉寂之矛。初醒过来的女妖窥视着身旁的一切。大大小小的赛忒兽猛烈攻击对方,千万条缎带般的紫光激烈颤动,不断交织和彼此冲撞。克拉黎亚露出一道非常浅薄的笑容。

蒂菈儿和籁来到女妖的身边,三人前往比荷马斯的颈部。巨兽恢复机能,重拾动态飞行,众人脚下的钢铁躯体发出一阵阵声响。

籁在蒂菈儿释放出来的寰宇图中画出比荷马斯必须采取的飞行路线,包括切入彗星轨道的一切细节,和登陆彗星表面的螺旋轨迹。

"我们只有一次机会,如果失败,我们会全部葬身在赛忒风暴当中!"籁朝克拉黎亚喊道。

或许比荷马斯的味道在这场暗黑风暴中变得微不足道,也或许集聚的军团视彼此为更大的威胁,似乎没有赛忒兽针对性地攻击他们。比荷马斯顺利避开一个接一个激烈交锋的群阵,改变飞行角度,开始与彗星即将经过的轨道对接。

信息微晶系统回归后,蒂菈儿立刻理解了籁的逻辑,她看见彗星的固态核大约有四公里长,被一片冰尘形成的巨大雾囊所笼罩。它后方的蓝白双尾拖出两道弧线，华丽地划过漆黑空间，在宇宙中的长度超过数千万公里。他们绝不能让自己落入彗星的中后段，否则会被它喷发出来的杂尘和流星雨震开。

在克拉黎亚指示下，巨兽开始绕着彗星轨道画圈圈般地飞行。闪烁的彗星从后方急速追来，亮得仿佛是瑟利旗舰所发射的高能激光。比荷马斯已进入飞行极限，螺旋轨迹越缩越小，准备对接。

巨兽反转过来，那姿态就像一个人跳水时朝后仰的模样，划开一道抛物线冲向彗星。

蒂菈儿抬头，看见彗星就在他们正上方喷发着耀眼的光芒，从头顶笔直降临，仿佛注定要与巨兽相撞。他们闯入一片朦胧的迷雾中，一阵杂音席卷听觉，冰屑和粉尘刷过铁笼。众人紧紧抓住身旁的钢架。

撞击的前一刻，巨兽忽然垂直下沉，与从头顶掠过的彗星平行而飞。女妖伸出双臂，让巨兽和彗星的引力相锁。他们身边的钢板剧烈震荡，仿佛有股力量想强制拆解巨兽的身子。

彗星的表面就在蒂菈儿的头顶，像是倒转过来的陆地遮蔽了视线，与他们相差仅仅几层楼的距离。"遗迹没有办法容下比荷马斯！"籁告诉女妖，"如果你要跟着我们走，必须摆脱它！"

"大家开始行动！它撑不了多久了！"泰伦朝众人喊道。五名体内拥有微晶功能的漂流者各自带上一名埃萨克人，朝头顶的彗星开启重力锚。女妖克拉黎亚率先朝彗星表面飞去，几乎毫不费劲地登陆，然后仰头对他们摆动双臂，加强稳定住巨兽。

泰伦抱住芮莉亚，从铁笼跃起，落入彼端的陆面。然后是法里安尼和毒焰，再来是鬼祟带上魁梧的暴焰。

蒂菈儿丧失了飞行能力，但她抱着甲哈鲁奔向彗星，着陆前感到一阵缓冲之力。*是克拉黎亚*。她感觉到女妖在周围展开了一圈重力调节网帮助他们。

籁和布拉可是最后脱离比荷马斯的一队。当人们均安全登陆,克拉黎亚慢慢松开手,巨兽的身躯再度剧烈摇晃。一波波震荡扯断了它的钢翼,背上的铁笼迅速化为碎片。比荷马斯张开口,眼中的紫光朝后方消散。不知为何,克拉黎亚迟迟未采取最后的动作,只注视着比荷马斯。

蒂菈儿从旁盯着女妖面无表情的脸庞。*她会感到不舍吗？赛忒兽应该只是她的万千个意识延伸体之一……*

最后,女妖解开了引力锁。比荷马斯瞬间向后翻转,没入光波和雾气之中。克拉黎亚的双臂缓缓下放。

籁从身后勒住女妖纤细的脖子,反手将微晶匕首刺入她的双眼之间。

尚未有人反应过来发生了什么事,籁再次搅动手中的兵器。那是美人的匕首,释放出冰蓝色的光纹。他将刀刃埋得更深,然后猛然松开手。

"瑟……"克拉黎亚的双眼翻白,脸上冒出蜘蛛网般的黑晶纹路。她跪了下来,黑纹从颈部蔓延到胸口和苍白的背肌。女妖向前倒下,不再有动作,身上立即出现飘散的细屑。

地面不时有岩块剥离,在震荡中浮空卷入雾霭之中。克拉黎亚却动也不动了。

蒂菈儿双眼圆睁盯着女妖的尸体。泰伦也杵在原地。一旁,鬼祟的双肩塌了,歪着头道:"有……有必要吗……"他失落的声音在雾气中微微回荡。

"她是赛忒,你们没人知道她真正的恐怖。"籁抽起匕首,扣回腿铠旁。他催促道:"我们没有时间了。蒂拉儿,你有再弱的原始召唤能力,赶紧叫出遗迹。"

411

蒂菈儿无法摆脱震惊的表情，迷茫地点点头。忽有一拨纠缠的赛忒兽影从上方掠过，刮过一阵嘶吼和空压，令他们本能地蹲下。是的，我们得离开这⋯⋯女孩立即甩了甩头，让自己进入遗迹召唤状态。闭起眼之前，她瞥见毒焰收起了狙击枪，似乎在怀里调整什么。

琥珀色光纹从手臂内侧浮现，她立即感觉到埋藏在彗星里的遗迹成分。她的信号穿过一层层的岩石、冰块和尘埃，以及种种冻结的气体，活化了遗迹并将它导往他们的所在地。

遗迹的结构成分在浮现于地表的一刹那便回归到物理状态，像是无中生有地出现于前方十米之处，在雾气中晦涩不明。控制室并不大，和空间站的那座差不多，但有三道交叉的片状物在它周围形成一个三角体。

这遗迹会带着我们离开这儿。金发女孩的目光转向泰伦。泰伦没说什么，只严肃地朝她点头。法里安尼也搓了搓她的肩膀，露出鼓励的神情。

在一旁的鬼祟正独自蹲在克拉黎亚身旁，检视女妖的尸体。毒焰和甲哈鲁正想跟上蒂菈儿的脚步，朝遗迹走去，籁却紧紧按住了他俩的肩头。"等等。让蒂菈儿先过去检视。"

"放开。"毒焰挡开籁的手。

此时一阵嘶鸣声从旁传来，几只赛忒兽坠入彗星表面。它们扭动着钢铁之躯起身，张望一阵后目光落在漂流者的方向。"蒂菈儿，快！"泰伦举起扇刃喊道。

金发女孩赶紧独自向前跑，钻入已逐渐活化的遗迹里。平滑的结构体开始闪动着几何符文，光芒愈渐强烈。她舞动双臂，做了些调整，并且启动传送功能。

一圈细长的符文从光影中浮现，在她身旁环绕。蒂菈儿左右扫视，看见符纹圈中只有一处被规律闪动的红光所框限。她盯着那一串熟悉的语言，解读出传送目标。那是个人们从来无法确定真实存在的星系——"原始太阳系"。

这将通往地球。她感到一阵眩晕，很难相信她将踏上这条传说路径。这是索菲儿和我，找了一辈子的地方。蒂菈儿的心中百感交集，混乱的情绪从胸口涌现，然而她知道事不宜迟，必须先带所有人抵达安全之处。

她刚踏出遗迹控制室，便看见籁的身影。"怎么样？"籁问道，他的掌中是那片镶有靛蓝光纹的木片。

"是的，它是真的通往地球在银河系的位置……但我还是不敢相信……"女孩依旧满脸的不可思议。其他人正挨着飞尘跑过来，几名落后的埃萨克人正朝着残存的赛弍兽开枪。

"太好了。"籁一说完，表情起了微妙的变化。

直觉让蒂菈儿伸手阻止他，但籁已把木片按向遗迹表面，在平滑的结构体上激起了数道几何图形，像水波般扩散开来。顷刻间，周围的地面冒出好几个轮环似的金属圈，全都以控制室为中心朝着不同方向旋转。它们把籁和蒂菈儿封锁在圆形空间内，并掀起一层无形的护罩。其他人均被阻隔在外。

"籁？你在干什么？"泰伦仅迟了一步，止步在护罩对面。

"让他们进来！你这是在做什——"蒂菈儿朝着籁喊，但籁举起电子长戟触碰她的腹部。一阵强烈的电流冲击全身，蒂菈儿应声倒地。

"带你一起走，完全违反规则。"籁平静地看着女孩，"但我答应过无论如何都要保护你。"

"籁……"蒂菈儿无法动弹，意识变得昏暗。

女孩茫然的目光穿过冰冷地面挥发出来的丝丝寒气。护罩里的寒气逐渐稀薄，显露出护罩外人们的惊愕神情。籁面向他们。"很抱

413

歉。但我不能带上你们。"他的手指扫过已嵌入遗迹边缘的木片,数道几何光纹从它的表面流入遗迹之中。"我得确保这个遗迹会被彻底破坏掉,一点儿痕迹不留。等我们走了以后,它会和彗星一同消失。"

第三十六章
光域外 / 彗星

一圈圈钢环以恒定的速度轮转，掀起了防护力场。众人解决了降落在彗星的赛忒兽，聚集过来。金属环飞速切过他们眼前，闪烁着忽暗忽明的白光。

由彗星本身散放出来的绢缎似的光波在他们头顶飘摆，仿佛色泽虚缈的千层帷幔，时近时远，随着彗星急速飞行而无声蔓延。偶然彼端的天空乍现，露出幽深的暗夜和交战的火光。

鬼祟尝试开了一枪，射线在护罩表面无效地化开。泰伦忽然感觉钢环的模样似曾相似，他才诧异地发现一件事：它就像微型的钢铁经线，保护欧菲亚行星的神秘外骨骼。

每道钢圈绕过遗迹上方，划开半圆后再切入地面；它们便这样不规则地飞快轮转，在彗星的地表挖出一圈小规模如护城河的空间。换言之，籁和遗迹所在的那片陆地，成了浮空的半球体。

"籁！"冰尘和岩屑不停刮过泰伦的面罩，他放声说，"如果这是关于家族之争，至少让其他无辜的人活下来！"

钢圈划过留下残影，彼端的籁转过身来，收起了头盔，露出饶有兴味的神情。"天呐。这就是你那粗浅的脑子能推算出来的最好的答案。"他摇着头走来，停在泰伦正对面，面孔离钢环轨迹不到几寸，"遗迹不是人们该发现的东西。你们已知道得太多了。"

"是你……破坏了遗迹……"在籁的身后，蒂菈儿挣扎着抬起头，声音微弱。

"是的。"籁侧颜回道，"从曼奴堤斯星开始就是我。"

泰伦怒道："我不明白。你在说些什么？"

籁的笑容看来相当无可奈何，不屑地扫视护罩外不知所措的人们。"你们从未怀疑过，对吧？我破坏了我们经过的所有遗迹。"

泰伦等八名漂流者绝望地站在漫天白尘中。芮莉亚和鬼祟分开两路绕着球体踱步。女埃萨克人在不同的位置开枪，切换于微型钢弹和电浆粒子之间，均毫无用处。鬼祟甚至抽出反手刀，算准钢圈交错的一刻刺入，但刀刃应声断裂。籁完全没有瞧他们一眼，显然毫不在意他们如何尝试。

蒂菈儿已经启动了遗迹的功能，只要籁进入控制室按下指令，一切都完了。泰伦凝重地想，我必须拖住他，直到在里头的蒂菈儿想出方法。

"你竟然握有那样的技术，"法里安尼走上前说，"我们从祖堤拉姆特的要塞归来后，原本应该直接前往白色旋涡星，却发现遗迹消失了。那也是你干的。"

"蒂菈儿的能力一直在成长。克拉黎亚刚出现时，我们准备离开LUTIC 76行星，蒂菈儿在启动那座遗迹前的短暂时间便已找到了备选的逃脱路径，也就是空间站上的遗迹。当时她展开寰宇图仅数秒钟，但我看见了。我相信你和骆里西尼也看见了。"

法里安尼没有回话。

"当然，驱使我破坏那座遗迹的原因还有一个。我压根儿没想到

· 416 ·

我们能够活下来，还顺利拿到祖堤拉姆特的嗅觉信号。不得不说，你们这群人令我相当惊讶。"籁笑了笑，"很可惜。我尽力了，一直希望把你们一起活着带回联盟，别想着当英雄拯救光域。但连蒂菈儿都被泰伦的话冲昏了头。"他略带讽刺地说。"若是当时我们一同返还光域，我就能持续扮演自己在飞洛寒家族的角色，无须曝光身份。但现在一切都太迟了，不能让你们活下来。"

"你……到底……是谁？"蒂菈儿以手肘撑起身子。

"一群不想让你们找到的人。"籁淡然的声音有股哀伤。他浅浅地呼了口气，回身朝蒂菈儿走去。

"我们一直存在，在远处看着欧菲亚的一举一动，看着你们分裂为不同的人种，紧握各自的科技发展出偏激的文明。"籁告诉她，"是我们创造了赛忒，在数千年以前。我们明白她们的恐怖，因为我们与她们作战了上千年。我们也是你们的祖先，起源于和欧菲亚相距整个银河直径的原始太阳系。"

泰伦睁大了眼。"你是地球的元人。"

籁握着已断裂的长戟斯努基之狼，慢慢蹲在金发女孩身旁，以反常的温柔声调说："我得向他们求情，让你活下来。但你得做好心理准备，永远无法回到飞洛寒家族了。"他沉默片刻后说，"试着往好的方面想，你会得到所有你想知道的答案。"

蒂菈儿吃力地挣扎，眼角含泪，痛苦地浑身颤动。

"别担心，若他们坚持想处决你，我就会和他们为敌。我会保护你。只要是为了你，就算要对抗全宇宙，我也会视为天命。"籁的眼神染上了一层炽热，陷入异样的感动之中。他渐渐回归平静，痴情地看着她，伸手轻柔地触碰她的脸颊。"每一次我注视着你，看着你为了找回该被遗忘的世界而奋力不懈，那模样令我深深着迷，同时充满罪恶感。你无法了解我多么的抱歉。"

417

"你背叛了……我们整个家族……"

"抹除地球踪迹最好的方法，就是待在最有能力挖掘出它们的人身旁。帮助你，监视你，在你们准备达成突破时制造一些意外，确保一切在我们的掌控之中。"籁触摸着她的金发，"终有一天，你会理解这一切的必要性。"他遗憾地叹了口气。"我就在你身旁，但你的目光总停留在星海深处。只能说，这消磨了我的罪恶感，让我做好准备。那么多年，我以为自己已经麻痹，能够完全放手了，却在此刻才发现自己错得离谱。"籁举起长戟。

蒂菈儿朝着其他同伴伸出手，眼神尽是恐慌和不舍。"泰伦——"

籁将长戟的尖端抵住女孩背部。空气中传来一声撕裂的气鸣，蒂菈儿浑身夸张地痉挛，贴着地弹动。然后她失去了知觉。"下一次你醒来，就会发现自己身在地球了。"籁面无表情地起身。

"啊啊啊啊——！！！"暴焰疯狂朝着护罩开枪。子弹的冲击化为一潭潭波动，残余的铁屑卷入钢圈的轨迹之中。彗星周围的光波忽明忽暗，几拨赛忒兽像钢铁暴雨般刷过他们的视线，其中一头极大的巨兽有着扁平的腹腔，像片漆黑的大陆低空掠过头顶，逼迫众人本能地蹲下。

然而泰伦不为所动。他狰狞地盯着籁。

"这计策相当有效。"籁看着天空说，"我们正以游离兽跟不上的速度穿越宇宙，但看样子女妖们派来相当数量的兽群，它们的身影到处都是，也阻挡彼此拦截彗星的意图。"他满意地笑了。"很好。"

"我们所有人一起走到现在，你应该明白，唯有这样才能抵抗赛忒的威胁。"泰伦说。

这句话让籁愤怒了。"你以为完成一次奇迹似的任务，就让你们全成了英雄？"他嗤之以鼻地睥睨他们，"最终要对抗赛忒的战争，不是你们这帮人能够面对的。"他难掩腔调中的轻蔑，大声喊道。"你真

· 418 ·

的以为出了个点子，就让女妖联军分裂了？得了吧！是我冒下风险，在给予克拉黎亚和空间站散发的信号里，全装满可信的地球资讯，让它们一闻就知道是千年以来一直在追寻的宝藏，那才是女妖们采取动作的原因！"

人们诧异地望着他。

"你们甚至不明白若地球被找到，所有女妖最大的渴求——成为终极撒壬，有可能成真！"籁回瞪着泰伦，"我们所面对的战争，不是你们这帮低等人种能够明白的！"

"我真想亲手挖出那家伙的眼珠，扭断他的脖子。"暴焰说道。

泰伦不确定籁为何在此刻滔滔不绝，仿佛黑发男子的眼神也有某种不舍。泰伦趁此透过主意识的系统分析旋动的护罩力场，却更加绝望。**它竟毫无破绽。**

"往好的方面想，至少你们在死之前获知了全联盟无人知晓的秘密。就当作是我对你们这群战友所做的补偿吧。"籁深沉地说："反之，我也有些疑问。"他的目光落定在毒焰身上，然后飘向法里安尼。"——你们究竟是为谁工作？"

埃蕊人凝重地回视，许久未回话。地面不断传来轰隆声响，冰尘刮磨着法里安尼的流线铠甲。

"没有必要再隐瞒了。你们不可能活着回去。"籁回到以往的冰冷语调，"难不成需要我用很俗套的方式欺骗你，承诺会带着你走，才肯开口？"

"联盟的一级探员白严。"回答的是狙击手毒焰，"我属于第一阶段，保护焰落族的矿场前沿部队。普遍的猜测是许多关键的矿场都有像我这样的人，提供最前沿的情报确认。"他的面容隐藏在红色领巾之下，似乎已不在意芮莉亚和暴焰等人投来的目光。

"然后才是我所属的第二阶段，把消息卖给该知道的瑟利家族，比方飞洛寒。"法里安尼阴沉地说，"接下来几年，就是你们所知道的事，由两个瑟利家族推动了埃萨克部落，以置矿权的名义去抢夺整个星球。当然了，这些是我和毒焰商谈过后所得的共识。当初我们并不知道彼此的存在，直到遗迹错误传送让我们聚在一块儿才有机会向彼此确认。"

"啊。联盟高层控管任务划分的典型手法，"籁说，"把所有人都蒙在鼓里。"

法里安尼耸肩。"我们是雇佣兵，都理解，只要有钱拿就行了。体系里肯定还有其他人存在，无人知道全局。"她瞄了眼失去知觉的蒂菈儿，"后来，当曼奴堤斯星的战斗濒临爆发，白严探员紧急发派了新的任务，要我带上能够萃取遗迹信息的骆里西尼混入石嚎族的飞艇里，深入战场去达成这件事。"

"原来如此。最终目的是确保埃萨克部落混乱的同时，也让瑟利家族彼此制约，提供你们潜入的条件。"籁不以为然地说，"挺像那批人的作风。他们不隶属于任何家族，就连联盟也只是个拿来汲取资源的掩护。他们紧追着任何关于地球的蛛丝马迹不放手。哼，八成就是那批人发现证据，明白曼奴堤斯遗迹原来是遭到破坏。但不知为何，优岚家族的通信官蜂糖获知了这件事。"

"蜂糖？"泰伦诧异地说。

"她试图告诉你遗迹遭到人为破坏，在星域连线会议那次背着所有高层发出了一条声呐密信。但很不幸地，被我拦截了——"

尖锐的呼啸声从背后响起。又有几头游离兽从空中摔落到彗星表面，这次数量更多了。它们在冰尘中爬起，迷茫地左顾右盼。鬼祟和埃萨克战士们已立即做出反应，朝着它们开火。现在只剩下泰伦、毒焰和法里安尼仍矗立在钢圈护罩之前。

籁似乎毫不在意，继续说道："情报永远是一柄多面刃。它的功用不会止于内容本身。我甚至思考过以它来再次激化你们彼此之间的猜疑,把你们维持在微妙的平衡状态,如同我们控制联盟的方法。但泰伦这家伙让这条路变得难以实践。我打消了念头,坚定信念去破坏遗迹。"他的声音穿透泰伦后方的战斗声响,口吻变得扭曲,"然而,最后我还是选择私下告知了蒂菈儿,因为她的变化令我诧异。她开始变得毫无保留地信任你们,尤其是你。"他直视泰伦,难掩发泄似的怒意。"这是我最不乐见的。不单是她拥有关键的遗迹操控力,充当我的身份保护伞,更因为……她本该只信任我一个人。"

兽群和漂流者交战的声响穿透在彗星的轰鸣之间。但是籁没瞥向其他人,只死死盯着泰伦。

籁想说出这些事。这会为我们多争取一点儿时间。但是……泰伦感到无计可施,只能伫立原地与他的目光相锁。我们该怎么办?

"她必须回想起自己曾对我有多么的依赖,回想起只有我才是对抗威胁的守护者!"籁的情绪泄洪,提高音量压过枪炮和兽群的嘶吼,"并且在我踏入遗迹时毫不怀疑!她应该要质疑的是你们每一个人,她应该要理解我俩迟早得抛下你们……"

籁沉了沉下巴,忽然静下来。他的眼神飘向远方,观看着战士们逐一解决那些游离兽。他的表情软化了些。"但不得不说,就连我也受了你的影响,泰伦。有几次,我甚至慢慢相信你说的话。"籁摇摇头,阴森地说,"优岚·泰伦,你也是个不择手段的人,所以难缠。联盟只要多几个像你这样的人,就会不再受我们的摆布。你具有独特的号召力。"

"你错了。我和你是一样糟糕的人。"泰伦回道,"但我选择让身旁的人改变我,而你却没有。"

"泰伦!"芮莉亚的声音令他回头。

不知何时,数头体积庞大的巨兽已登陆彗星,从后方的迷雾中现

421

身。它们眼中流泻的橘色幽光充满杀意，犹如纷争之中胜出的狩猎者，依旧嗜血。

"我该走了。"籁弯身拉起蒂菈儿的一条手臂，绕过自己的颈后抬起女孩毫无知觉的身子。他瞟来最后一眼，露出冷笑。"比起与彗星一同消失，或许成为赛忒是个不错的选择。"

"籁！别这么做！"泰伦吼叫的同时，芮莉亚等人已再次掀起战斗，在他身后试图挡住巨兽的猛攻。

籁搀扶住蒂菈儿，朝着控制室门口走去。

泰伦咬紧牙关，甩开双臂的扇刃。他除了加入同伴对抗赛忒，毫无用处地耗尽生命的最后几秒，别无他法。泰伦正要转过头，眼角却瞥见尖锐的蓝光。

不省人事的蒂菈儿摔落在地。原本扣在籁大腿上的微晶匕首在空中翻飞——切下籁的手臂。鲜血喷洒在遗迹表面和蒂菈儿身上。籁满脸惊愕，不确定发生了什么事。一排霓虹般的光芒在空中转动，化为气泡般的浮空体。

籁压住血红的残臂，往后退了一步，脸部被疼痛洗劫。半透明的圆泡冒出扭转的尾巴，放射出脉冲似的波动——纽湾化为一阵能量波，撞击籁的腹部。黑铠天穹守护又往后踏了一步，钢圈刮过头顶，切下他的脑门。

籁的躯干被卷入力场之中，遭利刃般的钢圈毫不留情地绞裂。转瞬间，护罩已半面猩红，球体表面仿佛瞬间洒满了颜料，晶莹、无瑕的暗红色。钢圈逐渐停摆，鲜血像落雨般溅洒四周。

"快进来！"恢复鲸鱼模样的微晶宠物喊道。

漂流者们迅速撤退，从钢圈的夹缝中钻入。暴焰抬起蒂菈儿，法里安尼则捧住纽湾，将它压缩回水银圆盘扣回腰上。她对着地面上惨不忍睹的破碎尸首和黑色铠甲说："要论隐藏的一手，我们都不陌生。"法里安尼露出了情报贩子的冷酷面孔,"我和毒焰也一直观察你很久了。"

众人手持武器,集中在三角夹片下控制台的四周。包围在外的赛忒兽扑了过来,接连狠狠咬住钢圈。他们扬开防御的火网,让钳制的火光穿透漫天冰尘。泰伦进入控制室的一刻,便看见规律闪动的红光符纹。

"都到齐了!"芮莉亚和暴焰一同撑着蒂菈儿的身子,从狭窄的门口望进来。

泰伦点头,以手掌压向符纹——让白光覆盖一切。

第三十七章
空镜号

优岚家族的舰队排成宏大的阵势，穿梭过无尽的星海朝着家族的主星天纹风伦前进。

它们所承受的攻击使流线机体上尽是龟裂和坑洞。包括空镜号在内，诸多战舰所需的维修时程和规模将会相当可观。

笼罩光域边境好一阵子的赛忒危机，以当初无人预料的方式告终。在烙白行星系的赛忒被消灭后，由白洞扩散出来的超核聚爆冲击波正持续向外扩。估计它要波及邻近的星系仍需要数年的时间，然而栖息于其他地方的赛忒立即撤退了。

边境各处的赛忒群落出现内讧，似乎在厮杀间它们的焦点早已不在光域，转而投向未知的银河彼端。而据说，最令人不解的是回传至光域的大量信息当中，混杂了三个女妖军团之外的变异信号。关于赛忒联军自相残杀的理由，人们提出各种臆测，却无人能够确定事实为何。

这次经由众多科学家和渲晶师合作，在数秒钟的夹缝之间完成遗迹传送超核聚爆的一部分至光域彼端，成果可谓完美中的完美。这是人类历史上第一次真正意义的见证到白洞的形成。联科院和各大家族的研究中心均从中挖掘出难以计量的宝贵数据。多年堆积的种种技术瓶颈仿佛跟着死去的恒星一同消失了，技术飞跃的可能性像是洒落满地的玻璃珠，彼此碰撞，折射光辉。光域境外航行、替代能源储备，还有更精准的星海定位技术全都在理论上获得了印证。各种族的精英们知道接下来的实践只是时间问题，乐观地相信他们见证了一个旧时代的尾声。

然而同样前所未见的，便是这个骇人的事件一举摧毁了两个星系。这是不容置疑的终极危害。即使成功驱逐赛式，多数人对于这样的结果反而抱持更深远的疑虑。

此刻，两个在未来将扮演重要角色的天穹守护正位于空镜号内，并肩而坐。

旗舰内部的一个广大空间里，四座巨型雕像矗立在四个角落，各自以单手摆出姿势指向厅堂中央。来来往往的军官和士兵乘着悬浮板穿梭其间。洁白的地面，蜂糖和付款人坐着的位置，刚好是在被称为"理性深渊"的智者雕像和"燃烧羽翼"的勇者雕像之间。

他们已获知首脑和美人阵亡的消息。蜂糖完全无法想象美人面对祖堤拉姆特时是什么感受。她希望自己尽快有机会会见名为骆里西尼的漂流者代表，亲耳听他诉说在光域外发生的一切。

她知道希望再怎么渺茫，却从未消失。优岚·泰伦还活着。飞洛寒·蒂菈儿也还活着。飞洛寒家族承诺将全力与埃蕊人的首都埃蕊艾尔那合作，迅速找到方法营救仍幸存的漂流者。

"我听说了，温德把战时赋予你的权限全部正规化。恭喜你成了旗舰天穹护卫队的头儿。"付款人对蜂糖说，"从实质上看来，你比当初老大的阶级更高了。"

"那么说不正确，我并没有优岚之姓。"

425

"未来怎么样都难说。我们都感觉温德挺器重你。他要求家族让你留在空镜号,似乎想把你一直留在身边。"

蜂糖的心里有股说不出的复杂感受。

边境战争之后,家族高层全记住了温德的名字。有传闻,即将在家族主星举办的战争纪念仪式上,凯扬星将会邀请所有参战的旗舰指挥官用膳,还将单独约见温德。

蜂糖身子向后微仰,询问付款人。"那么你呢?我听说你也晋升了?"

"是啊,和你一样,现在是准星卫了。我会负责带领一支家族专属的特种突击部队。"

"所以我们终究还是平级了。"蜂糖发出银铃般的笑声。

"不过,这代表我不再只隶属于空镜号。家族需要我去哪儿,我就得去哪儿。"

蜂糖凝视着往昔的战友,笑容中怀有一丝不舍。

"要当个领导者真是麻烦的勾当。"付款人尴尬地搔了搔脸颊,"还是怀念以前跟随老大四处闯荡的日子。什么都不用想,只待他发号施令,爽快地开火就好了。"

"真是羡慕你。往后,我只能待在舰艇里听你夸耀英勇事迹了。"

付款人侧目看着蜂糖。她穿着平滑工整的紧身军装,但解开了衣领扣环,露出白皙的颈子。他低声说:"呐。趁我还在这儿,该一起庆祝对抗赛忒的胜利。"他刻意友好地露齿微笑,看上去却像不怀好意,"晚餐后我们找个地方喝酒吧。认识那么久,咱俩好像没单独喝过。"

蜂糖微微扬起眉毛,笑出声来。"你在想什么呢。"她用肩膀轻轻撞了一下付款人。

付款人闷哼一声,自讨没趣地抓抓额头。

"好吧。刚好我也口渴了。现在就去吧。"她摆出甜蜜的笑容，拉起付款人的胳膊。

空镜号舰队在漫跃状态中持续前进，串连而成的空间泡在它们周围无形地鼓动，排开淤积前方的杂尘，以八百倍光速推着舰队跨越宇宙空间。而包覆银白舰队的宇宙黑幕上，各种难以清晰辨视的波纹持续涌动，像在永恒沸腾的墨水。

从现在起，各大家族将开始饥渴地在边境展开重建工事；各种独立机构也一反近年来的保守作风，一窝蜂地加入重建。这些建设全以军工结构为基调，为即将到来的大宇航时代奠基。人们逐渐意识到要进入无光的境外区域，边境地带将会是关键的最后补给线——它随着欧菲亚之光成为一种动态的边疆，横跨了生存与死亡，文明与蛮荒，过去和未来。联盟默许这一切的发生，只派出有限的勘察艇和技术转移机构。议会则像是噤了声一般，不再颁布任何限制家族扩张的规范。

在这些人们自认为可以掌控的恒定的动态底下，各种毫无规律变化的意图开始凝结。

尾声

"这里是哪儿?"

他们站在荒瘠的灰色高原上。除了远方显而易见的陨石坑,就是一望无际的岩地,什么也没有。

蒂菈儿刚从昏迷中醒来,发现身旁同伴尽是迷茫的模样。显然这景象与众人的期望相差甚远,也与蒂菈儿所知的地球印象完全不同。九位漂流者的渺小身影立在荒原上,左顾右盼。

"创世纪星球怎可能是这模样?"芮莉亚踱步向前,暗淡的沙尘在她脚下无声滚动。

这儿的大气层稀薄得几可忽略,但他们的周围有些静电悬浮尘埃横向飘过。蒂菈儿张开五指,拨弄这些微尘气流,从主意识启动几个分析频道。里头的动态报告与瑟利文明早期的反重力技术似乎有些相关性,然而闪动的光影牵开了她的注意力,蒂菈儿转头看见这个星系的恒星。

它是个位于主序阶段的中等恒星,在深幽的宇宙中强健地燃烧放射,仿佛某人以激光在黑色天幕烧出一个口子。在这片广袤而宁静的星系里，这颗远方的恒星显得异常孤寂。

他们决定向前移动。埃萨克人咬着法里安尼先前给他们的压缩氧胶囊，瑟利人和埃蕊人则持续探测周围环境。远方地表有死寂的火山痕迹，似乎已沉寂了数十亿年。他们选择从高原的一角向下攀，踩着太空风化过后的暗淡土坡，踏上一座相连的陨石坑边缘。这儿令所有人想起最初遭到曼奴堤斯遗迹传送去的那个未知行星。

不知幸或不幸，他们发现了文明的残迹。荒废的人造结构埋藏在沙砾和岩堆之中。他们将它挖了出来，发现只是一个小建筑的破碎部分。其余的不知去向，很可能在毫无大气保护下被宇宙的杂尘消耗殆尽。

一路上他们偶尔会发现这样的残痕，但历史久远，无法拼凑起它们当初可能具备的意义，也无从得知此地往昔的文明究竟是什么样子。

蒂菰儿似乎想起了什么，探头远眺。她唤出微晶轻铠里关于原始太阳系的资料，并把恒星方向、地表曲度及肉眼可见的星尘位置做出动态重叠。大家战战兢兢地盯着她。

"这根本不是创世纪星球……"蒂菰儿倒抽了口气，"这是它的卫星——'月球'。"

"那么，地球的方向在哪儿？"法里安尼问。

"从我们这儿的角度看不见。至少必须朝那方向行进一千八百公里。"

情况比想象中更糟糕。九名漂流者当中，只剩下泰伦和鬼祟具有飞行能力。"我必须带蒂菰儿去确定目标位置。"泰伦告诉芮莉亚和其他人，"我们在二十个标准时之内会返回，你们慢慢走来。如果彼此在路途中发现什么值得调查的，可以透过鬼祟和我之间的信息系统保持联络。"

· 429 ·

泰伦抱住蒂菈儿，朝着她所指的方向笔直飞去。

最后的希望就像强风中的火苗，随时可能熄灭。他们不敢说出脑中的恐惧：月球曾经有过文明，却已灭亡。是谁干的？

万一地球也是颗死寂的岩石呢？

恒星就在他们后方。随着泰伦疾速飞行，仿佛它投来的光明不停向前延伸，把前方路径染白。奇特的是远方地平线有细微的光波晃动，犹如欧菲亚行星表面的云层被阳光穿透时的迷蒙柔光。这似乎也是微尘所造成的诡异现象。

蒂菈儿在泰伦怀里，每隔一段时间便从主意识唤出寰宇资讯，来分析悬挂于天幕的星光夹角。时间的钟摆仿佛沉入永冻的湖底，没人知道过了多久。

"泰伦！"蒂菈儿突然抓紧他的手臂大喊，"我们到了，应该这附近就可以了。"

泰伦放下女孩，两人站在又一片除了砾石以外什么也没有的灰色岩地上。

蒂菈儿摆动双臂，释放出寰宇系统对应着星空做扫描。她忽然停下动作。"有了！"蒂菈儿欣喜地说完，举起手指划过一道全息光轨，指向星空中，"创世纪星球的方向，应该在那儿——"她的声音戛然而止。

泰伦仰头，望向蒂菈儿所指的地方。

除了不知多少光年外的点点星尘，漆黑的天空中什么也没有。

两人盯着暗夜好一会儿。"怎么会呢？这不可能……"蒂菈儿又匆忙地运算了数次，都得到相同的结果。

"我们挪动的距离不够吗？要再飞行一段时间？"泰伦问道。

"不……它应该就在我们眼前。应该非常明显的，它应该在那儿的。它应该就在我们的眼前！"

她毫不放弃地再次计算,把恒星的照射角度,月球的轨道倾角,月球的偏心率都纳入考量。无数次核对,无数次的变量修改,结果依然不变。

"地球……消失。"蒂菈儿差点跪了下来,但泰伦搀扶住了她。

泰伦一语不发,隔着面罩凝视远方。

漂流者已失去了漫跃系统,失去飞行能力,失去克拉黎亚的钢铁羽翼。现在,在他们的眼中,一切变得如此遥远而苍茫,剩下与世隔绝的绝望。星尘微弱地闪烁,像从某种巨大的黑宝石上依稀折射的无力光点。

泰伦和蒂菈儿注视着宇宙深处,期盼看到什么。

然而映射在两人眼中的,只有压制着万千星芒的无尽黑暗。

(全篇完)

作者介绍：

余卓轩，作家、编剧、世界设计。《冰与火之歌》作者乔治·R.R.马丁创办的"地球人奖"首届得主，《英雄联盟宇宙》首位官方签约的双语作家。曾获角川大赏银赏、台湾奇幻文学奖佳作，入围倪匡科幻奖。原创长篇小说包括《真理的倒相》和《白色世纪》三部曲，协作作品有英文漫画《Split Earth》，畅销22万册的非文学书籍《平台战略》，翻译作品有《马世民的战地日记》。文章刊登于《读者》《科幻世界》《哈佛商业评论》等杂志。目前担任多个漫画、动画、游戏项目的世界观架构师和剧本"医生"，合作方包括腾讯游戏创意设计部。

光渊制作团队

封面图案：黄凡
视觉设计：郑雪辰、尹川旸
插图：黄凡、李彦、郑雪辰、张亚平、尹川旸、代剑斌、梁雷、琳莉
故事监制：余卓轩
美术监制：李彦
世界观设定：光渊创意团队

联

尘埃边境